CHERYL KAYE TARDIF

Des Nebels Kinder

amazon crossing

Das Buch

Sie haben zehn Sekunden, um eine Entscheidung zu treffen: Erlauben Sie einem Kidnapper, Ihnen Ihr Kind zu nehmen, oder sehen Sie zu, wie Ihr Sohn stirbt! Wählen Sie!

Sadie O'Connell ist Bestsellerautorin und eine stolze Mutter. Aber ihr Leben ist dabei, außer Kontrolle zu geraten. Nachdem ihr sechsjähriger Sohn Sam von einem Serientäter gekidnappt wurde, gerät sie an den Rand des Wahnsinns. Aber es sind nicht nur Angst und Trauer, die sie zu zerstören drohen. Es ist ihr Schuldgefühl. Denn Sadie ist die einzige Person, die weiß, wie der Entführer aussieht. Und sie kann es niemandem sagen. Denn sollte sie das tun, wird der Mann ihren Sohn in »blutigen kleinen Stücken« an sie zurückschicken.

Als Sadies treuloser Ehemann zufällig über eine Zeichnung des Kidnappers stolpert, setzt er eine Reihe entsetzlicher Ereignisse in Gang, die sie in den Abgrund stürzen. Sadies Rückfall in den Alkoholismus führt zu merkwürdigen Geistererscheinungen und zu einer Begegnung von Angesicht zu Angesicht mit dem Monster, das ihren Sohn entführt hat – ein Mann, der nur unter einem Namen bekannt ist … *Der Nebel.*

Die Autorin

Cheryl Kaye Tardif ist eine preisgekrönte internationale Bestsellerautorin aus Kanada, die mit Vorliebe verkündet: »Ich verdiene mein Geld damit, Leute umzubringen! Fiktiv natürlich. Ich bin Schriftstellerin.« Am bekanntesten ist sie für ihren spannungsgeladenen, übernatürlichen Thriller *Des Nebels Kinder*, der sich bisher über 60 000 Mal verkaufte und es mehrfach auf die Amazon-Bestsellerliste der besten 100 E-Books (Platz 4 in der Gesamtwertung) schaffte. *Booklist* nennt sie »einen großen Erfolg in Kanada … und eine Autorin, die südlich der Grenze ernst genommen werden muss«. Ihre Werke wurden mit Arbeiten von Michael Crichton, James Patterson und J. D. Robb verglichen. Derzeit verhandelt sie über Filmrechte für mehrere ihrer Bücher und schreibt an ihrem nächsten Thriller.

CHERYL KAYE
TARDIF

Des Nebels Kinder

Thriller

Übersetzt von Ingrid Könemann-Yarnell

amazon crossing

Die Originalausgabe erschien 2011 unter dem Titel
»Children of the Fog«
bei Imajin Books.

Deutsche Erstveröffentlichung bei AmazonCrossing,
Luxemburg, Juni 2014

Umschlaggestaltung: bürosüd° München, www.buerosued.de
Lektorat: Marion Bergmann
Korrektorat und Satz: Verlag Lutz Garnies, München
Printed in Germany
by Amazon Distribution GmbH, Leipzig

ISBN 978-1-477-82320-0

www.amazon.com/crossing

Dunkel war's, der Mond schien helle,
schneebedeckt die grüne Flur,
als ein Auto blitzeschnelle,
langsam um die Ecke fuhr.
Drinnen saßen stehend Leute,
schweigend ins Gespräch vertieft,
als ein totgeschoss'ner Hase,
auf der Sandbank Schlittschuh lief.
Und der Wagen fuhr im Trabe
rückwärts einen Berg hinauf.
Droben zog ein alter Rabe
grade eine Turmuhr auf.
Ringsumher herrscht tiefes Schweigen
und mit fürchterlichem Krach
spielen in des Grases Zweigen
zwei Kamele lautlos Schach.
Und auf einer roten Parkbank,
die blau angestrichen war,
saß ein blond gelockter Jüngling
mit kohlrabenschwarzem Haar.
Neben ihm 'ne alte Schrulle,
zählte kaum erst sechzehn Jahr,
in der Hand 'ne Butterstulle,
die mit Schmalz bestrichen war.
Droben auf dem Apfelbaume,
der sehr süße Birnen trug,
hing des Frühlings letzte Pflaume

und an Nüssen noch genug.
Von der regennassen Straße
wirbelte der Staub empor
und der Junge bei der Hitze
mächtig an den Ohren fror.
Beide Hände in den Taschen
hielt er sich die Augen zu.
Denn er konnte nicht ertragen,
wie nach Veilchen roch die Kuh.
Holder Engel, süßer Bengel,
furchtbar liebes Trampeltier.
Du hast Augen wie Sardellen,
alle Ochsen gleichen dir.
Und zwei Fische liefen munter,
durch das blaue Kornfeld hin.
Endlich ging die Sonne unter
und der graue Tag erschien.
Und das alles dichtet Goethe
Als er in der Morgenröte
Liegend auf dem Nachttopf saß
Und dabei die Zeitung las.
Verkehrte Welt (Volksgedicht)

Dieser Roman ist Sebastien, Jason und Ben gewidmet und allen »vermissten« Kindern …

Für diejenigen, die uns zu früh genommen wurden,
die aus eigenem Antrieb gingen,
die mit Liebe hergegeben wurden,
oder die, die liebevollen Eltern gestohlen wurden.
Für diejenigen, die im Geiste abhandengekommen sind,
verlorene Seelen in den Straßen unserer Städte,
und für die, deren Verstand sie verraten hat,
wir werden uns immer an euer wahres »Ich« erinnern.
Für die, die zurückgelassen wurden,
die endlos und ohne müde zu werden nach
Mutter, Vater, Schwester, Bruder, Tochter oder Sohn suchen.
Möget ihr Stärke und Hoffnung finden.
Für die Verlassenen, Vergessenen und die Vermissten,
möget ihr auf alle Ewigkeit Liebe finden,
und für die, die immer noch,
auf immer und für immer vermisst werden,
möget ihr euren Weg … nach Hause finden.

CKT

Prolog

14. Mai 2007

Sie war bereit zu sterben.

Sie saß am Küchentisch, eine halb leere Flasche von Philips kostbarem Rotwein in einer Hand, eine geladene Waffe in der anderen. Sie starrte das fremdartige Stück Metall an, wollte es dazu zwingen, sich in Luft aufzulösen. Aber das tat es nicht.

Sadie überprüfte die Pistole. Im Magazin befand sich nur noch eine einzige Kugel.

»Du brauchst nur eine.«

Wenn sie es richtig machen würde.

Sie legte die Waffe auf den Tisch und warf einen Blick auf die zinngerahmte Fotografie, die schief über dem Kaminsims hing. Sie wurde von einer nach Vanille riechenden Duftkerze beleuchtet, einer von vielen, die flackernde Schatten auf die groben Holzwände des Blockhauses warfen.

Sams süßes Gesicht starrte zurück, lächelnd.

Lebend.

Von ihrem Stuhl aus konnte sie seinen abgesplitterten rechten Vorderzahn sehen. Das Resultat der Entscheidung eines ungeduldigen Vaters, die Stützräder zu früh zu entfernen. Aber es hatte wenig Sinn, Philip die Schuld zu geben – nicht, nachdem sie beide so viel verloren hatten.

Nicht, wenn es allein meine Schuld ist.

Ihr Blick flog über den Kaminsims. Außer der Kerze befanden sich dort noch drei weitere Dinge. Zwei Umschläge, einer adressiert an Leah und einer an Philip, und die Mappe, die die Illustrationen und Manuskripte für Sams Buch auf Diskette enthielt.

Sie hatte es zu Ende gebracht, wie versprochen.

»Und Versprechen darf man nicht brechen, nicht wahr, Sam?«

Eine einzelne Träne lief ihr die Wange hinunter.

Sam war nicht mehr da.

Welchen Grund habe ich noch zu leben?

Sie stürzte den letzten beißenden Schluck Cabernet Sauvignon hinunter und ließ die Flasche fallen. Sie rollte unter den Stuhl, in einem Stück, und kullerte auf dem Holzfußboden hin und her. Dann trat wieder Stille ein, nur unterbrochen von der antiken Standuhr drüben in der Ecke. Ihr Ticken erinnerte sie an die Galosche des Clowns. An die mit der Reißzwecke.

Tick, tack, tick …

Die Uhr gab einen unheimlichen Gongschlag von sich.

Beinahe Mitternacht.

Beinahe Zeit.

Sie zog ein Unendlichkeitssymbol in den Staub des Tisches.

»Sadie und Sam. In alle Ewigkeit.«

Gong …

Sie schluckte mühsam, während Tränen über ihr Gesicht strömten. »Es tut mir so leid, dass ich dich nicht retten konnte, Baby. Ich habe es versucht. Gott weiß, wie sehr ich es versucht habe. Vergib mir, Sam.« Ihre Worte endeten in einem herzzerreißenden Stöhnen.

Am Fenster neben ihr kratzte etwas.

Sie presste ihr Gesicht an das frostbedeckte Glas und fuhr mit einem Keuchen zurück. »Verschwindet!«

Sie standen bewegungslos da – sechs Kinder, hergetrieben vom wallenden Gifthauch der Nachtluft, der sie in ihren Nächten und in jedem wachen Moment verfolgte. Eingehüllt in den vom Mond durchwobenen Nebel begannen sie zu singen. »Dunkel war's, der Mond schien helle …«

»Ihr seid nicht wirklich da«, flüsterte sie.

»… schneebedeckt die grüne Flur …«

Eine kleine blasse Hand spreizte sich von außen gegen das Fenster. Kondenswassertropfen glitten unter ihr wie Tränen das Glas hinunter.

Sie streckte ihre Hand aus, passte sie der des Kindes an. Schaudernd zog sie sie zurück. »Ihr existiert nicht wirklich.«

Die Uhr setzte ihren makabren Countdown fort.

Mit der einsetzenden Wirkung ihres Alkohol- und Drogenpotpourris begann sich der Raum um sie zu drehen. Ihr Magen hob sich, und sie atmete tief ein. Sie konnte es sich nicht leisten, sich zu übergeben. Sam wartete auf sie.

Tränen liefen ihre Wangen hinunter. »Ich bin so weit.«

Gong …

Ohne zu zögern, setzte sie sich die Pistole an die Schläfe.

»Nicht!«, schrien die Kinder.

Sie presste die Waffe gegen ihr Gesicht. Das Ende des Laufs war kalt. Wie ihre Hände, ihre Füße … ihr Herz.

Ein Schluchzen entfloh ihrer Kehle.

Die Uhr ließ ihren letzten Schlag erklingen. Dann herrschte Totenstille.

Mitternacht.

Erneut fanden ihre Augen Sams Gesicht.

»Alles Liebe zum Muttertag, Sadie.«

Sie atmete tief durch, drückte die Waffe fest gegen ihre Haut und presste ihre Augen zu.

»Mami ist auf dem Weg, Sam.«

Sie drückte den Abzug.

Eins

30. März 2007

Sadie O'Connell lachte leise vor sich hin, als sie das Preisschild des Spielzeugs in ihrer Hand sah. »Womit haben sie den denn ausgestopft, mit gewaschenem Geld?« Sie warf das Häschen wieder in die Kiste zurück und drehte sich zu der hochgewachsenen, langbeinigen Frau neben ihr um. »Was schenkst du Sam zum Geburtstag?«

Ihre beste Freundin warf ihr ein übermütiges Lächeln zu. »Was könnte ich ihm noch schenken? Dein Kind hat ja schon alles.«

»Wie kannst du das behaupten, meine Liebe?«

Aber Leah hatte recht. Sadie und Philip verwöhnten Sam grenzenlos. Warum auch nicht? Sie hatten lange Zeit auf ein Baby gewartet. Zumindest sie. Nach zwei Fehlgeburten erschien Sams Ankunft wie ein kleines Wunder. Ein Wunder, das es verdiente, verwöhnt zu werden.

Leah stöhnte laut. »Himmel, hier herrschen Zustände wie im Zoo.«

Toyz & Twirlz, der Spielzeugladen im Einkaufszentrum von West Edmonton, wurde von übereifrigen Kunden überrannt. Der erste große Ausverkauf des Frühjahrs lockte die Menschen immer in Scharen an. Erschöpfte Eltern belagerten das Geschäft und gaben ihrem missratenen Nachwuchs gelegentlich einen Klaps – ähnlich wie sie eine lästige Wespe beim Grillfest verscheuchten. Ein verzweifelter Vater suchte in den Gängen nach seinem Sohn, der sich offenbar selbstständig gemacht hatte, sobald er ihm den Rücken zudrehte. In jedem Gang schrien Eltern ihre Kinder an, drohten ihnen, redeten ihnen gut zu, bettelten und gaben dann, wie erwartet, nach.

»Wer hat wohl all die wilden Tiere losgelassen?«, erkundigte sich Sadie, während sie ihren Blick durch das Geschäft schweifen ließ.

Die kreischenden Räder der Einkaufswagen und das konstante Nörgeln der übermüdeten Kleinkinder bereiteten ihr Kopfschmerzen. Sie wünschte aus vollem Herzen, sie wäre daheim geblieben.

»Verzeihung.«

Eine mollige Frau mit krausem, zu stark gebleichtem Haar sah Sadie mit einem entschuldigenden Blick an. Dann schob sie einen Kinderwagen an ihnen vorbei, der von einem kleinen schreienden Außerirdischen besetzt war. Einige Schritte weiter hielt sie an, beugte sich vor und wischte etwas, das wie klumpiger Reispudding aussah, vom Mund des Kindes ab.

Sadie drehte sich zu Leah um. »Gott sei Dank ist Sam über diese Phase hinaus.«

Mit seinen fünf Jahren – in Kürze sechs – war ihr Sohn ihr Augapfel. Tatsächlich war er der ganze verdammte Baum. Der schlaksige Junge mit dem schwarzem Wuschelhaar, den saphirblauen Augen und dem perfekt geschwungenen Mund war das absolute Ebenbild seiner Mutter und, was das Temperament anging, das genaue Gegenteil seines Vaters. Während Sam eine freundliche, sanfte und liebevolle Natur hatte, war Philip ungeduldig und kühl. So kühl, dass er so gut wie nie »Ich liebe dich« sagte.

Sie starrte auf ihren Ehering. *Was ist nur aus uns geworden?*

Aber sie wusste, was geschehen war. Philips Ansehen als Strafverteidiger war gestiegen, er verdiente mehr und mehr Geld, und der Ruhm machte ihn überheblich. Er hatte sich verändert. Der Mann, in den sie sich verliebt hatte, den Träumer, gab es nicht mehr. Seinen Platz nahm nun jemand ein, den sie so gut wie nicht kannte, ein Fremder, der zu spät entschieden hatte, dass er keine Kinder wollte.

Oder eine Ehefrau.

»Was hältst du davon?«, fragte Leah und stieß sie an.

Sadie starrte auf den gelben Kipplaster. »Leg eine Plüschfledermaus rein, und Sam wird ihn lieben.«

Die Faszination ihres Sohnes für Fledermäuse war beinahe komisch. Im Fernsehen lief ständig *Expeditionen ins Tierreich*, eine Sendung, die ihr Sohn stundenlang nach Beiträgen über die pelzigen Tierchen durchforstete.

»Was hat der gute, alte Phil ihm denn gekauft?«, fragte Leah trocken.

»Ein neues Lernspiel.«

»Kaum zu fassen, was der Kleine schon alles kann.«

Sadie grinste. »Das überrascht mich auch immer wieder.«

Sams Gehirn war wie ein Schwamm. Er saugte Informationen so schnell auf, dass ihm alles nur einmal gezeigt werden musste.

Seine Beobachtungsgabe war so gut entwickelt, dass er allein durch die Nachahmung von Sadies Verhalten gelernt hatte, die Tür aufzuschließen. Das hatte Philip dazu gezwungen, ein weiteres Schloss anzubringen. Im Alter von drei Jahren konnte er mit der Fernbedienung und dem DVD-Player umgehen. Sadie hatte immer noch Probleme damit, den Fernseher anzustellen.

Sam, das süße, wunderbare kleine Genie.

»Vielleicht schenke ich ihm einen Film«, überlegte Leah. »Wie wäre es mit *Batman Begins*?«

»Er wird sechs, nicht sechzehn.«

»Da fehlt mir die Erfahrung. Ich habe ja schließlich keine Kinder.«

Mit ihren vierunddreißig Jahren war Leah Winters eine attraktive, gertenschlanke Brünette mit wilden, bunten Haarsträhnen, dicht bewimperten braunen Augen, einem koketten Lächeln und einer Vorliebe für jüngere Männer. Während Sadies blasses Gesicht ein Meer winziger Sommersprossen auf Nase und Wangenknochen schmückte, war Leahs Teint gebräunt und makellos.

Seit acht Jahren war sie nun schon Sadies beste Freundin. Sie waren Seelenverwandte – seit dem Tag, an dem sie Sadie aus heiterem Himmel angemailt und ihr Fragen über die Schriftstellerei und das Verlagswesen gestellt hatte. Sie trafen sich im »Book Ends«, einer angesagten Buchhandlung in Edmonton, auf einen schnellen Kaffee. Zumindest hatte Leah das geglaubt. Aber sie hatten sich auf Anhieb so gut verstanden, dass sie sich beinahe fünf Stunden lang unterhielten. Sie amüsierten sich immer noch darüber, dass Leah Sadie für eine im Rampenlicht stehende Autorin gehalten hatte, die nicht viel Zeit auf sie verschwenden würde. Aber Sadie hatte ihr mehr gegeben. Sie hatte Leah ein Stück ihres Herzens geschenkt.

Ein markanter, gut aussehender Colin-Farrell-Doppelgänger ging im Gang an ihnen vorbei, und Leah starrte ihm mit glitzernden Augen nach.

»Einen von diesen, bitte«, sagte sie mit leichtem Unterton. »Zum Mitnehmen.«

»Im Spielzeuggeschäft wirst du den Mann fürs Leben nicht finden«, bemerkte Sadie trocken. »Die sind gewöhnlich alle unter der Haube. Und im Karma wohl auch nicht.«

»Klub Karma« war ein angesagter Nachtklub in der Whyte Avenue. Er war für die beste »Ladies' Night« in ganz Edmonton bekannt, inklusive seiner muskelbepackten männlichen Stripper. Leah war Stammkundin.

»Und wieso nicht?«

Sadie rollte mit den Augen. »Weil sich im Karma nur schweißtriefende junge Welpen tummeln, die einzig und allein an einer Sache interessiert sind.«

Leah sah sie fragend an.

»Abgeschleppt zu werden«, ergänzte Sadie. »Ehrlich, ich verstehe nicht, was dir an diesem Schuppen gefällt.«

»Das musst du fragen? Sei nicht albern!« Leah zog ihre Augenbrauen hoch und grinste teuflisch. »Ich halte es einfach für meine Bürgerpflicht. Jemand muss den Jungs doch zeigen, wie's gemacht wird.«

»Das sollte mal jemand Philip zeigen«, murmelte Sadie.

»Warum – kriegt er ihn nicht hoch?«

»Himmel, Leah!«

»Was? Nun sag schon.«

»Später vielleicht. Beim Kaffee.«

Leah warf einen Blick auf ihre Uhr. »In unserem Stammcafé?«

»Natürlich. Denkst du, Victor würde uns vergeben, wenn wir in einen anderen Coffeeshop gingen?«

Leah gluckste. »Nein. Er würde glatt an der Sahne sparen, wenn wir uns als Verräter entpuppen. Also, was kaufst du denn nun für Sam?«

»Das weiß ich, sobald ich's sehe. Ich warte auf ein Zeichen.«

»Du immer mit deinem Schicksalsglauben.«

Sadie zuckte mit den Schultern. »Manchmal musst du einfach glauben, dass alles gut werden wird.«

Sie arbeiteten sich weiter durch die Gänge vor, beide auf der Suche nach etwas, das dem süßesten Jungen, den sie kannten, eine Freude machen würde.

Als Sadie genau das entdeckte, was Sam mit absoluter Sicherheit lieben würde, stieß sie einen Triumphschrei aus und warf Leah einen »Hab ich dir's nicht gesagt«-Blick zu.

»Dieses Fahrrad ist perfekt. Ich werde es ihm aber erst am Montag geben, seinem eigentlichen Geburtstag. Bei der Party am Sonntag bekommt er sowieso genug von seinen Freunden.«

Sie konnte nicht ahnen, dass Sam sein neues Fahrrad nicht zu sehen bekommen würde. Er würde nicht da sein, um es in Empfang zu nehmen.

»Ich habe Sie beide die ganze Woche lang nicht gesehen«, hielt Victor Guan ihnen vor. »Noch einen Tag länger, und ich hätte den Notruf gewählt.«

»Diese Woche war viel los«, erwiderte Sadie, während sie ihre Handtasche auf die Theke fallen ließ. »Wie läuft das Geschäft, Victor?«

»Dank der Kältewelle wieder im Aufschwung.«

Dem jungen Chinesen gehörte das »Cuppa Cappuccino« einige Straßen von Sadies Haus entfernt. Der Coffeeshop hatte einen Gaskamin, eine entspannte Atmosphäre und bot oft lokalen Musikern wie Jessy Green und Alexia Melnychuk eine Bühne. Victor servierte nicht nur die besten hausgemachten Suppen und einen fantastischen Cäsarsalat mit Feta, sondern auch sündhaft leckere Mokka Lattes.

Leah steuerte schnurstracks auf die Toilette zu. »Du weißt ja, was ich will.«

Sadie bestellte einen Chai-Tee und einen Mokka.

»Haben Sie heute Morgen den starken Nebel gesehen?«, erkundigte sich Victor.

»Ja, als ich Sam zur Schule gefahren habe. Ich konnte kaum den Wagen vor mir erkennen.«

Sie schüttelte sich, und Victor sah sie besorgt an.

»Davon kriegen Sie jetzt noch eine Gänsehaut?«, fragte er.

»Nein, ich bin nur den Winter leid.«

Sie nahm eine Zeitung vom Ständer und machte sich auf den Weg nach oben. Das Sofa am Kamin war frei. Sie setzte sich und ließ die Zeitung auf den Tisch fallen.

Die Schlagzeile auf der ersten Seite ließ sie nach Atem ringen.

Der Nebel schlägt wieder zu!

Ihre Kehle war wie zugeschnürt. »O Gott. Nicht schon wieder eines.«

Das Bild eines blonden, blauäugigen Mädchens, das auf einer Steintreppe saß, beherrschte die Titelseite.

Die achtjährige Cortnie Bornyk aus dem Norden Edmontons wurde vermisst. Dem Bericht nach war das Mädchen mitten in der Nacht verschwunden. Es gab keine Anzeichen eines gewaltsamen Eindringens und keine Hinweise darauf, wer sie verschleppt haben könnte. Aber die Ermittlungsbeamten waren sich sicher, dass es derselbe Täter war, der auch die anderen entführt hatte.

Sadie schlug Seite 3 der Zeitung auf, auf der die Geschichte fortgesetzt wurde. Sie empfand Mitgefühl für den Vater des Mädchens, einen alleinstehenden Mann, der Ontario verlassen hatte, um in Edmonton einen Job als Bauarbeiter anzunehmen. Matthew Bornyk war hierhergezogen, um ein besseres Leben zu finden. Keine schlechte Entscheidung in Anbetracht des boomenden Immobilienmarkts. Und jetzt betete er um die sichere Heimkehr seiner Tochter.

»Hier bitte«, sagte Victor und stellte zwei Tassen auf den Tisch.

»Danke«, erwiderte sie, ohne hochzusehen.

Ihre Augen hingen an einem kleineren Foto von Bornyk und seiner Tochter. Der Mann lächelte breit, während seine

Tochter in einer albernen Pose dem Betrachter die Zunge herausstreckte.

Papas kleines Mädchen, dachte Sadie traurig.

Leah ließ sich in den Sessel neben sie fallen. »Wer ist denn dieser Adonis?«

»Seine Tochter wurde letzte Nacht entführt.«

»Wie schrecklich.«

»Ja«, bestätigte Sadie und nahm einen vorsichtigen Schluck.

»Hat jemand etwas gesehen?«

»Nichts.« Sie sah Leah in die Augen. »Außer dem *Nebel*.«

»Glauben Sie, er war's?«

Sadie überflog den Artikel. »Bisher gab es keine Lösegeldforderung. Klingt wie er.«

»Verdammt noch mal. Das macht – wie viele nun? – sechs Kinder.«

»Sieben. Drei Jungen, vier Mädchen.«

»Da fehlt ihm noch ein Junge.« Leahs Stimme war heiser vor Grauen.

Der Nebel, wie der Kidnapper genannt wurde, schlich sich mitten in der Nacht oder in den frühen Morgenstunden im Schutz des dichten Nebels in die Häuser. Er hüllte seine Opfer ein und verschwand dann so spurlos wie der Nebel selbst. Mit den gefangenen Seelen der Kinder und den gestohlenen Hoffnungen und Träumen der Eltern. Ein Junge, ein Mädchen. Jedes Frühjahr. Seit vier Jahren.

Sadie warf die Zeitung zur Seite. »Wechseln wir das Thema.«

Ihre Augen überflogen den Raum und registrierten die Vielfalt von Victors Kundschaft. In einer Ecke des oberen Stockwerks spielten drei Teenager Poker, während ein Vierter zusah und jedes Mal einen Siegesschrei ausstieß, sobald einer seiner Freunde gewann. Gegenüber von Sadie tippte eine rothaarige Frau in einem blasslila Sweatshirt ununterbrochen auf ihren Laptop ein. Nur gelegentlich hielt sie inne, um den lauten Jungs einen frustrierten Blick zuzuwerfen. In der unteren Etage las einer der Stammkunden – der alte Ralph – jede Zeitung vom ersten bis zum letzten Wort. Nach jeder Seite trank er einen Schluck seines Kaffees.

»Also …«, sagte Leah gedehnt, während sie ihre Beine übereinanderschlug. »Was ist nun los mit dem guten, alten Phil?«

Sadie runzelte die Stirn. »Das wüsste ich auch gern. Er sagt, er arbeitet bis spät nachts in der Firma.«

»Und was denkst du? Dass er rumhurt?«

Leah nahm nie ein Blatt vor den Mund – egal bei welchem Thema.

»Vielleicht arbeitet er wirklich viel«, gab ihre Freundin zu bedenken.

Sadie schüttelte den Kopf. »Letzte Nacht kam er um zwei Uhr früh heim. Er stank förmlich nach Parfüm und Alkohol.«

»Arbeitet seine Firma nicht an diesem Ölpestskandal? Ich wette, bei dem Fall schieben alle Partner Überstunden.«

Sadie schnaubte. »Inklusive Brigitte Moreau.«

Brigitte war die rechte Hand ihres Mannes, worauf er sie schon des Öfteren hingewiesen hatte. Offensichtlich war der neueste Zugang der Fleming-Warner-Rechtsanwaltskanzlei unentbehrlich. Die schlanke, blonde Anwältin mit Brüsten, für die sie offensichtlich bezahlt hatte, wich Philip nicht von der Seite.

Sadie fragte sich, was Brigitte machte, wenn sie auf die Toilette musste.

Wahrscheinlich nimmt sie Philip mit.

»Es könnte vollkommen harmlos sein«, wendete Leah ein.

»Glaubst du? Nach der Konferenz habe ich die After-Party besucht. Ich habe sie zusammen gesehen, und da war nichts Harmloses zwischen den beiden. Brigitte hing an Philips Arm, als ob er ihr gehöre. Und er lachte und flüsterte ihr ins Ohr.« Sie kräuselte ihre Lippen. »Seine Mitarbeiter haben mich mit teilnahmsvollen Augen angesehen und bemitleideten mich. Ich konnte es in ihren Gesichtern sehen. Sogar sie wussten es.«

Leah zuckte zusammen. »Hast du ihn darauf angesprochen?«

»Ich habe ihn gefragt, ob er mich betrügt.«

Kurz bevor Sam geboren wurde, hatte Philip zwei Affären zugegeben. Beides Büroliebschaften, wie er sie nannte. »Beide bedeutungslos«, hatte er gesagt, bevor er seine Untreue auf ihren wachsenden Bauch und ihr mangelndes Interesse an Sex schob.

»Und was hat er geantwortet?« Leah hakte mit der Entschlossenheit eines Pitbulls nach, der über einem T-Bone-Steak sabbert.

»Nichts. Er ist einfach aus dem Haus gestürmt. Später hat er mich vom Büro aus angerufen, kurz bevor du vorbeigekommen bist. Er sagte, ich würde mich lächerlich machen. Meine Vorwürfe wären verletzend und unfair.« Sie senkte ihre Stimme. »Er hat mich gefragt, ob ich wieder trinken würde.«

»Dieser Mistkerl! Und du wunderst dich, weshalb ich immer noch Single bin.«

Sadie antwortete nichts. Stattdessen dachte sie über ihre Ehe nach.

Sie waren glücklich … gewesen. Vor ihrem Absturz in den Alkoholismus. In den frühen Jahren ihrer Ehe war Philip aufmerksam und besorgt gewesen, er hatte sie in ihrer Entscheidung, Schriftstellerin zu werden, unterstützt. Erst als sie begann, von einer Familie zu reden, änderten sich die Dinge.

Sie warf einen kurzen Blick auf Leah, dankbar für ihre loyale Kameradschaft und ihr Verständnis. Das Schicksal hatte ganz sicher seine Hand im Spiel gehabt, als es sie zu Leah führte. Ihre Freundin hatte weit mehr getan, als die Pflichten unter Freunden verlangten. Sie hatte von einem Augenblick auf den anderen alles stehen und liegen lassen, wann immer Sadie sie angerufen hatte. Leah war ihre Lebensretterin, besonders an den Tagen und in den Nächten, wenn die Flasche sie rief. Sie hatte sogar einige Treffen der Anonymen Alkoholiker zusammen mit Sadie besucht.

Und wo war Philip? Wahrscheinlich bei Brigitte.

»Komm schon, meine Liebe«, sagte Leah grinsend. »Ich weiß doch, dass du wie ein Bierkutscher fluchen willst. Lass es einfach raus.«

»Du kennst mich besser. Diese Sprache spreche ich nicht.«

»Du bist viel zu prüde. Philip ist ein Arsch, ein Mistkerl. Lass mich hören, wie du's sagst. Mist…kerl.«

»Das Fluchen fällt eindeutig mehr in dein Metier«, sagte Sadie trocken.

»Verdammt noch mal, richtig. Fluchen befreit.« Leah nippte vorsichtig an ihrem Tee. »Und wie kommst du mit dem Buch voran?«

Sadie lächelte. »Mit dem Text bin ich gestern fertig geworden. Morgen fange ich mit den Illustrationen an. Ich freue mich so darauf.«

»Hast du schon einen Titel?«

»Die verrückte Fledermaus.«

Leahs hauchdünne Augenbrauen hoben sich. »Hmm … wie passend.«

Sadie gab ihr einen spielerischen Klaps auf den Arm. »Das Buch handelt von einer kleinen Fledermaus, die den Weg nach Hause nicht finden kann, weil ihr Radar durcheinandergeraten ist. Zuerst glaubt sie, dass sie Funksignale empfängt, aber dann erkennt sie, dass sie die Gedanken anderer Kreaturen aufschnappt.«

»Das ist ja perfekt. Sam wird es lieben.«

»Ich weiß. Keine Ahnung, warum ich so lange gewartet habe, um speziell etwas für ihn zu schreiben.«

Vor einigen Monaten hatte Sadie beschlossen, ihre *Lexa-Caine*-Kriminalromanserie zu unterbrechen, hauptsächlich, weil ihr Agent ihr einen Vertrag für zwei Kinderbücher gesichert hatte.

»Die Pause kommt gerade richtig«, gab sie zu. »Lexa brauchte eine Auszeit. Ferien.«

»Schöne Pause«, beschwerte sich Leah. »Ich habe dich kaum gesehen. Du hast Tag und Nacht an Sams Buch gearbeitet.«

»Das war die Sache wert.«

»Ist es schwieriger, als Krimis zu schreiben?«

»Abgesehen von den Illustrationen ist es einfacher, glaube ich«, antwortete Sadie. Was sie selbst etwas überraschte. »Aber Sam inspiriert mich. Er ist meine Muse. Ein Kind sieht die Dinge so anders.«

»Das fehlt mir.«

Sadies Kinnlade fiel nach unten. »Ein Kind?«

»Eine Muse, du Idiotin.«

Sadie grinste. »Und wie kommt deine heiße Romanze voran?«

»Ich stecke fest. Clara ist auf dem Piratenschiff unter Deck gefangen ohne einen möglichen Ausweg aus dem Laderaum.«

Seit dem Erfolg ihres Erstlingswerks *Süßes Schicksal* hatte Leah ihre Nische gefunden und arbeitete an ihrem zweiten historischen Liebesroman.

»Was befindet sich denn dort im Laderaum?«

Leah warf ihr ein ironisches Lächeln zu. »Kisten voller Bermuda-Rum.«

»Na ja, den wird sie wohl nicht trinken. Was könnte sie sonst tun?«

»Keine Ahnung. Sie kann die Besatzung nicht betrunken machen, falls du daran denkst.«

»Wie wäre es, wenn das Schiff in Brand geraten würde?«

Leahs Augen funkelten vor Begeisterung. »Ja. Ein Feuer könnte die Sache wirklich aufheizen. Wortspiel beabsichtigt.«

Sie versanken einen Moment in Schweigen, jede verloren in ihre eigenen Gedanken.

»Hey«, sagte Sadie schließlich. »Ich überlege, ob ich mir die Haare schneiden lasse. Was hältst du davon?«

Leah starrte sie an. »Du willst dieses wunderschöne Haar loswerden? Himmel, Sadie, es fällt dir den halben Rücken hinunter.« Mit stark übertriebenem irischem Akzent sagte sie: »Hast du vielleicht ein klein wenig den Verstand verloren, Lassie?«

»Es macht zu viel Arbeit«, erklärte Sadie schmollend.

»Was sagt Philip dazu?«

»Ihm wäre es lieber, ich ließe es lang«, antwortete sie finster. »Vielleicht ist das der Grund, warum ich es abschneiden lassen will.«

Leah lachte. »Dann nur zu, mein Mädchen.«

Eine halbe Stunde später trennten sie sich – Leah voller Vorfreude darauf, zur unschuldigen Clara und ihrem gut aussehenden, dolchschwingenden Piraten zurückzukommen, und Sadie unmotiviert, in ihr leeres Haus zurückzukehren. Während sie in ihren sportlichen Mazda 3 einstieg, lächelte sie, wie immer erleichtert, dass sie das Praktische dem protzigen und angeberischen Mercedes, den Philip fuhr, vorgezogen hatte.

Sie warf einen Blick auf ihre Uhr und stieß einen Seufzer der Erleichterung aus. Es war beinahe Zeit, Sam von der Schule abzuholen.

Ihr Herz setzte einen Moment aus.

Vielleicht hat es heute Fortschritte gegeben.

Zwei

In dem Moment, in dem Sam sie an der Klassenzimmertür stehen sah, stieß er einen wilden Schrei aus und rannte so ungestüm auf sie zu, dass er sie beinahe umgeworfen hätte.

»Hoppla, kleiner Mann«, begrüßte sie ihn atemlos. »Wer bist du denn? Tarzan?«

»Wir haben gerade *Pocahontas* zu Ende gelesen!«, rief ihr eine Frauenstimme zu.

»Hallo, Jean«, sagte Sadie. »Wie lief es denn heute?«

Jean Ellis unterrichtete eine Klasse hörgeschädigter Kinder.

»Das Übliche«, antwortete die Kindergärtnerin. »Nichts Neues, fürchte ich.«

Sadie versuchte, ihre Enttäuschung zu verbergen. »Vielleicht morgen.«

Sie studierte Sam, der ganz ausgezeichnet hören konnte.

Warum spricht er nicht?

»Hattest du einen guten Tag, Schätzchen?«

Sam ignorierte sie, zog seine Winterjacke an und steckte seine Füße in ein Paar gefütterte Stiefel.

»Es war ein fantastischer Tag«, sagte Jean und übersetzte ihre Worte gleichzeitig in Gebärdensprache. »Sam hat einen Freund gefunden. Einen echten, dieses Mal.«

Sadie war überrascht. Sams erster richtiger Freund. Abgesehen von seinem unsichtbaren Freund Joey.

»Hey, kleiner Mann«, sagte sie, während sie sich bückte,

um ihn in die Arme zu nehmen. »Mami hat dich heute vermisst. Aber es freut mich zu hören, dass du einen neuen Freund hast. Wie heißt er denn?«

Als Sam nicht antwortete, sah Sadie zu Jean hinüber.

»Victoria«, sagte die Frau mit einem Augenzwinkern.

Grinsend fuhr Sadie Sam durchs Haar. »Okay, du Charmeur. Gehen wir.«

Sie winkte Jean kurz zu und griff nach Sams Hand. Es überraschte sie jedes Mal, wie perfekt sie sich in ihre Hand schmiegte und wie warm und weich seine Haut war.

Draußen auf dem Parkplatz öffnete sie den Wagen, und Sam kletterte in seinen Kindersitz auf der Rückbank. Sie lehnte sich nach vorn, schnallte ihn an und küsste dann seine Wange. »Gemütlich?«

Er zeigte mit dem Daumen nach oben.

Während sie losfuhr, warf sie einen Blick in den Rückspiegel. Sam starrte vor sich hin, ohne Interesse an den lachenden Kindern, die auf ihre Eltern warteten. Ihr Sohn war ein schüchterner Junge, ein Einzelgänger, der andere Kinder unabsichtlich abschreckte, weil er nicht sprechen konnte.

Weil er nicht sprechen wollte, korrigierte sie sich.

Sam war nicht immer stumm gewesen.

Sadie hatte ihm mit zwei Jahren das Alphabet beigebracht. Im Alter von drei Jahren konnte er bereits kurze Sätze lesen.

Und dann, eines Tages, aus keinem ersichtlichen Grund, hörte Sam auf zu sprechen.

Sadie war am Boden zerstört.

Und Philip? Es gab keine Worte, um sein widersprüchliches Verhalten zu erklären. Zuerst schien er beschämt, war besorgt. Dann beschimpfte er sie wüst, unterstellte so viele schreckliche Dinge, dass sie nach einer Weile selbst zu zweifeln begann. Während solch einer hässlichen Auseinandersetzung hatte er sie gepackt und seine Finger in ihren Arm gegraben.

»Hast du während der Schwangerschaft getrunken?«, verlangte er von ihr zu wissen.

»Nein!«, schluchzte sie. »Nicht einen Tropfen.«

Seine Augen verengten sich ungläubig. »Wirklich?«

»Ich schwör's dir, Philip.«

Er starrte sie lange Zeit an, dann schüttelte er den Kopf und wandte sich ab.

»Er braucht Hilfe!«, rief sie, als sie hinter ihm her rannte.

Philip drehte sich auf dem Absatz um. »Und was genau schlägst du vor?«

»In der Innenstadt gibt es einen Spezialisten. Dr. Wheaton hat ihn empfohlen.«

»Dr. Wheaton ist ein Idiot. Sam wird reden, wenn er so weit ist. Es sei denn, du hast ihn für immer verkorkst.«

Seine unsensiblen Worte verletzten sie tief. Nachdem er zurück ins Büro gegangen war, nahm sie den Hörer in die Hand und vereinbarte Sams ersten Termin. Sie fühlte sich nicht wohl dabei, das hinter Philips Rücken zu tun, aber er hatte ihr keine Wahl gelassen.

Im Alter von dreieinhalb Jahren hatte sich Sam neben mehreren Hör- und Intelligenztests bereits einer Reihe von Röntgenuntersuchungen, Ultraschalls und psychiatrischen Beratungen unterzogen. Dennoch hatte niemand eine Erklärung dafür, warum er kein Wort sprach. Seine Stimmbänder waren der Meinung eines Spezialisten nach vollkommen gesund. Und er hatte recht. Sam konnte schreien, weinen oder kreischen. Das hatten sie zur Genüge erlebt, als er jünger war.

Sadie gelang es endlich, Philip zu einem Termin mit einem Psychologen zu überreden, aber der Psychologe – ein kleiner, zaghafter Mann mit einer grauenvollen rot gestreiften Krawatte, die nur so nach Überkompensation schrie – hatte keine guten Neuigkeiten für sie. Er saß hinter einem sterilen Metallschreibtisch, sah Philip unverwandt an und zappelte, als ob er am Tourette-Syndrom leiden würde.

»Ihr Sohn leidet unter einem Trauma«, erklärte der Mann und stellte damit etwas fest, was Sadie bereits klar war.

»Aber was könnte das ausgelöst haben?«, fragte sie erschüttert.

Der Arzt spielte mit seiner Krawatte. »Symptome dieser Art sind oft das Resultat einer Art von … von Misshandlung.«

Philip sprang auf. »Was, zum Teufel, wollen Sie damit sagen?«

Der Mann zuckte zusammen. »Ich … ich will damit sagen, dass wohl jemand oder etwas Ihren Sohn verängstigt haben könnte. Zum Beispiel ein Streit zwischen seinen Eltern oder das Beobachten von Drogen- oder Alkoholmissbrauch.«

Sadie schreckte bei seinen letzten Worten zurück. Der Blick, den Philip ihr zuwarf, war voll eiskalter Wut. Und der Schuldzuweisung.

Der Arzt holte tief Luft. »Und natürlich besteht die Möglichkeit des physischen oder sexuellen …«

Ohne ein weiteres Wort stürmte Philip aus der Praxis. Sadie rannte hinter ihm her. Natürlich hatte er ihr die Schuld gegeben. Seiner Ansicht nach war es ihr Trinken, das erst ihre Fehlgeburten verursacht hatte und nun Sams verzögerte Sprachentwicklung.

An diesem Abend, nachdem Sam im Bett war, hatte Philip jede einzelne Schublade durchsucht. Und dann den Schrank.

Sie sah ihm besorgt zu. »Was machst du denn?«

»Nach den Flaschen suchen!«, schnauzte er sie an.

Sie sog zischend die Luft ein. »Ich hab's dir doch gesagt. Ich trinke nicht.«

»Einmal Alkoholikerin …«

Sie duckte sich, als er mit zornrotem Gesicht näher kam.

»Es ist deine Schuld!«, schrie er sie an.

Schuldgefühle belasten Menschen schwer. Sie sind eine so starke zerstörende, unsichtbare Kraft, dass nicht einmal Sadie gegen sie ankämpfen konnte.

Sie blickte in den Rückspiegel und sog Sams herzförmiges Gesicht und seinen ernsten Ausdruck in sich auf. Sie fragte sich zum Millionsten Mal, warum er nicht sprechen wollte. Sie würde alles dafür geben, seine Stimme zu hören, nur ein einziges Wort. Egal welches. Sie hatte Gott angefleht, die Schule möge die Sprachbarriere durchbrechen.

Ohne Erfolg.

Plötzlich verlangte es sie unsäglich danach, seine Stimme zu hören.

»Sam? Kannst du Mami sagen?«

Er machte die Gebärde für *Mama*.

»Komm schon, Schätzchen«, bettelte sie. »Mahh-mmi.«

Er lächelte ihr im Spiegel zu und zeigte auf sie.

Tränen traten ihr in die Augen, aber sie blinzelte sie weg. Eines Tages würde er sprechen. Er würde sie Mami nennen und ihr sagen, dass er sie liebt.

»Eines Tages«, flüsterte sie.

Im Moment musste es genügen, sich auf die unbestreitbar starke Verbindung, die zwischen ihnen beiden bestand, zu verlassen. Diese Verbindung zwischen Mutter und Kind, die bei der Empfängnis geschmiedet wurde. Sie wusste immer, was Sam fühlte, sogar ohne Worte.

Sie bog in ihre Straße ein, ein ruhiges Wohngebiet südöstlich von Edmonton. Sie fuhr die Auffahrt hoch, drückte auf den Garagenöffner und bemerkte sofort den schnittigen silbernen Mercedes, der in der großräumigen Doppelgarage geparkt war.

Sie schnappte nach Luft.

Philip war zu Hause.

»Okay, kleiner Mann«, murmelte sie. »Papa ist daheim.«

Sie half Sam aus dem Kindersitz und ging mit ihm auf dem Arm zur Tür. Er zappelte so lange, bis sie ihn herunterließ. Dann rannte er ins Haus, direkt nach oben. Sie zuckte zusammen, als sie seine Schlafzimmertür zuschlagen hörte.

»Sieht aus, als ob keiner von uns beiden sich überschwänglich freut, Papa zu sehen«, sagte sie.

Ihre Schlüssel landeten in einer Kristallschale auf dem Tisch neben der Tür. Sie ließ ihre Handtasche unter den Tisch fallen, zog die Schuhe aus, richtete sich auf und marschierte direkt auf das Kriegsgebiet zu.

Aber die Tür zu Philips Büro war geschlossen.

Sie wandte sich zur Küche um.

Der Krieg kann warten. Immer.

Als sie eine Stunde später am Büro vorbeiging, hörte sie, wie Philip jemanden am Telefon anschrie. Wer immer es auch war, er wurde ernsthaft zur Schnecke gemacht. Eine Minute später flog etwas gegen die Tür.

Sie wandte sich ab. »Mach's nicht noch schlimmer, Sadie.«

Philip blieb weiter in seinem Büro eingeschlossen und weigerte sich, zum Abendessen zu erscheinen. Deshalb bestand ihr Mahl nur aus einem schnellen Hotdog für Sam und einem Salat für sie selbst.

Für Philip ließ sie einen Teller mit Resten von gestern – Schinken, Kartoffeln und Gemüse – auf dem Küchentresen stehen.

Später badete sie Sam und zog ihm seinen Schlafanzug an.

»Ich habe heute Tante Leah getroffen«, sagte sie, während sie ihm den Schlafanzug zuknöpfte. »Sie bat mich, ihren Lieblingsjungen zu grüßen.«

Viel mehr gab es nicht zu erzählen, außer, dass sie die Fledermausgeschichte fertig geschrieben hatte. Natürlich würde sie ihm nicht erzählen, dass sie seinen Geburtstagskuchen bestellt und ihm ein Fahrrad gekauft hatte, das sie ganz allein ins Haus geschleppt und im Keller versteckt hatte.

»Soll ich dir eine Geschichte vorlesen?«, bot sie ihm an.

Sam grinste.

Sie saß auf der Bettkante und deutete mit dem Kopf zum Bücherregal. »Such dir etwas aus.«

Er schlenderte zu den Büchern hinüber und starrte sie nachdenklich an. Schließlich konzentrierte er sich auf ein Buch mit einem weißen Einband. Es war die gleiche Geschichte, die er sich jede Nacht aussuchte.

»*Meine Fantasiefreunde*, schon wieder?«, fragte sie amüsiert.

Er nickte, sprang ins Bett und kuschelte sich in seine Decken ein.

Sadie machte es sich neben ihm gemütlich. Während sie ihm die Geschichte von Katie vorlas, ein junges Mädchen mit einer Fantasiefreundin, die sie immer in Schwierigkeiten brachte, musste sie unwillkürlich über Sam nachdenken.

Das ganze letzte Jahr hatte er darauf bestanden, dass Joey existiert, ein Junge seines Alters, der, so schwor er, in seinem Zimmer lebt. Oft beobachtete sie Sam, wie er lächelte und nickte, als ob er sich mit jemandem unterhalten würde. Keine Worte, keine Gebärden, nur dieser besondere Gesichtsausdruck. An manchen Tagen schien er in seiner eigenen Welt zu leben.

»Lisa sagt, du sollst deine Augen schließen«, las sie ihm vor.

Sams Augen schlossen sich langsam.

»Blättere nun um und benutz deine Fantasie.«

Er blätterte um, dann öffnete er seine Augen. Sie leuchteten auf, als er die farbenprächtige Zeichnung von Katies imaginärer Freundin Lisa sah.

»Kannst du mich jetzt sehen?«, las sie lächelnd.

Sam zeigte auf das Mädchen im Spiegel.

»Gute Nacht, Katie. Und gute Nacht, mein Freund. Ende.«

Sie klappte das Buch zu und legte es neben den Batman-Wecker auf den Nachttisch. Dann rutschte sie vom Bett, beugte sich vor und küsste die warme Haut ihres Sohnes.

»Gute Nacht, Sam.«

Seine kleine Hand kam unter der Decke hervor. Mit einem Finger zeichnete er ein auf der Seite liegendes »S« in die Luft. Ihr abendliches Ritual.

»S… für Sam«, sagte sie leise.

Und wie jede Nacht zeichnete sie das Spiegelbild.

»S… für Sadie.«

Zusammen malten sie ein Unendlichkeitssymbol.

Sie lächelte. »In alle Ewigkeit.«

Sie schaltete die Nachttischlampe aus und verließ leise den Raum. Als sie über ihre Schulter blickte, sah sie Sams Engelsgesicht, das von dem Licht im Flur erhellt wurde. Sie zog die Tür zu, presste ihre Wange dagegen und schloss die Augen.

Sam war der Einzige, der sie wirklich liebte, der ihr vertraute. An diesem ersten Tag, an dem seine riesigen Augen mit den schwarzen Wimpern die ihren getroffen hatten, hatte sie ihr Herz an ihn verloren. Die Liebe einer Mutter konnte nicht reiner sein.

»Mein wunderschöner Junge.«

Als sie sich umdrehte, prallte sie gegen eine hochgewachsene Gestalt. Ihr Lächeln verschwand, sobald sie sie erkannte.

Philip.

Und er war nicht glücklich. Nicht im Geringsten.

Er warf ihr einen stechenden Blick zu und drückte eine Hand gegen die Wand, damit sie ihm nicht entkommen konnte. Seine Lippen – dieselben, die sie an dem Abend, an dem sie sich das erste Mal getroffen hatten, so charismatisch angelächelt hatten – waren vor Verachtung verzogen.

»Du hättest mir sagen können, dass Sam ins Bett geht.«

Sie wich ihm aus. »Du warst beschäftigt. Wie gewöhnlich.«

»Was, zum Teufel, soll das denn heißen?«

Sein aggressiver Ton ließ sie erschauern, aber sie erwiderte nichts.

»Du flippst ja wohl nicht schon wieder aus, oder?« Er packte sie fest am Arm. »Ich hab dir's schon mal erklärt. Brigitte ist eine Kollegin. Nicht mehr. Himmel, Sadie! Du bist doch kein Kleinkind mehr. Du gehst auf die vierzig zu. Was ist denn in letzter Zeit nur in dich gefahren?«

»Nicht das Geringste, Philip. Und dieses Jahr werde ich achtunddreißig. Nicht vierzig.« Sie riss ihren Arm los und hastete an ihm vorbei in Richtung Schlafzimmer.

Ihre Ehe war eine Lüge.

»Von Anfang an zum Scheitern verurteilt«, hatte ihre Mutter ihr eines Abends erklärt. Sadie, ein weinendes Wrack, hatte sie angerufen, nachdem Philip ihr seine erste Affäre gestanden hatte.

Aber sie hatte ihrer Mutter bewiesen, dass dem nicht so war. Oder? Im Jahr nach Sams Geburt schien es zwischen ihnen besser zu laufen. Dann begann der Streit zwischen ihr und Philip erneut. In letzter Zeit hatte er sich zu einem nächtlich wiederkehrenden Ereignis entwickelt. Zumindest an den Abenden, an denen er zu Hause war, bevor sie ins Bett ging.

Philip betrat das Schlafzimmer und schlug die Tür zu.

»Weißt du«, fragte er hämisch, »dass du seit Monaten eine Zicke bist?«

»Nein, bin ich nicht.«

»Eine frigide Zicke. Und wir beide wissen, PMS ist nicht Schuld dran, wenn man bedenkt, dass du das schon lange hinter dir gelassen hast.«

Sie zuckte zusammen und erhaschte einen Blick auf ihr trauriges Bild im Ankleidespiegel. Mittlerweile sollte sie an seine rücksichtslosen Beschimpfungen gewöhnt sein. Aber das war sie nicht. Jedes Mal fühlte es sich an, als ob er ihr ein Messer tiefer und tiefer ins Herz stoßen würde.

Eines Tages würde sie nicht mehr in der Lage sein, es herauszuziehen. Und was wären sie dann? Nur ein weiterer Fall für die Statistik?

Philip wartete hinter ihr. Nervös fuhr er sich mit der Hand durch seine ergrauenden braunen Haare.

Einen Moment lang schämte sie sich ihrer Gedanken.

»Hörst du mir überhaupt zu?«, fauchte er zornig.

Und der Moment war vorbei.

Sie seufzte erschöpft. »Was willst du von mir hören, Philip? Du bist nie zu Hause. Und falls du es bist, arbeitest du die ganze Zeit in deinem Büro. Wir unternehmen nichts miteinander oder gehen irgendwo …«

»Himmel, Sadie! Wir sind doch gerade erst mit Morris und seiner Frau ausgegangen.«

»Ich rede nicht von Geschäftsessen«, sagte sie. »Wir treffen uns nicht mehr mit unseren alten Freunden. Wir gehen nie ins Kino, sitzen nie zusammen und unterhalten uns, und … wir lieben uns nicht mehr.«

Philip verschränkte die Arme und blickte finster drein.

»Und wessen Fehler ist das? Sicher nicht meiner. Du bist diejenige, die sich jedes Mal zurückzieht, wenn ich versuche, dir nahe zu kommen. Weißt du, ein Mann kann nur ein gewisses Maß an Ablehnung verkraften, bevor …«

»Was?« Bereit zur Konfrontation, wirbelte sie herum. »Bevor du es dir irgendwo anders suchst?«

Er starrte sie einen langen Moment an. Die Luft um sie herum lud sich auf, und die Spannung wand sich um sie wie eine giftige Schlange, die mit entblößten Fangzähnen zum Angriff bereit ist.

Als er endlich sprach, klang seine Stimme leise und besiegt. »Wenn du mir gelegentlich einen Teil der Liebe entgegenbringen würdest, die du Sam gibst, käme ich nicht in Versuchung, mich woanders umzusehen.«

Er stolzierte aus dem Zimmer und lief mit donnernden Schritten die Treppe hinunter. Eine Minute später schlug die Vordertür zu.

Sie ließ einen zitternden Seufzer aus. »Feigling.«

Sie war sich nicht sicher, ob sie Philip … oder sich selbst meinte.

Sie schob die Gardinen zur Seite und blickte durch das Fenster auf die schwach beleuchtete Straße hinunter. Dort herrschte kein Verkehr, nur einige Fahrzeuge waren entlang der Bürgersteige geparkt.

Das entfernte schwache Geräusch des Garagentors veranlasste sie, die Gardine zu umklammern. Sie hörte das trotzige Aufjaulen des Motors und beobachtete, wie der Mercedes rückwärts die Einfahrt hinunterfuhr und eine Spur weißen Dampfs hinter sich her zog. Auf der Straßenoberfläche glänzte eine frische, dünne Eisschicht, auf der der Wagen mit durchdrehenden Reifen davonraste.

Philip schien immer das letzte Wort zu behalten.

Sie sah dem feurigen Schein der Rücklichter nach, die sich

in der Nacht verloren. Dann erregte das flackernde Licht der Straßenlampe gegenüber ihre Aufmerksamkeit. Sie runzelte die Stirn, als das Licht erlosch. Einer der Nachbarhunde begann zu bellen, entweder wegen der plötzlichen Dunkelheit oder dank Philips lautem Abgang.

Sie war sich nicht sicher.

Und dann trat etwas aus den Büschen hervor.

Ein schwerfälliger Schatten schlurfte einige Meter rechts von der Laterne den Bürgersteig entlang. Es war ein Mann, da war sie sich sicher. Sie konnte die schwere Jacke und eine Art Hut ausmachen, aber sonst war nichts zu erkennen.

Der Mann blieb gegenüber ihrem Haus auf der anderen Straßenseite stehen.

Sadie war sich sicher, dass er zu ihr hoch starrte.

Sie schauderte und trat vom Fenster zurück. Die Gardinen fielen hinter ihr zu. Als sich ihr Atem beruhigt hatte, schlich sie sich erneut ans Fenster und wagte einen verstohlenen Blick nach draußen.

Gail, eine Nachbarin von gegenüber, ging mit Kali, ihrem Shih-Tzu-Pudel, spazieren. Bis auf die Frau und den Hund war der Bürgersteig verlassen.

Sadie sicherte alle Türen und Fenster und schaltete die Alarmanlage an.

Drei

Nachdem Sadie Sam am nächsten Morgen in die Schule gebracht hatte, fuhr sie zu Sobeys, um Milch und Waschmittel zu kaufen. Als sie an der Backabteilung vorbeikam, wurde sie von Liz Crenshaw, einer lebhaften Verkäuferin, die ohne Punkt und Komma reden konnte, angehalten.

»Sadie! Gerade habe ich an Sie gedacht. Wie geht es Ihnen?«

Obwohl die schmale Frau Anfang fünfzig war, sah sie eher wie fünfunddreißig aus. Liz hatte drei erwachsene Kinder und vier Enkel, die alle im Osten Kanadas wohnten. Ohne ihre Familie, die sie verwöhnen konnte, hatte sie eine Schwäche für Sam entwickelt. Und Sam betete sie an.

»Wie geht es Ihrem Kleinen?«, fragte Liz, während sie eine lose goldbraune Haarsträhne hinters Ohr strich. »Hat Sam nicht bald Geburtstag?«

Sadie klemmte sich die Milch unter den Arm und griff nach einem Probierstück Sahnetorte. »Am Montag. Aber seine Party ist am Sonntag. Er freut sich schon auf die ganzen Geburtstagsgeschenke, die er bekommen wird.«

Liz reichte ihr einen Plastiklöffel. »Was haben Sie ihm denn gekauft?«

»Ein neues Fahrrad«, verriet Sadie zwischen zwei Bissen. »Aber ich werde es ihm nicht vor Montag geben.«

»Ich würde ihm gern etwas schenken. Von Tante Liz. Was mag er denn, meine Liebe? Spiele? Bücher?«

Sadie grinste. »Eine Fledermaus als Haustier.«

Die Frau schauderte. »Igitt. Der Junge hat einen seltsamen Geschmack.«

Sadie sah stirnrunzelnd auf den leeren Probierteller in ihrer Hand und blickte dann gierig auf die anderen Köstlichkeiten des Standes.

»Ja, ich versuche, meinen Mann zu überreden, ihm als Kompromiss stattdessen einen Welpen zu schenken.«

»Oh, wie schön. Ich wette, darüber wird Sam sich freuen.«

»Ja, aber Philip hat noch nicht zugestimmt.«

Und das wird er wohl auch nicht.

Nach zwei weiteren Probierhäppchen machte Sadie sich auf den Heimweg. Während der Fahrt überdachte sie Philips Beziehung zu Sam. Er sah seinen Sohn so gut wie nie. Und wann immer die beiden zusammen waren, hing eine unbehagliche Spannung in der Luft. Er sprach nie mit Sam, es sei denn, er sollte etwas für ihn vom Fußboden aufheben, und dann war Philips Stimme immer so ungeduldig. Und nie spielte er mit Sam. Er war stets zu beschäftigt, oder er wollte sein Hemd nicht zerknittern oder seine Hosen nicht schmutzig machen.

Sie stieß einen Seufzer aus. Sie würde alles dafür geben, Philip neben seinem Sohn mit Dinosauriern oder Actionfiguren auf dem Boden spielen zu sehen – egal womit.

Zu Hause angelangt, ging sie direkt in die Küche und stellte die Milch in den Kühlschrank. Im Hauswirtschaftsraum legte sie eine Ladung dunkler Wäsche in die Maschine und warf die Weißwäsche in den Trockner. Der Morgen verging schnell, während sie sich in die übliche Routine der Hausarbeit stürzte.

Nach einem kurzen Imbiss setzte sie sich an den kleinen Schreibtisch in der Ecke des Wohnzimmers. Sie zog Aquarellpapier hervor und fing an, den Entwurf für den Einband von *Die verrückte Fledermaus* zu gestalten. Bis zwei Uhr nachmittags waren der Entwurf des Einbands und die ersten vier Seiten unter Dach und Fach.

»Macht sich gut«, murmelte sie.

Sie packte ihre Zeichnungen weg und strich die Kissen auf beiden Sofas glatt. Als sie den Blick durch den Raum schweifen ließ, verdross sie seine überwältigende weiße Schlichtheit. Sie hätte das großzügige Zimmer mit frischen Blumen und farbenprächtigen Drucken dekoriert. Aber Philip hatte das nicht zugelassen. Er mochte die Dinge so, wie sie waren. Alles an seinem Platz, kein Anflug von Frivolität. Das einzige Zimmer, in dem sie ihrer Kreativität freien Raum lassen durfte, war das von Sam.

Das Telefon klingelte. Es war ihr Agent in Calgary.

»Hey, Jackson«, begrüßte sie ihn. »Ich dachte schon, Sie hätten mich vergessen.«

Am anderen Ende war ein vorgetäuschtes Luftschnappen zu hören. »Wie könnte ich das? Sie sind ein Starr, ist Ihnen das denn nicht klar?«

Die Literaturagentur Starr, geleitet von Jackson Starr, der ursprünglich aus Toronto stammte, bot den großen Nummern in New York eine eindrucksvolle Konkurrenz.

»Was von der Konferenztour gehört?«, erkundigte sie sich.

»Deswegen rufe ich an. Im September habe ich Sie für fünf Städte gebucht, inklusive der Kriminalautorenkonferenz in Toronto und der über *Kriminelles Denken bei der Arbeit* in New York.«

Sie lächelte ins Telefon. »Wie reich haben Sie mich gemacht?«

»Fünftausend, plus Hotel und Spesen.«

»Na prima. Sie haben meinen Tag gerettet. Danke.«

»Jederzeit. Ich lasse den Betrag heute Mittag auf Ihr

Konto buchen.« Hörbar bewegten sich Papiere hin und her. »Wann kommen Sie uns denn nun endlich besuchen?«

Sadies Blick wurde magisch von Philips Bürotür angezogen. Er war bei der Arbeit, aber dennoch konnte sie seine Gegenwart spüren, sein Missfallen. Er mochte Jackson nicht, er war eifersüchtig auf ihn.

»Tut mir leid, Jackson. Ich bin hier für eine Weile unabkömmlich. Vielleicht nachdem ich mit Sams Buch fertig bin.«

»Wie kommen Sie voran?«

Sie berichtete ihm von ihren Fortschritten und beendete dann das Gespräch.

Der Gedanke, zusätzliches Geld auf ihrem Privatkonto zu haben, versetzte sie in Hochstimmung. Philip kontrollierte den Großteil ihres Geldes, das er in Investitionen gesteckt hatte. Er gab ihr wöchentlich Haushaltsgeld, im Einvernehmen, dass alles, was sie verdiente, für Sams und ihre Grundausgaben verwendet werden würde. Gott sei Dank hatte sie ein zufriedenstellendes Einkommen. Vielleicht könnten sie diesen Sommer endlich Disneyland besuchen.

Bilder von einem Familienurlaub, Sonnenschein, Märchenschlössern und Karussells bevölkerten ihre Gedanken und ließen sie förmlich in den Waschraum tanzen. Nachdem die dritte Ladung trocken war, faltete sie Sams Kleider und legte sie in einen Korb, zusammen mit einem Paar von Philips Socken, die sie hinter dem Wäschekorb gefunden hatte. Mit dem Korb unter dem Arm stapfte sie nach oben.

Im Elternschlafzimmer öffnete sie die oberste Schublade der hohen Kommode und versuchte, die fünf kleinen Fläschchen Alkohol zu ignorieren, die darin herumrollten. Philip hatte einen halbherzigen Versuch unternommen, sie unter seinen langen Unterhosen zu verstecken.

Fünf Flaschen, fünf Drinks.

Sie warf die Socken hinein und machte die Schublade mit Schwung zu. Zurück im Flur, zögerte sie vor Sams Schlafzimmertür. Sie war sich nicht sicher, warum, aber als ihre Hand den Messingtürknauf berührte, standen ihr die Härchen im Nacken zu Berge. Mit einem nervösen Lachen drehte sie den Knauf und trat ein.

Eine schnelle Bestandsaufnahme von Sams Zimmer sagte ihr, dass sich hier nichts Außergewöhnliches ereignet hatte. Sie stellte den Wäschekorb aufs Bett, neben das Batman-T-Shirt, das jemand aufs Kissen geworfen hatte.

Sie roch an dem T-Shirt. »Sauber.«

Sie faltete es und legte es auf die Kleidung im Korb. Dann sammelte sie die T-Rex-, Raptoren- und Pterodactylus-Figuren ein, die überall auf dem Boden verteilt herumlagen, und stopfte sie in die Schatzkiste. Einige Minuten später waren Sams Kleider, mit Ausnahme einer Jacke des Eishockeyteams der Edmonton Oilers, in seiner Kommode verstaut.

Mit der Jacke in der Hand ging sie auf den Schrank zu.

Ssss …

Das Geräusch ließ sie still stehen.

»Nimm dich zusammen. Was würde Philip sagen, wenn er dich so sehen würde?« Sie lachte höhnisch. »Er würde sagen, dass du eine alberne Närrin bist.«

Sie riss die Tür auf.

Im Schrank herrschte ein heilloses Durcheinander von Spielzeug und Kleidern. Auf dem Boden, eingeklemmt zwischen zwei Stofftieren, zischte sie ein roter Luftballon spöttisch an, ein Überbleibsel des Valentinstagsumzugs.

Während ihm die Luft ausging, imitierte sie das Geräusch. »Idiotin.«

Sie hängte die Jacke auf, warf den Ballon in den Müll und ging nach unten. Eine Stunde später verließ sie das Haus, um Sam abzuholen. Der Ballon war längst vergessen.

»Heute ist Freitag«, teilte sie ihm mit, als sie die Schule verließen. »Parktag.«

Sam stieß einen Freudenschrei aus. Sein Mund war von orangefarbenem Brausepulver verfärbt.

Sie runzelte die Stirn. »Bevor Papa uns sieht, müssen wir dein Gesicht waschen.«

Sie gingen über den Parkplatz und folgten dem Gehweg zum Spielplatz. Eine dünne Schneedecke verbarg noch immer das Gras, aber das hielt das Dutzend Kinder, die im Park spielten, nicht von ihrem Vergnügen ab.

Sie machte es Sam auf einer Schaukel bequem und legte ihre Finger um die seinen.

»Halt dich gut fest, Schätzchen. Nicht loslassen.«

Sie gab der Schaukel einen leichten Schubs. Und dann noch einen.

Das Sonnenlicht tanzte auf Sams schwarzem Haar. Er schloss seine Augen und lehnte sich nach hinten. Während er höher und höher flog, strampelte er vor Vergnügen mit den Beinen.

Einer seiner Stiefel rutschte ihm vom Fuß und landete einige Meter von ihm entfernt.

Sam fiel das gar nicht auf.

»Du fliegst«, rief ihm Sadie grinsend zu. »Wie eine Fledermaus, Sam.«

Während sie ihm zusah, überkam sie plötzlich das dringende Bedürfnis, diesen Moment festzuhalten, ihn für immer zu bewahren. In Augenblicken wie diesen wünschte sie sich, sie hätte einen Fotoapparat dabei.

Sie hörte sein leises Kichern, das langsam anschwoll und dann in einem ansteckenden Lachanfall explodierte.

Sogar die junge Mutter neben ihr konnte ein Lächeln nicht unterdrücken.

»Er hat viel Spaß«, sagte die Frau.

Sadie nickte zustimmend. »So jung und sorgenfrei sollte man noch einmal sein.«

»Da haben Sie recht – Andrew!«

Abgelenkt von dem schlaksigen sommersprossigen Jungen, der oben auf der überdachten Rutsche herumkletterte, eilte die Frau davon und ließ ihre Tochter – noch ein Kleinkind – auf der Babyschaukel neben Sam zurück.

Sadie starrte ihr ungläubig hinterher. Was um alles in der Welt dachte diese Frau sich nur? Wie konnte sie ihre Tochter unbeaufsichtigt mit einer völlig Fremden alleine lassen, nachdem ein Mädchen entführt worden war?

Ihr Blick schweifte über den Park.

Eine Gruppe von Müttern unterhielt sich an einem Picknicktisch, während ein etwa vierjähriger Junge mit olivfarbener Haut gefährlich nahe am viel befahrenen Parkplatz entlangspazierte. Einige Meter entfernt schubste ein älterer Junge – er mochte etwa dreizehn sein – ein pummeliges Mädchen von den Stufen der Rutsche herunter, und ein Kleinkind unbestimmten Geschlechts spielte in der Sandkiste und verspeiste ein Mahl aus Erde und wer weiß was sonst noch. All das ignorierten die Frauen am Tisch vollkommen.

Das Kind in der Babyschaukel stieß einen leisen Schrei aus.

Sadie verlangsamte Sams Schaukel und schüttelte frustriert den Kopf. Während sie ihm herunterhalf, war sie hin und her gerissen zwischen dem Wunsch, ihn nach Hause zu bringen und das kleine Mädchen nicht alleine lassen zu wollen.

Riesige braune Augen hielten ihren Blick fest. »Mama?«

Sadie spürte ihre Furcht. »Deine Mami wird gleich zurück sein.«

Das Mädchen wimmerte. Ihre Augen füllten sich mit Tränen.

Ein paar Minuten später eilte die Mutter herüber. »Meine Güte, man könnte denken, jemand hätte ihn umgebracht, so wie er sich anstellt.« Sie nickte mit dem Kopf in Richtung des sommersprossigen Jungen.

Sadies Lippen wurden dünn. »Ihre Tochter hat sich Sorgen gemacht.«

Die Augen der jungen Frau weiteten sich, während sie ein heiseres Lachen von sich gab. »Tochter? Das ist nicht mein Kind. Keins von beiden. Ich bin ihr Kindermädchen.«

Sadie war schockiert. »Ihr Kindermädchen?«

»Hey, die Leute halten mich ständig für ihre Mutter«, sagte die Frau, als ob Mutterschaft nur ein Abzeichen wäre, das in jedem Billiggeschäft erhältlich war.

Während die Frau der Kleinen von der Schaukel half, warf Sadie ihr einen geringschätzigen Blick zu und verbot sich eine Antwort. Ohne ein weiteres Wort nahm sie Sams Hand und führte ihn zum Wagen zurück.

»Gemütlich?«, fragte sie, während sie seinen Sicherheitsgurt einrasten ließ.

Sie stieg auf der Fahrerseite ein. Als sie die Tür schließen wollte, erregte etwas auf der gegenüberliegenden Straßenseite ihre Aufmerksamkeit.

Ein einzelner Mann, der eine reflektierende Sonnenbrille und einen tief sitzenden Cowboyhut trug, wartete in einem grauen Pkw bei halb geöffnetem Fenster. Sie konnte seine Züge nicht erkennen, aber sie sah das stolze Lächeln auf seinem Gesicht, als er seinen Sohn oder seiner Tochter beim Spielen im Park zusah.

Ich wünschte mir, Philip würde sich die Zeit nehmen, mit Sam hierherzukommen.

Sie fuhr rückwärts aus der Parklücke und rollte zum Ausgang des Parkplatzes.

Dabei fiel ihr der Mann erneut auf. Er sah nicht länger

zum Spielplatz. Sein im Schatten liegender Blick war nun auf sie gerichtet. Als sie an ihm vorbeifuhr, war sie erleichtert, dass er seinen Blick wieder abgewandt hatte.

Vier

»Ruf mich an und sag mir, ob du zum Abendessen daheim sein wirst«, sprach Sadie auf Philips Mailbox.

Niedergeschlagen beendete sie den Anruf.

Es war beinahe sechs Uhr, und sie musste mit ihm reden – bevor die Dinge noch weiter außer Kontrolle gerieten.

Vielleicht würde eine Therapie helfen.

Sie schnaubte laut.

Der Tag, an dem Philip an einer Therapie teilnehmen würde, wäre der Tag, an dem Schweine, Schafe und Kühe fliegen würden.

Aus Sams Zimmer hörte sie einen dumpfen Schlag.

»Alles in Ordnung, Schätzchen?«

Sie lauschte einen Moment am Fuß der Treppe, aber da er nicht weinte, kehrte sie langsam wieder ins Wohnzimmer zurück.

Das Telefon klingelte. »Hallo?«

Das Einzige, was sie hörte, war das Atmen – ein schweres Atmen.

Sie legte auf. In letzter Zeit hatte sie viele Scherzanrufe bekommen.

Das Telefon klingelte ein zweites Mal.

Sie hob ab. »Hallo?«

Wieder dieses Atmen.

»Ist jemand am Apparat?« Sie seufzte, irritiert von der Stille. »Haben Sie nichts Besseres auf Lager?« Als sie immer noch keine Antwort erhielt, sagte sie: »Ich hoffe, Ihnen tut das genauso gut wie mir.«

Schallendes Gelächter brach auf der anderen Seite aus.

»Leah«, murmelte sie.

»Hey, Sadie«, fragte ihre Freundin prustend. »Was hast du heute Abend vor?«

»Ich bin mir noch nicht sicher. Ich hoffte, Philip würde zur Abwechslung mal früh nach Hause kommen. Und wie steht's mit dir?«

»Ich muss hier raus. Mein Nachbar veranstaltet jeden Freitagabend eine Party, und ich schwöre, sie werden jeden Moment durch die Decke brechen. Natürlich wäre alles nur halb so schlimm, wenn sie mich einladen würden.«

Sadie konnte den Frust in Leahs Stimme hören.

»Warum kommst du nicht zum Abendessen zu uns?«, bot sie an.

»Stört dich das auch nicht?«

»Natürlich nicht, du Witzbold.« *Aber Philip vielleicht.*

Aber das würde sie Leah nie sagen – obwohl ihre Freundin bereits wusste, dass Philip nicht ihr größter Fan war. Er hatte Probleme mit Leah. Er war weder mit ihrem Lebensstil noch mit ihrer Kleidung oder ihrem Einfluss auf Sadie einverstanden. Er versuchte schon seit Jahren, Sadie mit einigen der Ehefrauen seiner Kollegen zusammenzubringen. Was gut für sein Ansehen wäre.

»Nun ja …«, zögerte Leah ihre Antwort hinaus, während sie so tat, als würde sie die Idee, ein Gratisessen zu bekommen, überdenken. »Okay, ich komme rüber. Ich bin in zwanzig Minuten da. Aber sobald Phil auftaucht, verschwinde ich sofort. Verstanden?«

»Verstanden.«

»Was steht denn auf dem Menü?«

Sadie lächelte. »Sams Lieblingsessen.«

»Burger von McDonald's?«, jammerte Leah.

»Nein«, gluckste Sadie. »Sein anderes Lieblingsgericht. Hähnchen von Kentucky Fried Chicken.«

»Hervorragend! Ich bin in zehn Minuten da.«

Leah trug enge, ausgestellte schwarze Hosen und eine extravagante bronzefarbene Gipsybluse mit weiten Ärmeln und silbernen Applikationen, als sie vor der Tür stand.

»Hey, es ist Freitagabend«, sagte sie, als sie Sadies hochgezogene Brauen sah. »Ich gehe später noch aus. Und, wo ist nun der Mann des Hauses?«

»Sam! Tante Leah ist hier!«

Ein geballtes Bündel Energie flog die Stufen hinunter und landete in den ausgestreckten Armen ihrer Freundin.

Leah stöhnte. »Du wirst groß, Freundchen.«

Sam sah zu Leah hoch, und ein teuflisches Grinsen erschien auf seinem Gesicht.

»Morgen wirst du sechs Jahre alt«, sagte sie und küsste ihn auf die Wange.

»Na ja, offiziell wird er erst am Montag sechs«, erinnerte Sadie sie.

Leah zuckte eine schmale Schulter. »Semantik.« Sie setzte Sam ab. »Freust du dich auf deinen Geburtstag?«

Er nickte, lachte vor sich hin und rannte wieder nach oben.

»Das Essen wird gleich hier sein«, versprach Sadie auf dem Weg in die Küche.

Leah folgte ihr. »Der hoch geschätzte Paragrafenverdreher ist also noch nicht daheim?«

»Nein.«

»Glaubst du immer noch, dass er …«

Sadies gereizter Blick brachte sie zum Schweigen.

»Aha …«, murmelte Leah. »Weißt du, bevor du Beweise hast, solltest du dich wirklich nicht zu sehr darauf versteifen. Alles könnte tatsächlich vollkommen unschuldig sein.«

Sadie verzog ihr Gesicht.

»Oder du könntest recht haben«, fügte Leah schnell hinzu.

»Ich weiß nicht, was ich tun soll.«

»Du musst mit dem Mann reden. Aber sei vorbereitet. Vielleicht wirst du Dinge hören, die dir nicht gefallen werden.« Leahs Stimme wurde weich. »Gott, du verdienst wirklich nicht …«

Es klingelte an der Tür.

»Das wird unser Essen sein«, sagte Sadie, dankbar für die Unterbrechung.

Im Wohnzimmer schnappte sie sich zwei Zwanziger aus ihrer Handtasche und öffnete die Haustür. Ein attraktiver älterer Mann in einem feuchten Kapuzenregenmantel stand auf der Veranda. Er hielt eine Papiertüte in der einen Hand und die Rechnung in der anderen.

»Danke«, sagte sie und gab ihm das Geld. »Hey, wo steckt Trevor denn?«

Der Mann lächelte. »Sie müssen oft Hühnchen bestellen, wenn sie schon unsere Namen kennen.«

»Mein Sohn liebt Kentucky Fried Chicken.«

Der Mann nickte und reichte ihr die Tüte. »Trevor ist im Krankenhaus. Er wird am Blinddarm operiert.«

»Autsch. Ich hoffe, es geht ihm bald besser.«

»Ja. Und Ihnen noch einen schönen Abend«, wünschte er.

Während sie die Tür schloss, fing Leah hinter ihr zu kichern an.

»Der hatte dich ganz schön im Visier, Sadie.«

Sadie lief rot an. »Ich glaube, das galt eher dir, meine Liebe.«

»O nein. Er war enttäuscht, mich hier zu sehen. Was meinst du, sollten wir um ihn armdrücken?«

»Ich bin verheiratet.«

Leah warf ihr einen scharfen Blick zu. »Verheiratet vielleicht. Aber doch nicht tot, Schwester.«

»Du weißt, das würde ich nie tun. Ich habe Philip ein Versprechen gegeben, das ich zu halten beabsichtige. Selbst wenn *er* es nicht tut.«

»Dafür bewundere ich dich, Sadie. Wie es dein Mann tun sollte.«

Nach dem Abendessen brachte Leah Sam ins Bett, während Sadie aufräumte. Nachdem sie fertig war, starrte sie das Telefon an. Philip hatte immer noch nicht angerufen.

»Ich glaube, er ist gerade in die Garage gefahren«, sagte Leah hinter ihr.

Einige Minuten später betrat Philip das Haus. Er ignorierte Sadie, warf seine Brieftasche auf den Esszimmertisch und blickte irritiert in Leahs Richtung.

»Was gibt's zum Abendessen?«, fragte er mit funkelnden Augen.

»Hühnchen von KFC«, erwiderte Sadie. »Es ist noch was im Kühlschrank.«

Seine Lippen wurden schmal, als er Leah beäugte. Sein abschätziger Blick musterte sie von Kopf bis Fuß. »Was, schon wieder eine anrüchige Party heute Abend?«

»Nicht wirklich«, erwiderte Leah trocken. »Es sei denn, du könntest eine empfehlen.«

»Ach, du kannst mich mal.«

»Würde ich gern, Phil, aber ich mag kein Schwein.«

Philips Augen zogen sich zusammen, und er marschierte aus der Küche.

»Zeit zu gehen, Sadie«, sagte Leah verärgert. »Ich fürchte, da ist ein Gewitter im Anzug. 'tschuldigung, Süße.«

»Es tut mir leid. Ich weiß nicht, warum er dir gegenüber so unhöflich sein muss.«

»Er ist eifersüchtig auf unsere Freundschaft. Aber keine Sorge. Wir sind Freundinnen fürs Leben. Stimmt's?«

Sadie umarmte sie. »Fürs Leben.«

Während sie in ein übergroßes Schlaf-T-Shirt schlüpfte, warf Sadie einen zögernden Blick auf Philip. Seit Leah gegangen war, hatte er kaum ein Wort mit ihr gesprochen. Kein: »Wie war dein Tag heute, Sadie?« Oder: »Was hast du heute gemacht?«

»Gibt es neue Entwicklungen in deinem Fall?«, fragte sie zaghaft.

Philip knurrte, während er seine Hosen auszog. »Du weißt doch, dass ich das nicht mir dir diskutieren kann.«

Dann sprich mit mir über etwas anderes.

Sie versuchte es erneut. »Sam hatte heute einen fabelhaften Schultag.«

Philip hielt im Türrahmen des Badezimmers inne. »Hat er etwas gesagt?«

Sie biss sich auf die Unterlippe und schüttelte den Kopf.

»Dann hatte er auch keinen fabelhaften Tag«, sagte er mit düsterem Blick.

Als sich die Badezimmertür hinter ihm schloss, sackte sie auf die Bettkante. Sie verstand nicht, was mit ihm los war. Warum war er so kalt, so grausam?

Sie schlüpfte zwischen die kühlen Laken, starrte an die verputzte Decke und fragte sich, wie viel Gleichgültigkeit sie noch ertragen konnte. Philip wurde vom Hunger nach Erfolg getrieben. Er bewältigte multinationale Firmenverfahren mit links und gewann einen guten Teil seiner im Fokus der Öffentlichkeit stehenden Fälle. Er arbeitete bis spät in die Nacht und schlief oft auf der Schlafcouch in seinem Büro.

Oder zumindest behauptete er das.

Die Badezimmertür knarrte.

Kurz bevor Philip das Licht ausmachte und neben ihr ins

Bett stieg, rollte sie sich zur Seite. Der Hauch eines blumigen Parfüms hing an seinem Körper. Nicht ihr Parfüm. Es duftete leicht nach Geißblatt. Sadie hasste Geißblatt.

Sie tat so, als ob sie schlief, während sie darauf wartete, dass sein Atem ruhiger wurde. Oder das Schnarchen anfing. Einen langen Augenblick überlegte sie, ob sie etwas sagen sollte. Dann fühlte sie seinen schweren Atem an ihrem Ohr, während sich eine Hand unter ihrem T-Shirt vortastete und ihre Schenkel streichelte.

»Du musst mir bei einem kleinen Problem helfen, Sadie.«

Du brauchst mich schon lange nicht mehr. Und jetzt willst du Sex? Was ist mit meinen Bedürfnissen?

»Ich muss mit dir reden«, sagte sie, als Philips Hand höher kroch.

Seine Hand stoppte abrupt. »Worüber?«

»Das weißt du. Ich glaube, wir brauchen Hilfe.«

Er riss seine Hand zurück, als ob ihre Worte ihn verbrannt hätten.

»Wenn du zu einem Seelenklempner gehen willst, nur zu.«

»Wir beide. Zusammen«, beharrte sie.

Die Matratze bewegte sich.

Sie setzte sich auf und schaltete die Lampe an.

Philip stand neben dem Bett, mit nichts außer einer schnell schrumpfenden Erektion am Körper. Er warf ihr einen durchdringenden Blick zu, starrte sie an, als ob sie den Verstand verloren hätte.

Hatte sie das?

»Ich brauche keinen verdammten Psychiater, Sadie. Ich bin nicht derjenige, der ein Problem hat.«

»Unsere Ehe steckt in Schwierigkeiten«, sagte sie, sich aus dem Bett befreiend. »Wir brauchen Hilfe. Wenn du es nicht für mich tun willst, dann tu es wenigstens für Sam. Bitte!«

»Für Sam? Himmel noch mal, Sadie! In letzter Zeit dreht sich alles nur noch um Sam. Für ihn sind wir aus dem Apartment in dieses Haus gezogen. Jetzt muss ich anstatt fünfzehn Minuten knapp eine Stunde fahren, um ins Büro …«

»Die Wohnung war schlecht geeignet, ein Kind großzuziehen.«

Philip stieß einen Finger in die Luft. »Du hast einmal geglaubt, dass sie das perfekte Zuhause für uns wäre. Bis sich deine Freundin, die sich so gern überall einmischt, daran etwas auszusetzen hatte.«

»Was soll denn das heißen? Leah hatte nichts damit zu tun, dass ich aus der Wohnung ausziehen wollte.«

»Sie hat dich verändert, Sadie. Genau wie Sam es getan hat. Wenn du das nicht sehen kannst …« Er zuckte mit den Schultern.

Sie starrte ihn verblüfft an. »Natürlich hat mich die Geburt unseres Kindes verändert. Was hast du denn erwartet? Wir müssen jetzt auf einen Dritten Rücksicht nehmen, es geht nicht mehr nur um uns zwei.«

Philips Kiefer verhärtete sich, aber er sagte nichts.

»Mein Gott«, flüsterte sie. »Du bist eifersüchtig auf ihn? Auf Sam?«

Philip stieß ein zorniges Brummen aus, griff sich ein Kopfkissen und stolzierte zur Tür. »Ich bin nicht auf meinen Sohn eifersüchtig. Mir gefällt nur nicht, wie du dich verändert hast.« Fluchend stürzte er aus dem Zimmer.

»Und mir gefallen die Veränderungen nicht, die ich an dir bemerke«, murmelte sie ihm hinterher. Sie ließ sich aufs Bett fallen. *Warum bin ich noch mit ihm zusammen?*

Eine dumme Frage natürlich. Sie blieb wegen Sam. Und weil ein kleiner Teil von ihr immer noch glaubte, dass Philip sich ändern könnte. Sich ändern würde.

Sie erinnerte sich an die Nacht, als ihr Leben sich aufzulösen begann.

»Ich will keine Kinder«, hatte er ihr mitgeteilt. »Ich bin glücklich, wie die Dinge sind. Ich verstehe nicht, weshalb du all das in Gefahr bringen willst.«

»Was wäre gefährdet?«, fragte sie verblüfft. »Du verfolgst weiter deine Karriere, und ich habe meine. Aber ich will auch Kinder.«

»Schön, ich aber nicht.«

Das war das Ende dieser Diskussion.

Im Glauben daran, dass er seine Meinung ändern würde und sie keine andere Wahl hätte, hörte sie heimlich auf, ihre Verhütungspillen zu nehmen. Eine schlechte Entscheidung. Als Philip das ungeöffnete Päckchen fand, weigerte er sich, den Rest des Tages mit ihr zu reden. Eine Woche später entdeckte sie, dass sie schwanger war. Sie war außer sich vor Freude. Philip war stinkwütend. Er schrie sie an, nannte sie ein hinterhältiges Luder.

Am nächsten Tag hatte sie eine Fehlgeburt.

Ja, sie waren das perfekte Paar, ihre Freunde beneideten sie, besonders derjenigen, die dachten, Sadie und Philip hätten das große Los gezogen. Sie merkten nicht, dass Sadie nur eine Fassade aufrechterhielt. In der Öffentlichkeit lächelte sie, erzählte jedem, das alles wundervoll sei. Aber zu Hause …

Da half kein Leugnen. Ihr Leben war ein schreckliches Durcheinander.

Es begann mit einem gelegentlichen Drink vor dem Schlafengehen. Um ihre Nerven zu beruhigen, weil Philip immer spät nach Hause kam. Aus einem Drink wurden zwei. Dann drei. Über kurz oder lang begann sie auch tagsüber zu trinken. Die Flaschen versteckte sie, wo Philip sie niemals finden würde.

Eine zweite Fehlgeburt stürzte sie in eine ernsthafte Depression. Sie war sich sicher, dass sie bestraft würde. Sie würde nie ein Baby bekommen. Die meisten Nächte verbrachte sie mit ihrem anderen »besten Freund« – einer Flasche Rum.

Dann blieb Philip länger und länger von zu Hause weg.

Ihr Leben änderte sich für immer an dem Abend, an dem er zum Partner befördert wurde. Ein neuer Partner und seine Frau feierten die Geburt ihres Sohnes mit einem speziellen Bankett. Die Aufmerksamkeit, die ihnen entgegengebracht wurde, und die Lobpreisungen seitens der Seniorpartner veranlassten Philip, seinen Kinderwunsch zu überdenken. Plötzlich schien ein Kind der perfekte Weg, seinen sozialen und beruflichen Status zu verbessern.

Ein Jahr später wurde Sam geboren.

In dem Moment, als Sadie erfuhr, dass sie schwanger war, hörte sie mit dem Trinken auf. Zuerst war es schwer, aber mit Leahs Hilfe und mit Sam als Belohnung bekämpfte sie all ihre Dämonen und gewann.

Seither hatte sie keinen Tropfen Alkohol angerührt.

Als sie ins Bett fiel, kniff sie ihre Augenlider zusammen, um die Tränen zurückzudrängen, die zu entkommen drohten. Sie würde nicht weinen. Nicht wegen Philip.

Draußen bellte ein Hund.

»Ein Welpe für Sam steht damit wohl außer Frage.«

Ihr war, als hätte sie gerade erst die Augen geschlossen, als sie das Geräusch von splitterndem Glas aufweckte. Ein durchdringender Schrei brachte ihr Herz zum Rasen. Sie flog aus dem Bett.

Als sie aus dem Schlafzimmer kam, bemerkte sie als Erstes die Kälte, die sich durch den Flur zog. Dann sah sie, dass Sams Tür halb offen stand.

Sie stieß sie auf. »Himmel!«

Im Zimmer ihres Sohnes schlug ihr eiskalte Luft entgegen. Als sie einen Blick auf die gegenüberliegende Wand warf, entdeckte sie die Ursache. Die Vorhänge standen weit offen, und das Fenster war zerschmettert. Auf dem Fußboden, nur gute dreißig Zentimeter von Sams Bett entfernt, lag ein Ziegelstein.

»Was ist denn hier los?«, wollte Philip wissen, als er das Licht anmachte.

Sprachlos fasste sie sich mit der Hand an die Kehle, während ihre Augen den Raum durchsuchten und dann abrupt an Sams Bett hängen blieben.

An seinem leeren Bett.

Panik durchfuhr sie, heiß und übermächtig. »Sam?«

Hinter ihr quietschte die Schranktür. Sie drehte sich um, aber Philip war schneller. Als er die Tür aufriss, wurde sie von Erleichterung überwältigt. Ihr süßer Junge lag zusammengekauert in der Ecke. Tränen strömten über sein Gesicht.

Sie hob Sam hoch und schloss ihn fest in ihre Arme. »Nur *mein* Junge würde sich im Schrank verstecken«, flüsterte sie und strich ihm übers Haar. »Philip, wer würde so etwas tun?«

»Verdammt, keine Ahnung. Wahrscheinlich Teenager, die durch die Gegend randalieren. Steck Sam wieder ins Bett, und wir machen klar Schiff.«

»Ich bringe ihn in unser Bett«, widersprach sie mit Nachdruck. »Hier wird er heute Nacht nicht schlafen.«

»In Ordnung. Ich räume dann das Glas weg.«

Sadie setzte Sam auf ihre Hüfte und ging zur Tür. Sie fühlte seinen rasenden Herzschlag, der erst langsamer wurde, als sie ihr Schlafzimmer erreicht und ihn in das breite Doppelbett gelegt hatte. Als er nach ihr griff, küsste sie seine Stirn. »Mach dir keine Sorgen. Du bist in Sicherheit, Schätzchen. Das verspreche ich dir.«

Den Staubsauger hinter sich her ziehend, blieb Philip einen Moment in der Tür stehen. Er sah ihr nicht ins Gesicht.

»Ich werde das morgen früh gleich als Erstes melden«, sagte er, bevor er verschwand.

Eine Minute später erwachte der Staubsauger zum Leben.

Solche Momente – obwohl selten geworden – erinnerten sie daran, warum sie Philip geheiratet hatte. Er kümmerte sich immer um alles.

Fünf

Leah traf kurz nach halb zwei am Sonntagnachmittag ein.

Sadie musste ihrer Freundin nur kurz in ihr bedrücktes Gesicht sehen, um instinktiv zu wissen, dass etwas nicht stimmte.

»Was ist denn?«, fragte sie.

»Sie konnten deine Kuchenbestellung nicht finden, Sadie.«

»Aber ich hab doch letzte Woche angerufen. Wie konnten sie nur …« Dann bemerkte sie Leahs schlitzohriges Grinsen und ihre blitzenden Augen. »Was geht denn hier vor?«

»April, April!«

Leah lief den Gehweg hinunter und kam eine Minute später mit einem süßen Geschenk beladen zurück. Sams Batman-Geburtstagskuchen.

»Aprilscherze macht man nur bis zwölf Uhr mittags, falls du das nicht weißt«, nörgelte Sadie.

»Nicht in Kanada, Dummchen. Außerdem konnte ich nicht widerstehen.«

Sadie schenkte ihr ein zuckersüßes Lächeln. »Kein Problem. Nächstes Jahr kriege ich dich dran.«

Mit dem Kuchen kämpfend, schleuderte Leah ihre Schuhe zur Seite und lief schnurstracks in die Küche. »Im Kühlschrank ist kein Platz.«

»Lass ihn einfach auf der Arbeitsplatte stehen«, antwortete Sadie, während sie eine Tüte heißes Popcorn in eine Schüssel leerte. »Bist du bereit?«

»Es ist eine Kinderparty. Wie schlimm kann die schon werden?«

Sadie öffnete den Mund und schloss ihn dann schnell wieder. Leah hatte keine Kinder.

Und nach dem heutigen Tag würde sie für diese Tatsache sehr dankbar sein.

Als sie das Wohnzimmer betraten, herrschte bereits das totale Chaos. Auf jedem Möbelstück waren Spielzeuge und Kinder zu finden. In einer Ecke hüpften Zwillingsjungen im Kampf um ein Plastikschwert auf dem Sofa herum. Victoria, Sams neue Schulfreundin, stand mit den Händen in den Hüften daneben.

»Hört sofort auf!«, forderte das kleine Mädchen. »Legt das hin, und hört auf zu streiten!« Ihre blonden Zöpfe hüpften bei jedem Wort auf und ab.

In der Mitte des Zimmers saß ein rothaariger Junge auf dem Boden, der nur Augen für den Film hatte. Neben ihm gab Sam eifrig vor, T-Rex zu sein. Seine Schreie wetteiferten mit denen seiner Freunde und mit dem ohrenbetäubenden Lärm des Fernsehers. Sam lag einwandfrei in Führung.

Der Ausdruck blanken Horrors auf Leahs Gesicht war beinahe komisch.

»Oh … mein … Gott«, stieß sie hervor. »Wie in aller Welt wirst du nur diese Monster überleben?«

Sadie grinste und überreichte ihr die Popcornschüssel. »Dafür habe ich ja dich.«

Leahs Gesicht wurde blass. »Hey, du hattest mich nur gebeten, den Kuchen abzuholen. Du hast kein Wort davon gesagt, dass ich bleiben soll.«

»Dann bekommst du keinen Kuchen.«

»Die reine … Erpressung!«, protestierte Leah. »Also gut, aber nach der Eiscreme verschwinde ich.«

Die Türglocke läutete.

Sadie wischte ihre Finger an einem Küchentuch ab und eilte an die Haustür. Sie war erleichtert zu sehen, dass der Unterhalter, den Philip angeheuert hatte, eingetroffen war.

Clancy, der Clown, stand auf der Veranda. Seine lockigen orangefarbenen Haare flatterten im Wind, sein Gesicht war mit weißer Farbe verkrustet, und eine riesige rote Nase saß auf seiner eigenen. Ein übertriebenes blutrotes Lächeln nahm die untere Hälfte seines Gesichtes ein. Sadie fand die Aufmachung eher grotesk als lustig.

»Guten Tag, Mrs O'Connell«, begrüßte sie der Mann mit näselnder Stimme. »Tut mir leid, dass ich so spät komme. Mein Wagen hat gestreikt und …«

Sie winkte ihn herein. »Keine Sorge. Ich bin nur froh, dass Sie es geschafft haben. Sie sehen sehr … hm … farbenfroh aus.«

Der Clown trug eine blau-orange gestreifte Jacke, ein weißes Hemd und hellgelbe Schlabberhosen, die von lindgrünen und goldenen Hosenträgern gehalten wurden. Ein winziger Zylinder saß auf seinem Kopf, und ein riesiges Gänseblümchen haftete an seinem Jackett.

Sadie ging davon aus, dass ein Schnuppern daran sie durchnässen würde.

»Hätten Sie lieber einen Scheck oder Bargeld?«, erkundigte sie sich.

»Bargeld, falls Sie haben.«

Sie zog ein Bündel Zwanziger aus ihrer Tasche, zählte dreihundert Dollar ab, hielt kurz inne und gab dann noch vierzig dazu.

Du bist es besser wert, Clancy.

Sie reichte ihm das Geld und fragte: »Drei Stunden, richtig?«

Der Clown nickte und steckte die Scheine in einen Stoffbeutel. »Ich finde die Tür dann allein um …« Er sah auf seine

Uhr. »Um Viertel nach fünf. Danach sind Sie sich selbst überlassen.«

»Na prima. Besten Dank.«

Clancy lächelte. »Haben Sie schon die Agentur angerufen?«

»Ich war vollauf mit den Kindern beschäftigt.«

Das hochrote Lächeln wurde noch breiter. »Dann weiß der Chef nicht, dass ich zu spät bin. Danke.«

Hinter Sadie ertönte ein Schnaufen.

»Wenn Sie ihr danken wollen«, bemerkte Leah trocken, »dann sammeln Sie die kleinen Wilden ein, und tun Sie das, was Sie am besten können.«

Die braunen Augen des Clowns wanderten zu Sadie. »No problemo. Su casa es mi casa.«

Mit einem Kopfnicken setzte sich Clancy in seinen neonroten Galoschen, Größe 48, in Richtung Wohnzimmer in Bewegung. Er wurde von einem ungestümen Sam mit entzückten Schreien begrüßt.

»Du meine Güte«, stöhnte Sadie.

»Überleg nur mal, wie laut es sein wird, wenn Sam zu reden anfängt«, warf Leah ein. »Wenn er erst mal anfängt, wirst du ihn nicht mehr abstellen können.«

»Das wird der glücklichste Tag meines Lebens sein.«

Leahs Blick wurde traurig. »Ich weiß.«

Sadie beobachtete, wie Sam und seine Freunde mit Clancy spielten. Die Kinder waren von dem Clown fasziniert, spannten seine Hosenträger, traten auf seine riesigen Schuhe und kreischten, wenn er sie mit dem Gänseblümchen nass spritzte.

»Hey«, meinte Leah und stieß sie mit dem Ellbogen in die Seite. »Lass uns ein Glas Kakao trinken. Ich brauche was, um das Popcorn runterzuspülen.«

Als Sadie ihr in die Küche folgte, warf sie einen Blick über ihre Schulter. Sams leuchtendes Gesicht brachte sie zum Lächeln.

»Du bist vom Glück begünstigt, Mama«, sagte Leah leise.

»Ich weiß. Sam ist das Beste, was mir in meinem ganzen Leben passiert ist.«

Als sich die Tür hinter dem letzten Kind geschlossen hatte, stießen Sadie und Leah einen kollektiven Seufzer aus, sahen sich an und lachten.

»Geburtstage waren einfacher, als er noch ein Baby war«, meinte Sadie.

Leah brachte ihr schlaffes Haar wieder in Form. »Ich sage dir nur eines, meine Liebe. Nächstes Jahr um diese Zeit lasse ich eine Wurzelbehandlung machen. Verglichen mit heute wird mir das wie das reine Paradies vorkommen.«

»Wenn du eins dieser Zwei-für-eine-Angebote bekommen kannst, bin ich dabei.«

»Ja, das würde aber bedeuten, dass Phil sich dann tatsächlich blicken lassen müsste«, erwiderte ihre Freundin missmutig.

Das Lächeln auf Sadies Gesicht erlosch.

»Hey«, sagte Leah. »Ich bin sicher, er hat einen guten Grund, nicht auf der Geburtstagsfeier seines Jungen zu erscheinen.«

Sadie zog eine Augenbraue hoch. »Das glaubst du?«

»Muss er wohl. Er benimmt sich mir gegenüber wie ein Ekel und behandelt dich die meiste Zeit wie Dreck … aber Sam liebt er.«

»Das weiß ich, aber manchmal denke ich, dass er sich selbst mehr liebt.«

»Nun komm schon, Kopf hoch.« Leah beäugte das Durcheinander im Raum. »Sams Party war ein voller Erfolg.«

Sadie fiel in einen Stuhl. »Ja. Dem Himmel sei Dank für

Clancy. Er hat die Kinder ganz fantastisch unterhalten. Ich war in der Küche so damit beschäftigt, die blöden Wunderkerzen anzuzünden, dass ich ihn nicht mal gehen sah.«

»Und du Glückliche darfst das Gleiche morgen noch mal machen.«

»Ja, die Geburtstagsfeier für die Familie. Du kommst doch, oder?«

»Die würde ich nie verpassen. Sam wird sich so freuen, wenn er das neue Fahrrad sieht, das du ihm gekauft hast.«

»Nächstes Wochenende werde ich mit ihm zum Üben in den Park gehen. Willst du mitkommen?«

»Sicher.«

Leah verschwand in die Küche, und Sadie hörte sie im Kühlschrank rumoren.

»Ah-ha!«, rief ihr ihre Freundin zu. »Der perfekte Jahrgang.«

Als sie zurückkam, hatte sie zwei Gläser Pfirsich-Eistee in der Hand. Sie reichte eines Sadie. »Trink aus. Und dann helfe ich dir, diese Schweinerei aufzuräumen, bevor Philip sie sieht.«

Sadies trauriger Blick schweifte über das Wohnzimmer. Papierteller überall. Irgendwie waren sie entkommen und hatten es nicht bis zum Mülleimer geschafft, den sie vorsorglich direkt neben den Esszimmertisch gestellt hatte. Plastikbecher, einige noch halb voll mit Cola, standen auf dem Tisch und auf dem Küchentresen. Mehr Becher, als es Kinder gewesen waren.

»Igitt«, sagte Leah hinter ihr.

Sadie folgte dem Blick ihrer Freundin.

Eine Schokoladenkuchenschmierspur – so dunkel, dass sie beinahe wie getrocknetes Blut aussah – zog sich etwa einen Zentimeter über dem Fußboden an der Küchenwand entlang. An ihrem am Ende prangte ein kleiner Handabdruck.

»Dein Haus ist eine Katastrophe«, bemerkte Leah unnötigerweise.

Sadie seufzte. »Zumindest ist es ruhig.«

Sam hatte sich nach oben in sein Zimmer zurückgezogen, müde von der Aufregung und all dem Zuckerzeug. Als sie ihn das letzte Mal gesehen hatte, lag er auf seinem Bett.

»Er schläft sicher«, sagte Leah, als ob sie ihre Gedanken lesen könnte.

Sadie stürzte ihren Eistee hinunter und machte sich dann an die Küchenarbeit, während Leah sich um das Wohnzimmer kümmerte. Nach einer Stunde mussten nur noch der Teppich gesaugt und der Geschirrspüler angestellt werden.

»Geschafft«, sagte Leah und wischte sich einen Schweißtropfen von der Stirn.

»Danke. Den Rest übernehme ich.«

Als Sadie Leah zusah, wie sie in ihren Wagen stieg, wollte eine innere Stimme ihr zurufen: »Komm zurück!«

»Sei nicht albern«, redete sie sich selbst gut zu.

Sadie schloss die Tür und legte den Riegel vor. Dann sicherte sie den Rest des Hauses, stellte die Alarmanlage scharf und ging nach oben, um nach Sam zu sehen.

Als sie die Tür zu seinem Zimmer öffnete, musste sie lächeln. Sam lag ausgestreckt auf seinem Bett. Auf all seinen Decken. Sein Mund war leicht geöffnet, und er schnarchte leise. Die Erschöpfung hatte ihn übermannt. Sein Gesicht war mit Schokoladenkuchen und weißem, schwarzem und blauem Zuckerguss verschmiert. Dazu trug er einen orangefarbenen Saftbart.

»Herzlichen Glückwunsch zum Geburtstag, kleiner Mann«, flüsterte sie, während sie ihn mit einer warmen Decke zudeckte.

Sie zog die Tür hinter sich ins Schloss und ging nach unten, um auf Philip zu warten.

Abrupt erwachte Sadie aus dem Tiefschlaf. Sie schoss kerzengerade nach oben, holte tief Luft und schaute neben sich. Der Platz war leer, die Decke steckte noch unter dem Kissen. Sie hatte Stunden unten auf Philip gewartet. Zu guter Letzt hatte sie aufgegeben und war zu Bett gegangen.

Sie sah kurz auf die Schlafzimmeruhr. Dreißig Minuten nach Mitternacht. Sie hatte nur etwa fünfundvierzig Minuten geschlafen. Zwischen den dunklen Schatten des Raumes fühlte sie die Präsenz von etwas Fremdartigem, eine Bewegung, die so unterschwellig war, dass es ihr eigener Atem hätte sein können.

Ein Luftzug?

Sie blinzelte in Richtung Fenster. Es war geschlossen.

Irgendwo im Haus knarrte eine Diele.

Philip muss zu Hause sein.

Sie warf die Decken zur Seite, schlüpfte aus dem Bett und ging zur Tür. Als ihr der Ziegelstein in den Sinn kam, den jemand durch Sams Fenster geschleudert hatte, erstarrte sie. Ihr Magen fing an, nervöse Sprünge zu machen, als sie sich vorstellte, eine Teenagerbande wäre in ihr Haus eingedrungen.

Das hätte doch den Alarm ausgelöst, du albernes Dummchen.

Dennoch presste sie ihr Ohr an die Tür und versuchte, Geräusche auszumachen.

Zuerst war es still. Dann hörte sie erneut ein Knarren.

»Philip«, murmelte sie.

Sie war im Begriff, die Tür aufzumachen, als sie ein unbekanntes tickendes Geräusch vernahm. Hatte Philip eine neue Uhr für den Flur gekauft?

Sie lauschte erneut.

Tick … tick … tick.

Was immer es auch war, es kam näher.

Ihr Herz klopfte wie wild, und sie atmete schneller. Ein

Schatten bewegte sich an ihrer Tür vorbei. Ihr Atem stockte. Das Herz in ihrer Brust schlug beinahe schmerzhaft.

Und dann war der Schatten verschwunden.

Vorsichtig öffnete sie die Tür. Nur einen Spalt.

Der Flur war leer.

Und kein Ticken.

Vielleicht habe ich ja nur geträumt.

Mit einem ängstlichen Lachen stieß sie die Tür in einem Anflug gespielter Tapferkeit auf. Vielleicht arbeitete Philip in seinem Büro. Vielleicht hatte er nach Sam gesehen.

»Philip?«

Sie schlich den Flur hinunter und hielt vor Sams Tür an. Ihre Zehen kribbelten, als ein Luftzug über ihre Füße strich. Sie schauderte, dann öffnete sie die Tür.

Das Fenster, das Philip ausgewechselt hatte, stand weit offen – schwarz und hungrig –, wie ein Maul, das darauf wartet, gefüttert zu werden. Die Gardinen flatterten im Wind. Zwei Zungen, die um sich schlugen.

Sie runzelte die Stirn. Philip war früh zur Arbeit gegangen, ohne ein Wort an sie beide zu verlieren. Er hatte das Fenster nicht offen gelassen. Das hätte sie schon bemerkt. Und Sam hätte es nicht öffnen können. Dazu war er noch zu klein.

Habe ich es vielleicht offen stehen lassen?

Sie ging durch den Raum, ohne auf das Bündel im Bett zu achten. Sie griff nach dem Fenster und zog es zu sich. Das Schloss griff und unterbrach mit seinem durchdringenden Geräusch die vollkommene Stille.

Dann warf sie einen Blick auf das Bett.

Sam hatte sich nicht gerührt. Das tat er nie. Nichts, außer vielleicht einem Überschallknall, konnte ihn aus seinem beinahe komaähnlichen Schlaf wecken.

Auf Zehenspitzen schlich sie sich an sein Bett und strich

ihm über die Haare. Dann beugte sie sich mit geschlossenen Augen nach unten, küsste seine warme Stirn und atmete seinen süßen Kinderduft ein. Er roch nach Schokolade und Sonnenschein.

»Gemütlich«, flüsterte sie.

Ihr Fuß berührte etwas Weiches, Haariges. Sie tastete so lange in der Dunkelheit umher, bis sie endlich das Hundestofftier fand, das Philip Sam am gestrigen Abend gegeben hatte. Leise schlich sie zum Schrank, öffnete vorsichtig die Tür und warf das Spielzeug hinein. Dann ging sie hinaus und schloss die Tür hinter sich.

Ihr Blick folgte den tanzenden Schatten, die zwischen den Seidenbäumen herumirrten, die in der Nische am Ende des Flurs standen. Neben den Bäumen – etwa einen knappen Meter unter der Decke – befand sich ein kleines ovales Fenster, durch das das strahlende Licht des Vollmonds fiel. Er hing an einem wolkenlosen Himmel, ein Perlmuttanhänger an einer unsichtbaren Kette.

Eine wunderschöne Nacht, eine, die dazu bestimmt war, mit jemand geteilt zu werden.

Ein Gefühl der Einsamkeit überkam sie. Aber sie zwang sich, sie abzuschütteln. Stattdessen ging sie nach unten in die Küche, um ein Glas Saft zu trinken. Fünf Minuten später war sie wieder auf dem Weg nach oben, entschlossen, erneut ins Bett zu klettern und die Tatsache zu ignorieren, dass Philip sich nicht einmal die Mühe gemacht hatte, am Abend der Geburtstagsfeier seines Sohnes anzurufen.

Als sie an Sams Tür vorbeikam, bemerkte sie einen schwachen Lichtschein. Dann hörte sie einen leichten Schlag. Sam musste wohl wieder aus dem Bett gefallen sein wie bereits zweimal zuvor. Gewöhnlich wachte er dann schreiend auf.

Sie öffnete die Tür und sog scharf den Atem ein, als ihr

Blick von etwas gefangen genommen wurde, das keinen Sinn ergeben wollte.

Das Fenster war schon wieder offen.

Sie blinzelte. »Was zum …?«

Mondlicht strömte gleißend hell durch das Fenster und schien auf das Bett. Es leer war.

»Sam?«

Sie griff nach dem Lichtschalter.

»Das würde ich an Ihrer Stelle nicht tun.«

Sobald sie das heisere Flüstern eines Fremden im Zimmer ihres Sohnes hörte, tat sie die natürlichste Sache der Welt.

Sie machte das Licht an.

Sechs

Ein schwarz vermummtes Monster hielt ihren Sohn in seinen Armen.

Sam rührte sich nicht.

Augenblicklich befand sich Sadie in einem sauerstofflosen Raum, der es ihr unmöglich machte zu atmen. Das Glas rutschte ihr aus der Hand. Orangensaft spritzte über ihre Füße. Sprachlos machte sie einen zitternden Schritt nach vorn. »Bitte …«

»Rühren Sie sich nicht vom Fleck!«, knurrte der Fremde aus den Tiefen seines Kapuzenpullovers. »Sie haben zehn Sekunden Zeit, eine Entscheidung zu treffen. Entweder lassen Sie mich mit Ihrem Sohn von hier verschwinden, oder der Junge stirbt.« Er verlagerte Sams schlaffen Körper in seinen Armen. Metall blitzte auf.

Eine Waffe. Gerichtet auf Sams Kopf.

Sie zitterte unkontrolliert. *Oh, mein Gott …*

»Lassen Sie ihn gehen«, flehte sie mit zitternder Stimme.

Er grunzte, als ob er ihre Worte amüsant fände. Als er den Kopf wandte, um über seine Schulter zum offenen Fenster zu blicken, konnte sie sein geisterhaftes Gesicht sehen. Die Hakennase sah so aus, als sei sie schon mehrere Male gebrochen worden. Ein roter Striemen glänzte in der Falte, die sich von einer Seite seiner Nase bis hinunter zu seinen breiten, dicken Lippen zog. Seine Wange erinnerte an blasses Alabaster, durchbrochen von spinnwebartigen Hautunebenheiten.

Pockennarben, vermutete sie.

Der Mann drehte sich zu ihr um und beobachtete sie ebenso scharf. »Sind Sie wirklich so blöd? Machen Sie das verdammte Licht aus!«

Obwohl ihre Hand sichtbar zitterte, folgte sie der Anweisung.

Ganz in Schwarz gekleidet, verschwand der Mann beinahe in der dunklen Ecke.

In einem Atemzug fauchte sie: »Was haben Sie mit meinem Sohn gemacht?«

»Ihm etwas gegeben, damit er schläft.« Der Mann seufzte frustriert. »Warum mussten Sie alles vermasseln? Hätten Sie weiter geschlafen, wäre ich schon längst wieder weg.«

»Ich will meinen Sohn«, wimmerte sie. »Lassen Sie ihn gehen. Verschwinden Sie. Ich werde niemandem etwas sagen. Bitte. Geben Sie ihn mir einfach. Und gehen Sie.«

»So war das nicht geplant.«

Dann tat der Mann etwas Unerwartetes. Er glitt in den Lichtschein des Mondes, ließ sich auf dem Bett nieder und setzte ihren Sohn in seinem Schoß wie eine Bauchrednerpuppe zurecht.

»Oder, Sam?« Er griff unter Sams Kinn und drehte seinen Kopf hin und her. »Nein, Mami«, sagte er mit unheimlicher, kinderähnlicher Stimme. »Ich werde mit diesem Mann gehen.«

Sadie taumelte gegen die Wand. »Nein, das wird er nicht.«

Der Mann warf Sam zurück aufs Bett. »Scheiße, Scheiße, Scheiße!«

Sie erzitterte, als sie den reinen Wahnsinn in seiner Stimme hörte.

»Ich verrate Ihnen, wie das hier ablaufen wird«, flüsterte er. »Zuerst werden Sie versprechen, zwanzig Minuten lang das Zimmer nicht zu verlassen.«

»Warten Sie!«, brachte sie hervor. Tränen strömten ihr die Wangen hinunter. »Nehmen Sie mich mit. Ihn brauchen Sie nicht. Ich gehe mit Ihnen. Ich tue alles, was Sie verlangen.«

»Sie brauche ich nicht.« Mit seiner Waffe streichelte er Sams Haar. »Ich habe das, wofür ich gekommen bin. Ich gebe Ihnen fünf Sekunden.«

Sie holte tief Luft. Ihr Herz schmerzte, brannte … lag im Sterben.

»Sie kranker … Perverser«, sagte sie zwischen zusammengebissenen Zähnen.

»Ich bin nicht pervers.«

»Was wollen Sie dann von meinem Sohn?«

»Verdammt noch mal, halten Sie endlich die Klappe! Sie haben schon genug angerichtet. Niemand hat mich je gesehen. Niemand.«

Und dann fiel es ihr wie Schuppen von den Augen.

Der Nebel.

Sie wich gegen die Wand zurück. »Sie werden mir meinen Sohn nicht wegnehmen.«

Der Nebel lachte höhnisch. »Das werden Sie nicht zulassen?«

Obwohl sie am ganzen Körper zitterte, richtete sie sich langsam auf. »Nein. Das werde ich nicht.«

Ohne Vorwarnung stürzte sie sich auf die Waffe. Der Mann schlug ihr mit dem Handrücken ins Gesicht. Ein heftiger Schmerz explodierte in ihrer rechten Schläfe. Wutentbrannt schrie sie auf und warf sich erneut auf ihn. Dieses Mal gelang es ihr, ihm die Waffe aus der Hand zu schlagen.

Sie bückte sich nach ihr.

Er trat ihr in die Rippen. »Blöde Schlampe.«

Er trat erneut auf sie ein, zwang sie von der Waffe weg. Und trat sie wieder. Dann griff er nach ihr, riss sie an den Haaren nach oben und schleuderte sie quer durchs Zimmer.

Ein scharfes Stechen durchfuhr ihre Seite, als sie mit einem scheußlichen dumpfen Schlag gegen die Kommode schlug. Sie stöhnte vor Schmerzen. Als sie aufsah, lag Sam hilflos in den Armen des Mannes.

»Ich gehe jetzt«, sagte der *Nebel.* »Mit dem Jungen. Und Sie werden mich nicht aufhalten. Wissen Sie, warum nicht?«

Unfähig, sich zu bewegen oder zu reden, schüttelte sie den Kopf.

»Versuchen Sie nur, mich aufzuhalten …« Er presste die Waffe an Sams Kopf und tat so, als ob er den Abzug drücken würde. »Und bumm!«

»Ich kann Ihnen Geld geben!«, schrie sie auf. »Ich habe fünfundzwanzigtausend auf meinem Konto.«

Er verzog spöttisch das Gesicht. »Ist das alles, was er Ihnen wert ist?«

»Ich flehe Sie an … Hunderttausend! Was immer Sie wollen, ich besorge es Ihnen! Bitte! Sagen Sie mir nur, wie viel Sie wollen.«

Der Nebel warf sich Sam mit einer Leichtigkeit über die Schulter, mit der jemand einen Sack Kartoffeln transportiert. Dann kam er gemächlich auf sie zu und beugte sich über sie, sein Schattengesicht nur Zentimeter von dem ihren entfernt.

»Was ich *will*, ist, nichts in den Zeitungen zu lesen«, sagte er. Sein Atem roch nach einem sauren Gemisch aus Zigaretten, Zwiebeln und Bier. »Keine Beschreibung, rein gar nichts. Ich will, dass Sie zurück ins Bett gehen und so tun, als hätten Sie mich nie gesehen.«

»Das kann ich nicht.«

»Doch, das können Sie. Und das werden Sie.«

»Aber die Polizei …«

»Zum Teufel mit der Polizei! Wollen Sie, dass Ihr Junge am Leben bleibt?«

Sadie schauderte. »Ja, ich will, dass Sam lebt.«

»Dann rühren Sie sich zwanzig Minuten lang nicht vom Fleck.«

Sie streckte eine zitternde Hand aus. »Nehmen Sie mir nicht mein Baby weg.«

Der Nebel richtete sich auf. Dann riss er die Tür auf, wo ihn das Licht des Flurs einen kurzen Moment anstrahlte.

»Bitte!«, weinte sie.

»Bitte«, äffte er sie voller Verachtung nach. »Was für ein jämmerliches Bild.«

Sie schloss ihre Augen in stummem Einverständnis. Dann, in einem verzweifelten letzten Versuch, zog sie sich über den Fußboden voran, obwohl eine heiße Welle qualvoller Schmerzen sie beinahe ohnmächtig werden ließ.

Der Nebel beobachtete sie, seine dünnen Lippen umspielte ein bösartiges Lächeln. »Sollte ich auch nur eine einzige Beschreibung sehen – falls Sie auch nur erwähnen, dass Sie mich gesehen haben –, dann schicke ich den Balg an Sie zurück. Kein Problem. In kleinen, blutigen Stücken. Kapiert?«

Sie konnte nicht antworten.

»Zwei Sekunden!«, bellte er und richtete die Waffe auf Sams Kopf.

»Okay! Nehmen Sie ihn mit! Aber bitte… tun Sie ihm nicht weh.«

Und dann tat Sadie das Einzige, was sie tun konnte. Sie überließ ihren Sohn einem Irren.

In der Dunkelheit, allein, weinte sie. Voller Angst, sich zu bewegen, voller Angst, sich nicht zu bewegen.

»Gott, steh uns bei«, schluchzte sie. »Hilf Sam!«

Aber Gott schenkte ihr keine Aufmerksamkeit.

Philip stolperte um Viertel nach eins ins Haus. Und Stolpern war eine Untertreibung. Oben in Sams Zimmer hörte Sadie das Geräusch eines fallenden Glases. Gefolgt von einem aggressiven Fluch.

Sie starrte auf die Sams Batman-Signaluhr an der Wand.

Die zwanzig Minuten waren um. Seit fünf Minuten. Sie waren langsam verstrichen. Wie eine endlose Trauerlitanei für den Papst. Sie hatte mental abgeschaltet und war in einer Flut von überwältigendem Schmerz, Trauer und Schuldgefühlen auf Sams Bett zusammengebrochen.

Sie zwang sich auf die Beine, ignorierte die pochenden Schmerzen in ihren Rippen. Ihr Bein zitterte, ihr Herz raste, und ihr Kopf platzte beinahe.

Was soll ich tun? Was erzähle ich Philip?

Sie stöhnte. »O Gott. Sam …«

Sie ging in den Flur und stützte sich mit einer Hand am Türrahmen ab. Ihre Kehle brannte. Von der Treppe näherten sich schwere Schritte.

Philip torkelte um die Ecke und erstarrte, als er sie sah. »Sadie?«, lallte er. »Was machst du denn hier? Auf mich gewartet, was?«

»Philip, ich m… muss …«

»Du musst mir einen blasen.« Er grinste lüstern und versuchte, nach ihr zu greifen.

Sie schlug seinen Arm aus dem Weg. »Philip, hör sofort auf!«

»Ja, ich bin leicht betrunken«, sagte er schmollend. »Trotzdem können wir immer noch …«

»Sam ist verschwunden«, flüsterte sie. »Er hat Sam mitgenommen.«

»Was?«

»*Der Nebel*… hat ihn uns… genommen, Philip.« Die Worte blieben ihr in der Kehle stecken. Tiefe, ohnmächtige Schluchzer brachen aus ihr hervor.

Philip starrte sie an. »Wovon, zum Teufel, redest du?« Er

schob sie zur Seite und wankte an ihr vorbei in Sams Zimmer. »Sam schläft in seinem …«

Er blieb verwirrt stehen. Dann ging er zum Schrank und riss die Tür weit auf. »Wo ist er, Sadie?« Er wirbelte herum, stieß beinahe mit ihr zusammen. »Was hat du mit meinem Sohn gemacht?«

Sie war entsetzt. »Ich habe nichts getan, Philip. Ich sagte doch, Sam wurde gekidnappt.«

»Entführt?« Seine glasigen Augen wurden unmittelbar nüchtern, und sein Gesicht erbleichte. »Oh, Scheiße.« Er sah aus, als ob ihn jemand voll in der Magengrube erwischt hätte.

Sie bewegte sich langsam in Richtung ihres Schlafzimmers.

»Was hast du vor?«, verlangte er zu wissen, während er ihr folgte.

»Die Polizei rufen.«

»Du hast sie noch nicht angerufen?«

Sie griff nach dem schnurlosen Telefon. »Ich habe gerade erst entdeckt … dass er weg ist.«

Philip sank auf das Bett und sah ihr beim Wählen zu.

Als die Notrufzentrale antwortete, verlor Sadie die Fassung. »Mein Sohn wurde entführt«, heulte sie ins Telefon.

Der Mann nahm ihre Informationen auf und wies sie an, nicht aufzulegen. »Die Polizei wird gleich bei Ihnen sein.«

Mit dem Telefon in der Hand stand sie am Fenster und starrte auf die Straße hinunter. Kein Lebenszeichen. Keine Autos, kein Licht.

Kein Sam.

In der Ferne konnte sie das Heulen der Sirenen hören.

»Hast du jemanden gesehen?«, fragte Philip mit rauer Stimme.

Sie zögerte und schluckte schwer. Die Abschiedsworte

des *Nebels* hatte sie in lebendiger Erinnerung. »Falls Sie auch nur erwähnen, dass Sie mich gesehen haben, dann schicke ich den Balg an Sie zurück. Kein Problem. In kleinen, blutigen Stücken.«

Sie glaubte ihm. Falls sie auch nur ein Wort sagte, war Sam so gut wie tot. Und wie könnte sie mit seinem Tod auf ihrem Gewissen weiterleben? Aber ihr wurde noch etwas anderes klar. Wenn sie erst einmal angefangen hatte zu lügen, gab es kein Zurück mehr.

Sie unterdrückte ein dumpfes Schluchzen. »Ich habe etwas gehört. Ich dachte, er wäre aus dem Bett gefallen. Aber als ich dann in sein Zimmer ging, um nach ihm zu sehen …« Sie starrte das Telefon an. »Da war Sam weg.«

Und so begann das Lügen.

Sieben

Zwei Kriminalbeamte erschienen an der Tür. Der Jüngere der beiden, ein hochgewachsener Mann mit kurzem rotblondem Haar sah aus, als käme er frisch von der Universität, während der andere beinahe kahl war und wahrscheinlich kurz vor seiner Pensionierung stand. Drei Spurensicherungsbeamte, ausgestattet mit Metallkoffern, folgten ihnen.

Philip begrüßte sie mit verwaschener Stimme: »Kommen Sie herein, meine Herren.«

»Mr und Mrs O'Connell, es tut uns so leid«, sagte der ältere Beamte, während er Sadie die Hand reichte.

»Ich heiße eigentlich Tymchuk«, unterbrach Philip. »Meine Frau hat ihren Mädchennamen behalten. Wegen ihrer Arbeit als Schriftstellerin.«

Die faltigen Augen des Detective wölbten sich. »Ms O'Connell dann. Ich bin Detective Lucas, und das ist mein Partner, Detective Patterson.« Er fischte eine schlichte weiße Visitenkarte aus seiner Hemdtasche und reichte sie Sadie.

Detective Jason Lucas, Raubdezernat.

»Das Raubdezernat?«, erkundigte sie sich verwirrt.

»Entführungen fallen ebenfalls in unseren Zuständigkeitsbereich.«

Sie führte sie nach oben und hielt vor Sams Zimmer an.

»Ist das das Zimmer Ihres Sohnes?«, fragte Patterson.

Als sie nickte, verschwand der junge Detective mit den Spurensicherungsbeamten im Raum. Sadie lehnte sich gegen die Wand. Sie hatte Angst davor, zu atmen oder sich zu bewegen, Angst davor, jemandem im Weg zu sein, aber noch mehr Angst, etwas zu verpassen, wenn sie nach unten ginge.

»Ich brauche was zu trinken«, murmelte Philip, der auf unsicheren Beinen zur Treppe taumelte. »Sonst noch jemand?«

Sie verzog das Gesicht. »Ich glaube, du hattest schon mehr als genug.«

»Ich rede von Kaffee.« Mit eingezogenen Schultern schlich er davon.

Detective Lucas hüstelte. »Ms O'Connell, ich muss Ihnen einige Fragen stellen. Können wir nach unten gehen?«

Sie schüttelte den Kopf. »Ich muss hier oben bleiben. In der Nähe von Sams Zimmer.«

Der Mann sah sie mitfühlend an. »Können wir uns irgendwo setzen?«

Sie nickte und führte ihn ins Schlafzimmer. »Entschuldigen Sie die Unordnung«, sagte sie, während sie beschämt ein Nachthemd und einen blasslila Bademantel, Leahs Weihnachtsgeschenk, vom Boden klaubte.

»Kein Problem.« Interessiert sah er sie an. »Ms O'Connell, sie bluten über Ihrem linken Auge.«

Sie griff sich an die Stirn. Ihre Finger fühlten etwas Klebriges.

»Nur ein Kratzer«, beruhigte sie ihn schnell. »Ich bin die Treppe hinuntergefallen, nachdem ich entdeckt hatte, dass Sam verschwunden war.«

»Vielleicht sollten Sie besser ins Krankenhaus gehen?«

»Später.« Sie ließ sich auf der Bettkante nieder. Ihre Hände krampften sich um die Decken neben ihr. »Sie werden ihn finden, Detective …« Sie unterbrach sich und sah hoch. »Entschuldigen Sie. Wie war Ihr Name noch mal?«

»Nennen Sie mich Jay.«

Jay zog einen Stuhl quer durchs Zimmer und stellte ihn

direkt vor sie. Sie schätzte ihn auf Anfang fünfzig. Er war mittelgroß, ungefähr dreißig Pfund zu schwer und hatte dünnes graues Haar. Seine braunen Augen sahen müde aus. Die Schatten unter ihnen waren von tiefen Falten durchzogen. Sie vermittelten den Eindruck, als hätte er zu viele schreckliche Dinge erlebt. Dennoch waren es gütige Augen.

»Die ersten zweiundsiebzig Stunden nach einer Entführung sind entscheidend, Ms O'Connell. Je mehr Sie mir sagen können, desto besser ist unsere Ausgangslage.«

Sie seufzte laut. »Ich bin so weit.«

Er zog ein Notizbuch und einen Stift hervor. »Sie waren allein im Haus?«

Sie nickte. »Philip hat … bis spät gearbeitet.«

»Um welche Uhrzeit gingen Sie zu Bett?«

»Um Viertel vor zwölf.«

»Sie sagten, ein Geräusch hätte Sie geweckt. Um welche Uhrzeit war das?«

»Um halb eins.«

Jay machte einige Anmerkungen in seinem Notizbuch und sah dann hoch. »Was haben Sie dann gemacht?«

»Ich wollte gerade die Schlafzimmertür öffnen, als ich etwas gehört habe.«

»Was?«

»Eine tickende Uhr.« Sie pausierte. »Oder zumindest klang es so. Aber wir haben keine Uhr im Flur. Philip hasst Uhren. Solche, die ticken.«

Sie wusste, dass sie vor sich hin plapperte, aber es war ihr egal.

»Wenn ich vielleicht beim ersten Mal das Licht angemacht hätte …« Ihr Blick wanderte durch den Raum und landete auf Sams Foto neben dem Bett.

»Beim ersten Mal?« Die Stimme des Mannes klang überrascht.

Ihre Blicke trafen sich. *Vorsicht. Mach keinen Fehler.*

»Ich sah nach Sam, als ich das erste Mal aufwachte. Er schlief, aber das Fenster war offen. Ich schloss es. Dann ging ich nach unten, um etwas zu trinken. Als ich zurückkam, hörte ich einen dumpfen Schlag. Ich dachte, Sam sei aus dem Bett gefallen. Als ich die Tür öffnete …« Sie atmete tief ein. *Ganz ruhig.* »War er weg.«

»Der zeitliche Ablauf passt nicht.«

»Wie bitte?« Sie starrte ihn verständnislos an.

»Sie haben die Polizei um ein Uhr achtzehn angerufen.« Er studierte seine Notizen. »Wie lange waren Sie unten, um etwas … zu trinken?«

»Das weiß ich nicht.« *Der zeitliche Ablauf, du Idiotin!* »Vielleicht eine halbe Stunde. Ich … ich habe noch die Küche aufgeräumt.«

Jay lehnte sich nach vorne. »Was genau haben Sie getrunken?«

Es dauerte einen Moment, bevor ihr aufging, was er damit meinte.

»Orangensaft«, antwortete sie ruhig. »Ich trinke keinen Alkohol. Ich bin Alkoholikerin.« Ihre Lippen verzogen sich, als der Detective die Augenbrauen hob. »Ich bin seit beinahe sieben Jahren trocken.«

»Gibt es jemanden, der Ihnen oder Ihrer Familie etwas anhaben will?«, erkundigte er sich, während er wieder etwas in sein Notizbuch schrieb.

»Nein, aber jemand hat vorgestern einen Stein durch Sams Fenster geworfen.«

»Haben Sie Anzeige erstattet?«

»Philip hat das erledigt«, sagte sie und massierte ihre Stirn. »Hören Sie, Sams Entführung war nichts … Persönliches. Es war *Der Nebel*.«

Jay sah hoch. »Sie haben ihn gesehen?«

Sie holte tief Luft und schalt sich innerlich selbst. »Wer sonst entführt Kinder mitten in der Nacht?«

Patterson betrat das Zimmer. »Ms O'Connell muss etwas für uns identifizieren. Erkennen Sie das? Wir fanden es unter dem Bett Ihres Sohnes.« Er hielt eine Plastiktüte hoch, die als BEWEISMATERIAL gekennzeichnet war.

»Oh, mein Gott«, stöhnte Sadie und griff danach.

Die Tüte enthielt einen Gegenstand. Die rote Galosche von Clancy, dem Clown.

Als sie die Tüte umdrehte, stach ihr etwas Glitzerndes ins Auge. Im Absatz steckte eine silberne Reißzwecke.

Tick, tick, tick.

»Wir haben einen Clown für Sams Geburtstag engagiert«, stammelte sie mit heiserer Stimme. »Clancy. Natürlich ist das nicht sein richtiger Name.«

»Wir werden ihn kriegen, Ms O'Connell«, sagte Patterson.

»Ich brauche den Namen der Firma, über die Sie ihn verpflichtet haben«, verlangte Jay. »Und die Telefonnummer.«

Sie starrte auf den Schuh in der Tüte. »Philip kann Ihnen das sagen. Den Clown zu buchen war das Einzige, worum ich ihn bat.« Sie schloss die Augen und bekämpfte eine Welle der Übelkeit.

Es war ihre Schuld. Sie hatte den *Nebel* in ihr Haus gelassen. Sie hatte sich mit ihm unterhalten und ihm dreihundertvierzig Dollar gezahlt, um ein Zimmer voller unschuldiger Kinder zu unterhalten. Sie hatte zugesehen, wie er mit ihrem Sohn spielte. Offensichtlich hatte er das Haus danach nie verlassen, da der Alarm nicht angeschlagen hatte.

»Clancy muss sich irgendwo versteckt haben«, sagte sie.

»Wo?«

Die Antwort traf sie wie ein Blitzschlag. »Sams Kleiderschrank. O Gott. Ich habe den *Nebel* in unser Haus gelassen.«

»Ich glaube nicht, dass er es war«, bemerkte Jay, als er ihr die Tüte abnahm.

»W-was wollen Sie damit sagen? Natürlich war es …«

Er schüttelte den Kopf. »Nein. Das Vorgehen des Täters unterscheidet sich zu sehr. *Der Nebel* hinterlässt kein Beweismaterial. Dazu ist er zu klug. Es könnte ein Nachahmungstäter gewesen sein.«

Für Sadie ergab das keinen Sinn. Nicht den geringsten. Sie war dem Mann bis auf wenige Zentimeter nahe gekommen. Sie hatte ihn zusammenzucken sehen, als sie den *Nebel* erwähnte. Aber das konnte sie Jay nicht sagen.

»Könnte er seine Vorgehensweise nicht geändert haben?«

»Glauben Sie mir, Ms O'Connell. Wir werden alle Möglichkeiten überprüfen.« Er wandte den Kopf zur Tür. »Was ist mit Ihrem Mann?«

»Was soll mit ihm sein?«

»Er ist Anwalt, nicht wahr?«

Sie nickte. »Körperschaftsrecht.«

»Vielleicht will ihm jemand zusetzen?«

»Nein. Er war es. *Der Nebel*.«

Jays Augen verengten sich. »Woher wissen Sie das?«

»Ich weiß es einfach.«

Philip wählte diesen Moment, um ein Gentleman zu sein. Er betrat das Zimmer mit einer dampfenden Tasse in der Hand. »Hier, Sadie. Ich dachte, du könntest einen Kaffee brauchen.«

Fassungslos starrte sie den Becher an. Sam hatte ihn ihr zum letzten Muttertag geschenkt. Leah hatte ihm beim Aussuchen geholfen. Er zeigte einen außerirdischen Jungen mit seiner Mutter in einem Raumschiff. *Für die beste Mutter des Universums.*

Sie unterdrückte ihr Schluchzen, während ihr die Tränen die Wangen herunterliefen.

»Oh, Scheiße«, murmelte Philip. »Tut mir leid, Sadie. Ich …«

»Mr Tymchuk«, unterbrach Jay. »Ich muss wissen, wo Sie heute Abend waren. Zwischen Mitternacht und ein Uhr zwanzig heute Morgen.«

»Ja, Philip«, spottete Sadie. »Bitte sag uns, wo du warst. Und mit wem. Das würden wir alle gerne wissen.«

Philip errötete. »Ich war im Büro und habe bis spät gearbeitet.«

»Und wo ist das genau?«, erkundigte sich Jay.

»Die Anwaltskanzlei Fleming & Warner in der Innenstadt, Jasper Avenue.«

»Waren Sie allein?«

Philips Augen wanderten zu Sadie. »Nein. Zusammen mit Brigitte Moreau.« Er zögerte einen Moment. »Sie arbeitet ebenfalls dort.«

Jay räusperte sich. »Und wie würden Sie Ihre Beziehung zu Ms Moreau beschreiben?«

Sadie schlug die Arme übereinander. »Woran der höflich fragende Beamte interessiert ist, Philip, ist die Frage, ob du Ölkatastrophen mit ihr diskutierst oder ob du sie vögelst.« An den Detective gewandt, ergänzte sie: »Das ist die gleiche Frage, die ich ihm seit Monaten stelle.«

»Was hat meine Beziehung zu Brigitte mit der Entführung meines Sohnes zu tun?«, verlangte Philip zu wissen.

»Beantworten Sie bitte die Frage«, sagte Jay.

»Brigitte und ich sind Kollegen.« Philip sackte auf dem Bett neben Sadie in sich zusammen. »Und … sie ist meine Geliebte.«

Da. Endlich war es ausgesprochen. Die Antwort auf die Frage, die seit Monaten an ihr genagt hatte. Eine Antwort, die sie gestern oder sogar vor wenigen Stunden noch zerstört hätte. Seltsamerweise war es ihr jetzt egal.

Sie kicherte.

»Was ist daran so lustig?« Philip sah sie fragend an.

Sie starrte ihren Ehemann an, den Mann, der sie seit Jahren nicht ernst genommen hatte, der sie vernachlässigt hatte. Der Mann, der sie betrogen hatte.

»Es ist mir egal, Philip.«

»Dass ich mit Brigitte geschlafen habe?«, fragte er verwirrt.

Sie lächelte ihn an, als ob er ein dummes Kind wäre. »Nein. Du bist mir egal. Punktum. Mir ist egal, was du tust oder mit wem du es tust. Solange ich es nur nicht bin. Der Einzige, an dem mir was liegt, ist Sam. Er ist wichtig.«

Sie stieß ihm einen Finger gegen die Brust. »Du nicht. Du bist nichts als ein …«

»Ms O'Connell«, unterbrach Jay. »Wie haben Sie Clancy gefunden?«

Sadie richtete ihren Blick auf Philip. »Mein Mann hat ihn angeheuert. Von irgendeiner Partyfirma in der Innenstadt.«

Philip runzelte die Stirn. »Was … willst du damit etwa sagen? Es war mein Fehler? Du warst diejenige, die den verdammten Clown überhaupt erst haben wollte.«

»Du hättest ihn dir genauer ansehen sollen.«

Philip sprang auf. »Wag bloß nicht, mir die Schuld zu geben, Sadie!«

»Mr Tymchuk«, schaltete sich Jay ruhig ein. »Hier geht es im Moment nicht um Schuldzuweisungen. Es geht darum, Ihren Sohn zu finden. Jede verschwendete Sekunde macht uns das nur schwerer. Verstehen Sie, was ich meine?«

Philip sank zurück aufs Bett. »Ich verstehe. Tut mir leid.«

»Gut. Was können Sie mir über den Clown erzählen?«

»Als ich vor einigen Wochen ins Büro kam, lag ein Flugblatt dieser Clownfirma auf meinem Schreibtisch. Also buchte ich ihn.«

»Haben Sie das Flugblatt noch?«

»Ich glaube schon.«

Philip verschwand. Einen Moment später kam er mit dem Flugblatt zurück und reichte es Jay. Der Detective überflog es und wählte dann eine Nummer auf seinem Handy. Er unterhielt sich leise mit jemandem. Einige Sekunden später beendete er das Gespräch.

»Das ist eine Handynummer, die nicht vergeben ist.«

»Können Sie es nicht orten?«, drängte Philip.

Jay nickte. »Das werden wir, aber höchstwahrscheinlich hat er das Handy längst entsorgt. Er ist gut organisiert.«

»Er hatte es also auf uns abgesehen?«, fragte Sadie ungläubig.

Der Detective nickte zustimmend. »Er hat das wohl schon eine Weile geplant. Er wusste, wo Sie arbeiten, kannte Ihren Tagesablauf und wusste, dass Sams Geburtstag bevorstand.«

Er öffnete eine Plastiktüte und hielt sie Philip hin. »Legen Sie das Flugblatt hier hinein. Ich werde es auf Fingerabdrücke untersuchen lassen. Sie sind der Einzige, der es angefasst hat, richtig?«

Philip nickte. »Ich und derjenige, der es auf meinen Schreibtisch gelegt hat.«

»Das ist die Nummer der Opferhilfe.« Jay reichte Sadie eine Karte. »Die Mitarbeiter stehen Ihnen jederzeit zur Verfügung, falls Sie jemanden zum Reden brauchen.«

»Wir müssen nicht mit Fremden reden«, sagte Philip.

»Das bleibt Ihnen überlassen. Aber es gibt diesen Dienst, falls Sie ihn brauchen.«

»Er spricht ungern über unsere Probleme«, spottete Sadie. »Stimmt's, Philip? Dir ist es viel lieber, wenn uns alle für die perfekte Familie und dich für den perfekten Ehemann halten. Aber dein Sohn wird vermisst, Philip. Sam ist verschwunden!«

Philip stand auf und ging schnell zur Tür, aber die Tränen in seinen Augen konnte er nicht vor ihr verbergen.

»Ich bin unten«, sagte er, ohne sich umzudrehen.

Nachdem er gegangen war, starrte sie ihm nach. Sie fühlte sich leer und beschämt wegen all der hässlichen Worte, die aus ihrem Mund gesprudelt waren. Egal, was er in der Vergangenheit getan hat, er war immer noch ihr Mann, und sie hatten ein gemeinsames Kind. Ein Kind, das sie brauchte.

»Ich denke, es wäre am besten, wenn wir Sie getrennt voneinander auf dem Revier befragen«, meinte Jay leise. »Es … es tut mir leid, dass ich ihn nach Ms Moreau fragen musste.«

»Das muss es nicht. Bislang habe ich nur vermutet, dass mein Mann mich betrügt. Jetzt weiß ich es.« Sie atmete tief durch. »Wie stehen unsere Chancen, Sam zu finden?«

Der Detective wechselte unbehaglich die Stellung. »Die Wahrheit?«

Sie nickte.

»Jede Stunde, die vergeht, verringert seine Chancen. Aber Sie müssen positiv denken, daran glauben, dass er nach Hause kommen wird, und dann müssen Sie sich an dieser Hoffnung festhalten.«

»Hoffnung ist das Einzige, was mir bleibt.«

»In der Zwischenzeit sehen wir uns Ms Moreau näher an.«

»Sie hat nichts mit Sams Verschwinden zu tun.«

»Eifersüchtige Geliebte sind oft zu allem fähig«, erwiderte der Detective auf dem Weg zur Tür. »Aber verlassen Sie sich darauf, Ms O'Connell. Am Ende siegt immer die Wahrheit.«

Sie fing an zu zittern, als sie seine Worte hörte. Sie konnte der Polizei oder Philip nie erlauben, herauszufinden, dass sie den *Nebel* gesehen hatte.

Sonst würde Sam sterben.

Und sie mit ihm.

Acht

Nachdem die Beamten und die Spurensicherungsleute gegangen waren, war das Haus still. Philip hatte sich in sein Büro eingeschlossen. Er weigerte sich, mit ihr zu sprechen. Also blieb ihr nur eines. Sie nahm eine Schlaftablette und kroch ins Bett. Dunkle Verfärbungen waren unter ihrer Brust aufgetaucht. Ihre Rippen waren angeschlagen, vielleicht gebrochen. Aber das war unwichtig. Wichtig war allein Sam. War er verletzt? War ihm kalt, war er hungrig, fürchtete er sich?

Natürlich hat er Angst, du blöde Kuh!

Sie lag wach und bekämpfte ihre zunehmenden Gewissensbisse. Während sie die Schatten im Zimmer verfolgte, erwartete sie beinahe, dass *Der Nebel* erneut auftauchen würde.

Was tut er Sam an?

Zwei Stunden später lag sie immer noch wach. Wie sollte sie schlafen können, wenn Sam verschwunden war und ihr nur ein einziger Gedanke im Kopf herumspukte?

Es war Montag. Sams Geburtstag.

Stöhnend stützte sie sich auf ihre Ellbogen und schaltete die Lampe an. Ihre Rippen brannten wie Feuer. Vier Uhr fünfunddreißig am Morgen. Noch war es dunkel draußen. Ihre hämmernden Kopfschmerzen ließen sie wieder aufs Bett zurückfallen. Sie dachte an etwas, das Jay Lucas gesagt hatte.

»Am Ende siegt immer die Wahrheit.«

Ihr gefror das Blut in den Adern. Sollte die Wahrheit siegen, würde Sam sterben.

»Du musst den Mund halten«, flüsterte sie. »Keinen Ton. Noch nicht.«

Ihr Blick blieb an ihrem Nachtschrank hängen. Die Mappe, ein schwarzer, in Leder gebundener Hefter, der alle Skizzen für Sams Buch enthielt, war in der halb geschlossenen Schublade zu erkennen.

Sam …

An Schlaf war nicht mehr zu denken. Sie schluckte ihre Tränen hinunter und setzte sich auf. Sie griff nach der Heftmappe, öffnete sie und studierte die farbenprächtigen Zeichnungen einer lustigen kleinen Fledermaus mit ungleichen Augen, die wieder und wieder ihre zu weiten Shorts nach oben zog, die ständig nach unten zu rutschen drohten.

Sie lächelte. Eine Träne aus dem Auge wischend, versprach sie: »Sam wird dich lieben, Batty.« Sie schluckte den Knoten in ihrem Hals hinunter.

Nicht der richtige Zeitpunkt, die Kontrolle zu verlieren. Sam braucht mich.

Das Durchblättern der Zeichnungen versetzte sie in glücklichere Zeiten. Sie lagen nur wenige Stunden zurück. Sie rief sich Sams Lachen in Erinnerung, sein grinsendes Gesicht, als er seine Geburtstagsgeschenke öffnete.

Sie stöhnte. »Er hat sein Fahrrad nicht bekommen.«

Vielleicht würde sie ihn nie darauf fahren sehen. Vielleicht würde sie ihn nie …

»Hör auf!«, unterbrach sie sich. Energisch schüttelte sie den Kopf. »Sam wird zurückkommen. Sie werden ihn finden.«

Ihr Gewissen sagte ihr: *Zuerst müssen sie den* Nebel *finden. Und nur eine Person weiß, wie er aussieht.*

Ihr Blick fiel auf ein leeres Stück Papier.

In ihrem Geist hörte sie die Warnungen des *Nebels* immer und immer wieder. »Wenn ich auch nur eine Beschreibung sehe – wenn Sie auch nur erwähnen, dass Sie mich gesehen haben …«

Würde sie es wagen?

Sie lauschte auf Schritte oder Stimmen.

Das Haus schien verlassen zu sein.

Sie griff nach einem Bleistift. Und dann, mit einem schweren Atemzug, begann sie, das Gesicht des *Nebels* zu zeichnen. Eine Zeichnung, die nie jemand sehen durfte. Sie schattierte, radierte und kaute das Ende des Bleistifts, während sie sich auf den Entwurf seines Gesichts konzentrierte – seine gebogene Nase, seine tiefliegenden, schlupflidrigen Augen und seine pockennarbige linke Wange. Sie zog ihm eine Kapuze an, und als das Bild fertig war, starrte sie finster darauf.

Zwar etwas vage, aber dennoch, er war es. *Der Nebel.*

»Tu meinem Sohn nichts an«, flüsterte sie unter Tränen.

Sie war versucht, das Papier in Stücke zu reißen. Von ihrem Wunsch zu gestehen getrieben, notierte sie alles, was der Mann gesagt und getan hatte, auch seine Kleidung. Dann versteckte sie die Zeichnung zwischen zwei unbeschriebenen Blättern und steckte alles wieder zurück in die Mappe. Kein Grund, zu fürchten, dass Philip sie finden würde. Er war nicht an ihrer Arbeit interessiert.

Oder an mir, wenn wir schon dabei sind.

Als sie die Schublade wieder öffnete, um die Heftmappe darin zu verstauen, fiel ihr Sams Schulfoto in die Hand. Irgendwie war es in die Schublade gefallen. Gott sei Dank war das Glas unbeschädigt.

Sie nahm es hoch und erinnerte sich an den Tag, an dem sie herausgefunden hatte, dass sie schwanger war, an den

Tag, an dem Sam geboren wurde, an den Morgen, an dem sie ihn heimbrachten, an seine ersten Schritte, an sein erstes Lachen – welch freudiger Klang – und an seinen ersten Schultag. So viele erste Male. Und so viele sollten in der Zukunft noch folgen.

Sie presste das Foto an ihre Brust. Eine überwältigende Trauer übermannte sie, drohte sie unter einem gewaltigen Sturm heißer Tränen und verzweifelter Schluchzer zu begraben.

»Sam … mein Baby. Oh, Gott … Sam!«

Um halb sieben gab sie den Versuch auf, erneut einzuschlafen. Ihre Seiten schmerzten aufsässig, als sie sich aufsetzte, nach dem Telefon griff und Leah anrief.

»Hey«, krächzte ihre Freundin im Halbschlaf. »Wieso rufst du so früh an? Führt Philip sich wieder wie ein Arsch …?«

»Ich brauche dich, Leah.« Mehr sagte sie nicht.

Leahs Stimme klang stark und zuversichtlich. »Ich bin in fünfzehn Minuten bei dir. Was immer es ist, wir stehen es durch.«

Die Verbindung wurde unterbrochen.

Sadie ging unter die Dusche. Während sie ihre Haare wusch, bemerkte sie, dass sie vergessen hatte, ihren Schlüpfer auszuziehen. Danach zog sie sich so schnell an, dass sie am Ende wieder die Socken vom Vortag trug.

Als sie durch den sonnendurchfluteten Flur an Sams Tür vorbeikam, stoppte sie abrupt. Die Tür stand weit offen. Sam machte das jeden Morgen so. Vorsichtig sah sie in den Raum, erwartete beinahe, Sam auf seinem Bett sitzen zu sehen.

Aber das Zimmer war leer.

»Sam.«

Ohne die Tür zu schließen, ging sie weiter nach unten. Am Fuß der Treppe hielt sie kurz inne, weil sie Geschirr klappern hörte.

»Leah?«

»O gut, du hast schon geduscht«, begrüßte ihre Freundin sie, als Sadie die Küche betrat. »Ich habe uns einen Kaffee und Toast gemacht. Also, was ist denn los? Ist es Philip?«

Sadie sah ihre Freundin an und fühlte erneut Tränen in sich aufsteigen. Sie zwang sie zurück. »Es ist … Sam.«

»Geht es ihm gut?«

Sadie schüttelte den Kopf. »Er ist verschwunden, Leah.«

»Wohin verschwunden?«

Ihr Schluchzen blieb ihr in der Kehle stecken. *»Der Nebel* hat ihn.«

Leahs Augen weiteten sich vor Entsetzen. »Nein! Nicht Sam.«

Sadie nickte nur. Sie konnte ihrer Stimme nicht vertrauen.

»Nein, Sadie«, heulte Leah.

Sobald sie die Tränen in den Augen ihrer Freundin sah, fingen Sadies Schultern an zu beben. Sie verlor die Kontrolle. Ihr Schluchzen schüttelte ihren Körper. Leah nahm sie in die Arme, wiegte sie wie ein Baby, streichelte ihre Haare und weinte gemeinsam mit ihr.

»Er ist weg, Leah. Sam ist nicht mehr da. Was soll ich nur tun?«

Darauf wusste Leah keine Antwort.

Wann immer Sadie sich etwas beruhigte, stürmten neue Gedanken auf sie ein. Welle um Welle voller Erinnerungen und qualvoller Pein attackierten sie, bis sie sich in ihnen verlor, haltlos … atemlos.

»Ich … halte das nicht … aus«, jammerte sie. »Er hat Sam. O Gott. Warum hat er mir mein Baby weggenommen?«

»Ich weiß es nicht«, weinte Leah. »Aber er wird zu uns zurückkommen.«

Nach einem langen Schweigen hob Sadie den Kopf und sah ihrer Freundin in die Augen. »Was haben Philip und ich verbrochen, um das zu verdienen? Werden wir bestraft? Werde ich bestraft?«

»Sadie, ihr habt nichts verbrochen.« Leahs Stimme zitterte vor Emotionen. »Es ist nicht eure Schuld. Keiner von euch soll bestraft werden.«

Sadie glaubte ihr nicht.

Leah fuhr sie in die Notaufnahme. Dort versicherte ihr ein Arzt, dass ihre Rippen geprellt, aber glücklicherweise nicht gebrochen waren. Er gab ihr ein Rezept für ein Schmerzmittel, setzte für den nächsten Tag eine Röntgenaufnahme im Gray Nun's Hospital an – »nur um sicherzugehen«, wie er sich ausdrückte – und bat sie, zukünftig vorsichtiger die Treppen hinunterzugehen.

Danach schickte sie Leah nach Hause. »Es gibt nichts, was du momentan tun könntest«, sagte sie ihr. »Und ich muss mich um einige Dinge kümmern.«

»Wenn du etwas brauchst, Sadie – egal was –, ruf mich an.«

»Das Einzige, was ich brauche, ist Sam.«

Den Nachmittag verbrachte sie auf dem Polizeirevier in der Innenstadt. Philip traf sie dort, eine halbe Stunde zu spät. Als er sich bei Jay dafür entschuldigte, warf ihm der Detective einen stählernen Blick zu, der Sadie guttat. Dann wurden sie in ein beengtes, fensterloses Büro geführt. Auf einer Seite des abgenutzten Schreibtischs lag ein hoher Stapel Akten.

Sadie musterte die Akten. *Irgendwo dazwischen steckt Sam.*

»Wir müssen wissen, ob Ihnen in den vergangenen Tagen etwas Merkwürdiges aufgefallen ist«, fragte Jay, während er sein Notizbuch zückte. »Deshalb werden wir Sie zunächst gemeinsam befragen. Ist das okay?«

»Was immer Sie für richtig halten«, sagte Sadie. »Ich will nur meinen Sohn zurück.«

Ein Muskel zuckte in Philips Kiefer. »Das Gleiche gilt für mich.«

Jay wandte sich an Sadie. »Sind Ihnen Fremde in der Nähe Ihres Hauses aufgefallen? Oder hatten Sie Besucher?«

Langsam schüttelte sie den Kopf. »Niemand außer Leah. Und der Clown. Oh, und ein Lieferant von Kentucky Fried Chicken.«

»Was ist mit Sams Schule? Haben Sie dort jemanden gesehen?«

»Nein. Nur seine Lehrerin.«

»Wohin gingen Sie und Sam letzte Woche sonst noch?«, wollte Jay wissen.

Sie strengte sich an, sich an all die kleinen Dinge zu erinnern, die sie und Sam gemeinsam unternommen hatten. Meist hatte sie mit ihm im Haus gespielt, weil es draußen so kalt war. Außer an dem Tag, an dem sie im Park waren.

Das erzählte sie Jay.

»Haben Sie dort jemanden gesehen, der nicht dorthin zu gehören schien?«, fragte er.

Sie schüttelte den Kopf. »Da waren größtenteils Eltern, Mütter. Oh, und da war ein Vat …« Sie schnappte nach Luft. »Da war ein Mann im Auto. Ich dachte, er sei einer der Väter.«

»Können Sie ihn beschreiben?«

Sie zögerte. »Ich bin mir nicht sicher. Er saß im Auto. Er trug Hut und Sonnenbrille. Ich konnte ihn nicht richtig sehen. Mitte dreißig, Anfang vierzig, würde ich sagen.« Sie log nicht wirklich.

»Können Sie den Wagen beschreiben?«

»Tut mir leid. Darauf habe ich nicht geachtet. Er war dunkel – grau oder schwarz. Viertürig. Das ist alles, woran ich mich erinnern kann.«

Bevor Jay danach fragen konnte, fügte sie hinzu: »Und das Nummernschild habe ich auch nicht gesehen.«

»Haben Sie die Marke und das Modell erkannt?«

»Sadie kann einen Personenwagen nicht von einem Sportwagen unterscheiden«, warf Philip trocken ein.

Sie sah ihn so beißend an, dass sich sein Mund schnell wieder schloss.

Jay machte sich einige Notizen. »Was ist mit der Geburtstagsfeier?«

»Nur Sams Freunde, keine Fremden«, antwortete sie.

»Dann kommen wir jetzt zu einigen Hintergrundinformationen.« Jay blätterte die Seite seines Notizbuchs um.

Innerhalb weniger Minuten verschaffte er sich einen Überblick über ihr ganzes Leben: Gewohnheiten, Freunde, jede Person, die je einen Fuß in ihr Haus gesetzt hatte. Er gab zu, dass der Clown ihre beste Spur war. Aufgrund des Schuhs, den sie in Sams Zimmer gefunden hatten. Der Zusteller vom Lieferservice wurde ebenfalls überprüft.

Dann wurden Sadie und Philip etwa eine halbe Stunde lang einzeln befragt. Danach konnten sie gehen.

Auf dem Weg aus dem Büro griff sie nach Jays Arm. »Was denken Sie, wie lange es dauern wird, bis wir Sam wiederbekommen?«

Der Detective warf ihrem Mann einen unbehaglichen Blick zu. Philip stand einige Meter von ihnen entfernt und sah auf seine Uhr, als ob er Wichtigeres zu tun hätte.

»Das kommt darauf an, wer ihn entführt hat, Ms O'Connell«, antwortete Jay.

»Sie sagten mir, die ersten drei Tage wären entscheidend. Was passiert danach?«

»Wir suchen weiter. Sie haben uns viele Anhaltspunkte gegeben, denen wir nachgehen werden.«

»Was, wenn es *Der Nebel* war?«, bohrte sie hartnäckig.

Jay presste die Lippen aufeinander. »Wir haben keines der Kinder, die er entführt hat, gefunden. Was kein schlechtes

Zeichen sein muss. Gut möglich, dass sie noch am Leben sind. Sam eingeschlossen.« Er sah wieder zu Philip. »Das heißt, falls es *Der Nebel* war, der ihn entführt hat. Ohne Zeugen oder ohne eine Beschreibung mangelt es uns an Hinweisen. Aber wir gehen allen Möglichkeiten nach.«

»Ohne Zeugen oder ohne eine Beschreibung …«

Die Worte des Detective ließen sie schaudern. Sie eilte den Flur hinunter und lief um eine Ecke herum, darauf bedacht, dem Polizeirevier so schnell wie möglich zu entkommen. In der Nähe des Warteraums stoppte sie ganz unvermittelt.

Dicht bewimperte blaue Augen trafen die ihren.

Sam!

Er saß weinend auf einem Stuhl. Als er sie sah, lächelte er und bedeutete ihr, sie solle näher kommen.

Außer sich und erleichtert drehte sie sich zu Jay um. »Sie haben ihn gefunden!«

»Was?«

»Sam!« Sie wirbelte herum und zeigte auf den Stuhl. »Er ist …«

Der Stuhl war leer.

Ihr Verstand setzte aus. Sie hatte ihn gesehen. Er hatte sie angelächelt, hatte ihr zugewinkt.

Philip schnappte ihren Arm und führte sie aus dem Revier. »Das war nicht lustig, Sadie.«

»Das sollte es auch nicht sein«, entgegnete sie scharf. »Ich dachte … Oh, wozu verschwende ich meine Zeit.«

Auf dem Heimweg wechselten sie kein Wort. Auch nicht, als Philip den Mercedes in die Garage fuhr. Im Haus zog sie die Schuhe aus, ließ ihre Tasche auf den Boden fallen und schleppte sich nach oben. Zwei Schmerztabletten und eine Schlaftablette später fiel sie ins Bett.

Es war noch nicht mal achtzehn Uhr.

Neun

Sadie wachte langsam auf. Sie rieb sich ihre erschöpften Augen, die sich so trocken anfühlten, als hätte jemand Mehl hineingestreut und es dann noch vorsorglich einmassiert. Sehr wahrscheinlich die Nebenwirkung einer der Pillen von gestern Abend.

Sie blinzelte.

Tag zwei, und ein Teil von ihr war nicht mehr hier.

Sam.

Sie schwang ihre Beine aus dem Bett. Ein leises Stöhnen brodelte in ihrer Magengrube und kroch nach oben, wie eine gewundene Schlange, die sich zum Angriff bereitmacht. Es brannte zwischen ihren Rippen, in ihrem Hals und brach schließlich als jammervoller Schrei aus ihrem Mund hervor.

»Sam!«

Wo immer er auch war, er hatte Angst. Das wusste sie ohne jeden Zweifel. Sie wollte ihn trösten, ihm seine Angst nehmen. Normalerweise würde er sich jetzt für die Schule fertig machen, so wie er es jeden Dienstagmorgen tat. Stattdessen war er beim …

Teufel.

»Oh, Gott. Warum hast du ihm erlaubt, mir mein Baby wegzunehmen?« Sie schlug auf die Matratze ein. »Warum?«

Ihre Tränen unterdrückend, griff sie nach dem Telefon.

»Sadie O'Connell hier«, meldete sie sich, als Jay Lucas abnahm.

»Ich hätte Sie auch angerufen. Können Sie aufs Revier in der Innenstadt kommen?«

»Warum? Haben Sie Sam gefunden?«

Eine kurze Pause folgte. »Nein, aber wir müssen uns noch einmal mit Ihnen unterhalten.«

»Soll Philip mitkommen?«

»Nein, nur Sie.«

Sie legte auf und zog sich, abgelenkt von ihren Gedanken, schnell an.

Warum wollte Jay alleine mit ihr sprechen? Ahnte er, dass sie gelogen hatte? Hegte er den Verdacht, dass sie den Mann gesehen hatte, der ihren Sohn entführte?

Nachdem sie sich angemeldet hatte, begleitete ein Beamter sie in ein kleines Büro. Besorgt nahm sie Platz.

Jay betrat den Raum, in den Händen eine graue Akte. Er gab ihr die Hand und setzte sich hinter seinen Schreibtisch.

»Ms O'Connell«, begann er. »Was ich Ihnen nun mitteilen werde, sind streng vertrauliche Informationen, die diesen Raum nicht verlassen dürfen. Eigentlich sollte ich das gar nicht mit Ihnen besprechen, aber es könnte von Bedeutung für Sams Fall sein. Trotzdem muss ich Sie warnen. Sollten Sie diesbezüglich etwas Ihrem Mann oder sonst jemandem gegenüber verlauten lassen, bevor das Ganze öffentlich gemacht werden wird, werden wir dazu gezwungen sein, Sie wegen Behinderung einer laufenden Ermittlung zu belangen. Haben Sie verstanden?«

»I-ich … Ja, ich habe verstanden.«

»Wissen Sie, dass gegen Ihren Mann eine Ermittlung wegen Betrugs und Unterschlagung im Gange ist?«

»Wie bitte?«, stotterte sie. »Wovon reden Sie?«

»Das Betrugsdezernat ermittelt seit vergangenem Jahr gegen ihn. Diese Verbindung fiel mir zunächst nicht auf, da ich Sie beide unter dem Namen O'Connell führte. Denn Sie hatten den ursprünglichen Anruf getätigt. Aber als ich den Nachnamen Ihres Mannes korrigierte, brachte das den Stein ins Rollen.«

»U-unmöglich. Philip würde nie …«

»Der Kollege Ihres Mannes, Morris Saunders, steht ebenfalls unter Verdacht. Wir gehen davon aus, dass die beiden Gelder ihrer Mandanten auf Schwarzgeldkonten umgeleitet haben. Insgesamt etwa acht Millionen.«

Acht Millionen Dollar?

Sie konnte nicht glauben, was sie da hörte. Ihr Ehemann – der Verteidiger des Rechts – ein Veruntreuer, ein Dieb.

»Sollten wir ihn nicht für unschuldig halten, bis seine Schuld erwiesen ist?«, fragte sie alarmiert.

Der alternde Detective sah sie betrübt an. »Das Betrugsdezernat hat einen verdeckten Agenten eingeschleust. Jemand, der ihren Mann recht gut kennt.«

»Wen?«

»Das kann ich Ihnen jetzt nicht sagen. Sie werden es bald genug herausfinden.«

Sadie war einen langen Moment still.

»Ms O'Connell?«

»Ich … ich dachte, dass Sie mit mir über Sam sprechen wollen. Ich dachte, Sie hätten ihn vielleicht gefunden.« Ihre Stimme brach. Sie sackte in sich zusammen und schlug die Hände vors Gesicht.

»Es tut mir leid, Ms O'Connell.«

»Bitte«, flüsterte sie in ihre Hände. »Nennen Sie mich einfach Sadie.«

»Hören Sie … Sadie. Ich weiß, dass Sie gerade genug um die Ohren haben, aber …«

Ihr Kopf schnellte nach oben. »Aber was? Acht Millionen Dollar sind wichtiger als mein Sohn? Versuchen Sie, mir das zu sagen?«

Jay streckte ihr seine Hand über den Schreibtisch entgegen. »Bitte, hören Sie mir einen Moment zu. Die meisten Kidnapper sind mit ihren Opfern verwandt. Oft ist es ein Elternteil. Philip könnte die Entführung inszeniert haben ...«

»Sie denken, er hat Sam entführt? Warum? Wegen des Lösegelds?«

»Vielleicht dachte er, die Bank würde ihm ein Darlehen geben oder er könnte das Geld von seiner Familie oder über seine Kanzlei bekommen. Falls er glaubte, er könnte genug flüssigmachen, um den Betrag zurückzuzahlen und sich selbst zu retten, könnte er Sam möglicherweise irgendwo versteckt halten.«

Sadie war schockiert. »Nein! Das würde Philip nie tun!«

»Verzweifelte Menschen tun verzweifelte Dinge, Ms O'Con... Sadie.«

Den Stuhl nach hinten werfend, sprang sie auf. »Mein Mann mag ein Feigling und ein Dieb sein, aber er würde nie Sams Leben für Geld gefährden. Niemals!«

Jay rutschte auf seinem Stuhl hin und her. »Es besteht auch die Möglichkeit, dass einer von Philips Mandanten Sam gekidnappt hat. Ihr Mann hat Geld von einigen sehr gefährlichen Leuten genommen. Von Leuten, die alles dafür tun würden, es wiederzubekommen. Verstehen Sie, was ich damit sagen will?«

Sie sah ihn verwirrt an. »Sie denken, sie haben Sam entführt, um an Philip heranzukommen?«

»Die Möglichkeit besteht.«

»Nein! Es war *Der Nebel*.«

Scharfe Augen durchbohrten die ihren. »Woher wissen Sie das?«

Sie öffnete den Mund, bereit, ihm alles zu beichten. Aber dann hörte sie die heisere Stimme des *Nebels*. *»Kleine blutige Stücke.«*

Ihr Magen verkrampfte sich.

Sollte sie etwas sagen? Ihm verraten, was sie wusste?

»Ms O'Connell, falls Sie etwas wissen …«

»Nein«, wehrte sie ab, während sie ihm den Rücken zudrehte. »Ich weiß nichts, das Ihnen helfen könnte, Sam zu finden.«

»Weshalb sind Sie dann so überzeugt davon, dass es *Der Nebel* war?«, bedrängte Jay sie.

Vorsicht, Sadie.

»Ich weiß es einfach. Nennen Sie es Instinkt.« Sie blieb einen Moment im Türrahmen stehen und sah den Detective fest an. »Sobald Sie den *Nebel* finden, werden Sie meinen Sohn finden.«

Später fuhr Sadie ins Gray Nun's Hospital. Im Laufe des Tages hatte sie sich etwas besser gefühlt, aber sie wollte sichergehen, dass nichts gebrochen war. Ihre Rippen schmerzten kaum – bis die Röntgenassistentin sie wie einen Fisch auf dem Röntgentisch herumzappeln ließ. Nach rechts drehen. Dann nach links. Dann auf den Rücken. Als sie das Krankenhaus verließ, hatte sie stärkere Schmerzen als zuvor.

Sie fuhr nach Hause und nahm zwei Schmerztabletten.

Da sie sonst nichts zu tun hatte, wartete sie.

Und wartete noch etwas länger.

Als Philip an diesem Abend nach Hause kam, zog er sich in sein Büro zurück. Sadie starrte ihm mit kochender Wut im Bauch nach. Sie war rasend vor Zorn, weil die Polizei nicht nach dem *Nebel* suchte, und fassungslos, dass ihr Mann in kriminelle Machenschaften verstrickt war.

Sie klopfte und öffnete die Tür. »Philip, ich muss mit dir red…«

Die Worte blieben ihr im Hals stecken.

Im Büro herrschte das absolute Chaos. Es sah aus und

roch wie eine Junggesellenbude. Auf der Couch an der Wand häuften sich zerknüllte Bettlaken und Decken. In einer Ecke lag ein Berg von Philips Kleidern auf dem Boden. Unmöglich zu sagen, ob sie sauber oder schmutzig waren. Leere Pizzakartons und andere Mitnahmebehälter lagen kreuz und quer auf einem Tisch beim Fenster, und zwei Fleming-Warner-Kaffeetassen, noch halb voll mit ranzigem altem Kaffee, standen auf dem Eichenschreibtisch. Eine hatte einen Ring auf der Holzoberfläche hinterlassen.

Aber am meisten schockierte sie Philip.

Er hatte eine Waffe.

»Was machst du da?«, fragte sie vorsichtig.

Ganz ruhig fuhr Philip mit einem Lappen über die Waffe und legte sie zurück in eine Zedernkiste. »Keine Angst, Sadie. Die dient nur der Abschreckung.«

»Als Abschreckung für wen?«, ereiferte sie sich. »Bist du verrückt? Wir können keine Waffe im Haus haben. Nicht mit Sam …« Sie verstummte und sah zu Boden.

»Sie ist nicht geladen«, antwortete er, als ob das einen Unterschied machen würde.

»Es ist illegal. Wie bist du überhaupt an sie gekommen?«

Sie sah ihm zu, wie er sich vom Schreibtisch erhob, zum Schrank hinüberging und die Kiste im obersten Regal verstaute.

»Jemand hat sie mir besorgt«, sagte er. »Er schuldete mir einen Gefallen.«

»Und du denkst, du wirst eine brauchen … eine Waffe?«

Sie sah ihn aufmerksam an und wunderte sich, warum er so nervös war. Warum ein Mann, der jedes Gesetz befolgt hatte – außer das der Treue –, eine Waffe besaß, die nur einen Zweck hatte. Zu töten.

Ihr Mund verzog sich. »Du fürchtest dich vor denjenigen, denen du das Geld abgenommen hast, stimmt's?«

Philip sah sie erschrocken an. »Sie haben mit dir Kontakt aufgenommen?«

»Nein, die Polizei hat mir alles erzählt.«

»Das ist unmöglich«, sagte er mit falscher Zuversicht. »Sie können nicht über alles Bescheid wissen.« Er setzte sich an seinen Schreibtisch.

»Sie wissen genug, um mich aufs Revier vorzuladen und mir mit einer Anklage zu drohen, falls ich dir gegenüber erwähnen sollte, dass sie mit mir gesprochen haben.«

»Und warum sagst du es mir dann?«

Sie ließ sich in den Sessel fallen, der ihm gegenüberstand. »Die Polizei glaubt, dass das Ganze etwas mit Sams Verschwinden zu tun hat.«

»Hat es nicht«, verneinte er bestimmt. »Meine Geschäftspartner würden nicht ihn, sondern mich ins Visier nehmen. Vielleicht würden sie meine Reifen zur Warnung zerstechen. Auf keinen Fall haben sie Sam gekidnappt.« Er klang, als ob er sich selbst davon überzeugen wollte.

»Ich glaube dir, Philip. Aber wir wollen nicht, dass die Polizei Zeit auf deine Geschäftspartner verschwendet, wenn sie stattdessen den *Nebel* suchen sollten. Er hat uns Sam genommen. Davon bin ich überzeugt.« Sie runzelte die Stirn. »Warte! Woher weißt du über die Untersuchung Bescheid? Die Polizei hat mir gesagt, es wäre eine verdeckte Ermittlung.«

Philip massierte seine Schläfen. »Einer der Investoren hat mich angerufen. Er hat Verbindungen zur Polizei und fand heraus, dass gegen Morris und mich ermittelt wird. Er drohte damit, mich umzubringen, falls ich einen Ton über seine Geschäftstransaktionen verlieren würde. Und glaub mir, das macht er eher wahr, als dass er ein Kind entführt.«

»Was sind das für Leute, die du bestohlen hast?«

Er zuckte die Schultern. »Vorwiegend Drogenhändler.«

Sie biss die Zähne zusammen und widerstand der Versuchung, ihm über den Schreibtisch hinweg eine Ohrfeige zu geben. »Himmel, Philip! Hast du ernsthaft angenommen, sie würden dir erlauben, ihr Geld zu stehlen?«

»Ich war verzweifelt. Unsere Hypothek ist riesig, die Rechnungen stapeln sich, und du brauchst immer Geld für …«

»Lass diese dummen Entschuldigungen«, fuhr sie ihn an. Sie sprang auf. »Und wag es bloß nicht, mich dafür verantwortlich zu machen. Du hast das Geld gestohlen. Du hast dich mit den falschen Leuten eingelassen.«

Die Stille füllte sich mit einer Million Fragen.

Dann fragte er: »Was willst du von mir?«

»Von dir will ich nicht das Geringste«, antwortete sie beherrscht, bevor sie aus dem Zimmer marschierte.

Endlich hatte sie das letzte Wort.

Am nächsten Tag fehlte immer noch jede Spur von Sam.

Frustriert, weil die Polizei keine Fortschritte machte, entwarf sie Plakate, die Sams Gesicht zeigten. Sie achtete vorsichtig darauf, den *Nebel* nicht zu erwähnen. Sie klebte die Plakate auf Briefkästen, an Schaufenster, an die Anschlagtafeln von Lebensmittelgeschäften und an alle Orte, die ihr in den Sinn kamen. Dann warf sie sie in jeden Briefkasten im Umkreis von fünf Straßen, in der Hoffnung, dass jemand etwas gesehen haben könnte. Ein Nummernschild, einen Wagen … Sam. Irgendetwas.

Zweimal hatte sie das Telefon in der Hand, um Matthew Bornyk, den Vater des zuletzt verschwundenen Mädchens, anzurufen. Aber was könnte sie ihm schon sagen?

Hallo, Sie kennen mich nicht. Aber wir haben etwas gemeinsam. Unsere Kinder wurden beide von einem irren Verrückten entführt, den ich gesehen und mit dem ich gesprochen habe, von dem ich der Polizei aber nichts erzählt habe.

»Himmel, Sadie«, murmelte sie vor sich hin. »Er wird dich für genauso verrückt halten.«

Ein Teil von ihr sehnte sich danach, mit jemandem zu reden, der genau wusste, wie sie sich fühlt. Jemand, der sich genauso viele Gedanken wie sie machte, der sich genauso leer fühlte. Wann immer sie Cortnies Vater im Fernsehen sah oder ihn im Radio hörte, verrieten ihr seine Augen und seine Stimme, dass er unter dem Verlust seiner Tochter genauso litt wie sie unter Sams.

Insgeheim schnitt sie jeden Artikel über den *Nebel* aus. Sie kaufte sogar alte Zeitungen der *Sun* und des *Journal* an. Die sammelte sie in ihrem Kleiderschrank in einer Plastikkiste, die sie dann stündlich wieder hervorzog. Sorgfältig machte sie sich Notizen.

Aber sie weigerte sich, die Fotos der anderen Kinder anzusehen.

Ausgenommen Sams Gesicht. Sobald sie es sah, brach sie in Tränen aus.

Ihr Bruder und ihre Schwägerin riefen aus Halifax an. Brad, ein Obermaat der kanadischen Streitkräfte, bereitete sich auf seinen Einsatz in Afghanistan vor. Sie entschuldigten sich dafür, nicht alles stehen und liegen zu lassen, einen Babysitter für ihre beiden kleinen Kinder zu finden und nach Edmonton geflogen zu kommen. Sadie versicherte ihnen, sie müssten sich keine Sorgen machen. Bis sie angekommen wären, hätte die Polizei Sam schon längst gefunden und nach Hause gebracht.

Verzweifelt wollte sie an dieser Hoffnung festhalten.

Dann riefen ihre Eltern an. Sie wollten von Arizona, wo sie ihr Rentnerdasein in wärmeren Gefilden genossen, zu ihr fliegen. Sadie überzeugte sie, das nicht zu tun. Ihre Fragen trieben sie bereits jetzt halb in den Wahnsinn.

»Ihr könnt sowieso nichts tun«, versicherte sie ihnen.

»Aber wir möchten dir doch beistehen«, sagte ihre Mutter mit tränenerstickter Stimme.

»Ich weiß.«

Und sie wusste es wirklich. Ihre Mutter wollte immer nur das Beste, aber Sadie konnte jetzt ihr nächtliches Weinen einfach nicht ertragen.

»Ruf uns an, sobald du etwas hörst«, bat ihre Mutter sie inständig.

»Das werde ich. Danke, Mutter.«

»Und Schatz, falls du irgendetwas brauchst …«

»Werde ich anrufen. Ich liebe dich.«

Als Philip an diesem Abend nach Hause kam, stank er förmlich nach Jack Daniels und schlechtem Gewissen. Er ließ sich der Länge nach neben sie aufs Sofa fallen.

»Ich glaube, die Investoren haben Sam doch«, lallte er. »Wenn ich nur geahnt hätte, wozu sie fähig sind, hätte ich ihr Geld nie angefasst. Nicht, wenn ich gewusst hätte, dass Sie mir meinen Jungen nehmen.« Er fiel vor ihr auf den Fußboden und hielt sich wie ein Baby an ihren Beinen fest. »Ich habe Mist gebaut, Sadie.«

»Das hast du«, bestätigte sie steif.

»Ich weiß nicht, was ich tun werde, wenn sie mich einsperren«, stöhnte er. »Ich halte es im Gefängnis nicht aus.«

Er widerte sie an. »Darüber machst du dir Gedanken?«

In diesem Moment stürzte ihr Mann vom Podest einer gottgleichen juristischen Legende auf das Niveau eines jammernden Feiglings herab. Sie schob ihn aus dem Weg und stürmte durch das Zimmer. Im Türrahmen blieb sie stehen. Sie war versucht, ihn an seinen Schuldgefühlen ersticken zu lassen.

»*Der Nebel* hat ihn entführt«, sagte sie bitter. »Du hattest nichts damit zu tun. Und auch keiner deiner Mandanten.«

Philip starrte sie mit wirrem Blick an. »Glaubst du das

wirklich?« Er wischte sich die Nase und stolperte auf die Beine. »Ja. Du hast recht, Sadie. Es ist nicht meine Schuld. Das kann es gar nicht sein.«

Sie ließ ihn im Wohnzimmer zurück, wo er weiter vor sich hin lallte. Im Schlafzimmer zog sie die Tür hinter sich zu und schloss ab.

Philip würde den Hinweis verstehen. Falls er es die Treppe hinauf schaffen sollte.

Zehn

Nachdem Philip am nächsten Morgen zur Arbeit gegangen war, machte sie den Fernseher an, in der Hoffnung, Neuigkeiten über Sam zu erfahren. Stattdessen nahm Philips Gesicht den gesamten Bildschirm ein. Darunter blinkte ein Wort in Großbuchstaben. BETRUGSERMITTLUNGEN!

Eine Reporterin strich etwas von ihrer maßgeschneiderten Jacke und erklärte in ihrer kurzen Ansage, dass zwei Beschäftigte der Rechtsanwaltskanzlei Fleming & Warner auf Betrugsvorwürfe hin befragt würden. Die Frau nannte Philip und Morris Saunders Mitverschwörer.

Im nächsten Bericht ging es um Hockey. Sadie schaltete den Fernseher aus. Weil sie nichts zu tun hatte, fasste sie endlich den Mut, Matthew Bornyk anzurufen. Er hob beim ersten Klingeln ab.

»Hallo?« Seine Stimme klang heiser. Ob er immer so klang oder nicht geschlafen hatte, wusste sie nicht.

Sie atmete tief ein. »Mr Bornyk, hier spricht Sadie O'Connell. Sie kennen mich nicht, aber …«

»Ich weiß, wer Sie sind.« Plötzlich klang seine Stimme hellwach. »Gibt es Neuigkeiten von Ihrem Sohn?«

»Nein, nichts.« Beschämt hielt sie inne. »Ich … ich bin nicht sicher, weshalb ich Sie angerufen habe.«

»Ich bin froh, dass Sie es getan haben. Ich wollte Sie auch anrufen.«

»Wirklich? Eine etwas … merkwürdige Situation. Mich

mit jemandem zu unterhalten, den ich nicht kenne, meine ich.«

»Ich habe eine Idee. Warum treffen Sie mich nicht auf einen Kaffee? Sie und Ihr Mann.«

Der Vorschlag überraschte sie. Sie war sich nicht sicher, was sie sich von dem Anruf erhofft hatte, aber sie hatte nicht erwartet, dem Mann von Angesicht zu Angesicht gegenüberzustehen.

»Sagen Sie mir, wo und wann«, antwortete sie.

»Das Borealis-Café, auf der Jasper Avenue in der Innenstadt«, schlug er vor. »Ich kann in einer Stunde dort sein. Soll ich Ihnen den Weg beschreiben?«

»Nein. Ich weiß, wo es ist.« Sie legte auf.

Das Borealis-Café befand sich genau gegenüber der Kanzlei von Fleming & Warner. Außerdem tauchte es ständig auf ihrer Kreditkartenabrechnung auf. Philipp lud Brigitte öfter dorthin ein. Zu Geschäftsessen, so behauptete er.

Aber sicher!

Seit sie sein Foto in der Zeitung gesehen hatte, war Matthew Bornyk um zehn Jahre gealtert. Obwohl seine rotblonden Haare keine Spur von Grau zeigten, erzählten die Linien unter seinen graublauen Augen und die Blässe seines Gesichts von schlaflosen Nächten und unsagbarer Qual.

»Nehmen Sie doch Platz.« Er deutete auf den Stuhl gegenüber. »Möchten Sie einen Kaffee? Die Hausmischung schmeckt hervorragend. Oder, falls Sie hungrig sind, der Karamellapfelkuchen ist ausge…« Er verzog sein Gesicht und sah in die andere Richtung. »Tut mir leid, ich rede zu viel.«

Nachdem ein junger Kellner ihnen die Borealis-Hausmischung serviert hatte, beugte sich Matthew nach vorne. »Ihr Mann hatte keine Zeit?«

»Er ist beschäftigt … geschäftliche Besprechungen.«

Eine unbequeme Stille setzte ein, die Matthew schließlich durchbrach: »Ich habe davon gehört.«

»Schwer, es zu vermeiden. Die Nachrichten sprechen von nichts anderem.«

Matthew nahm einen Schluck Kaffee. »Es tut mir leid.«

»Philip wollte immer wie ein König leben.« Diese Worte kamen aus ihrem Mund, bevor sie überhaupt bemerkte, was sie gesagt hatte.

»Und Sie?«, erkundigte sich Matthew.

»Ich bin keine Königin. Ich brauche nur eins. Meinen Sohn.«

Ihre Hand zitterte, als sie die Tasse hob, und Matthew reagierte überraschend. Er griff nach ihrer Hand. Seine warme Berührung entlockte ihr ein leichtes Seufzen. Da sie nicht wusste, was sie sonst tun sollte, starrte sie auf die Hand, die die ihre bedeckte. Sie war stark und gebräunt bis auf den blassen Kreis an seinem linken Ringfinger.

»Wir werden sie finden«, versicherte er. »Beide. Sobald wir einen Hinweis bekommen, ein Zeuge auftaucht …«

Sie riss ihre Hand zurück.

Wie konnte sie diesem Mann nur in die Augen sehen? Er suchte einen Zeugen und ahnte nicht, dass er gerade mit ihm Kaffee trank. Die Scham und Unsicherheit fraßen sie bei lebendigem Leib auf.

Was, wenn ich es ihm erzähle?

Die Antwort traf sie umgehend.

Dann wird Sam sterben.

Matthew neigte seinen Kopf zur Seite und beobachtete sie. »Ich hoffe, wir hören in Kürze etwas.«

»Ich auch«, brachte sie müde hervor. »Haben Sie irgendetwas gesehen? Als Cortnie entführt wurde?«

»Ich habe geschlafen. Wusste nicht mal, dass sie verschwunden war. Nicht bis zum nächsten Morgen.« Er starrte in seine Kaffeetasse. »Wir haben vor der Schule immer zusammen Kaffee getrunken.« Er lächelte. »Kaffee für mich, heiße Schokolade für sie.«

Die nächste halbe Stunde tauschten sie Geschichten aus. Sie erzählte ihm von Sams Fledermausbesessenheit. Wie er versucht hatte, sich auf dem Spielplatz kopfüber ans Klettergerüst zu hängen, weil seine pelzigen Freunde in dieser Haltung schlafen.

»Du meine Güte. Das endete wohl nicht gut.«

»Doch, ich konnte ihn noch rechtzeitig auffangen.«

Um von ihren Gefühlen einen Moment Abstand zu gewinnen, winkte Sadie dem Kellner und schob ihm ihre Tasse hin. Matthew folgte ihrem Beispiel. Der Junge füllte beide Tassen und ließ etwas Milchpulver auf dem Tisch zurück.

»Cortnie liebt Bücher«, erklärte Matthew, während er seinen Kaffee umrührte. »Sie hat alle *Harry-Potter*-Bände verschlungen. Manchmal habe ich sie dabei erwischt, wie sie unter ihrer Decke gelesen hat. Mit einer Taschenlampe. Sie liest auch diese Suppentassenbücher.«

Sadie kicherte.

»Was ist denn?«, fragte er.

»Hühnersuppenbücher.«

Er schenkte ihr ein klägliches Lächeln. »Dachte ich mir, dass Sie diese Bücher kennen. Sie sind eine Frau.«

Sie schüttelte den Kopf. »Ich bin Schriftstellerin.«

»Was schreiben Sie?«

»Romane, hauptsächlich Krimis. Im Moment arbeite ich aber an einem illustrierten Kinderbuch für Sam …« Ihr Lächeln verschwand.

»Er wird es lesen«, versicherte ihr Matthew leise.

Sadies Blick wanderte zum Fenster.

Eine Frau in einer blaugrünen Jacke stand an der Straßenecke. Ihr weißblondes Haar schimmerte im Sonnenlicht, als sie darauf wartete, dass die Ampel umsprang. Ein kleiner Junge hielt ihre Hand. Er wandte Sadie den Rücken zu, aber sein Haar erinnerte sie an Sam.

Sie runzelte die Stirn. *Sogar seine Statur …*

Der Junge drehte sich abrupt um, seine vertrauten Augen suchten die ihren. Seine Lippen öffneten sich und formten ein Wort.

Mami.

Ihr Herz zersprang in tausend Stücke.

»Sam?«

Sie sprang auf, ohne die Kaffeelache auf dem Tisch oder Matthews seltsame Blicke wahrzunehmen.

»Sadie, was ist denn?« Er war ebenfalls auf den Beinen.

Sie hastete an ihm vorbei und flog förmlich durch die Tür und um die Straßenecke. Auf der anderen Straßenseite schlenderte die Frau in der blaugrünen Jacke den Bürgersteig entlang und warf ab und zu einen Blick in die Schaufenster. Alleine.

Sadie ignorierte die zornigen Hupgeräusche der Autos, zwischen denen sie im Zickzack quer über die Straße auf die Frau zurannte. Sie packte sie am Arm und wirbelte sie herum.

»He!«, rief die Blondine. »Was zum Teufel soll das denn?«

»Wo ist er?«, rief Sadie.

»Wer?«

»Sam! Der Junge, den Sie bei sich hatten.«

Die Frau schaute Sadie an, als ob sie eine Irre vor sich hätte. »Sind Sie verrückt? Ich hatte keinen Jungen bei mir.«

Sadie starrte sie mit offenem Mund sprachlos an. Etwas stimmte nicht, war nicht in Ordnung. Das Haar der Frau war aus der Nähe betrachtet nicht mehr ganz so hell. Außerdem schien sie jünger zu sein als die Frau, die Sadie vom Borealis-Café aus gesehen hatte.

Aber sie trägt eine blaugrüne Jacke.

Sie drehte sich um und sah den Bürgersteig entlang. Aber da war keine andere blonde Frau in Blaugrün.

Matthew eilte auf sie zu: »Sadie, was ist denn los?«

Bittere Tränen rollten ihr die Wangen herunter. »Ich habe ihn gesehen. Sam! Er ging neben ihr.« Ihr Kopf schnellte herum, aber die Frau war verschwunden. »Wo ist sie hin?«

»Sadie, vielleicht fahren Sie besser nach Hause?«

»Ich bin nicht verrückt, Matthew! Ich habe Sam gesehen. Ich schwöre es.«

Mitfühlend nahm er ihren Arm. »Ich glaube Ihnen.«

»Er sah mich an und sagte … Mami.«

»Manchmal bilde ich mir ein, dass ich Cortnie sehe«, murmelte er, als er sie über die Straße führte. »Im Park. Vor ihrer Schule. Aber nie ist sie es.«

»Ich habe mir das nicht eingebildet«, beharrte sie. »Es war Sam.«

Matthew seufzte. »Sadie, möchten Sie darüber reden …?«

»Nein. Ich will einfach nur nach Hause.«

»Soll ich Sie fahren?«

»Nein, es geht mir gut.« Sie verdrehte die Augen. »Mir geht es so gut, wie es mir unter diesen Umständen gehen kann.«

Er nahm den Autoschlüssel aus ihren zitternden Händen, schloss die Wagentür für sie auf und wartete, bis sie eingestiegen war. Dann reichte er ihr die Schlüssel und eine Visitenkarte.

»Meine Privatnummer, die Nummer meines Büros und meine Handynummer.«

Sie dankte ihm und fuhr zügig davon. Als sie einen Blick in den Rückspiegel warf, sah sie Matthew Bornyk bewegungslos und mit einem niedergeschmetterten Ausdruck auf seinem attraktiven Gesicht auf dem Gehweg sehen.

Kein Vater sollte je so aussehen.

Sie fuhr dreimal um den Block, um nach der blonden Frau in der blaugrünen Jacke zu suchen. Sie konnte nicht anders. Aber es gab keine Spur von ihr. Oder von Sam.

Zu Hause setzte sich Sadie auf die kalten Betonstufen ihrer Veranda, trank geistesabwesend eine Tasse Kaffee und beobachtete die vorbeifahrenden Autos. Nach einer Stunde hätte sie schwören können, Sam dreimal gesehen zu haben. Aber im Grunde ihres Herzens wusste sie, dass er es nicht war. Ihr Baby war verschwunden, ein Irrer hatte ihn entführt. Und mit jedem Moment, der verstrich, war sie mehr und mehr davon überzeugt, dass sie der Polizei sagen musste, was sie wusste.

Vielleicht morgen.

Der Rest des Tages zog sich endlos hin. Sie wanderte durchs Haus, das schnurlose Telefon immer an ihrem Gürtel.

»Falls es Neuigkeiten von Sam gibt«, erklärte sie Leah, die vorbeigeschaut hatte.

»Du kannst nicht jeden Tag neben dem Telefon verbringen, Sadie. Du musst aus dem Haus, ein bisschen frische Luft schnappen.«

Sadie starrte sie an. »Was soll ich denn deiner Meinung nach tun? Mich unter die Sonnenbank legen? Oder ins Café gehen?«

»Nein, so habe ich das nicht gemeint«, verteidigte sich Leah und hob abwehrend ihre Hände. »Ich will nur nicht mit ansehen, wie du dich tagelang im Haus verkriechst. Das ist nicht … gesund.«

»Ich kann nicht so tun, als ob alles in Ordnung wäre, Leah. Nicht wenn mein Sohn irgendwo da draußen darauf wartet, gefunden zu werden.«

»Sie werden ihn finden.«

Leah umarmte sie, aber Sadie fühlte sich erdrückt und entwand sich ihr.

Ihre Freundin konnte sie nicht verstehen. Niemand konnte das.

An diesem Abend saugte sie Sams Zimmer.

»Für seine Rückkehr«, informierte sie Philip bestimmt.

Elf

Der folgende Tag brachte immer noch kein Zeichen von Sam.

Jay rief an, um ihr zu sagen, dass der Clownschuh sich als tote Spur entpuppt hatte.

»Auch die Untersuchung des Flugblatts hat nichts ergeben«, fügte er hinzu.

Keine Fingerabdrücke, keine DNA, nichts, was sie dem Kidnapper näher kommen ließ.

»Wir versuchen, den Hersteller der Galoschen ausfindig zu machen«, sagte er. »Vielleicht finden wir das Geschäft, in dem er sie gekauft hat.«

Sadies Herz sank. »Das nützt uns nichts, falls er mit Bargeld bezahlt hat.«

»Ja, aber vielleicht haben wir ja Glück. Das Geschäft könnte eine Sicherheitskamera haben. Wir brauchen einen Durchbruch, Sadie. Einen entscheidenden Hinweis, und wir werden Sam finden.«

Den ganzen Tag zerbrach sie sich den Kopf, auf welche Weise sie der Polizei helfen könnte, Sam zu finden, ohne den Mann beschreiben zu müssen, den sie gesehen hatte. Ihr fiel absolut nichts ein. Also machte sie sich auf den Weg, weitere Plakate von Sam in der Nachbarschaft auszuhängen, so lange, bis seine Augen ihr überallhin folgten.

Sie klopfte an Türen, erkundigte sich nach unbekannten Fahrzeugen in der Nachbarschaft und zeigte Sams Foto. Aber niemand hatte etwas gesehen.

Sie versuchte sogar, sich auf das Schicksal zu verlassen. Über die Jahre hatte es sich zu einem lustigen Ritual entwickelt. Etwa: Wir kaufen dieses Haus, wenn die letzte Abmachung ins Wasser fällt. Oder: Ich weiß, es ist an der Zeit, über etwas anderes zu schreiben, sobald ich ein Zeichen bekomme. Damals war das Schicksal ihr bester Freund. Aber jetzt, wo sie wirklich dringend einen göttlichen Fingerzeig gebraucht hätte, ließ das Schicksal sie im Stich.

Den nächsten Tag verbrachte sie neben dem Telefon. Als es bis zum Abend immer noch nicht geklingelt hatte, wählte sie Jays Nummer.

»Sadie, es gibt noch keine Neuigkeiten. Tut mir leid.«

»Sie meinten, die ersten drei Tage wären entscheidend«, sagte sie und versuchte, die Panik in ihrer Stimme zu unterdrücken. »Warum dauert es so lange?«

»Wir tun, was wir können«, versicherte er ihr. »Wir hoffen, dass uns jemand aus Ihrer Nachbarschaft kontaktieren wird. Irgendjemand muss etwas gesehen haben.«

Stimmt. Das habe ich.

Obwohl ihr die Worte auf der Zunge lagen, konnte sie sie nicht aussprechen. Sie hatte Angst um Sam. Sie zweifelte keine Sekunde daran, dass *Der Nebel* ihn andernfalls töten würde, wie versprochen. Und mit Sams Tod auf dem Gewissen würde sie nicht weiterleben können.

Eine Woche verging. Eine Woche in der Hölle.

Sadie wünschte sich nichts sehnlicher, als ihren Kummer in Alkohol zu ertränken. Aber ein sturer Teil von ihr veranlasste sie, jeden Morgen die angerissenen, verwischten, vom Regen durchnässten Plakate von Sam zu erneuern.

Am Morgen des zehnten Tages blieb sie im Bett. Sie weigerte sich, aufzustehen oder etwas zu essen. Sie ignorierte sogar das beständige Klingeln des Telefons, obwohl Leah bereits zweimal angerufen und panische Nachrichten auf ihrem Anrufbeantworter hinterlassen hatte.

Sadie wollte mit niemandem reden.

Außer mit Sam.

Sie vermisste ihn schrecklich. Nicht ein Moment verging, in dem sie nicht an ihn dachte. War er noch am Leben?

Wurde er misshandelt?

Die aggressiven Kreuze, die jeden vergangenen Tag auf dem Kalender neben ihr markierten, starrten sie an.

»Zehn Tage …«

Sie presste Sams Foto an sich. Als sie es hochhob, bemerkte sie den roten Abdruck, den der Rahmen auf ihrem Arm zurückgelassen hatte. Sie stellte das Bild auf den Nachttisch. Dann griff sie in die Schublade neben ihrem Bett und holte die Mappe hervor – die, die die Zeichnung des *Nebels* enthielt.

Vorsichtig öffnete sie sie.

Sie schnappte nach Luft, als sich ihre Augen auf das Gesicht des Mannes richteten, der ihr Sam genommen hatte. Sie nahm die Zeichnung heraus und legte sie vor sich auf die Bettdecke.

»Sobald sie dich finden, werde ich dafür sorgen, dass du den Rest deines Lebens im Gefängnis verrottest.«

Das war ein Versprechen, das sie zu halten beabsichtigte, egal, was es sie kosten würde. Dieser Fremde hatte ihr Heim betreten, sie angegriffen und ihren Sohn gestohlen. Welch fürchterliches Verbrechen hatte sie begangen, um so etwas Schreckliches durchmachen zu müssen?

Ihre Augen huschten zu Philips Sockenschublade. Sie fühlte das bekannte Verlangen. Die unerbittliche Stimme, der sie vor langer Zeit Einhalt geboten hatte, begann ihre Litanei, wieso ein Drink zweifellos gerechtfertigt wäre.

Nur ein kleiner Drink.

Sie schüttelte den Kopf und sah erneut auf das Bild des *Nebels* hinunter. Aber gegen ihren Willen wurden ihre Augen wieder zu der Schublade gelockt, die sofortige Erleichterung versprach.

Um meine Nerven zu beruhigen. Niemand würde es mir übelnehmen.

Sie erzitterte, als ein kalter Luftzug sie streifte.

»Du bist wach.«

Philip stand im Türrahmen.

Sie stopfte die Zeichnung unter die Decke und wollte ihm gerade die Hölle heiß machen, weil er sich so klammheimlich angeschlichen hatte, als ihr etwas Merkwürdiges auffiel. Ihr Mann war komplett angekleidet. Und er trug den gleichen Anzug wie gestern.

»Du bist letzte Nacht nicht nach Hause gekommen?«, fragte sie erstaunt.

Er zuckte nervös mit den Schultern. »Sadie …«

»Lass das! Erspar mir neue Entschuldigungen. Wir wissen beide, wo du warst und mit wem. Man sollte denken, dass du wenigstens einmal in deinem pathetischen, lausigen Leben die Wahrheit sagen könntest.« Sie fragte sich, ob der Ausdruck ihres Gesichts dem sauren, ranzigen Geschmack ihres Mundes entsprach.

Wortlos drehte sich Philip auf dem Absatz um und verschwand.

Sobald er weg war, schlug sie die Bettdecke zurück und strich die Zeichnung glatt, bevor sie sie erneut hinten in die Mappe steckte. Die legte sie dann wieder in die Nachttischschublade zurück. Sie rollte sich zusammen, drückte Sams Foto an ihr Herz und fiel für den Rest des Tages in einen unruhigen Schlaf.

Am nächsten Morgen zog Philip offiziell in sein Büro.

Zuerst war sie erleichtert, dann zornig. Während sie jede

Nacht zu Bett ging – allein und einsam –, blieb er bis in die frühen Morgenstunden außer Haus. Ein Teil von ihr nahm ihm das übel, ein anderer Teil war dankbar dafür, dass er so beschäftigt war. Manchmal begegneten sie sich im Flur und nickten sich kühl zu. Aber sie sprachen kaum miteinander. Was gab es schon zu sagen?

Am Nachmittag rief sie Jay an und wurde an seinen Anrufbeantworter weitergeleitet.

»Ich wollte nur wissen, ob es etwas Neues gibt«, fragte sie. »Haben Sie neue Hinweise? Es sind jetzt schon beinahe zwei Wochen. Bitte rufen Sie mich zurück.« Mit hängenden Schultern legte sie auf.

Sams Verschwinden hatte sie zur Nutzlosigkeit verdammt. Sie war kinderlos. Ohne Liebe. Und voll quälender Reue. Sie kämpfte mit ihrem Geheimnis, Minute um Minute. Sollte sie reden oder den Mund halten? Was, wenn die Polizei Sam finden könnte, bevor ihm etwas zustieß? Manchmal war sie nur einen Atemzug davon entfernt, zuzugeben, dass sie den *Nebel*, wenn auch nur vage, gesehen hatte. Und dass sie ihn gezeichnet hatte.

Jays Stimme klang erschöpft, als er sie zurückrief. »Es gibt nichts Neues. Tut mir leid, Sadie. Keiner Ihrer Nachbarn hat etwas gehört oder gesehen.«

»Und was ist mit der Vermisstenmeldung?«

»Bislang nur falsche Hinweise.«

»Zum Beispiel?«

Jay seufzte. »Ein Mann berichtete von fremdartigen Lichtern, die er in der Nacht über Edmonton gesehen haben will, in der Sam entführt wurde. Er schwört, Sam wurde von schillernden Außerirdischen mit Tentakeln gekidnappt. Und eine Frau in Calgary, die sich für eine Hellseherin hält, sagte, eine einbeinige Frau in einem bunt geblümten Kleid habe ihn entführt.«

Er erzählte ihr, dass Sam angeblich in Vancouvers Stanley Park, an den Niagarafällen, in Texas, sogar unten in Mexiko gesichtet worden war. Letztendlich waren alle Hinweise im Sand verlaufen.

»Trotzdem vielen Dank«, sagte sie, bevor sie auflegte.

Sie kämpfte gegen Tränen der Frustration und sank in einen Stuhl. Sam war wie vom Erdboden verschluckt.

Nur, dass ich ihn ständig sehe.

Sie sah ihn überall. Im Garten, im Supermarkt, auf der Bank, sogar auf dem Rücksitz ihres Wagens. Manchmal konnte sie schwören, sie hätte seine Stimme gehört. Was verrückt war, da Sam nicht sprach.

Philip war ihr keine Hilfe. Er sagte ihr wieder und wieder, dass Sam höchstwahrscheinlich tot sei.

»Der Schweinehund hat ihn sicher irgendwo vergraben«, hatte er erst neulich morgens behauptet.

Sie wusste, dass Sam am Leben war. Sie konnte ihn fühlen, ihn erahnen.

Philips schwere Schritte über ihrem Kopf erinnerten sie an ein fälliges Gespräch, das sie noch mit ihm führen musste. Es gab etwas, das sie von ihrem Mann wollte. Etwas, das sie immer wieder hinauszögerte.

»Frag ihn einfach«, redete sie sich selbst gut zu.

Sie betrat das stille Schlafzimmer. Philip saß bewegungslos auf dem Bett und drehte ihr den Rücken zu.

»Philip«, begann sie, »ich will die Scheidung.« Als er sich nicht rührte, fügte sie hinzu: »Ich denke, das willst du auch. Unsere Ehe ist … vorbei.« *Tot.*

Philips Kopf schnellte herum, sein eiskalter Blick traf sie völlig unvorbereitet. »Du Miststück!«

»Phil …«

»Du hast ihn gesehen?« Er hielt ein Stück Papier hoch.

Das Gesicht des *Nebels* starrte sie an, das Gesicht, das

sie so sorgfältig gezeichnet hatte. Ihr Puls raste, und sie musste sich am Türrahmen abstützen. »Das … ich kann das erklären.«

»Das kannst du? Ich suche ein Stück Papier. Stattdessen finde ich das.« Er wedelte das Papier hin und her. »Und auf der Rückseite steht der komplette Bericht, was in der Nacht passiert ist.«

Sie machte einen unsicheren Schritt vorwärts. »Philip, ich …«

»Was? Du hast vergessen, es mir zu sagen? Du hast vergessen, der Polizei zu sagen, dass du den Bastard, der unseren Sohn entführt hat, gesehen hast? Was zum Teufel hast du dir dabei gedacht?«

»Du verstehst das nicht«, stammelte sie. »Er wollte mich töten.«

»Dich? Und was war mit Sam? Ich kann nicht glauben, dass du mehr um deine eigene …«

»Er hatte eine Waffe, Philip! Und er hat mich verletzt. Daher meine geprellten Rippen. Ich konnte mich nicht bewegen.« Ihre Stimme wurde heiser. »Und dann sagte er, dass er Sam töten würde, sollte ich jemandem erzählen, dass ich ihn gesehen habe. Oder falls ich ihn beschreiben würde. Ich wusste nicht, was ich tun sollte!«

»Du hättest die Wahrheit sagen sollen.«

Sie starrte ihn ungläubig an. »Wag bloß nicht, mir Vorträge über die Wahrheit zu halten, du … du Arsch!«

»Du hast gelogen, Sadie. Du hast gesagt, du hättest niemanden gesehen.« Er wedelte mit der Zeichnung vor ihrem Gesicht herum. »Das ist der Mann, der unseren Sohn entführt hat. Seit beinahe zwei Wochen tappt die Polizei im Dunkeln, sucht nach Hinweisen, und du hattest dies die ganze Zeit. Sein Gesicht, verdammt noch mal!«

»Er sagte, er würde Sam in Stücken nach Hause schicken!«, schrie sie zurück.

Philip starrte sie an, als ob sie ein Ungeheuer wäre. Dann schüttelte er den Kopf und verschwand wortlos mit der Zeichnung in der Hand den Flur hinunter.

Unten schlug eine Tür zu, und sie zuckte zusammen.

»Was habe ich nur getan?«, stöhnte sie gequält auf.

Zwölf

Am nächsten Morgen stürzte Sadies ganze Welt ein. Ihre Vertuschung machte Schlagzeilen. Jeder Fernsehsender berichtete, dass die Mutter des zuletzt entführten Kindes die ganze Zeit gewusst hatte, wie *Der Nebel* aussieht. Jede Zeitung im Land druckte ihre Zeichnung. Die Berichterstatter übten in ihrer Verachtung vernichtende Kritik an der Mutter, die der Polizei solch einen wichtigen Hinweis unterschlagen hatte. Sogar die Polizei betrachtete sie mit anderen Augen.

Außer Jay.

»Bei alledem sind Sie ebenfalls ein Opfer«, sagte er ihr.

In Angst und Schrecken vergrub sie sich im Haus und weigerte sich, die Tür zu öffnen. Jedes Mal, wenn das Telefon klingelte, fuhr sie zusammen. Insbesondere als sie Matthew Bornyks Nummer sah. Ihm konnte sie sich jetzt nicht stellen.

Als Philip seine Koffer packte und ins Hotel zog, wusste sie, dass ihr Leben nie wieder wie vorher sein würde. Es war ein Desaster, bei dem es keine Überlebenden gab.

Leah tauchte später am Morgen in der Küche auf. Als niemand die Tür öffnete, hatte sie sich selbst durch die Garage hereingelassen.

Sadie warf nur einen Blick in die wässrigen Augen ihrer Freundin und brach zusammen. »Er wird mein Baby umbringen, Leah. Sam fürchtet sich so sehr. Ich kann es spüren. Und es gibt nichts, was ich tun kann, um ihn zu trösten.«

Leah umarmte sie fest. »Mein Gott, Sadie. Es tut mir so leid.«

»Es ist meine Schuld.«

»Nein, ist es nicht. Du hast das getan, was du für richtig hieltest.«

Sadie schüttelte ihren Kopf. »Hätte ich der Polizei beschrieben, wie *Der Nebel* aussieht, hätte ihn vielleicht jemand erkannt.«

»Und vielleicht hätte er das getan, was er dir angedroht hat«, argumentierte Leah. »Hör mir zu. Niemand kann dir die Schuld geben. Dir wurde ein Ultimatum gestellt, nicht wahr?«

Sadie sah sie direkt an. »Hättest du geschwiegen?«

»Ich kann dir ehrlich nicht sagen, was ich in deiner Situation getan hätte. Vielleicht hätte ich der Polizei gesagt, was ich weiß, in der Hoffnung, dass sie es nicht an die Presse weitergeben. Niemand hat ihn je gesehen. Du hast sein Gesicht gesehen. Eine ziemlich wichtige Information.«

Sadie wich zurück. »Denkst du, daran habe ich nicht gedacht?«

»Ich weiß ...«

»Du weißt gar nichts. Du weißt nicht, wie es ist, ein Kind zu lieben, eine Mutter zu sein, für ein Leben verantwortlich zu sein und zu sehen, wie es zu einem wundervollen Menschen heranwächst. Du weißt nicht, wie es sich anfühlt, einem Monster dabei zuzusehen, wie er dir deinen Sohn entreißt, wohl wissend, dass du dein Baby vielleicht nie wiedersehen wirst. Nicht ein Tag vergeht, an dem ich mir nicht selbst die Schuld gebe, an dem ich mir nicht überlege, ob ich etwas hätte sagen oder tun sollen.«

Leah streckte ihr die Hände entgegen. »Sadie, du ...«

»Nein! Du kannst nicht über mich urteilen. Niemand kann das. Ihr wart nicht dabei. Mein Sohn soll leben. Kapiert das denn keiner von euch? Mir ist es lieber, dass Sam lebendig ist und bei diesem … diesem Ungeheuer lebt, als dass er tot ist.«

Es klingelte an der Tür.

»Ich mache auf«, sagte ihre Freundin leise.

Sadie begrüßte diesen unsicheren Waffenstillstand. In letzter Zeit war sie kaum zur Ruhe gekommen. Alle erwarteten etwas von ihr. Detective Lucas, Philip … sogar Leah. Sie zerrten an ihr wie blutrünstige Piranhas, untergruben ihr Selbstbewusstsein, nahmen ihr das letzte bisschen Hoffnung.

»Deine Nachbarin von gegenüber hat das gebracht.« Leah reichte ihr ein in braunes Papier eingewickeltes kleines Paket.

»Meine Nachbarin?«

»Ja. Gail. Die mit dem kläffenden Hund. Sie sagte, jemand hat es versehentlich auf ihre Veranda gelegt.«

Sadies Blick fiel auf ihre Hände. »Nein …«

Das Paket verspottete sie. Ihr Name und ihre Adresse standen in schwarzem Filzstift darauf, aber das war auch schon alles. Kein Absender, keine Briefmarke, nichts, was darauf hingedeutet hätte, dass die kanadische Post es je befördert hätte.

Sie stieß einen leisen Schrei aus und schleuderte das Paket auf den Küchentisch.

Leah packte sie. »Was ist denn?«

»Er sagte, er würde mir Sam schicken. In kleinen, blutigen Stücken.«

Leah sah die Verpackung unsicher an. »Du denkst doch nicht wirklich …«

»Nein, ich denke nicht. Ich weiß es.«

Sadies Atem ging flach und angestrengt. Die Zunge klebte ihr am Gaumen, als ob sie mit Sand beschichtet wäre. Sie bewegte sich auf den Tisch zu, erwartete beinahe, das Paket in Flammen aufgehen zu sehen, sobald sie es nur anfasste. Als nichts passierte, schluckte sie schwer, während ihr aufgewühlter Magen zu rebellieren drohte.

»Vielleicht sollten wir die Polizei rufen«, schlug Leah vor.

Sadie schüttelte den Kopf. Sie würde keine Zeit damit verschwenden, auf die Polizei zu warten. Sie musste wissen, was sich in dem Paket befand – sofort.

»Ich rufe diesen Detective an«, sagte Leah mit Nachdruck und griff zum Telefon.

Sadie ignorierte sie und riss die Verpackung auf.

Darin war eine Schachtel Haarfärbemittel: »Sonnengeküsstes Blond«.

Sie öffnete sie vorsichtig und sah hinein. Keine Karte, nur ein zerdrückter Ball aus schwarzem Seidenpapier. Als sie ihn auseinanderfaltete, rollte etwas auf den Tisch.

Ein blutiger kleiner Finger.

Ein ohrenbetäubender Schrei durchschnitt die Luft.

Es dauerte einen Moment, bevor Sadie verstand, dass es ihrer war.

Nachdem die Polizei gegangen war, brachte Leah sie zu Bett.

»Wir wissen nicht sicher, dass es Sams Finger ist«, sagte sie.

»Ich bin mir sicher.«

Sadie starrte einen Fleck an der Wand an. Sie hatte ihn beim Saubermachen übersehen. Sie musste morgen daran denken, die Wände zu putzen. Denn das Haus durfte nicht schmutzig sein. Sam würde bald nach Hause kommen, und alles musste für ihn vorbereitet sein.

Leah wich ihr nicht von der Seite. Ihre Augen hatten einen besorgten Ausdruck. Sanft glättete sie Sadies Haarsträhnen. »Die Pillen sollten jeden Moment wirken.«

Sadie ergriff ihre Hand. »Was würde ich nur ohne dich tun, Leah? Du bist die Einzige, die trotz allem zu mir hält.«

»Du musst dich ausruhen. Ich bin unten, falls du etwas brauchst.«

Sadie verzog ihr Gesicht, als sie sich an ihre harten Worte von vorhin erinnerte. Hatte sie Leah wirklich all diese Dinge an den Kopf geworfen? Das sah ihr doch gar nicht ähnlich. Ihr Verhalten entsetzte sie.

Genauso wie sie sich für den Fleck an der Wand schämte.

Im Geist machte sie eine Notiz. *Putz die Wand.*

»Ich hab dich lieb«, sagte Leah und zwang sich, ein Schluchzen zu unterdrücken.

Die Tür schloss sich hinter ihr.

Sadie schaute ihre Hände an. Sie zitterten. Ihr kleiner Finger faszinierte sie.

So klein … und voller Blut. Woher stammte wohl das Blut?

Sie schüttelte ihren Kopf, erinnerte sich.

Von Sams blutigem Finger. Im Päckchen.

Die Polizei hatte versprochen, ihn auf Eis zu legen. Es würde einen Tag dauern, bis das Ergebnis der DNA-Untersuchung vorliegen würde, aber sie wusste, dass es Sams Babyfinger war. Sie hatte seine kleinen Hände oft genug geküsst. Und sie wusste noch etwas. Das war erst der Anfang. Sie wusste, sie konnte weitere Teile von Sam an ihrer Türschwelle erwarten.

Vielleicht sogar einen Finger pro Tag.

Nein! So etwas darfst du nicht denken!

In dem verzweifelten Wunsch, diese schrecklichen Gedanken zu ertränken, warf sie ihre Decke zurück und stolperte zu Philips Sockenlade. Hektisch wühlte sie darin herum, dann kippte sie den Inhalt der Schublade einfach auf den Fußboden.

Drei kleine Fläschchen Rye Whiskey rollten ihr vor die Füße.

»Das sollte genügen.«

Als sie den ersten Verschluss öffnete, erhob sie die Flasche im stillen Salut auf ihre Jahre der Enthaltsamkeit. Dann stürzte sie den Whiskey hinunter. Zuerst brannte der bittere Alkohol, dann wärmte und beruhigte er sie. Ein bekanntes Gefühl. Die liebevolle Erinnerung an einen längst verloren geglaubten Freund. Sie leerte die letzten beiden Flaschen. Danach stolperte sie ins Bett zurück, nur einen Gedanken im Kopf.

Ohne dich, Sam, hat mein Leben keinen Sinn.

Sie weinte, bis nur noch eine leere Höhle anstelle ihres Herzens übrig blieb. Dann übermannte sie der Schlaf.

Als sie einige Stunden später aufwachte, entdeckte sie, dass Philip wieder eingezogen war.

»Nur vorläufig«, sagte er. »Bis du dich besser fühlst.«

Zum Mittagessen machte er ihr eine Suppe.

»Du musst etwas essen«, erklärte er, als er ihr das Tablett auf den Schoß stellte.

Sie sah ihn mit leerem Blick an. »Wozu?«

»Du musst bei Kräften bleiben.«

»Ich bin aber nicht stark«, erwiderte sie unglücklich. »Ich bin schwach und …«

»Du bist die stärkste Person, die ich kenne. Und das ist die Wahrheit. Ich bin der Schwächling. Nicht du.« Er beugte sich vor und küsste ihre Stirn. »Bleib stark, Sadie. Für Sam.«

Nachdem Philip gegangen war, spielte sie mit dem Essen auf dem Tablett. Ihr Magen protestierte, und sie schaffte es gerade noch bis ins Bad, bevor die Übelkeit sie überwältigte.

Was macht Der Nebel *jetzt gerade mit Sam?*

Zwei weitere Tabletten bescherten ihr den traumlosen Schlaf, nach dem sie sich sehnte.

Um sechs Uhr an diesem Abend stand Jay vor ihrer Tür.

Sie musste sich an der Wand abstützen und hielt den Atem an. Dann rief sie nach Philip, der von zu Hause arbeitete.

»Wir haben das Auto gefunden, den Personenwagen«, informierte sie Jay. »Ein Mietwagen. Keine Fingerabdrücke, keine Spuren des Täters, nur einige von Sams Haarsträhnen auf dem Rücksitz.«

»Wo haben Sie ihn gefunden?«, wollte Philip wissen.

»Am Flughafen. Wir haben alle Flüge überprüft. Sie haben kein Flugzeug genommen. Was sowieso unmöglich gewesen wäre, da Sam, nach Sadies Angaben, bewusstlos war.«

»Also hat er noch ein anderes Fahrzeug«, vermutete sie.

Jay nickte.

»Und der … Finger?«, erkundigte sie sich ängstlich.

Jay biss die Lippen zusammen. »Der Finger wurde vor der Amputation betäubt. Wir fanden Spuren eines lokalen Betäubungsmittels, was uns glauben lässt, dass der Entführer medizinische Kenntnisse hat. Er könnte Sanitäter oder Arzt sein.«

»Und?«

»Und … es ist Sams Finger.«

Sadie brach zusammen. Sie heulte vor Schmerz laut auf, sank zu Boden und steigerte sich in einen solchen Wahn hinein, dass es Philip unmöglich war, sie zu beruhigen.

»Wer immer das auch getan hat, wusste, was er tat«, versicherte ihr Jay, um sie zu trösten. »Das bedeutet, er wird sichergestellt haben, dass es zu keiner Infektion kommt. Ich denke, Sam lebt noch.«

Die Worte des Detective enthielten keinen Trost.

Nachdem er gegangen war, krümmte sie sich weinend zusammen. »Dieses Schwein hat Sam wehgetan, und es ist allein meine Schuld.«

Nein, das ist es nicht, Mami.

»Doch, ist es«, stritt sie mit dem Geist ihres Sohnes.

Wortlos zog sich Philip in sein Büro zurück, womit er

deutlich machte, dass er sich jeglicher Verantwortung entzog. Und das wussten sie beide.

Sie stolperte die Treppe zum Schlafzimmer hoch, griff in die Nachttischschublade und zog einen braunen Briefumschlag heraus. Darin befanden sich die Dokumente, die Philip am Abend zuvor unterschrieben hatte.

»Ich weiß, ich war ein miserabler Ehemann«, hatte er zugegeben. »Aber ich will nicht, dass du mich hasst, Sadie.«

Ihr Blick war auf die Scheidungspapiere gerichtet. Doch als sie den Stift in die Hand nahm und unterschreiben wollte, wurde sie unsicher. Sie wusste nicht genau, warum. Ihre Ehe war seit Jahren zu Ende.

Warum zögerte sie dann?

Vielleicht fürchtete sie, dass Sam niemals zurückkäme, falls sie unterschreiben und ihre Ehe beenden würde. Vielleicht würde er zurückkommen, wenn sie an ihrer Ehe festhielt. Vielleicht bestand doch noch Hoffnung für sie und Philip.

Sie verzog die Lippen. »Wem willst du etwas vormachen?«

Sie kritzelte ihren Namen auf die Papiere.

Einen langen Moment betrachtete sie die Unterschrift, die ihren Status als Ehefrau beendete. So einfach, so schnell. Ihre Ehe war vorbei – tot.

So wie Sam, verspottete sie ihr Unterbewusstsein.

»Nein«, murmelte sie mit einem Kopfschütteln.

Sie eilte nach unten. Philip hatte das Haus noch nicht verlassen.

»Hier.« Sie ließ den Umschlag vor ihm auf den Schreibtisch fallen. »Alles unter Dach und Fach. Ich werde Ende des Monats ausziehen.«

Wenigstens hatte er den Anstand, sich unbehaglich zu fühlen.

»Wohin wirst du gehen?«, erkundigte er sich.

»Das weiß ich noch nicht genau. Vielleicht komme ich einige Wochen bei Leah unter, bis ich selbst etwas gefunden habe.«

»Ich meinte, was ich dir gesagt habe. Du kannst das Haus behalten.«

Ihr Kopf fuhr hoch. »Ich will es nicht, Philip. Jemand hat unseren Sohn aus diesem Haus entführt. Es ist vergiftet, verseucht. Aber etwas brauche ich von dir.«

»Was?«

»Kümmere dich bitte darum.« Sie zeigte auf den Umschlag.

»Ich werde sie sofort einreichen.«

»Tu das.«

Er schaute sie verstört an. »Ich habe versucht, ein guter Ehemann zu sein, aber dazu bin ich nicht geschaffen. I-ich habe dich geliebt, Sadie. So gut ich konnte. Aber dann kam Sam, und alles … änderte sich. Du hast dich verändert.«

»Wir beide haben uns verändert, Philip.«

Dreizehn

Ostern war immer Sadies Lieblingsfeiertag gewesen. Nicht in diesem Jahr. Niemand rief sie an und wünschte ihr »Frohe Ostern« wie in den Jahren zuvor. Keine Blumen von Philip, selbst wenn er sie immer nur auf die Schnelle bei Sobeys gekauft hatte. Und kein Sam. Stattdessen kündigte sich der Ostersonntag mit Nieselregen und einem stürmischen Himmel an. Perfektes Wetter für Sadies Trauerstimmung.

Sie war gerade dabei, die Küche zu putzen, als das Telefon klingelte.

»Hallo?«

Schweres Atmen drang durch den Hörer.

»Leah, ich bin wirklich nicht in der Stimm…«

»Sam hat Ihnen ein Ostergeschenk gemacht«, flüsterte eine Stimme.

Das Blut gefror ihr in den Adern. Zwei Wochen waren vergangen, seit sie das letzte Mal diese Stimme gehört hatte.

»Es liegt auf der Veranda.«

Ihr Atem beschleunigte sich. »Warten Sie! Bitte! Tun Sie …«

Klick.

Das Telefon fiel ihr aus der Hand. Sie torkelte zur Eingangstür und riss sie auf, halb hoffend und betend, Sam zu sehen. Doch alles, was sie sah, war ein kleines Ringkästchen.

Sie rief Jay an.

»Ich bin ganz in der Nähe«, informierte er sie. »Wir durchkämmen bereits die Nachbarschaft.«

Einige Minuten später fuhr er in einem getarnten Polizeiwagen vor. Patterson war bei ihm.

»Wir hören Ihr Telefon ab«, erklärte Jay, als er ihren fragenden Blick sah.

»Haben Sie den Anruf verfolgt?«

»Er war nicht lange genug dran.«

Der jüngere Beamte durchsuchte schnell den Vorgarten und das gesamte Grundstück des Hauses, während Jay ihr auf die Veranda folgte.

»Haben Sie es bewegt?«, fragte er.

Sie schüttelte ihren Kopf. »Nicht einen Zentimeter.«

»Gut.«

Er zog sich Latexhandschuhe an, ging neben dem Kästchen auf die Knie und lüftete vorsichtig den Deckel.

Er stieß ein heiseres Stöhnen aus und warf ihr einen schnellen Blick zu. Dann packte er das Kästchen behutsam in eine durchsichtige Plastiktüte und versiegelte sie.

»Bringen Sie das ins Labor«, forderte er Patterson auf, sobald der Mann wieder erschien. »Ich bleibe bei Ms O'Connell, bis ihr Mann kommt.«

Patterson fuhr mit quietschenden Reifen davon.

»Was war in dem Kästchen?«, erkundigte sie sich mit einem mulmigen Gefühl im Bauch.

»Sadie, ich denke, wir warten besser …«

»Sagen Sie es mir einfach, Jay. Das ist immer noch besser, als meiner Fantasie freien Lauf zu lassen. Was war drin?«

»Ein Kinderzeh.«

Sadies Knie gaben nach, und sie fiel gegen die Hauswand.

Jay eilte an ihre Seite. »Himmel, es tut mir so leid«, entschuldigte er sich, als er ihr nach drinnen half. »Ich werde jemanden von der Opferhilfe für Sie anrufen.«

»Nein!« Sie griff nach seinem Arm. »Ich muss alleine sein.«

Sowie sie die Worte ausgesprochen hatte, wurde ihr klar, was sie gesagt hatte. »Ich möchte nicht, dass Sie gehen. Ich will nur keine Fremden um mich haben. Ich muss nachdenken. Ich muss Philip anrufen. Ich muss … o Gott!«

Sie sank auf einen Küchenstuhl und wiegte sich vor und zurück, versuchte, nicht an das Kästchen zu denken. Oder an Sams Zeh. Oder an das Monster, das ihn entführt hatte. Sie verschränkte die Arme vor ihrer Brust.

Saamm!

»Wo finde ich Ihre Teetassen?«, fragte Jay mit Nachdruck.

Eine Flut von Gedanken ging ihr durch den Kopf. *Was wird er als Nächstes abtrennen? Noch einen Zeh? Einen zweiten Finger? Etwas anderes?*

»Sadie?« Jay berührte ihren Arm.

Sie unterdrückte ein Aufschluchzen. »Tut mir leid. Was haben Sie gesagt?«

»Teetassen?«

»Im Geschirrschrank«, antwortete sie und beobachtete ihn.

Jay fand den Wasserkessel, füllte ihn und stellte ihn an. Als das Wasser kochte, sah er sie an, und sie deutete auf den Schrank, in dem sie die Teekanne und den Tee aufbewahrte. Einige Minuten später goss er zwei Tassen des starken Gebräus ein, gab viel Sahne und Zucker dazu und hievte seinen massigen Körper auf einen Stuhl.

»In so einer Situation weiß ich mir oft nicht sehr gut zu helfen«, entschuldigte er sich.

»Der Tee ist gut«, erwiderte sie. »Danke für die Ablenkung.«

»Meine Mutter hat immer gesagt, dass alle Probleme der Welt mit einer Tasse Tee gelöst werden können«, murmelte er. »Das ist das Einzige, woran ich denken kann, wenn es schlimm kommt.«

Sie studierte sein müdes, von Falten durchzogenes Gesicht. »Und die Dinge stehen ausgesprochen schlecht, nicht wahr?«

»Wir wissen nicht, ob es Sams Zeh ist«, gab er ruhig zu bedenken. »Ich werde ihn sofort analysieren lassen.«

Sie blinzelte mehrere Male, versuchte die Tränen zurückzuhalten. »Er sagte, er würde Sam in Stücken zurückschicken. Erst sein Finger, nun sein Zeh.« Sie stöhnte auf und wiegte ihren Kopf in ihren Händen.

»Ich wollte, ich könnte etwas tun, Sadie.«

Sie hörte die Hilflosigkeit in seiner Stimme. Sie fühlte sich genauso.

»Danke, Jay.«

»Es tut mir leid, dass Sie so gequält werden«, fügte er hinzu. »Und es tut mir so leid, dass er Ihrem Sohn Schmerzen zufügt.«

Still nickte sie vor sich hin.

»Bitte seien Sie versichert, dass wir alles tun …« Seine Stimme brach. »Verdammt, ich weiß, dass nichts, was ich Ihnen sagen kann, Ihnen helfen wird.« Frustriert fuhr er sich durch seine dünnen grauen Haare. »Für einen Durchbruch in diesem Fall würde ich alles tun.«

Eine Welle von Mitgefühl für Jay überkam sie. Sein Gesicht war von Sorgenfalten durchzogen, die Jahre hoffnungsloser Fälle hineingegraben hatten. »Danke.«

»Ich habe zu viele Jahre in diesem Job gearbeitet«, gab er zu. »Es wird nicht einfacher.«

»Es muss etwas geben, was das Ganze aufwiegt, etwas, wofür es sich lohnt.«

Er lächelte grimmig »Die Schweinehunde zu erwischen.«

Gut, dachte sie. Das wollte sie auch.

»Sie reisen sicher viel«, warf sie spontan ein.

»Nicht sehr oft. Ich habe ein kleines Problem.«

Sie hob eine Augenbraue. »Was für ein Problem?«

»Ich, oh …« Sein Mund verzog sich ironisch. »Ich fliege nur ungern.«

»Lange Wartezeiten und überfüllte Flughäfen«, vermutete sie. »Oder der 11. September.«

»Nichts von alledem. Ich habe Angst vorm Fliegen.« Langsam stand er auf und ging ins Wohnzimmer hinüber. »Ich werde Ihren Mann anrufen.«

Für einen Augenblick – einen sehr kurzen Augenblick – hatte er sie von der schrecklichen Tatsache abgelenkt, dass ihr Sohn brutal verstümmelt worden war. Sie fühlte, dass Jay Lucas nicht gewohnt war, seine eigene Verletzlichkeit zu zeigen. Dann dachte sie an ihren eigenen – Sam. Er war ihre größte Schwäche.

Aber sie hatte noch eine. Und die rief nach ihr.

»Jay«, sagte sie mit zitternden Beinen. »Ich muss mich eine Weile hinlegen.«

»Ich räume auf«, bot er an. »Oh, und Philip ist auf dem Weg.«

Sie entschuldigte sich und ging den Flur hinunter.

Ihr Gewissen meldete sich. »Tu's nicht!« Aber zum Zuhören war es zu spät. Ihre Gedanken kreisten einzig um das Kästchen mit Sams Zeh. Sie brauchte etwas, um ihren Schmerz zu betäuben, etwas, das sie vergessen lassen würde. Und es gab eine Sache, die ihr dabei garantiert helfen konnte.

In der obersten Schreibtischschublade in Philips Büro fand sie das Schlüsselbund. Damit schloss sie die unterste Schublade des Aktenschranks auf – die, von der Philip immer behauptet hatte, sie sei für Geschäftsakten reserviert.

Fürs Geschäft? Aber sicher!

Sie hatte die Flaschen vor einem Monat entdeckt, als

sie nach einem leeren Aktenordner suchte. Philip hatte die Schublade offen stehen lassen. Als sie ihn damit konfrontierte, erzählte er ihr, dass ihm ein reicher Mandant diese sechs Flaschen sündhaft teuren Screaming Eagle Cabernet Sauvignon nach einem erfolgreichen Firmenzusammenschluss geschenkt hatte.

Sie hatte die Flaschen nie angerührt – bis heute.

Der Wein lockte sie. *Sadie … trink mich … Ich werde dir helfen, alles zu vergessen.*

Von diesem überzeugenden Versprechen verführt, ging sie, mit dem Flaschenöffner in der einen und mit einer Flasche in der anderen Hand, die Treppe nach oben. Im Schlafzimmer entkorkte sie den Wein und roch daran. Der Duft war intensiv und schwefelig – eine Mischung aus Erde, intensiven Obstaromen und etwas Unbestimmtem, das unter der Oberfläche schwelte.

Sie verzog das Gesicht und fragte sich, ob es noch anderen Alkohol im Haus gab. Aber außer dem Vanilleextrakt, das ihre Eltern ihr aus Mexiko mitgebracht hatten, war dies das Beste, was zur Hand war.

»Da musst du durch, Prinzessin.«

Sie sparte sich das Glas und trank aus der Flasche. Zuerst schmeckte sie so gut wie nichts. Der Wein brannte sich einen feurigen Pfad ihre Kehle hinunter. Als ihre Geschmacksnerven endlich aktiv wurden, war sie schockiert über die beinahe ungenießbare Qualität des Weines.

»Muss wohl ein gewöhnungsbedürftiger Geschmack sein«, murmelte sie vor sich hin.

Sie kippte den Wein hinunter, zwang ihre Kehle, ihn zu schlucken. Die warme Infusion des Alkohols war ihr willkommen. Einige Tropfen des Weins liefen ihr aus dem Mundwinkel und fielen auf den cremefarbenen Teppich. Sie sahen wie Blutstropfen aus.

»Was machst du da, Sadie?«, fragte sie sich leise.

Erneut fand der Wein den Weg zu ihrem Mund.

Nur vergessen.

Eine halbe Flasche später war sie mehr als leicht angetrunken. Sie versteckte den Cabernet Sauvignon hinter ihrem Nachtschrank und schleppte sich ins Bad, wo eine Packung Schlaftabletten auf sie wartete. Sie schüttete sich einige auf die Handfläche. Der Gedanke, sie alle zu nehmen und in einen tiefen, niemals endenden Schlaf zu fallen, war verführerisch. Aber sie nahm nur eine und stellte den Rest zurück.

Dann fiel sie mit dem Gesicht voran aufs Bett und schlief wie betäubt ein.

Die Tage vergingen ereignislos.

Während Jay endlose Stunden an Sams Fall arbeitete, führten die Betrugsermittlungen gegen Philip und Morris dazu, dass beide Männer zur Vernehmung ins Polizeirevier bestellt wurden. Als Sadie Philip dort traf, war er in Panik.

»Gott sei Dank bist du da«, sagte er und griff nach ihrer Hand.

Sie entzog sie ihm sofort. »Ich bin mir nicht sicher, warum ich herkommen sollte.«

»Immerhin bist du noch meine Frau.«

»Nicht mehr lange. Sobald die Scheidungspapiere durch sind …« Sie unterbrach sich. »Du hast sie doch eingereicht, oder?«

Er vermied es, sie anzusehen. »Das dürfen wir jetzt nicht überstürzen. Wir haben an Wichtigeres zu denken. Es ist nur noch eine Frage der Zeit, bis sie mich anklagen.«

»Das hättest du dir vorher überlegen sollen.«

»Verdammt noch mal! Ich brauche dich, Sadie! Wann kapierst du das denn endlich?«

»Du brauchst mich«, sagte sie langsam, jedes Wort abwägend. Ihre Augen funkelten gefährlich. »Du willst nicht, dass ich gegen dich aussage. Du willst, dass ich dich verteidige, dich unterstütze.«

»Du solltest mich unterstützen. Wir sind verheiratet, verdammt noch mal! Ich habe alles für dich getan.«

Sie sah ihn durchdringend an. »Alles? Du hast mir ein Leben voller Untreue und Lügen gegeben. Unsere Ehe war ein Schwindel, Philip. Von Anfang an. Meine Mutter hatte recht.«

Danach weigerte sie sich, mit ihm zu sprechen. Sie saß im Vernehmungsraum, während er von den Ermittlern über seine finanziellen Geschäfte ausgequetscht wurde. Ein schmierig aussehender Anwalt mit zurückgekämmtem, fettigem Haar und einem Anzug, der sicher ein Monatsgehalt verschlungen hatte, unterbrach sie, indem er gelegentlich etwas in Philips Ohr flüsterte. Einmal richtete ein Polizeibeamter eine direkte Frage an sie, aber sie schüttelte nur den Kopf. Sie wurde nicht genötigt zu antworten. Was sie sowieso nicht vorhatte.

Als sie das Revier verließen, lief sie vor Philip her, ohne ein Wort zu sagen. Beim Überqueren des Parkplatzes schlug ihr der eisige Wind wie ein höhnischer Kuss ins Gesicht. Sie hasste die Kälte und liebte den Sommer. Sommer bedeutete, mit Sam den Park zu besuchen, gemeinsam im Mill-Creek-Schwimmbad zu schwimmen und in den Valley-Zoo zu gehen.

Sie schüttelte den Kopf. *Hör auf!*

»Und was passiert jetzt?«, fragte sie beim Öffnen der Autotür.

Philip stieg auf der Beifahrerseite ein. »Mein Anwalt hat mir geraten, mich dumm zu stellen und alles auf Morris abzuwälzen.«

»Wie kannst du nur so etwas in Betracht ziehen?«

»Falls ich das nicht tue, könnten wir alles verlieren.«

Ihr war übel. »Wir haben bereits alles verloren.«

Die Fahrt nach Hause verlief in unbehaglicher Stille, für die sie trotzdem dankbar war. Als sie in die Garage fuhr, bemerkte sie einen Schwarm wartender Reporter vor der Haustür. Seit die Betrugsermittlungen öffentlich bekannt geworden waren, folgten sie Philip, wo immer er auch hinging, und warteten wie hungrige Tiger darauf, ihn im richtigen Moment anzuspringen und in Stücke zu reißen.

Heute war sie bereit, ihnen heimlich ein Glas Wein anzubieten.

»Mr Tymchuk!«, rief ein Mann. Er fiel über seine eigenen Füße, um die anderen Fleischfresser zu überholen.

Sadie machte ein finsteres Gesicht, schob sich durch die Meute und warf die Tür hinter sich zu. Sie empfand nicht das geringste Mitgefühl für Philip, der draußen in der Falle saß.

»Du hast diesen Schlamassel zu verantworten, Philip. Bade ihn aus.«

Das Licht des Anrufbeantworters blinkte ungeduldig und verlangte ihre Aufmerksamkeit. Sie stellte ihre Tasche ab und drückte auf die Taste.

»Danke, dass Sie uns in der Vergangenheit unterstützt haben«, behauptete ein Wohltätigkeitsverband, dem sie nie zuvor Geld gespendet hatte.

Sie sprang zur nächsten Nachricht, in der ein monoton sprechender Telefonverkäufer Rasenpflegedienste anpries.

»Dabei liegt immer noch Schnee«, murmelte sie vor sich hin. *Löschen.*

Die nächste Nachricht ließ sie innehalten.

»Ms O'Connell, hier spricht Detective Garner. Ich bearbeite den Fall Ihres Mannes. Rufen Sie mich bitte sofort zurück.« Er hatte eine Nummer hinterlassen.

Mit einem schweren Seufzer nahm sie den Hörer auf.

»Könnten Sie bitte noch einmal zurück aufs Revier kommen?«, bat Garner sie, als sie ihn erreichte.

»Ich denke, ich werde nicht …«

»Tut mir leid. Ich unterbreche Sie nur ungern, aber wussten Sie, dass ein verdeckter Ermittler in der Kanzlei Ihres Mannes tätig war?«

Eine Frage zu beantworten würde Philips Fall nicht schaden.

»Ja.«

»Der Ermittler möchte gerne mit Ihnen reden – inoffiziell.«

Sadie war verwirrt. »Warum sollte er das tun wollen?«

Garner musste seine Hand auf den Hörer gelegt haben, da am anderen Ende nur ein gedämpftes Geräusch zu hören war. Und eine andere, undeutliche Stimme.

»Das kann ich Ihnen nicht am Telefon erklären«, sagte Garner schließlich. »Können Sie morgen früh gegen zehn Uhr hier sein?«

»Also gut. Ich werde da sein.«

Sie legte gerade auf, als Philip ins Haus gestürmt kam.

»Verdammte Aasgeier!«, wetterte er auf dem Weg in sein Büro. »Ich will nicht gestört werden, Sadie. Verstanden?«

»Ich beabsichtige in keiner Weise, dich zu stören«, erwiderte sie trocken.

Was sie wollte, war ein Drink, aber die Flasche Cabernet Sauvignon war bereits leer. Ein Gefühl der Scham überkam sie. Ihre Enthaltsamkeit gehörte der Vergangenheit an. Aber es war nicht so wie früher. Sie trank ein Glas vor dem Zubettgehen. Um ihr beim Einschlafen zu helfen. Das Gute war, dass sie dieses Mal alles unter Kontrolle hatte. Zumindest versicherte sie sich das.

Ihre Augen wanderten die Wohnzimmerwand entlang

und blieben auf einem Familienfoto hängen. Sie konnte sich genau an diesen Tag erinnern. Sam war gerade zwei geworden. Er saß auf ihrem Schoß, und sie hatte ihn so lange gekitzelt, bis er vor Wonne gelacht hatte. In diesem perfekten Moment hatte der Fotograf Sams Wesen eingefangen.

Und vielleicht auch seine Seele.

Sie erinnerte sich an die schwierige Geburt. Die Schwestern hatten bezweifelt, dass der winzige Junge überleben würde. Aber er hatte gekämpft, hatte mit jedem angestrengten Schlag seines Herzens um Atem gerungen, und er hatte überlebt. Sechs Jahre lang. Sechs kurze Jahre.

Sie liebte Sam mehr, als sie je ihre Eltern oder Philip oder irgendjemanden geliebt hatte – mehr als das Leben selbst. Er war ihr Wunder, ihre Erlösung. Es war die Liebe zu ihrem Sohn, die sie jeden Morgen aufstehen ließ, die ihr Leben lebenswert machte. Er definierte ihre gesamte Existenz.

Das tat er immer noch.

Vierzehn

Der Warteraum auf dem Revier war zwar klein, aber nicht so deprimierend, wie sie gedacht hatte. An einer Wand hing das Gemälde einer japanischen Geisha, die in einem Garten voller Kirschblüten lustwandelte. Ein leicht angestaubter Seidenbaum stand schief in seinem Plastiktopf in der Ecke, und in der Mitte des Zimmers zeugten gepolsterte Stühle und ein kleiner runder Tisch von wenig Charakter, aber regem Gebrauch.

Sie setzte sich und musterte verstohlen das dunkle Glas in der Mitte der Wand. Sie wusste, was ein getöntes Fenster bedeutet. Sie hatte genug Krimiserien gesehen.

Sie winkte und lächelte mit zusammengebissenen Zähnen. »Versucht nur euer Glück, Jungs.«

Fünf Minuten vergingen, ohne dass etwas geschah.

Sie trommelte mit den Fingern auf den Tisch. »Bringen wir's hinter uns.«

Die Tür öffnete sich, und eine Frau kam herein.

Sadie erkannte sie sofort. »Was machen Sie denn hier?«

»Es tut mir leid, Sadie. Wegen Philip. Wegen allem.« Eine Dienstmarke fiel auf den Tisch.

»Sie? Sie sind der verdeckte Ermittler?«

Brigitte Moreau nahm ihr gegenüber Platz.

Sadie war sprachlos. Das Letzte, was sie erwartet hätte, war zu erfahren, dass der verdeckte Ermittler, der ihren Mann ausspionieren sollte, niemand anders war als die Frau, die mit ihm schlief. Die Frau, die sie das ganze letzte Jahr verachtet hatte.

Brigitte faltete ihre Hände. »Ich muss zugeben, diese Situation ist etwas unangenehm. Mein richtiger Name ist Bridget Moore. Ich, hmh … wurde in Philips Firma eingeschleust, nachdem sie dort festgestellt hatten, dass Gelder abhandengekommen waren. Mein Auftrag war es, Philips Vertrauen zu gewinnen, herauszufinden, ob er daran beteiligt war und wohin das Geld ging.«

»Sein Vertrauen zu gewinnen bedeutet nicht unbedingt, mit ihm zu schlafen.«

Bridget breitete ihre Hände aus. »Ich musste seine Schwäche für Frauen ausnutzen. Ihn dazu bringen, mir zu vertrauen.«

»Das hat offensichtlich geklappt.«

»Sadie, wir wissen beide, dass Philip nicht der perfekte Ehemann war. Er stellte mir nach – oder besser Brigitte Moreau.« Ihre Lippen verzogen sich zu einem spöttischen Lächeln. »Und glauben Sie mir, der Sex war nicht sehr beeindruckend.«

Sadie starrte sie an und wunderte sich, warum Bridgets abschätziger Kommentar nicht den Wunsch in ihr weckte, über den Tisch zu springen und sich eine Handvoll dieses perfekt gestylten blonden Haars zu greifen. Ironischerweise wollte sie nur lachen. Vielleicht sollten sie eine »Philip durch den Schmutz ziehen«-Party bei einer Flasche Wein veranstalten. Sie könnte sicher genug Material dazu beitragen.

»Der Sex war nie umwerfend«, gab sie zu.

Bridget grinste. »Wissen Sie, wenn ich ehrlich sein darf, sind Sie ohne ihn viel besser dran. Ich war nicht die Erste, fürchte ich.«

Sadie heuchelte Überraschung. »Wirklich?«

»Philip hat mir erzählt, dass er bereits kurz nach Ihrer Hochzeit anfing, Sie zu betrügen. Das letzte Mal – vor mir – war es mit jemandem aus seinem nahen Umfeld. Eine Kollegin, glaube ich. Aber er sagte, es sei eine einmalige Sache gewesen, ein Fehler.«

Sadie dachte an Latoya Jefferson, die junge Empfangsdame, die vor einigen Jahren in der Kanzlei gearbeitet hatte. Philip hatte ein ungewöhnlich großes Interesse an ihr gezeigt. Als Sadie ihn darauf ansprach, tat er es ab und erklärte, sie sei die Tochter eines Freundes. Ihr Weggang aus der Kanzlei löste eine Welle von Spekulationen über eine Affäre mit einem der Partner aus.

Ihr Gesichtsausdruck verfinsterte sich.

Bridget bemerkte die Veränderung. »Zu meiner Verteidigung: Philip kann ausgesprochen charmant sein, wenn er es darauf anlegt. Außerdem war es der einzige Weg, das Geld zu finden.«

»Und, haben Sie es gefunden?«

Die Frau nickte. »Er ließ mich eines Tages allein in seinem Büro, als er Morris aufsuchte. Hinter einem von Sams Bildern fand ich einige Dokumente. Wir sind dabei, die Geldbeträge zu verfolgen. Wenn wir Glück haben, können wir sie auf ein gesichertes Konto umlenken. Wir reden von Millionen.«

»Und warum bin ich dann hier?«

»Weil ich mich entschuldigen musste, Sadie. Und weil Sie während des Verfahrens einige hässliche Dinge hören werden.«

»Falls es zu einem Verfahren kommt.«

Bridgets Augen leuchteten auf. »Glauben Sie, er wird einem Deal zustimmen?«

»Da bin ich mir nicht sicher. Philip ist praktisch ein …«

»Feigling?«

»Ich sehe, Sie kennen ihn sehr gut.«

Bridget errötete. »Wir planen, ihn nächste Woche zu verhaften. Oh, und versuchen Sie erst gar nicht, Kaution zu stellen. Sein Fluchtrisiko ist zu hoch. Er wird nirgendwohin gehen.«

»Und Sie wollen, dass ich auch nirgendwohin gehe. Ist es das?«

»Wir hoffen, Sie da raushalten zu können«, sagte Bridget. »Nach Philips eigener Aussage hatten Sie keine Ahnung davon, was er getan hat. Er hat sie im Dunkeln gelassen. Wir brauchen Ihre Zeugenaussage nicht, aber …«

»Es gibt immer ein Aber.«

Bridget atmete tief durch. »Die Presse wird sich darauf stürzen. Sie werden behaupten, ich hätte eine strafbare Handlung provoziert, und Ihre Ehe in eine Farce verwandeln.«

Sadie stand langsam auf. »Sollen sie sagen, was sie wollen. Ich plane nicht, so lange hier zu sein.«

»Es ist sicher eine gute Idee, neu anzufangen«, pflichtete Bridget ihr bei. »Ein neues Leben beginnen.«

Sadie blieb in der Tür stehen. »Und sie werden recht haben.«

»Womit?«

»Meine Ehe war eine Farce. Aber etwas Gutes hat sie doch hervorgebracht.«

Bridgets Augen waren voller Mitgefühl. »Ich hoffe, sie werden Sam finden.«

»Ich auch.«

Auf dem Parkplatz saß Sadie beinahe fünfzehn Minuten lang bei laufendem Motor im Wagen, während sie die neuesten Ereignisse an sich vorbeiziehen ließ. Hätte ihr jemand noch vor Kurzem vorhergesagt, dass sie einmal eine vernünftige, beinahe freundschaftliche Unterhaltung mit der

Frau führen würde, die mit ihrem Mann geschlafen hatte, hätte sie nur gelacht.

Die Ironie des Schicksals war schon verblüffend.

»Wir gehen neuen Hinweisen nach«, informierte Jay sie einige Tage später. »Wir arbeiten uns durch die Anrufe der Leute, die angegeben haben, den Mann von Ihrer Zeichnung gesehen zu haben. In der Zwischenzeit möchten wir, dass Sie ein Interview geben, und darum bitten, dass Sam freigelassen wird.«

Nach dem Mittagessen traf sie ihn beim Fernsehsender.

Philip war bereits da.

»Sind Sie sicher, dass das eine gute Idee ist?«, fragte er Jay.

Der Detective lächelte ihn gezwungen an. »Zu diesem Zeitpunkt haben wir nichts zu verlieren.« Als er sah, wie Sadie erschauderte, fügte er hinzu: »Eine persönliche Bitte könnte ihn veranlassen, sich mehr um Sams Wohlergehen zu sorgen.«

»Falls Sam überhaupt noch lebt«, murmelte Philip.

»Ihm fehlen ein Finger und ein Zeh«, sagte Sadie mit Nachdruck. »Das bedeutet nicht, dass er tot ist.«

»Aber auch nicht, dass er noch lebt.«

Philips Worte machten sie wütend.

»Halt den Mund, Philip!«, schrie sie ihn an. »Er lebt! Das weiß ich!«

Einen Moment herrschte Totenstille.

Jay warf Philip einen scharfen Blick zu und wandte sich an Sadie. »Sobald Sie den *Nebel* ansprechen, erwähnen Sie Sams Namen so oft wie möglich. Machen Sie etwas Persönliches daraus, Sadie. Die meisten Entführer betrachten ihre Opfer als unpersönliche Objekte, nicht als menschliche Wesen. Zeigen Sie ihm die liebe, verspielte Seite von Sam.«

»Denken Sie, er würde Sam gehen lassen?«

Jays Mundwinkel senkten sich, und sie sah, wie sich seine Augen verdunkelten.

»Das ist nicht der Grund, warum ich etwas Persönliches daraus machen soll, nicht wahr?«, fragte sie.

»Sadie, verstehen Sie«, sagte er. »Wir wollen nicht nur, dass er Sam nicht weiter verletzt. Wir wollen, dass er glaubt, seine Warnungen hätten gewirkt, und dass wir uns zurückziehen. In der Zwischenzeit suchen wir weiter nach ihm.«

In einem Durcheinander an Aktivitäten brachte jemand ein winziges Mikrofon an ihrem Kragen und einen Empfänger am Bund ihrer Hose an.

»Wir haben eine Ansprache für Sie entworfen. Die wird Ihnen helfen.« Jay reichte ihr ein Stück Papier.

Sie überflog die Worte, starrte sie an, als ob sie in einer fremden Sprache geschrieben wären. Ein Wort stach klar hervor. Sam.

»Noch fünf.« Der Kameramann fing an zu zählen.

Sie hatte einen sauren Geschmack im Mund.

Reporter Lance MacDonald stellte sie vor.

Dann stand die Zeit still.

Sie sah in die Kamera. Ihr Mund war trocken wie Sandpapier, ihre Zunge willenlos. *Was sage ich einem Kidnapper, dem Mann, dem ich erlaubt habe, meinen Sohn mitzunehmen?*

Sie las den Text, den Jay so sorgfältig für sie vorbereitet hatte.

»Ich möchte Sie um die sichere Rückkehr unseres Sohnes, Samuel James Tymchuk, bitten. Samuel – Sam – ist unser … mein …« Von Kummer überwältigt, brachte sie kein weiteres Wort hervor.

Hinter ihr zischte Philip: »Meine Güte! Mach weiter!«

»S-sam ist erst sechs Jahre alt. Er ist …«

Ihre Augen füllten sich mit Tränen, und die Worte auf dem Papier verschwammen.

Sie versuchte es erneut. »Sam ist sechs Jahre alt und …«

Warum las sie die Worte eines Fremden?

Sie knüllte das Papier zusammen und starrte in die Kamera.

»Sam ist mein Sohn. Er ist sechs Jahre alt und sehr klug, obwohl er nicht spricht. Er liest und zeichnet gern. Er ist ein lieber, süßer Junge – mein Baby –, und ich liebe ihn über alles. Ich flehe Sie an … Bitte geben Sie ihn mir zurück.« Sie holte tief Luft. »Ich möchte mich dafür entschuldigen, dass meine Zeichnung von Ihnen veröffentlicht wurde. Ich bedauere, dass ich sie überhaupt gemacht habe. Aber ich war nicht diejenige, die sie an die Polizei weitergab. Genauso wenig wie Sam. Er ist unschuldig an alldem, und ich weiß, dass Sie ihm nicht wehtun wollen. Ich gebe Ihnen Geld, Zeit zu verschwinden, was immer Sie wollen.«

Sie registrierte Jays finsteren Gesichtsausdruck. Er schüttelte den Kopf, aber sie fuhr fort. »Wenn Sie mir meinen Sohn zurückgeben, mir Sam zurückgeben, werde ich sichergehen, dass Sie ungeschoren davonkommen. Sie wissen, wie Sie mich erreichen. Rufen Sie mich an. Dies kann zwischen Ihnen und mir verhandelt werden. Tun Sie nur Sam nicht weh.« Sie unterdrückte ein Schluchzen. »Bitte …«

Philip stieß sie zur Seite. »Hör zu, du kranker Irrer! Gib uns unseren Sohn zurück! Nur ein verdammter Feigling würde …«

Sadie sah entsetzt zu, wie Jay Philip packte und gegen die Wand warf. Sogar der Reporter zuckte zusammen. Der Kameramann besaß den Anstand, die Kamera wegzudrehen. Die Crew trat einen Schritt zurück.

»Sie dummes Arschloch!«, brachte Jay zwischen zusammengebissenen Zähnen hervor. »Was sollte das werden? Wollen Sie Ihren Sohn umbringen?«

»Natürlich nicht!«

Sadies Hände krampften sich um Philips Arm. »Wenn du etwas getan hast, was Sam schadet, Philip …«

»Ich? Was ist mit dir?« Er zeigte mit dem Finger auf sie. »Du bist diejenige, die ihm erlaubt hat, Sam mitzunehmen. Himmel noch mal.«

»Du warst nicht dabei!«, schrie sie und ließ ihrer Wut freien Lauf. »Er hätte Sam erschossen, direkt vor meinen Augen. Mir blieb keine Wahl!«

»Du hättest es versuchen sollen!«, brüllte er zurück. »Du hättest mehr tun sollen!«

Sie sah ihn mit eisigem Blick an. »Ich werde mich immer fragen, ob ich mehr hätte tun können, Philip. Damit lebe ich jeden Tag.«

An diesem Abend sah sie ihr Gesicht auf allen lokalen Nachrichtensendern. Sie rief Jay kurz vor zehn Uhr an.

»Irgendetwas Neues?«

»Tut mir leid, Sadie. Wir haben nichts von ihm gehört.«

Enttäuscht legte sie auf.

Im Bad schluckte sie eine Schlaftablette. Dann putzte sie ihre Zähne und kühlte ihr Gesicht mit kaltem Wasser. Blind um sich greifend, fand sie ein Handtuch. Sie hob ihren Kopf und sog scharf den Atem ein.

Hinter ihr stand ein Junge.

»Sam!«

Sie wirbelte herum, doch der Raum war leer.

»Sam? Wo bist du, Schatz?«

Lustlos und todmüde schleppte sie sich in ihr Schlafzimmer. Dann brach sie auf dem Bett zusammen und flüchtete, in die Bewusstlosigkeit, in einen Schlaf, in dem sie beunruhigende Visionen heimsuchten.

Sam stand knapp außer ihrer Reichweite, umringt von pechschwarzen Schatten. Zuerst schien er sehr weit weg zu sein. Dann kam er näher. Hinter ihm dehnte sich das schwarze Nichts aus, ein Tunnel, der auf ihn zu raste, um ihn zu verschlingen. Er sah über seine Schulter, und als er sich wieder umdrehte, brachte die Furcht in seinen Augen ihr Herz beinahe zum Stillstand.

»Schnell, Sam!«, rief sie ihm zu.

Die Dunkelheit glitt über ihn hinweg. Sie rannte auf ihn zu, aber ihre Beine wurden von einer unsichtbaren, bösartigen Kraft zurückgehalten. Sie war nur noch eine Armlänge von ihm entfernt, als ihre Knie nachgaben und sie verzweifelt auf den Boden sank.

»Komm zu mir zurück, Sam! Ich vermisse dich.«

Sam beugte sich über sie, sie sah sein Gesicht nur verschwommen. Etwas Frostiges streifte ihre Wange. Augenblicklich saß sie aufrecht im Bett. Ihr Puls schlug unkontrolliert. Sie hätte schwören können, dass Sam sie geküsst hatte. Als sie ihre Wange berührte, fühlte sie sich feucht an.

Am Morgen war sie sich sicher, dass sie alles nur geträumt hatte.

Entweder das, oder ich bin vollkommen übergeschnappt.

Eine Computerversion von Barneys *Ich liebe dich* – Sams Lieblingslied – unterbrach ihre Gedanken.

»Wird diese Leitung abgehört?«

Ihre Hand zitterte. »I-ich glaube nicht.«

»Ich habe Sie im Fernsehen gesehen«, sagte *Der Nebel.* »Sie und Ihren Mann.«

»Er hätte diese Dinge nicht sagen dürfen«, sagte sie schnell. »Er hat es nicht so gemeint. Bitte tun Sie Sam deswegen nicht weh. Es tut mir wirklich schrecklich, schrecklich leid.«

Sie hörte ein dumpfes Stöhnen, dann das Zuschlagen einer Autotür.

»Genau wie mir«, erwiderte *Der Nebel.* »Kennen Sie die Rafferty-Baumschule, westlich von Beaumont?«

Sie hielt den Atem an. »Ja.«

»Sam wartet auf Sie. Seien Sie in einer halben Stunde dort. Allein.«

»Allein?«, wiederholte sie.

Er schnaubte ungeduldig. »Wenn ich Sie töten wollte, Sadie, hätte ich es in jener Nacht getan. Oh, und für den Fall, dass ich das extra betonen muss, keine Polizei.«

»Warten Sie! Ich …«

Die Leitung wurde unterbrochen.

Erleichterung überflutete sie. Sie würde Sam zurückbekommen.

Sie hinterließ eine Nachricht auf Philips Anrufbeantworter. »Ich werde bald zurück sein. Mit Sam.«

Einen Moment starrte sie auf das blinkende Licht.

Ja, ich werde zwar der Polizei nichts sagen, aber wenn er glaubt, dass ich einfach gehe und niemandem sage, wohin, dann ist er total verrückt.

Die Rafferty-Baumschule lag am südlichen Ende von Edmonton, eine zwanzigminütige Autofahrt entfernt. Der familiengeführte Betrieb kultivierte eine Reihe von Bäumen und Sträuchern auf mehreren Hektar bewaldeten Landes, so weit das Auge reicht.

Beim Fahren warf sie im Rückspiegel einen flüchtigen Blick auf ihr Gesicht. Sie sah schlimm aus. Ihr langes schwarzes Haar war trocken und glanzlos. Sie konnte sich nicht erinnern, ob sie es an diesem Morgen gebürstet hatte. Die marsähnlichen Krater unter ihren Augen zeugten von wenig Schlaf und zu vielen Tränen. Selbst das Blau ihrer Iris schien ausgebleicht.

»Du siehst wie eine wandelnde Katastrophe aus, Sadie O'Connell.«

Aber sie wusste, es war vollkommen egal, wie sie aussah,

solange sie nur Sam zurückbekam. Sie fühlte, wie der Mittelpunkt ihres Lebens sie anzog, sie ermunterte, aufs Gas zu treten.

Beeil dich!

Sie folgte einer Nebenstraße, ignorierte das »Privatbesitz«-Schild und die Warnung, dass der Betrieb erst in drei Wochen zur neuen Saison wieder eröffnet würde. Der ausgefahrene Wirtschaftsweg führte sie am dürren Geäst einer Reihe von Laubbäumen vorbei – an Weißbirken, Espen und Balsampappeln. Je weiter sie fuhr, desto älter und üppiger wurde die Vegetation, bis sie schließlich in einem Hain aus Nadelbäumen umschlossen war.

»Wo bist du?«

Der Weg endete in einer Sackgasse. Sie parkte den Wagen und stieg aus. Zwei Pfade führten in verschiedene Richtungen. Zu ihrer Rechten tanzte ein roter Ballon in der Luft, der am Ast einer Blautanne festgebunden war. »Diesen Weg«, schien er ihr zu sagen.

Im Vorbeigehen sah sie ein Stück Papier, das an der Ballonschnur befestigt war.

Sie riss es an sich und entfaltete es.

SIE HABEN 5 MINUTEN, UM IHN ZU RETTEN!

Eine Mischung aus Adrenalin und Panik setzte sie in Bewegung.

Sie rannte.

Als ihr etwas glänzend Metallisches ins Auge sprang, verließ sie den Pfad und schlängelte sich ohne Rücksicht auf die spröden Zweige, die ihre Kleider und ihr Haar attackierten, zwischen den Bäumen hindurch. Ihre Beine arbeiteten härter, schneller. Sie brannten.

Vor ihr hupte ein Wagen.

Sie lief um eine Küstenkiefer herum und kam knapp vor dem hinteren Ende eines verrosteten gelben Chevy zum Stehen. Er war zwischen zwei Bäumen geparkt, seine Hinterräder ruhten auf Betonblöcken. Der hohe Schnee auf Kofferraum und Stoßstange bewies, dass der Wagen dort schon eine Weile stand. Das war keine Überraschung, da sie sich weit hinten in der Baumschule befand, dort, wo keine Kunden mehr Zutritt hatten.

Sie ging in einem großen Bogen um den Wagen. Seine Seitenfenster waren schmutzig, der Innenraum lag im Schatten.

Dann sah sie ihn.

»Oh, mein Gott.«

Sam lag zusammengesunken über dem Lenkrad. Er trug immer noch seinen Schlafanzug und eine Blue-Jays-Baseballkappe, die ihm tief über den Kopf gezogen war. Auf seinem Mund klebte Isolierband.

»Sam!«, schrie sie auf.

Er bewegte sich nicht.

Voller Grauen rannte sie auf den Wagen zu.

Ein verhängnisvoller Fehler.

Ihr rechter Fuß verfing sich in einem dünnen Metalldraht, ohne dass sie begriff, was passierte. In dieser Sekunde verwandelte sich alles um sie herum in einen höllischen Albtraum, und ihre gesamte Welt hob sich aus den Angeln. Die Erde wurde von einem ohrenbetäubenden Donnern erschüttert, das sie zu Boden warf. Um sie herum flogen kleine Teile glühend heißen Metalls durch die Luft.

»Neeeiin!«, schrie sie.

Neben ihrer ausgestreckten Hand landete ein rauchendes schwarzes Bündel.

Sams Baseballkappe.

Der Nebel hatte sein Versprechen wahr gemacht.

Sam.

»Oh, lieber Gott, nein!«

Sie zwang sich auf die Füße, aber eine zweite Explosion warf sie rückwärts in die Luft. Ihr Kopf schlug auf einem Stein auf. Ein stechender Schmerz durchfuhr sie, übermannte sie. Als ihre Finger ihren Hinterkopf abtasteten, waren sie voller Blut.

Zeitweise verlor sie das Bewusstsein.

»Sam …«

Über ihr schwebte etwas.

Der rote Luftballon.

Einen Moment hielt er inne, dann verabschiedete er sich in den rauchgefüllten Himmel, seinen dünnen Faden hinter sich her ziehend.

Sie hob eine zitternde Hand. »Komm zurück.«

Ein teuflisches Gesicht versperrte ihr die Sicht. Ein verschwommener Schatten beugte sich über sie und lachte sie mit ranzigem Atem aus.

»Warum?«, stöhnte sie.

»Ich halte meine Versprechen immer«, flüsterte er ihr zu.

Dann fiel Sadie dem Vergessen anheim.

Fünfzehn

»Darf ich reinkommen?«

Jay Lucas, in Uniform, zögerte in der Tür des Krankenzimmers. In der einen Hand hielt er einen Strauß Blumen, die schon die Köpfe hängen ließen, in der anderen seinen Regenmantel.

Sadie vermutete, dass dies kein reiner Höflichkeitsbesuch war. »Natürlich.«

»Wie fühlen Sie sich?«, erkundigte er sich, während er die Blumen in eine Vase auf ihren Tisch stellte.

»Nur ein paar Kratzer und eine leichte Gehirnerschütterung. Mir geht es gut.«

Und so war es auch. Zumindest körperlich. Ihr mentaler Zustand stand auf einem anderen Blatt.

Zwei Tage waren vergangen, seit Philip – dank ihrer Nachricht auf dem Anrufbeantworter – die Polizei zur Baumschule geführt hatte. Sie entdeckten das schwelende Wrack des Wagens und dann, ganz in der Nähe, ihren bewusstlosen Körper.

Sie atmete tief ein. »Haben Sie Sam gefunden?«

Jay schüttelte den Kopf.

»Vielleicht wurde er herausgeschleudert?«, schlug sie vor. »Haben Sie unter den Büsch…?«

»Sadie, wir haben das Blut von zwei Opfern gefunden.«

»Zwei Opfer?« Stöhnend vor Schmerzen setzte sie sich auf. »Das ergibt keinen Sinn.«

»Es sei denn, zwei Kinder waren im Wagen.«
»Aber ich habe nur Sam gesehen.«
»Die zweite Person könnte auf dem Rücksitz oder …«
»Oder im Kofferraum«, führte sie seinen Satz weiter.
Der Detective nickte grimmig.
»Das Blut – sind Sie sich sicher, dass es von Sam stammt?«, fragte sie ihn ängstlich.
»Es stimmt mit der DNA auf der Zahnbürste überein, die Sie uns gegeben haben.«
Ein Träne entwich ihrem Auge. »Und wie steht es mit anderen Beweismaterialien?«
»Wir fanden Fragmente von Sprengkapseln. Militärqualität.«
»Das ist gut, oder?«, weinte sie. »Damit können Sie ihn leichter finden?«
»Unglücklicherweise kann die heutzutage jeder im Internet finden, wenn man nur lange genug sucht.«
Sie atmete tief ein. »Ich muss Vorkehrungen treffen. Um Sam zu beerdigen.«
»Sadie, ich, äh …«
»Ja?«
Er ließ den Kopf hängen. »Es gibt nichts, was Sie beerdigen könnten.«
Sie sah ihn verständnislos an.
»Nichts ist übrig von ihm«, sagte er sanft. »Es waren zwei Bomben. Sie haben so gut wie alles zerstört. Die Gerichtsmedizin wird Wochen brauchen, um alles zu sortieren. Und sogar dann … Die Überreste sind so klein …«
Sie schauderte. »Kleine, blutige Stücke.«
»Bitte?«
»Etwas, was *Der Nebel* zu mir gesagt hat.« Sie wandte sich von ihm ab. »Was ist mit dem Luftballon?«
»Den fanden wir in einem Baum, wenige Meter vom Tat-

ort entfernt. Wir haben ihn zur Spurensicherung geschickt. Mit etwas Glück finden wir einen Fingerabdruck oder Speichel-DNA.«

Sadie studierte eine Weile die Zimmerdecke. Vor ihrem geistigen Auge durchlebte sie erneut die Explosion, das feurige Inferno des Wagens, den Geruch von brennendem Fleisch … die Schreie. Ihre Schreie.

Sie wischte sich über die Augen. »Wenn ich mich nur nicht bewegt hätte.«

»Wie hätten Sie von dem Stolperdraht wissen sollen?«

»Aber ich hätte Sie anrufen sollen, warten …«

Jay griff nach ihrer Hand. »Wir werden ihn kriegen, Sadie.«

Sein entschlossener Blick, der ihr Gerechtigkeit versprach, tröstete sie. Sie zweifelte keine Sekunde an diesem Mann. Er würde den *Nebel* bis an das Ende der Welt verfolgen oder bei dem Versuch sein Leben geben. Sie betete zu Gott, dass es nicht so weit kam. Sie mochte den alten Mann.

»Danke, Jay«, flüsterte sie.

Sein Gesicht war besorgt. »Ich hörte, dass Philip … hm …«

»In einer zweieinhalb auf dreieinhalb Meter großen Zelle«, unterrichtete sie ihn trocken.

Bridget hatte ihr Wort gehalten, sich aber für das unglückliche Timing entschuldigt. Sie hatten Philip an diesem Morgen offiziell verhaftet.

»Er bekennt sich schuldig«, erzählte Sadie ihm. »Aber sein Anwalt rechnet damit, dass das Strafmaß herabgesetzt wird.«

Jay nickte. »Weil sie das Geld gefunden haben.«

»Jeden Cent. Es sollte Philips Rentenversicherung sein.« Sie schüttelte den Kopf. »Ich glaube nicht, dass er geplant hat, seinen Lebensabend im Gefängnis zu genießen.«

»Sie haben Glück gehabt, Sadie.«

Ihr fiel die Kinnlade herunter. »Glück gehabt? Wie können Sie so etwas sagen?«

Jay wand sich unbehaglich. »Damit wollte ich sagen, sie hätten Ihnen das Haus und Ihre Wagen wegnehmen können. Sie hätten die Bankkonten einfrieren können.«

»Diese Dinge bedeuten mir nichts«, antwortete sie mit toter Stimme. »Sie könnten alles haben, solange ich dafür nur Sam wiederbekäme.«

Ein Moment hilfloser Stille folgte.

»Werden Sie bald entlassen?«, erkundigte sich Jay schließlich.

»Heute Nachmittag.«

»Brauchen Sie jemanden, der Sie abholt?«

Sie schüttelte den Kopf. »Meine Freundin wird hier sein.«

Jay ging zur Tür. »Sagen Sie mir Bescheid, falls Sie etwas brauchen.«

Sie lauschte auf das Echo der Schritte des Detective, den ganzen Flur hinunter. Dann erhob sie sich vorsichtig vom Bett und wankte ins Bad. Wellen der Übelkeit überrollten ihren schmerzenden Körper. Vor der Toilette brach sie zusammen. Ihre fiebernde Stirn auf die Arme gestützt, stellte sie sich Sam gefesselt und geknebelt im Wagen vor.

»Nichts ist von ihm übrig geblieben«, hatte Jay gesagt.

Warum habe ich dann trotzdem das Gefühl, als ob Sam noch bei mir wäre?

Sie übergab sich. Sie stöhnte leise und fühlte den Wunsch, in die Toilette zu kriechen und mit dem verschmutzten Wasser fortgespült zu werden. Eine Schwester fand sie mit dem Kopf auf dem Toilettensitz und half ihr zurück ins Bett.

Am Nachmittag verließ Sadie das Krankenhaus. Leah wartete in der Eingangshalle auf sie, um sie nach Hause zu bringen. Die Heimfahrt war so endlos wie der starke Regen und der graue Himmel, was genau ihrer trostlosen Stimmung entsprach. Sie redete nur wenig mit Leah. Zu viel belastete ihre Gedanken.

»Danke, dass du mich abgeholt hast.« Sie öffnete die Haustür.

Leahs Augen verrieten Besorgnis. »Soll ich heute Nacht bei dir bleiben?«

»Nein.« Sie betrat das Haus und begann, die Tür hinter sich zu schließen, aber Leahs Arm hielt sie davon ab.

»Sadie, schließ mich nicht aus. Ich will dir helfen …«

»Es gibt nichts, was du tun kannst. Ich will einfach nur alleine sein.«

»Bist du sicher?«

»Vollkommen. Aber danke.« Sie schloss die Tür und lehnte sich dagegen. »Es gibt niemanden, der mir irgendwie helfen könnte.«

Sie wanderte von Zimmer zu Zimmer, ruhiggestellt von den Antidepressionsmitteln, die ihr die Ärzte verabreicht hatten, und vom gleichmäßigen Rhythmus der Regentropfen, die gegen die Fenster schlugen. Jedes Mal, wenn sie an Sams Zimmer vorbeikam, blieb sie stehen und legte ihre Hand gegen die Tür. Aber sie konnte sich einfach nicht dazu überwinden, sie zu öffnen. Irgendwann musste sie sein Spielzeug, seine Kleider … sein Leben wegpacken.

Noch nicht. Später. Wenn ich so weit bin.

Sie entschieden sich für eine Trauerfeier mit anschließender Beerdigung.

»Um Abschied zu nehmen«, hatte Philip vorgeschlagen, als sie ihn ihm Gefängnis besuchte.

Zuerst hatte Sadie gezögert. Eine Beerdigung würde Sams Tod realer machen. Und das wollte sie nicht. Philip hatte vorgeschlagen, einfach eine Sperrholzkiste zu beerdigen. Etwas Symbolisches.

»Eine Kiste.« Sie musterte ihn, als ob er den Verstand verloren hätte. »Sam verdient mehr als eine billige Holzkiste.«

Sie kaufte einen Kindersarg.

Der Morgen von Sams Beerdigung war angemessen trüb, überladen mit einer Vielzahl wohlmeinender, aber unerwünschter Gäste, die ununterscheidbare Kasserollen und die unvermeidlichen Obstkörbe ablieferten. Um die Mittagszeit ging Sadie die Abstellfläche aus, ebenso der Platz im Kühlschrank.

Und dann war da noch die Familie. Philips Bruder, Schwester und Vater waren mit dem Bus aus Seattle angereist, während ihre Eltern, braun gebrannt und gesund aussehend, von Yuma nach Edmonton geflogen waren. Eine Woche zuvor war ihr Bruder nach Afghanistan versetzt worden. Ihre Schwägerin und die Kinder blieben in Halifax.

»Verdammt, Sadie«, sagte Theresa am Telefon. »Ich würde alles darum geben, bei euch zu sein. Ebenso wie Brad. E-es tut mir so leid. Ich werde Sam so vermissen. Sein süßes kleines Gesicht, sein Lachen, sein …«

Sadie legte auf.

Sie spürte einen Anflug von schlechtem Gewissen, denn sie hatte nicht unhöflich sein wollen. Aber Theresa darüber reden zu hören, wie sehr sie Sam vermisste, ließ sie ihre Hände zu Fäusten ballen. Es ist mein Verlust, wollte sie ausrufen. Nicht deiner!

Philip rief um die Mittagszeit an. »Wie fühlst du dich?«

»Was denkst du?«, gab sie die Frage zurück und versuchte, die Verbitterung in ihrer Stimme zu unterdrücken.

»Um halb drei wird ein Kranz an den Friedhof geliefert.«

»Du solltest dort sein, Philip.«

»Ich habe es versucht, aber sie lassen mich nicht raus. Es ist unfair.«

»Sam ist tot«, fuhr sie ihn an. »Wie fair ist das?«

Das Gespräch verstummte. Dann räusperte er sich. »Verabschiede dich für mich von meinem Jungen, Sadie.«

»Ich kann mich nicht mal selbst von ihm verabschieden«, antwortete sie niedergeschlagen.

Zwei Stunden später erlaubte sie ihrem Vater, sie auf dem Rücksitz des Mazda unterzubringen. Auf dem Weg zum Friedhof saß ihre Mutter neben ihr und weinte in ihr Taschentuch. Chuck, ihr Schwiegervater, fuhr Philips Geschwister im Mercedes.

Die Trauerfeier war schmerzhaft, aber kurz. Außer den Familienmitgliedern waren Leah, Liz, Bridget und Jay gekommen. Matthew Bornyk übermittelte sein Beileid, obwohl Sadie nicht daran gedacht hatte, ihn einzuladen. Und warum sollte sie auch? Seine Tochter könnte noch am Leben sein.

Nachdem der Pastor, den ihr Vater für sie ausfindig gemacht hatte, ein kurzes Gebet gesprochen hatte, wartete sie, während alle eine einzelne weiße Rosenknospe auf den Sargdeckel legten. Da es keine sterblichen Überreste gab, begruben sie stattdessen ein einziges Objekt: die verkohlte Baseballkappe. Langsam wurde der kleine weiße Sarg mit dem Satininnenfutter, das nur Sadie gesehen hatte, in ein schlammiges Loch des »Geliebte Kinder«-Abschnitts auf dem Hope-Haven-Friedhof hinuntergelassen. Sie sah zu, wie er in dem gähnenden Abgrund verschwand, und ihr Herz sank mit ihm in die Tiefe.

Tränen liefen ihr in Strömen über das Gesicht. Sie schleppte sich näher heran. Als sie über dem Rand verharrte, hoffte sie inständig, jemand würde sie hineinwerfen. Sie würde keinen Widerstand leisten.

Sie schloss die Augen und inhalierte den süßen Geruch der weißen Rose. Dann warf sie sie in die Grube.

»Schlaf, kleiner Mann«, flüsterte sie ihm mit zitternder Stimme zu. »Gemütl…«

Hyterisch schluchzend brach sie zusammen.

»Gehen wir, Schatz«, forderte ihre Mutter sie auf. Vorsichtig nahm sie ihren Arm.

»Es tut mir so leid«, weinte Sadie. »Vergib mir, Sam!«

»Lass ihn gehen, Sadie.«

»Wie soll mir das möglich sein, Mutter? Wie verabschiede ich mich von meinem Baby?«

»Das kann ich dir nicht sagen, Liebling«, antwortete ihre Mutter unter Tränen. »Keine Mutter sollte je ihr Kind beerdigen müssen.«

Sie schleppten sich zum Wagen, beide in ihr Elend versunken.

An diesem Abend ertrug Sadie es nicht länger. Die vielen Personen und banalen Gespräche in jedem Zimmer irritierten sie. Sie wollte alleine sein. Das teilte sie ihrer Mutter mit. Endlich machten sich Philips Familie auf den Weg ins Hotel und ihre Freunde auf den Heimweg, zurück in ihr eigenes Leben.

Sie rollte sich auf dem Sofa zusammen und legte den Kopf in den Schoß ihrer Mutter. »Ich habe alles verloren, Mama. Alles.«

Ihre Mutter streichelte ihr Haar. »Ich weiß, dass es sich so anfühlt, Sadie, aber es wird besser werden. Das versichere ich dir. Mit der Zeit wird es weniger wehtun.«

»Zeit. Das ist das Einzige, was mir geblieben ist.«

»Zeit ist ein Geschenk, Schatz. Nutze sie weise. Tu etwas für Sam, etwas, um dich an ihn zu erinnern.«

Aber Sadie hörte nicht zu. Eine andere Stimme sprach zu ihr. Und die war bei Weitem zwingender.

»Mami, wo bist du? Ich kann dich nicht finden.«

Sobald ihre Eltern zu Bett gegangen waren, bewaffnete sie sich mit einer Flasche von Philips teurem Rotwein und verbarrikadierte sich im Schlafzimmer. Innerhalb einer Stunde hatte sie die Flasche geleert und war nach unten gestolpert, um das Beweismittel zu vernichten.

Zurück in ihrem Zimmer, fiel sie betrunken in einen Sessel.

Am nächsten Morgen betrat sie auf unsicheren Füßen die Küche. Ungewaschen, nach abgestandenem Wein riechend und mit dem schlimmsten Kater, den sie je gehabt hatte. Beinahe hätte sie ihre Eltern am Küchentisch übersehen. Sie warteten auf sie, und der missbilligende Ausdruck auf dem Gesicht ihrer Mutter sagte ihr, dass etwas passiert war.

»Was ist denn?«, fragte sie.

Ihre Mutter runzelte die Stirn. »Du sieht schrecklich aus.«

»Besten Dank, Mutter.«

Eine leere Weinflasche schwang vor ihrer Nase hin und her.

»Die habe ich gefunden«, warf ihr Vater ihr in vorwurfsvollem Ton vor. »In der Mülltonne hinter dem Haus.«

»Was in aller Welt machst du, Sadie?«, fragte ihre Mutter.

Sadie massierte ihren schmerzenden Kopf, trat ans Fenster und schlug die Arme übereinander. »Ich vergesse.«

Was sollte sie sonst sagen? Sie verstanden nichts.

»Du brauchst Hilfe«, verkündete ihre Mutter resolut. »Eine Therapie, die Anonymen Alkoholiker, was immer du brauchst, tu es. Wir werden eine Weile bei dir bleiben. Bis es dir besser geht.«

»Ich brauche keinen Babysitter, Mutter.«

»Nein, aber du brauchst Hilfe.« Ihre Mutter streckte ihr flehend die Hände entgegen. »Lass uns dir helfen. Diesen

Weg hast du schon mal eingeschlagen, Sadie. Er führt zu nichts Gutem. Das weißt du.«

»Sag mir nicht, was ich weiß! Ich weiß, dass mein Sohn tot ist! Ich weiß, dass es meine Schuld ist. Ich weiß, dass das Trinken mich betäubt. Und das gefällt mir.«

»Das sagst du, weil du trauerst«, weinte ihre Mutter. »Wir trauern alle. Du hast deinen Sohn verloren. Wir haben unseren Enkel verloren. Wir wollen nicht auch noch dich verlieren.«

»Geht einfach nach Hause, Mutter. Ich werde ...«

»Wir gehen nirgendwohin«, unterbrach sie ihr Vater. »Nicht, bevor du dich einverstanden erklärst, mit einem Psychologen zu sprechen und zu den Anonymen Alkoholikern zu gehen.«

Sadie biss die Zähne zusammen. »Du willst mir ein Ultimatum stellen, Vater? Ich bin kein Kind mehr. Ich bin erwachsen und kann meine eigenen Entscheidungen treffen. Richtig oder falsch, ich muss da auf meine Weise durch. Wenn das heißt, dass ich trinke, um zu vergessen, dann trinke ich. Im Moment will ich nur in Ruhe gelassen werden.«

Als sie den Schmerz in den Augen ihrer Mutter sah, zuckte sie zusammen.

»Gib mir etwas Zeit, Mum. Ich rufe an, wenn ich euch brauche.«

»Versprichst du das?« Ihre Mutter weinte.

»Fliegt zurück in die Staaten. Hier gibt es nichts, was ihr tun könnt.«

Am nächsten Morgen reisten ihre Eltern ab, deprimiert und geschlagen.

Sadie verbrachte den Tag damit, Papiere durchzusehen. Dann rief sie den Makler an, den Philip gefunden hatte.

»Gibt es Neuigkeiten?«

»Wir haben einen Käufer«, erklärte der Mann ihr. »Wir stehen kurz vor dem Abschluss, und das Geld wird morgen auf der Bank sein. Wie viel Zeit brauchen Sie?«

»Ich werde in wenigen Tagen hier raus sein.«

Später am Tag rief Jay an.

»Der Bastard ist uns immer einen Schritt voraus«, entlud sich sein Ärger. »Der Ballon, die Nachricht, die Bomben – alles Sackgassen. Aber wir hoffen immer noch, dass wir etwas entdecken werden.«

Angesichts seiner spürbaren Frustration dankte Sadie ihm und legte auf. Sie hatte genug Krimiserien gesehen, um zu wissen, dass die Chance, den *Nebel* jemals zu erwischen, mit jedem Tag, der verging, kleiner wurde.

Am nächsten Tag stand sie vor Sams Zimmer. Mit angehaltenem Atem öffnete sie die Tür und wurde von einem Sturm der Gefühle bombardiert. Hier hatte sie Sam das letzte Mal lebend gesehen. Hier hatte sie seinem Mörder dabei zugesehen, wie er ihn mitnahm. Sie hätte härter kämpfen sollen. Sie hätte es verhindern müssen. Die Reue fraß sie auf, kochte in ihrem Magen und drohte, aus ihr herauszubrechen.

Langsam drehte sie sich im Kreis. Sie registrierte Sams gefütterte Hausschuhe, den signierten Baseballschläger, seine Kleider … sein leeres Bett. Sie setzte sich. Dann lehnte sie sich zurück und starrte an dieselbe Decke, die ihr Sohn sechs Jahre lang angesehen hatte. Mit ihrem Finger malte sie ein unsichtbares Unendlichkeitssymbol in die Luft. Wieder und wieder.

»Ich vermisse dich, Sam.«

Sie drehte sich zur Seite, griff nach seiner Lieblingsdecke und weinte, bis ihre Tränen versiegt waren. So lange, bis sie sich nur noch auf einen Gedanken, der seit Sams Todestag in ihr gebrodelt hatte, konzentrieren konnte. Sie konnte – wollte – ohne Sam nicht leben. Und es gab nur einen Weg, mit ihm zusammen zu sein.

Schweren Herzens begann sie die bedrückende Aufgabe, seine Sachen zusammenzupacken. Jeder Gegenstand schien mit einer anderen Erinnerung belastet zu sein. Und jede schnitt ihr tiefer ins Herz als die vorhergehende. Sie kämpfte Stunden gegen ihre Gefühle, Erinnerungen und Tränen an, bevor sie endlich fertig war.

Dann wanderte sie durch das Haus. Das Haus, in das sie Sam nach Hause gebracht hatten, als sie noch glücklich waren. Die Erinnerungen an ihn verfolgten sie überall. Wie geisterhafte Staubwolken erschienen sie in jeder Ecke. Sie wollte sie ignorieren, aber sie schaffte es nicht. Seine ersten Schritte, sein erster Sturz die Treppen hinunter, seine erste Geburtstagsfeier.

Seine letzte.

»Alles hat sich verändert«, flüsterte sie.

Sam war weg. Philip war weg. Ihr Leben, wie sie es gekannt hatte, existierte nicht mehr. Alles um sie herum hatte sich aufgelöst.

Wie eine Brausetablette in Wasser sprudelte eine rebellierende Wut aus ihrem Innern an die Oberfläche. *Blupp, blupp. Zisch, zisch …*

Aber es gab keinen Ausweg. Außer einem.

Tu's nicht, Sadie!

Aber sie konnte der Versuchung nicht widerstehen.

Sechzehn

Sie schnappte sich die nächste Flasche Rotwein aus Philips Geheimvorrat. Damit blieben ihr noch drei in der Schublade. Sie überlegte, ob sie die auch mitnehmen sollte, änderte aber dann ihre Meinung.

»Euch hebe ich für einen besonderen Anlass auf.«

Im Schlafzimmer ließ sie sich unglücklich in den Stuhl am Fenster fallen und drehte das antike Radio auf der Fensterbank laut auf. Sie brauchte etwas Mitreißendes, etwas, das ihr Schwung geben würde. Sie drehte so lange am Knopf, bis sie den dröhnenden Bass eines Rapsongs hörte, der einen rhythmischen Beat aus den Boxen pumpte. Eine tiefe Stimme stieß einen kaum erkennbaren Liedtext über eine Frau hervor, die ihren Mann verlässt.

»Warum, frag ich …«, sang der Rapper.

Sadie hielt die Flasche hoch. »Auf ein Leben voll guter Fragen.«

Mittlerweile hatte sie sich daran gewöhnt, direkt aus der Flasche zu trinken. Sie setzte sie an und nahm einen langen Schluck. Der ursprünglich so bittere Geschmack des Weines überraschte sie nicht mehr. Stattdessen genoss sie seine Wärme, als er ihr die Kehle hinunterlief. Jeder Schluck trug zu der gedankenbetäubenden Ruhe bei, die sie umgab.

»Und was jetzt?«, murmelte sie.

Mit plötzlicher Klarsicht traf sie zwei Entscheidungen.

Zuerst nahm sie eine Schere mit ins Bad und stellte sich

vor den Spiegel. Zwischen dem Heben der Flasche schnitt sie sich ihre langen schwarzen Locken bis knapp unter dem Ohr ab. Sie fühlte kein Bedauern, als sie die Strähnen auf den Boden fallen sah. Als sie fertig war, lag mehr Haar auf dem Fußboden, als sie auf dem Kopf hatte.

Sie starrte ihre leeren Augen an, unter denen tiefe Schatten lagen. »Ich bin nichts. Nur eine leere Hülle.«

Nachdem sie die abgeschnittenen Haare zusammengekehrt und in den Müll geworfen hatte, ging sie zurück ins Schlafzimmer, um sich auf ihre zweite Entscheidung vorzubereiten. Sie stellte die Flasche auf den Nachttisch, zog zwei Koffer aus dem Schrank und warf sie aufs Bett.

»Da bleibt nur eins«, lallte sie. »Aber hier kannst du es nicht tun.« Sie hielt inne, die Hand am Reißverschluss des Koffers. »Eigentlich könntest du schon, aber den neuen Hauseigentümern wäre das wohl nicht recht.« Betrunken kicherte sie.

Ein unerwartetes Klopfen ertönte an der Haustür.

Sadie ließ die halb leere Flasche in die Mülltonne gleiten, Sekunden bevor Leahs Kopf in der Tür erschien.

»Darf ich rein …? Sadie! Was hast du mit deinen Haaren angestellt?«

»Abgeschnitten.«

»Ja, das kann ich sehen«, erwiderte Leah und trat ein.

Sadie verlor beinahe die Geduld. »Ich hab dich nicht läuten hören.«

»Ich hab ein paarmal geklingelt, aber du hast nicht geantwortet. Ich hab mir Sorgen gemacht, also bin ich durch die Garage reingekommen.« Leah sah die Koffer auf dem Bett. »Was zum Teufel hast du vor?«

»Wonach sieht es denn aus? Ich verschwinde.«

»Aber du kannst doch nicht einfach abhauen.«

»Willst du wetten?«

»Was ist mit Philip? Und dem Verfahren?«

Sadie warf drei Paar Jeans in einen der Koffer. »Hier gibt es nichts, was mich noch hält. Ich muss hier weg.«

Eine unbehagliche Stille hing im Raum.

Leah setzte sich aufs Bett. Als sie endlich sprach, hörte sie sich gefasst an. »Und wo willst du hin?«

»Egal, solange es nur nicht hier ist.«

Sie legte Sams Foto und ein schweres Fotoalbum oben auf ihre Kleider. Dann zog sie den Reißverschluss zu. In den zweiten Koffer packte sie die Plastikkiste, die die ausgeschnittenen Zeitungsberichte enthielt. Und zu guter Letzt verstaute sie die Mappe darin.

»Wirst du Sams Buch beenden?«, fragte Leah.

»Das ist das Letzte, was ich für ihn tun kann.«

»Vielleicht ist das wirklich eine gute Idee. Dir etwas Zeit nehmen, einen gewissen Abstand gewinnen.«

Sadie nickte. »Du warst eine großartige Freundin, Leah. Eine viel bessere, als ich es war.«

»Nein, dazu sind Freunde da. Ich bin für dich da. Ich passe auf das Haus auf, solange du weg bist … bis du zurückkommst.«

Sadie schüttelte den Kopf. »Es ist verkauft.«

Leahs Augenbrauen zogen sich im Schock nach oben. »Wie bitte? Ich wusste nicht mal, dass es zum Verkauf stand.« Ihre Stimme hatte einen vorwurfsvollen Ton.

»Hör zu, ich kann es dir nicht erklären. Alles ist anders. Jetzt, wo Sam weg ist.«

»Ja, aber davonzulaufen ist auch keine Lösung. Himmel, Sadie! Was ist denn in dich gefahren?« Verärgert trat Leah einen Schritt zurück und stieß gegen den Mülleimer. Als sie die Weinflasche darin entdeckte, schüttelte sie enttäuscht den Kopf. »Sadie, das willst du nicht …«

»Spar dir die Standpauke! Ich bin es leid, von jedem zu

hören, wie ich mich verhalten soll, was ich tun soll, was ich fühlen soll. Mein Sohn wurde mir genommen, direkt vor meinen Augen in die Luft geblasen. Und es war meine Schuld. Wenn ich also hier weg muss, werde ich gehen. Wenn ich trinken muss, werde ich trinken. Das verstehst du nicht, Leah. Du wirst es nie verstehen.«

Leah blinzelte unter Tränen. »Du hast recht. Ich verstehe es nicht. Weil du nicht mit mir reden willst. Du hast mich ausgeschlossen, mich abgeschoben. Und jetzt trinkst du auch wieder? Sam hätte das nicht gewollt, meine Liebe.«

Sadie biss die Zähne zusammen. »Sag mir nicht, was mein Sohn gewollt hätte.« Und dann fügte sie hinzu: »Sei sicher, dass die Haustür hinter dir ins Schloss fällt, nachdem du gegangen bist.«

Leah ging ohne ein Wort.

Nachdem sie weg war, empfand Sadie ein leichtes Bedauern.

Leah hatte das nicht verdient.

Ein Teil von ihr wollte sich entschuldigen, um Vergebung bitten. Aber das würde am Ende alles nur noch schlimmer machen. Leah würde ihr nie verzeihen, was sie nun vorhatte.

Sie griff sich noch zwei Pullover aus dem Kleiderschrank und steckte sie in den Koffer. Sie hatte keine Ahnung, wohin sie gehen würde, aber sie wollte vorbereitet sein. In ihrem Badezimmer durchstöberte sie den Spiegelschrank. Ein voller Erfolg. Drei Packungen verschreibungspflichtiger Muskelentspanner und Schlaftabletten. Wenigstens einhundert Pillen.

Sie ging nach unten, schnurstracks in Philips Büro. Die Tür war zu, und sie zögerte einen Moment. Sie brauchte noch zwei Dinge. Beide befanden sich auf der anderen Seite dieser Tür.

Sie trat ein, schloss die Tür hinter sich, ignorierte das

Durcheinander und nahm die letzten drei Flaschen Cabernet Sauvignon. Die wickelte sie in eines von Philips T-Shirts und stopfte sie in eine kleine Reisetasche, die Philip immer zum Golf mitnahm.

Sie eilte zum Wandschrank.

Die Zedernkiste war noch da.

»Okay, Sadie. Was jetzt?«

Sie griff nach der Kiste. Sie war schwerer als erwartet, und ihre Hände zitterten, als sie den Deckel anhob. Und sie zitterten noch mehr, als sie das kalte Metall der Waffe berührte. Sie nahm das Magazin in die Hand und überprüfte es. Es enthielt eine einzige Kugel.

»Ich kann nur hoffen, du weißt, was du tust.«

Sie legte die Waffe wieder in die Kiste zurück und verstaute sie in der Reisetasche. Dann durchsuchte sie den Schrank nach mehr Munition. Ohne Erfolg. Sie sah in Philips Schreibtisch nach, im Aktenschrank, in einer alten Aktentasche. Immer noch nichts.

»Na ja, es ist ja nicht so, als ob du Schießübungen veranstalten würdest«, brummte sie vor sich hin. »Wie schwer kann es sein? Zielen und abdrücken.«

Sie griff die Reisetasche und wollte zur Tür.

Der Türknauf drehte sich, bevor sie ihn angefasst hatte.

Verdammt!

Die Tür öffnete sich.

»Sadie!«, rief Leah. »Ich, äh …«

»Was willst du denn hier? Ich dachte, du wärst gegangen.«

Leahs Augen überflogen den Raum. »Das wollte ich auch, aber … dann habe ich mich daran erinnert, dass ich ein Buch hiergelassen habe.«

Sadie runzelte die Stirn. »In Philips Büro?«

»Na ja, ich dachte, vielleicht hat es jemand verlegt. Es ist nicht in der Küche. Oder im Wohnzimmer.«

»Wie heißt es denn? Ich helfe dir suchen.«

»Schon gut, nicht so wichtig. Ich glaube, ich habe es tatsächlich im Auto gelassen.«

Sadie beobachtete ihre Freundin und wunderte sich über ihr seltsames Verhalten.

Warum war Leah hier, in Philips Büro?

Die Antwort brach mit der Gewalt eines Tsunamis über ihr zusammen, bei dem das Wasser erst ruhig ablief und dann gewaltsam und rachsüchtig vordrang.

Zur Hölle mit den beiden!

Philip musste Leah von seinem Geheimvorrat an Cabernet Sauvignon erzählt haben. Und da sie schon eine Flasche in Sadies Schlafzimmer gesehen hatte, war sie zurückgekommen, um die anderen verschwinden zu lassen.

Leah sprach mit leiser Stimme.

»Wie bitte?«

»Ich weiß nicht, was ich noch sagen soll«, sagte Leah. »Oder tun.«

»Mach dir keine Gedanken.«

»Aber ich will nicht, dass etwas zwischen uns steht. Sag mir einfach, was ich tun kann, um dir zu helfen, und ich werde es tun.«

»Es gibt nichts, was du tun kannst.« Sadie drehte sich um und wollte gehen, aber Leahs Arm fuhr nach vorne.

»Sadie, ich …«

»Was?«

Die Luft war voller Spannung.

»Nichts«, gab Leah endlich klein bei. »Vergiss es.«

Als Sadie an ihr vorbeiging, schlug die Reisetasche gegen Leahs Bein.

»Was hast du da in der Tasche?«, wollte ihre Freundin wissen.

»Wichtige Unterlagen. Tut mir leid, aber mir ist nicht

nach Reden zumute. Ich werde mich etwas hinlegen. Aber erst bringe ich dich zur Tür.«

»Also gut«, gab Leah mit einem hörbaren Seufzer nach. »Sag Bescheid, wenn du etwas brauchst.«

Sadie warf einen Blick auf die Tasche. »Ich habe alles, was ich brauche.«

Kurz nach sechs Uhr abends rief Philip aus dem Gefängnis an.

»Das Haus ist verkauft«, informierte sie ihn. »Ich habe versprochen, dass wir Ende des Monats draußen sind.«

»Kein Problem. Ich rufe eine Umzugsfirma an. Wir lagern alles ein, inklusive der Möbel, ja?«

Nicht alles.

Sie warf einen nervösen Blick auf die Reisetasche. Sie stand auf dem Tisch neben der Tür. Bereit. In Erwartung.

»Ja, lagere alles ein«, erklärte sie sich einverstanden.

»Und was ist mit deinen Sachen, Sadie?«

»Ich, ähm, habe noch nicht überlegt, wo …«

»Stell sie einfach mit meinem Zeug unter. Kein Problem. Auf diese Weise hast du Zugang zu allem, für den Fall, dass einer von uns etwas braucht.«

»Bist du sicher?«

»Hey, es ist nicht sehr wahrscheinlich, dass ich in naher Zukunft etwas brauchen werde.«

Damit lag Philip richtig. Er hatte einen Deal gemacht und gegen seinen Partner Morris ausgesagt, von dem die ursprüngliche Idee, Geld zu unterschlagen, stammte. Mit Philips Kooperation und einem Schuldeingeständnis gab es keinen Grund für ein Gerichtsverfahren. Seine Strafe war von zwanzig auf zehn Jahre herabgesetzt worden.

»Wirst du einige Tage bei Leah bleiben?«, fragte er.

Sie log. »Vielleicht für ein, zwei Wochen.«

Als er nach einer langen Pause endlich sprach, klang seine Stimme belegt. »Sadie?«

»Ja?«

»Kommst du mich morgen besuchen?«

Eine Sekunde lang dachte sie über seine Bitte nach. »Nein. Ich brauche etwas Zeit … weg von hier. Weg von dir, von diesem Haus, von allem.«

»Na schön.« Er seufzte. »Es tut mir leid, Sadie. Alles.«

»Mir auch.«

»Ich habe mich mit den falschen Leuten eingelassen. Ich weiß, das hat mich verändert – hat uns verändert. Vielleicht können wir mit der Zeit Freunde werden.«

»Okay, Philip. Ich bin erschöpft. Ich muss ins Bett gehen.«

»Wohin gehst du nach Leah?«

Nirgendwohin, Philip. Ich werde nirgendwohin gehen.

Als sie nicht antwortete, seufzte er. »Pass gut auf dich auf, in Ordnung?«

Sie blickte auf die Reisetasche. »Ja.«

Zwei Tage später war alles organisiert. Sie hatte ihre persönlichen Dinge ganz allein gepackt. Leah hatte ihre Hilfe angeboten, die Sadie jedoch abgelehnt hatte. Niemand sollte Zeuge werden, wie sie ihr Leben auflöste.

An diesem Morgen tauchte ein Umzugswagen in ihrer Einfahrt auf. Auf beiden Seiten standen die Worte »Zwei kleine Männer mit großen Herzen«. Sie hatte die Lkws öfter in der Stadt gesehen, und der Name ließ sie immer lächeln.

Aber nicht heute.

Sie bat die Umzugsleute ins Haus, dankbar dafür, dass sie alles andere packen würden. Erschöpft fiel sie aufs Sofa.

»Sagen Sie mir, wenn ich aufstehen soll«, sagte sie mit einem unterdrücktem Gähnen. »Macht es Ihnen etwas aus, wenn ich das Radio anmache?«

Der Jüngere der beiden Männer grinste. »Nein, gar nicht.«

Sie griff nach der Fernbedienung auf dem Couchtisch, schaltete die Stereoanlage ein und suchte ihre Lieblingssender, die sie nie hören konnte, wenn Philip da war.

»Ah, 91.7 ›Mit Schwung‹«, bemerkte der ältere Mann.

»Es sei denn, sie hören lieber Country.«

»Nein!«, riefen beide Männer entsetzt aus.

Sie musste lächeln. Bis sie merkte, was sie tat. Wütend auf sich selbst, weil sie an etwas Freude finden konnte, sah sie ihnen dabei zu, wie sie ihre gesamte Existenz verpackten.

Und Sams.

Die beiden Männer wickelten alle symbolischen Gegenstände ihres Lebens ein, verpackten sie in Kisten, verschlossen sie. Das Geschirr, das sie zur Hochzeit bekommen hatte, die neue Mikrowelle, die Philip ihr zu Weihnachten gekauft hatte, die Kristallvase, die er ihr geschenkt hatte, als sie ein Jahr trocken gewesen war.

»Und das soll alles eingelagert werden?«, erkundigte sich der ältere Mann neugierig.

Sie nickte.

Nach wenigen Stunden machten sich die Umzugsleute mit einem Lkw voller Möbel und Kisten auf den Weg. Auf dem Fußboden neben der Tür hielten die Koffer und die Reisetasche mit dem Wein und der Waffenkiste die Stellung in einem leeren Haus, das einst voller Freude gewesen war und in dem jetzt nur noch eine große Tragödie widerhallte.

Sie musste zweimal gehen, um alles in die Garage zu transportieren. Automatisch setzte sie sich in Richtung Mazda in Bewegung – bis ihr ein silberner Glanz ins Auge fiel.

Philips Mercedes.

»Das ist *mein* Wagen, Sadie«, hatte er an dem Tag, an dem er ihn kaufte, betont. »Ich bin der Einzige, der ihn fährt. Verstanden?«

Sie ging auf den Wagen zu.

Würde sie es wagen?

»Philip wird ihn jedenfalls nicht fahren«, ermunterte sie sich.

Sie öffnete den Kofferraum des Mercedes und schob einen Plastikbehälter voller Akten und Briefe zur Seite. Sie zwängte die beiden Koffer neben die Akten und ließ die Reisetasche auf den Beifahrersitz fallen. Dann stieg sie ein und warf einen Blick auf die Tasche neben ihr. Die Umrisse der Waffenkiste waren deutlich zu erkennen. Einem plötzlichen Drang folgend, öffnete sie die Tasche, nur um sicherzugehen, dass sich die Waffe noch immer in der Kiste befand.

Das tat sie.

»Okay, machen wir uns auf den Weg.«

Sie ließ den Wagen an. Das Auto spuckte kurz und nahm dann geschmeidig den Betrieb auf. Ein Blick auf die Benzinanzeige ließ sie lächeln.

»Und zu allem noch ein voller Tank. Danke, Philip.«

Im Rückwärtsgang rollte sie die Einfahrt hinunter und bog in die Straße ein. Einen Moment lang verharrte sie vor dem Haus, dem Ort, der mehr als sechs Jahre lang ihr Zuhause gewesen war. Gegen ihren Willen wurde ihr Blick nach oben gelenkt, zu dem leeren Fenster im zweiten Stock. Sams flehendes Gesicht war gegen das Glas gepresst.

»Ich weiß, du bist es nicht. Auf Wiedersehen, Sam.«

Zügig fuhr sie davon, ohne auch nur einen Blick zurückzuwerfen.

»Hier«, sagte sie und reichte Leah drei Schlüssel. »Wagen, Haus und Lager. Leg den Schlüssel für den Makler einfach vorne unter die Fußmatte, nachdem du meinen Wagen geholt hast.«

Über ihre Schulter hinweg konnte Leah den Mercedes sehen. »Ich dachte, ich würde Philips Auto unterstellen.«

»Ich habe mich entschieden, ihn zu nehmen.«

Leah blinzelte. »Wird ihn das nicht stocksauer machen?«

Sadie ignorierte die Frage und zog einige Geldscheine aus ihrem Portemonnaie. Als Leah sie fragend ansah, erklärte sie: »Mein Tank ist ziemlich leer.«

»Ach so.« Leah sah sie leicht beleidigt an. »Kein Problem.«

»Danke.«

Sadie spürte, wie unbeholfen ihr Gespräch war, aber das war ein notwendiges Übel. Sie musste sich von allem und jedem lossagen. So verlangte es ihr Plan.

»Sadie …«

»Es tut mir leid, Leah. Wirklich. Aber das ist etwas, was ich tun muss. Ich hoffe, du wirst es eines Tages verstehen. Ich muss gehen. Geh sicher, dass Philips Anwalt den Schlüssel zum Lager bekommt, ja?«

Leah nickte resigniert. »Natürlich.«

Sadie stieg in den Mercedes ein und fuhr los. Erst nachdem sie Edmontons Stadtgrenze überschritten hatte, erlaubte sie sich, ihren Plan zu überdenken. In Gedanken arbeitete sie die Schritte aus, denen sie nun folgen musste. Sie entwarf in ihrem Kopf eine komplette Liste.

»Bald, Sam.«

Sie warf einen Blick auf den Rücksitz, erwartete halb, er würde von dort aus ihren Blick erwidern. Der Sitz war leer. Sie griff nach dem Radio, änderte aber ihre Meinung. Sie würde die Entscheidung dem Schicksal überlassen.

»Ich werde in absoluter Stille fahren. Sobald sie unterbrochen wird, halte ich an.«

Der Feierabendverkehr verdichtete sich, als sie durch Edmontons verstopfte Straßen steuerte. Eine halbe Stunde später löste er sich auf. Die geschäftige Stadt wurde durch Ackerland ersetzt. Schlammige Felder mit verfaultem Heu, durch die sich Linien geschmolzenen Schnees zogen, rasten an ihr vorbei. Diese gingen in endloses Flachland über, auf dem nur ab und zu eine Rinderfarm auftauchte. Die Stille und der Frieden wirkten hypnotisierend.

Zwei Stunden verstrichen ohne nennenswerte Ereignisse.

Nach einer Weile passierte sie das Ortsschild von Edson. Sie fuhr durch die kleine Stadt, ohne auch nur einen Gedanken an sie zu verschwenden. Aber dann, weiter den Highway hinunter, stoppte der Verkehr.

Die Stille war unterbrochen.

Siebzehn

Blaulichter und Sirenen begrüßten sie.

Sadie sah schnell auf die Tasche auf dem Beifahrersitz. »Mist!«

Den Anweisungen eines mit einer orangenfarbenen Weste ausgestatteten Verkehrspolizisten folgend, verringerte sie das Tempo des Mercedes auf ein Minimum und kroch hinter einem holzvertäfelten Kombiwagen her, in dem tätowierte Rocker saßen. Die vier hatten alle nur möglichen Stellen im Gesicht mit Metallstücken durchstochen. Ein junger Mann auf dem Rücksitz drehte ihr den Kopf zu, grinste sie an und machte obszöne Bewegungen mit seiner gespickten Zunge.

Sie ignorierte ihn und konzentrierte sich auf die Straße.

»Nun kommt schon. Bewegt euch!«

Eine Minute später entdeckte sie das Problem. Ein silberbäuchiger Öltanker war über der Mittellinie umgestürzt. Der Verkehr wurde umgeleitet.

Sie stieß einen frustrierten Seufzer aus. »In welche Richtung soll ich denn nun? Ich brauche ein Zeichen. Komm schon, Sam, zeig mir, wohin …«

Unbeweglich starrte sie ein Rabe von einem hölzernen Pfosten aus an. Unter dem Vogel hing ein Schild. Obwohl einige der Worte mit der Zeit verblasst waren, war es noch leserlich.

Hütten zu vermieten! Fledermaushöhle! Folgen Sie den Hinweisschildern nach Cadomin, Alberta.

Und da war es. Ihr Zeichen. Wieder hatte das Schicksal eingegriffen.

Sie verließ den Highway und folgte der Straße südlich nach Robb. Sie war dankbar für den Mangel an Verkehr. Bis zu dem Zeitpunkt, an dem die asphaltierte Straße verschwand und durch Schotter ersetzt wurde, war ihr nur ein einziges Fahrzeug begegnet – ein alter Airstream-Wohnwagen.

»Könntest du möglicherweise noch weiter von der Zivilisation entfernt sein?«

Wie um ihr zu antworten, wirbelten die Winterreifen des Mercedes Steine und Stücke schmelzenden Eises auf. Sie zuckte zusammen, als sie das Geräusch von Kratzen auf Metall hörte. »Philip wird das nicht gefallen.«

Sie manövrierte den Mercedes die Straße hinunter, durch die kleine Stadt Cadomin hindurch. Den Schildern der Ferienhütten folgend, umfuhr sie vorsichtig die Krater in der Straße und verlangsamte die Geschwindigkeit vor einer scharfen Kurve.

Eine laute Hupe erschreckte sie.

»Himmel noch mal!«

Wie aus dem Nichts erschien ein schwarzer Kleintransporter mit abgedunkelten Fenstern vor ihr. Er schleuderte auf sie zu und zwang den Mercedes gefährlich nahe an den Straßengraben.

Sie stieg auf die Bremse.

Als der Transporter an ihr vorbeiraste, konnte sie die Silhouette eines Mannes, der einen Cowboyhut trug, erkennen. Wütend schüttelte er seine erhobene Hand.

»Idiot!«, rief sie ihm hinterher, obwohl er sie nicht hören konnte.

Im Rückspiegel beobachtete sie, wie der Wagen in einem Matschregen verschwand. Sie versuchte, ihr klopfendes Herz zu beruhigen, und fragte sich, wieso sie sich überhaupt darüber aufregte, dass er beinahe in sie hineingefahren wäre. Es wäre ein Segen gewesen.

Aber du hast Sams Buch noch nicht beendet, mahnte sie ihr Gewissen.

Zurück auf der Straße, fuhr sie weitere fünfzehn Minuten, bevor in der Ferne die Landschaft von flachem, bewaldetem Land in einen silbernen Kamm sanfter Hügel überging. Dahinter erhoben sich majestätisch die Rockys, so blass, dass sie im Himmel zu schweben schienen.

Sie zögerte, als sie die nächste Kreuzung erreichte.

Ein Hinweisschild sagte: Cadomin-Höhle links. *Harmonie-Hütten* rechts.

Sie steuerte nach rechts und folgte dem schmalen Weg, der sich durch die Bäume schlängelte. Wenige Minuten später sah sie ein selbst gebautes kleines Blockhaus. Ein in den Boden gerammtes Schild nahe der Eingangstür wies dieses Gebäude als das Büro der *Harmonie-Hütten* aus.

Sie stieß einen Seufzer der Erleichterung aus, parkte den Wagen und stieg aus, um ihre schmerzenden Beine zu strecken.

»Weiten Weg hinter sich?«, ertönte eine heisere Stimme.

Sadie fuhr herum.

Eine extrem dünne ältere Frau mit taubengrauem Haar, so kurz geschoren wie das eines Mannes, stand neben der Hütte. Ihre verblassten Jeans, die dünne Winterjacke und ihr gebräuntes, sommersprossiges Gesicht legten Zeugnis davon ab, dass sie viel Zeit in der freien Natur verbrachte.

»Hat es Ihnen die Sprache verschlagen?«, erkundigte sich die Frau, während sie mit einer schwingenden Axt in der Hand auf sie zukam.

Sadie wich mit einem leichten Aufschrei zurück. »Ich, äh …«

»Sie kommen aus der Stadt.« Beinahe schwarze Augen musterten sie.

»Edmonton.«

Die Frau griff in ihre Jackentasche und zog eine schmale Packung Zigarren hervor. Sie schüttelte eine heraus. Die zündete sie genüsslich an und ließ den Rauch aus ihrem Mundwinkel entweichen.

»Und Sie brauchen eine Hütte«, stellte sie fest.

Sadie nickte. »Für den Rest dieses Monats und für den nächsten.«

Die Frau zog tief an ihrer Zigarre, gefolgt von einem starken Hustenanfall, der sich wie ein alter Güterzug auf morschen Schienen anhörte.

»Dieser Monat hat nur noch vier Tage«, stellte sie fest. »Sie müssen nur für den Mai bezahlen. Eine einzige Hütte habe ich noch, Sie haben Glück. Sie ist aber noch nicht sauber.«

»Das ist schon in Ordnung«, beteuerte Sadie schnell. »Ich nehme sie.«

Die Frau drehte sich um und holte kräftig aus. Mit einem eindrucksvollen Schlag drang die Axt in einen Baumstumpf neben der Hüttentür ein. Sadie erschien es, als ob die Guillotine des Schicksals ihr gerade auf den Kopf gefallen wäre und ihn fein säuberlich abgehackt hätte.

»Ich heiße Irma«, stellte sich die Frau vor und streckte ihr die Hand entgegen.

Sadie schüttelte sie vorsichtig. »Sadie O'Connell.«

»Schön, Sie kennenzulernen.« Die Frau sah zum Mercedes hinüber. »Seien Sie auf dem Weg in die Stadt besser vorsichtig. Diese Straße ist nicht die sicherste, besonders wenn Sarge sie für sich einnimmt.«

»Der fährt nicht zufällig einen schwarzen Kleintransporter, oder?«

Irma runzelte die Stirn. »Der alte Blechhaufen gehört auf den Schrottplatz.«

Sadie verkniff sich eine Antwort, als sie den prähistorischen Viehanhänger, der hinter der Bürohütte geparkt war, entdeckte. Der Anhänger sah ebenfalls wie ein geeigneter Kandidat für den Schrottplatz aus. Aber das sagte sie nicht laut.

»Kommen Sie, Sadie. Ich zeige Ihnen Ihre Fünf-Sterne-Unterkunft.«

Irma lachte über ihren eigenen Witz und zeigte auf einen ausgetretenen Pfad. Nach einigen Metern hielt sie an, um ihre Zigarre auszutreten.

»Sie sind in der letzten Hütte«, erklärte sie, während sie mit der Spitze ihres Stiefels die Zigarre in die Erde drückte. Sofort steckte sie sich eine neue an. »Sie auch?«

»Nein, danke. Ich rauche nicht.«

»Ja, ich auch nicht.« Irma grinste und zeigte dabei einen Mund voller Vernachlässigung und Fäulnis. »Ich schwöre jeden Tag, dass ich aufhören werde. Und dann zünde ich die nächste an. Üble Sache, wenn man den Teufel zu seinem besten Freund macht.«

Sadie schluckte. »Manchmal ist er unser einziger Freund. Sie kennen den Spruch: Den Teufel, den man kennt …« Irmas dunkle Augen bohrten sich in die ihren, und sie wechselte das Thema. »Ist sie das?«

Vor ihnen stand eine Hütte mit Gänseblümchengardinen, umgeben von einer Reihe von Pappeln.

Irma schüttelte den Kopf. »Ihre ist unten beim Fluss.«

»Da hinten gibt es einen Fluss?«

»Na ja, eigentlich gleicht er an einigen Stellen mehr einem Bach.«

Als sie an der Hütte vorbeigingen, fiel Sadie ein Schild über der Hintertür auf. Darauf stand nur ein Wort. *Frieden.*

Sie lächelte. »Ein schöner Name.«

»Die Idee meiner Tochter. Sie hat allen Hütten Namen gegeben. Sagte, es würde sie einladender machen.« Irma sah über ihre Schulter. »Funktioniert es?«

»Also, für mich schon«, antwortete Sadie amüsiert.

»Mein Büro heißt *Harmonie*«, erklärte Irma. »Hinter meiner Hütte stehen noch zwei weitere. *Hoffnung* nahe an der Straße und *Inspiration* tiefer im Wald. Dort unten befinden sich *Frieden* und *Unendlichkeit*.«

Sadie stolperte. Hatte sie richtig gehört?

»Unendlichkeit?«

Irma lächelte. »Die Hütte hat die beste Aussicht. Unbegrenzt.«

»Und das ist meine?«

»Ja, die Einzige, die noch frei ist.«

Sadie holte tief Luft. Der Zufall war beunruhigend.

»Zufälle gibt es nicht«, hatte ihre Mutter immer gesagt.

»Lebt Ihre Tochter mit Ihnen zusammen, Irma?«

»Nein. Sie hat den Laden hier geschmissen. Bevor sie und ihr werter Ehemann sich in die Großstadt davonmachten. Das Landleben war einfach nicht mehr gut genug für sie, nachdem sie ihn kennengelernt hatte. Besonders, nachdem die Kinder geboren wurden.«

»Wie viele Enkel haben Sie?«

»Fünf. Nachdem sie erst mal angefangen hatte, konnte Brenda einfach nicht aufhören. Spuckte fünf Jahre lang jedes Jahr eins raus.« Irma schnaubte. »Und jetzt unterrichtet sie sie auch noch zu Hause. In Edmonton, zum Teufel, wo es mehr als genug Schulen gibt. Allmächtiger Gott, das Mädchen hat nicht mehr alle Tassen im Schrank.« Bedächtig schüttelte sie den Kopf. »Schlägt ihrem Vater nach, Gott sei seiner schwarzen Seele gnädig.«

Sadie warf ihr einen mitfühlenden Blick zu.

»Clifford ist tot«, erzählte Irma. »Er hat Bullen bei der Calgary-Stampede geritten. Ist vor achtzehn Jahren vom alten Diablo zu Tode getrampelt worden. Blind wie eine Fledermaus war er.«

»Der Bulle?«

Irma grummelte. »Nein. Clifford. Der Mann konnte nicht die Hand vor Augen sehen.«

Sie gingen weiter, beide in ihre eigenen Gedanken versunken.

»Sie sind also ganz alleine hier draußen?«, fragte Sadie endlich.

»Ja, nur ich und die Ölarbeiter. Die wohnen in den anderen Hütten. Sie haben Glück, dass die meistens den ganzen Tag weg sind. Sie kommen nur zum Schlafen hierher, es sei denn, sie nehmen sich ein Zimmer in der Stadt. Aber die sollten Sie nicht belästigen. Außer mir werden Sie wahrscheinlich niemanden zu Gesicht kriegen.«

Sadie blieb an einem entwurzelten Baumstamm stehen. Ein beständiger Zug von Ameisen paradierte oben auf einer freigelegten Wurzel entlang, während eine dickbäuchige Spinne sich der Büfettlinie näherte. Sie erschauderte, als die Spinne sich eine Ameise, die zurückgefallen war, schnappte und sie verspeiste.

Die Starken überleben, dachte sie.

Irma winkte Sadie voran. »Wir sind beinahe da.«

Zwischen lichter werdenden Bäumen senkte sich der Pfad nach unten und öffnete sich schließlich auf einen gewundenen Fluss hin, der über Steine und um Baumstümpfe herumglitt. Er wiegte und wogte sich durch den Wald, an den letzten der störrischen Schneebänke vorbei. An einigen Stellen war er so schmal, dass das Wasser niedrig war. An anderen war der Fluss dunkel und tief.

Sadie fand die Aussicht atemberaubend.

»Das ist der Kimree«, sagte Irma.

Ein Aprilwind tänzelte über das Wasser und liebkoste Sadies Gesicht mit seiner kühlen Feuchtigkeit. Die Luft hatte einen leicht morastigen Geruch – nicht wirklich unangenehm, nur feucht und erdig. Sie erinnerte Sadie an den Screaming Eagle Cabernet Sauvignon.

»Sie können dem Pfad durch den Wald folgen oder die Treppe nehmen.« Irma zeigte auf eine Reihe rauer Stufen, die in den eisigen Grund gesetzt waren. »Mit vollen Händen ist es einfacher, am Wasser entlangzugehen. Ansonsten seien Sie vorsichtig. Diese Stufen sind glatt.«

In einvernehmlichem Schweigen spazierten sie Seite an Seite am Flussufer entlang. Es gab keine weiteren Gebäude mehr, keine Menschen. Sobald Irma zu ihrer Hütte zurückgekehrt wäre, würde Sadie ganz alleine sein.

Genau wie sie es sich gewünscht hatte.

»Da sind wir«, verkündete Irma stolz.

Sadie sah ihr neues Heim zunächst von der Seite. Die Blockhütte stand auf einer grasigen Anhöhe. Ihr hellgraues Dach glitzerte im Sonnenlicht. Zwei Seitenfenster waren von schweren weißen Fensterläden eingefasst. Eine kleine Veranda, deren vorderes Ende abgestützt war, hing über den Fluss hinaus. Eine blau-weiße Kühlbox, zwei abgenutzte Holzstühle und ein Tisch, tatsächlich ein massiver Baumstumpf, waren die einzigen Annehmlichkeiten der Veranda. In einem Terrakottatopf neben der Schiebetür stand eine Zwergzeder.

Sadie betrachtete ihr neues Heim. Von außen machte es nicht viel her, und sehr wahrscheinlich würde es innen auch nicht viel besser sein. Aber das beruhigende Rauschen des Flusses würde das erträglich machen.

»Sie haben nicht übertrieben, als Sie sagten, die Hütte wäre unten am Fluss«, lachte sie.

»Hoffen wir nur, dass keine Flut kommt«, warnte Irma sie.

»Eine Flut?«

»Ja. Vor einigen Jahren hatten wir eine Sturzflut. Die Blitze haben den Himmel meilenweit erhellt. Das war ein Sturm. Sollte uns noch einmal so einer heimsuchen, schließen Sie besser die Fensterläden. Hier draußen wird es ganz schön windig, und der Donner kann ziemlich laut werden.«

Sie kletterten die in die Erde getriebenen Stufen hoch und gingen um die Hütte herum. Bündel von Feuerholz waren hoch gegen eine Wand gestapelt, schützend abgedeckt mit einer verblassten dunkelgrünen Plastikfolie. Eine Angel und eine Öllampe lagen vergessen im Gras.

Bestürzt wandte sie sich an Irma. »Hier gibt es keinen Strom?«

»Nicht so weit hier draußen, meine Liebe. Ist das ein Problem?«

»Ich muss die Batterie meines Laptops und meines Handys laden.«

»Na ja, ich wollte mir zwar einen dieser super-duper Generatoren, wie Sarge einen hat, kaufen, aber ich kann's mir einfach nicht leisten. Tut mir leid.«

»Schon in Ordnung. Dann lade ich sie eben in der Stadt.«

Irma knurrte. »Sicher nicht in Cadomin. Da gibt's nur ein Geschäft, und diese Louisa ist ein absoluter Kontrollfreak. Die würde Ihnen nicht mal erlauben, das Klo zu benutzen, weil Sie keine Einheimische sind.« Sie wischte sich mit einer schmutzigen Hand über die Stirn. »Da müssen Sie schon nach Hinton, in Ed's Pub. Sagen Sie ihm einfach, ich hab Sie geschickt. Er ist mein Bruder.

Als sie sich der Hütte von hinten näherten, erblickte Sadie das Schild über der Tür: *Unendlichkeit*. Das erinnerte sie an Sam, ihr nächtliches Ritual.

»Sam«, flüsterte sie.

»Wer ist Sam?«, erkundigte sich Irma. »Ihre bessere Hälfte?«

»Nein, ähm …«

»Schon in Ordnung, meine Liebe. Hier wird er Sie nicht finden.«

Sadies Kopf wirbelte herum. »Was? Nein, Sie haben mich falsch verstanden.«

Irma schüttelte den Kopf. »Nein, das denke ich nicht. Warum wären Sie sonst hier am Ende der Welt? Ich kann's in Ihren Augen sehen, meine Liebe.«

»Was sehen Sie?«

Irma schloss die Tür auf. »Sofort, als ich Sie sah, sagte ich mir: Irma, das Mädchen ist vor jemandem auf der Flucht. Oder vor etwas Schrecklichem. Ich kann es in Ihren Augen sehen. Und Augen lügen nicht.« Sie drehte sich halb zu Sadie um. »Aber das geht mein neugieriges Selbst nicht das Geringste an.«

Die alte Frau drückte gegen die Tür. Sie knarrte protestierend, öffnete sich dann aber, und eine Wolke schwarzer Fliegen kam ihnen entgegen.

Und der Geruch des Todes.

»Allmächtiger Gott!«, fuhr Irma entsetzt zurück.

Sadie würgte. »Was ist das für ein Geruch?«

Achtzehn

Ihre Schritte wirbelten eine Wolke feiner Partikel – Staub, Spinnweben und der Himmel weiß, was sonst noch –, zusammen mit dem überwältigenden Gestank von verwestem Huhn, verfaultem Fisch und saurer Milch, vom schlammbedeckten Fußboden auf … Der Geruch erinnerte Sadie an die Zeit, als ihr Abfallzerkleinerer verstopft war und die Küchenspüle überflutet hatte.

Irma beeilte sich, das Fenster zu öffnen. »Tut mir so leid, meine Liebe. Ich wurde so in Brendas Probleme verwickelt, dass ich das Saubermachen hier ständig verschoben habe. Ich hätte wirklich eher kommen sollen.«

Ja, das könnte man wohl behaupten, wollte Sadie sagen. Was sie aber nicht tat.

Mit angehaltenem Atem ging sie durch den Raum, zog die schweren Vorhänge zur Seite und öffnete die Schiebetür zur Veranda. Licht drang in jede schmutzige Ecke vor, und für einen Moment war sie versucht, sich umzudrehen und zu gehen.

Aber wohin denn?

Ihr Mund verzog sich vor Ekel, als ihr Blick den Berg ungewaschenen Geschirrs in der Spüle und auf der Laminatarbeitsfläche, deren Beschichtung an einigen Stellen abblätterte, streifte. Der Abfalleimer in einer Ecke enthielt zwei fette, fliegenübersäte Fischköpfe sowie einen schleimigen schwarzen Klumpen von etwas ehemals Grünem – vielleicht Kopfsalat oder Spinat. Auf der Ablage neben der Spüle stand ein Campingkocher mit zwei Kochplatten, auf dem ein gusseiserner Topf verlassen der Dinge harrte. Sie sah hinein und bereute es umgehend. Der Boden des Topfes war mit etwas Braunem und Haarigem überzogen. Ein Festmahl für die schwarzen Fliegen, Fliegenlarven und die sich windenden weißen Maden, die sich darauf breitmachten.

Sie kämpfte schwer gegen den Würgreflex an. »Wann ist der letzte Mieter denn ausgezogen?«

»Vor ungefähr zwei Wochen. Er hatte es schrecklich eilig.«

»Ich hätte es auch eilig, wenn ich an einem Ort leben würde, der so fürchterlich riecht. Der Typ war ein Schwein.«

Sie starrte das Durcheinander von Laken auf der Schlafcouch an und die schmutzigen Socken und fleckigen T-Shirts, die überall auf dem Boden verstreut herumlagen.

»Warum hat er denn sein Zeug nicht mitgenommen?«

Irma zuckte die Schultern. »Er sagte, er hätte einen Notfall in der Familie.«

»War er auch ein Ölarbeiter?«

»Nein, 'ne Art Doktor, hat er zumindest behauptet. Aber ich sag Ihnen, der hätte keine Nadeln in mich gesteckt. Er hat schrecklich gezittert.« Irmas Blick überflog den Raum. »Ich glaube, der Kerl braucht eine Frau.«

»Oder eine Putzhilfe«, brummte Sadie.

»Kommen Sie, ich zeig Ihnen den Rest, meine Liebe. Da drüben ist das Schlafzimmer.«

Als Irma die Tür öffnete, war Sadie vom Zustand des Raumes schockiert. Er war makellos, sauber, vollkommen unberührt. Nur eine dünne Lage Staub bedeckte das Doppelbett, die Kommode und den Nachttisch. Am Fußende des Bettes befand sich ein kleiner, türloser Wandschrank, und ein rechteckiges Fenster, das auf den Wald hinausblickte, zierte die Außenwand.

»Sieht aus, als hätte er dieses Zimmer nicht häufig genutzt«, sprach Irma das Offensichtliche aus.

»Warum wohl?«

»Keine Ahnung. Das Bett hier ist viel bequemer als das Sofa. Das ergibt wenig Sinn.« Sie ging zum Schrank. »Hier ist frische Bettwäsche. Bringen Sie mir einfach die schmutzige Wäsche, und ich wasch sie bei Ed.«

Zurück im Hauptraum der Hütte, stach Sadie in einer Ecke des Wohnzimmers etwas ins Auge, was sie hier nicht erwartet hätte. Eine alte Standuhr. Sie war von einem soliden Spinnennetz überzogen, doch obwohl die vordere Glastür fehlte und das Holz einige Splitter aufwies, schien die Uhr noch zu funktionieren.

»Sie gehört meiner Schwiegermutter«, bemerkte Irma stirnrunzelnd. »Ich kann den Krach nicht ertragen – obwohl das verdammte Ding sowieso nicht jede Stunde schlägt, wie es soll. Sie wird sie doch nicht stören, oder?«

»Ich glaube nicht.«

»Gut, ich würde sie sowieso nicht umziehen.«

Irma führte sie ins Bad, das sich direkt neben der Küche befand. Es zeigte sich von seiner besten Seite mit der antiken Badewanne mit den Klauenfüßen und der funkelnagelneuen Toilette, die allerdings nicht so recht zur rustikalen Einfachheit der restlichen Hütte passten.

»Sie müssen das Badewasser kochen«, teilte Irma Sadie bedauernd mit. »Es gibt kein Warmwasser.«

»Das ist okay. Ich bin schon dankbar, dass es eine Toilette gibt.«

Irma hob ihr Kinn. »Ich bin immer noch davon überzeugt, dass es nichts Besseres gibt, als mit Mutter Natur im guten alten Klohäuschen zu kommunizieren.«

Das Klohäuschen kannst du behalten, dachte Sadie. Genau wie die Natur.

»Kaum zu glauben, dass der letzte Mieter Sie auf dieser Schweinerei sitzen gelassen hat.«

Irma kicherte leise. »Auf Ihrer Schweinerei, meine Liebe.« Sie überreichte Sadie den Schlüssel zur Hütte. »Sie sollten in jedem Raum eine Lampe finden, das Öl steht unter der Spüle. Soll ich Ihnen helfen, Ihre Sachen herzubringen? Es ist ein weiter Weg.«

»Ich schaffe das schon alleine.«

»Ja, Sie mussten schon mit mehr fertigwerden.« Eine Hand legte sich sanft auf ihre Schulter. »Wie ich schon sagte, meine Liebe, es steht in Ihren Augen geschrieben.«

Sadie verzog das Gesicht. Sie würde in Irmas Nähe sehr vorsichtig sein müssen.

»Dort ist die Feuerstelle zum Kochen und Wärmen«, fuhr die alte Frau fort. »Sie wissen, wie man ein Feuer anzündet?«

Sadie nickte.

Wenn es ums Feuermachen ging, war sie die Königin der Funken. Drei Jahre bei den Pfadfinderinnen und eine Vielzahl wilder Campingausflüge mit ihrem Vater und ihrem Bruder waren eine gute Schule gewesen. Die wenigen Male, die sie und Philip mit Sam campen waren, war es immer nur ihr gelungen, das Lagerfeuer anzuzünden – sehr zu Philips Missfallen.

Irma blieb in der Tür stehen und steckte ihre nächste Zigarre an. Der süße Rauch vermischte sich mit dem Sammelsurium unangenehmer Gerüche und überdeckte den Gestank … zumindest ein bisschen.

»Haben Sie noch Fragen, bevor ich gehe, Sadie?«

»Nur eine. Wie lagere ich verderbliche Lebensmittel?«

»Vor meiner Hütte steht ein alter Gefrierschrank. Sie dürfen ihn gern benutzen. Er hat zwar keinen Strom, aber ich fülle ihn jeden zweiten Tag mit Eis auf. Eigentlich macht Ed das für mich. Und nachts ist es immer noch kalt genug, um das meiste gefroren zu halten. Aber markieren Sie Ihre Lebensmittel, sonst essen die Männer sie Ihnen unter der Nase weg. Oh, und hier unten finden Sie einen Vorratskeller.« Sie zeigte auf einen abgenutzten Teppich neben dem Ohrensessel. »Gut, um Gemüse einzulagern.«

Sadie sah den Teppich abschätzend an. Nichts auf der Welt könnte sie dazu bringen, in einem muffigen Keller herumzuklettern. Wer konnte schon wissen, was da unten alles wuchs.

»Für kleinere Dinge können Sie natürlich auch immer die Kühlbox draußen nutzen«, fügte Irma hinzu. »Ich werde Ihnen einige Sachen bringen. Und wenn Sie sonst noch was brauchen, sagen Sie mir einfach Bescheid.«

»Ich werde schon zurechtkommen, Irma.«

»Das werden Sie sicher. Aber in diesem Wald kann es ziemlich einsam und still werden. Besonders für Stadtleute. Hier gibt es keine durchgehend geöffneten Schnellimbisse. Aber dafür kennen wir auch keinen katastrophalen Verkehr.«

»Da wir gerade von Verkehr reden. Kann mein Wagen bei Ihrer Hütte stehen bleiben?«

»Ja, solange Sie ihn nachts verriegeln. Schickimickiwagen wie Ihren bekommen wir hier nicht oft zu sehen. Und Sie wollen mich sicher nicht in Versuchung führen.« Irma ging nach draußen und ließ ihre gelben Zähne blitzen. »Ich wollte schon immer mal einen Sportwagen fahren.«

Nachdem die Frau gegangen war, fühlte sich Sadie merkwürdig verlassen. Doch ein Blick auf das Innere der Hütte ließ sie erkennen, dass sie bald viel zu beschäftigt sein würde, um sich einsam zu fühlen. Die Hände in die Hüften gestemmt, inspizierte sie den Raum voller Grauen. Ihr Gesicht war zu einer Grimasse verzogen.

»Jede Wette, du wirst deinen Staubsauger und deinen Swiffer vermissen.«

Unter der Spüle fand sie eine Rolle Mülltüten. Bettwäsche, Handtücher und Männerkleidung wanderten in die erste. Der Müll und drei Mausefallen, die ihre Arbeit getan hatten, landeten in einer anderen. Als sie eine halbe Stunde später die Haustür öffnete, standen eine Kiste mit Reinigungsmitteln, eine riesige blaue Taschenlampe, die mit *Unendlichkeits-Hütte* beschriftet war, Brennstoff für den Kocher, eine Karte und eine kurze Nachricht von Irma davor.

Hallo Sady,

hier sind einige Reinigungsmittel. Falls sie mehr brauchen, sagen sie nur Bescheit. Die Baterien der Taschenlampe sind neu, genau wie die Karte. Sie zeigt die Rute nach Hinton und Edson. Hinton ist näher. Der beste Laden für Lebensmittel ist Sobeys. Und die beste Leber mit Zwibeln, gebratenes Hühnschen oder Bratfisch mit Pommes gibt es in Ed's Pub.

P.S. Wegen dem Chaos, und weil sie die Schweinerei wegmachen, bezahlen sie einfach nur den halben Mai.

Irma

Knapp zwei Stunden später fiel Sadie erschöpft, aber zufrieden in den Ohrensessel. Das Innere der Hütte glänzte vor Sauberkeit, der Verwesungsgestank war durch frischen Orangengeruch ersetzt worden.

»Aber noch kannst du dich nicht zur Ruhe setzen«, ermahnte sie sich mit einem Seufzer.

Sie musste zweimal gehen, um die Koffer und die Reisetasche aus dem Mercedes zu holen. Flüchtig erwog sie den Gedanken, die Pistole im Auto zu lassen, aber dann stellte sie sich vor, wie Irma den Mercedes kurzschloss und eine Spritztour mit ihm unternahm, verfolgt von der Polizei.

Die Waffenkiste fand unter dem Doppelbett ein neues Zuhause.

Einen kurzen Moment erlaubte sie sich, an ihren Verwendungszweck zu denken. Sie musterte den Fußboden, stellte ihn sich vor bespritzt mit …

Ihr Kopf fuhr nach oben. »Denk nicht dran.«

Sie war ausgehungert. Das Einzige, was sie den ganzen Tag zu sich genommen hatte, waren ein fader Donut und Kaffee von der Tankstelle. Sie öffnete einen Schrank und inspizierte die drei Dosen – zweimal Thunfisch und einmal Feuerbohnen.

Ihr Magen rumorte. Sie warf einen Blick an die Wand über dem Spülbecken. Die Blumenuhr zeigte zehn Minuten vor sechs an. Genug Zeit, um in das Städtchen zu fahren und zurückzukommen.

Nachdem sie die Hütte gesichert hatte, ging sie durch den Wald zu ihrem Wagen und fuhr Richtung Hinton los. Irmas Karte folgend, umklammerte sie das Lenkrad, die Augen auf die schmale Schotterstraße vor sich geheftet. Glücklicherweise versuchte dieses Mal niemand, sie abzudrängen.

Sie schaltete einen Gang herunter, um eine unübersichtliche Kurve zu nehmen. Urplötzlich fiel die Straße nach unten ab und verlief nun parallel zum Fluss. Im Schneckentempo fuhr sie über eine wacklige Holzbrücke und genoss den Ausblick. Der Fluss floss dicht unter ihr, bahnte sich seinen Weg über den noch gefrorenen Boden um eine Biegung herum und verschwand außer Sicht. Rechts von ihr ragte ein graues Dach zwischen den Bäumen empor.

Sie sah genauer hin. Es war ihre Hütte. Da war sie sich sicher.

Eine plötzliche Bewegung auf der anderen Uferseite erregte ihre Aufmerksamkeit.

Ein Mann mit einem schwarzen Cowboyhut und einer knielangen schwarzen Jacke trat aus dem Wald. Er spazierte zum Fluss, bückte sich – vielleicht um sich die Hände zu waschen –, stand dann auf und streckte sich ohne besondere Eile.

Sie war sich sicher, dass es der Eigentümer des schwarzen Transporters war.

Sarge, so hatte Irma ihn genannt.

Der Kopf des Mannes drehte sich in Richtung der Brücke. In ihre Richtung. Er war zu weit weg, um sein Gesicht erkennen zu können, aber sie hatte nicht den Eindruck, dass er lächelte. Dann verschwand er erneut zwischen den Bäumen.

»Na toll!«, murmelte sie, als sie weiterfuhr. »Jetzt hält er mich für eine neugierige Nachbarin. Aber warte, Sadie, das bist du ja auch.«

Sie ließ die Brücke hinter sich, dankbar dafür, dass der Mann auf der anderen Seite des Flusses lebte. Das Letzte, was sie brauchte, waren Besucher.

Ed's Pub war ein ruhiger Ort, bis auf die extravagante Fünfzigerjahre-Musikbox, die Johnny Cashs *Walk the Line* von sich gab, und eine Handvoll Kunden – einige frisch von der Highschool –, die an drei Billardtischen am anderen Ende des Raumes Pool spielten. An einem Tisch nahe der Tür tranken zwei primitiv aussehende Männer in erdverkrusteten Overalls Bier und wischten dabei mit ihren struppigen grauen Bärten über die nasse Oberfläche des Tisches. Sie sahen wie Schatzsucher des Goldrauschzeitalters aus.

Als sie Sadie am Eingang bemerkten, sahen sie verblüfft hoch, und das Flüstern begann. Sie ignorierte sie und ging zur Bar, wo ein Mann mit dem Rücken zu ihr Flaschen vor einer Spiegelwand neu arrangierte. Als er sich umdrehte, wusste sie ohne Zweifel, dass dies Irmas Bruder war.

»Was kann ich für Sie tun, junge Dame?«, erkundigte er sich.

»Einen Eistee, bitte.«

Der Mund des Mannes verzog sich zu einem faltigen Lächeln. »Was macht ein hübsches Mädchen wie Sie an einem Ort wie diesem?«

Sie lachte. »Originalität ist nicht unbedingt eine Ihrer Stärken.«

»Schwer, als Zwilling originell zu sein.«

Der Mann war das exakte Ebenbild seiner Schwester: der gleiche schmale Körperbau, das gleiche kurze graue Haar und die gleichen dunklen Augen. Nur dass Irmas Augen sie ernsthaft und wissend angeschaut hatten, während Ed mit ihr flirtete, als er nach einem Glas unter der Theke griff und es mit Eistee füllte.

Er schob es ihr über die Theke zu. »Also, was machen Sie hier, außer mein Herz schneller schlagen zu lassen?«

»Ich beende ein Projekt. Dafür habe ich einen friedlichen Ort gesucht und deshalb eine der Hütten Ihrer Schwester gemietet.« Und nach einer kurzen Pause fügte sie hinzu: »Und wenn ich Ihr Herz schneller schlagen lasse, haben Sie heute Morgen vielleicht vergessen, Ihre Medikamente zu nehmen.«

»Ha, ha«, gluckste er. »Sie haben aber eine scharfe Zunge.«

»Das sagt mein Mann auch immer.«

Eds Gesicht zeigte seine Enttäuschung. Beinahe wäre sie in lautes Lachen ausgebrochen.

»Mist. Sie sind verheiratet?«

Da sie nicht beabsichtigte, ihm von der bevorstehenden Scheidung zu erzählen, streckte sie ihm die Hand entgegen. »Sadie O'Connell.«

»Ed Panych.« Er lächelte. »Also, Sadie O'Connell, damit haben Sie gerade all meine Hoffnungen zerstört.«

Sie grinste und tätschelte seine mit Leberflecken übersäte Hand, diejenige mit dem einfachen Goldring an seinem

Ringfinger. »Aber ich bin sicher, Ihrer Frau fällt ein Stein vom Herzen.«

Hinter ihrem Rücken brach Gejohle aus. Die Männer am Tisch hatten jedes einzelne Wort ganz unverfroren belauscht.

»Ja, da wird Martha sehr glücklich sein, Ed!«, rief ihm einer von ihnen zu. »Sie wird dich sicher nicht teilen wollen. Besonders, wo ihr doch gerade euren Fünfzigsten gefeiert habt.«

Ed winkte ab. »Ach, halt die Klappe, Bugsy. Ich hab die Lady nur auf den Arm genommen.«

Bugsy tuschelte mit einem seiner Begleiter. Der andere Mann brach in schallendes Gelächter aus, das in dem kleinen Pub laut widerhallte.

»Tut mir leid«, entschuldigte sich Ed leise.

»Kein Grund, sich zu entschuldigen.« Sie grinste und erhob ihre Stimme. »Wenn Sie nicht verheiratet wären, Ed …«

»Ach, ich bin doch viel zu alt für ein hübsches Mädchen wie Sie«, murmelte er verlegen vor sich hin und verschwand im Hinterzimmer.

Sadie saß gedankenverloren an der Bar, als die gewohnte nostalgische Traurigkeit sie überkam. Sie hatte immer geglaubt, dass sie und Philip zusammen alt werden, ihren fünfzigsten und sechzigsten Hochzeitstag feiern und auf identischen Schaukelstühlen nebeneinander auf der Terrasse sitzen würden.

Sie nahm einen langen Schluck aus dem Glas und leerte es. Nichts davon würde nun wahr werden.

Ed kam zurück. »Noch eins?«

»Nein, danke.« Sie kramte in ihrer Tasche und legte einige Münzen auf die Theke. »Irma sagte, Sie würden nichts dagegen haben, wenn ich meinen Laptop gelegentlich bei Ihnen einstecke. Um die Batterien zu laden. Ist das okay?«

»Meine Batterie können Sie jederzeit laden!«, rief Bugsy laut.

»Hey!«, bellte Ed. »Kein Wort mehr, du räudiger Hund. Oder ich dreh dir den Hahn zu.«

Bugsys schnurrbartiger Mund schloss sich fest.

»Wenn Sie Strom brauchen, melden Sie sich nur bei mir«, versicherte ihr Ed. »Und richten Sie Irma aus, dass ich Morgen früh mehr Eis vorbeibringe.«

Sie nickte zustimmend und ging nach draußen. Über ihr schien die Sonne. Ihre Strahlen spiegelten sich im Asphalt der Straße und auf jeder Metalloberfläche wider. Trotzdem lag immer noch eine kalte Brise in der Luft.

Hinton war kein Ort, an dem viel los war. Auf der Straße waren nur wenige Autos unterwegs. Sobeys Lebensmittelladen befand auf der gegenüberliegenden Seite, einen Block die Straße hinunter. Sie entschied, den Mercedes vor dem Pub stehen zu lassen. Der kleine Spaziergang würde ihr guttun.

Ohne Eile schlenderte sie über die Straße. Sie genoss die Stille, als ein kindliches Lachen sie veranlasste, sich umzudrehen. Eine Gruppe Teenager kam ihr entgegen. Die Mädchen kicherten, während die Jungen versuchten, cool auszusehen. Ein junger Kerl – ein Punk mit schwarz-lila Haaren – stolzierte mit solch einem wiegenden Gang daher, dass er John Travolta alle Ehre gemacht hätte. Sein Arm lag um die Schultern eines magersüchtigen, blonden, verwahrlosten Mädchens, das aussah, als ob der Aufenthalt in einer Reha ihm guttun würde.

»Gibt's 'n Problcm, Tussi?«, sprach sie der Junge an, als sie an ihr vorbeikamen.

»Nein«, murmelte sie und fragte sich, ob Sam je so geredet hätte.

Sie beeilte sich, Sobeys zu erreichen.

Eine halbe Stunde später war sie auf dem Weg zurück zum Wagen, bepackt mit vier Taschen voller Lebensmittel und einer Tasche aus dem nahe gelegenen Spirituosenmarkt. Nachdem sie die Wagentür geöffnet hatte, verstaute sie alle Taschen auf dem Beifahrersitz und im Fußraum.

Gerade als sie den Parkplatz verließ, schoss ein schwarzer Kleintransporter vor ihr um die Ecke. Er raste so schnell an ihr vorbei, dass ihre Windschutzscheibe von hochspringenden Steinen getroffen wurde, und kam dann quietschend vor der Tür des Pubs zum Stehen. Im Rückspiegel beobachtete sie, wie ein Mann mit Cowboyhut und einer langen Jacke aus dem Wagen sprang. Sogar von hinten erkannte sie ihn. Es war Sarge, der Idiot, der sie heute Nachmittag beinahe von der Straße abgedrängt hätte.

Und mein Nachbar von der anderen Flussseite.

Sie war versucht, ihm in den Pub zu folgen und ihm die Meinung zu sagen, aber dann verlor sie den Mut. Auseinandersetzungen waren nicht ihre Stärke. Das hatte sie bereits mehr als einmal bewiesen.

Neunzehn

»So. Das sollte eine Weile reichen.«

Sadie verstaute die letzte Packung Fleisch in dem altersschwachen Gefrierschrank vor Irmas Hütte. Die rostigen Scharniere kreischten, als sie den Deckel senkte. Sie zuckte zusammen und sah Irma an.

Die alte Frau lehnte an der Hütte und rauchte wie üblich ihre Zigarre.

»Ed hat versprochen, morgen mehr Eis vorbeizubringen«, richtete Sadie ihr aus.

Irma grunzte. »Und … hat er sich an Sie rangemacht?«

»Nur ein bisschen.«

»Man kann sich nicht ein bisschen an jemanden ranmachen, meine Liebe. Ed ist ein triebhafter alter Esel. Keine Ahnung, wie Martha es mit ihm aushält.« Irma hob ihre knochigen Schultern. »Aber im Grunde seines Herzens ist er harmlos. Hat nur ’ne große Klappe.«

»Ich kann auf mich selbst aufpassen, Irma.«

»Das bezweifle ich nicht im Geringsten. Passen Sie nur auf die Einheimischen auf. Besonders auf Sarge.«

»Sie meinen den Idioten im schwarzen Ford?«

Irma wurde von einem Hustenanfall geschüttelt. »Ja, genau der.«

»Wohnt er in der Nähe?«

Die Augen der alten Frau wanderten zu Sadies linker Hand. »Kein Ring?«

»Geschieden. Na ja …« Sie zuckte kurz mit den Achseln. »So gut wie.«

»Gibt kein …«

»… so gut wie geschieden«, beendete Sadie den Satz für sie.

»Eine Tochter wie Sie hätte ich gut gebrauchen können«, brummte Irma vor sich hin. »Sie sind heller als die meisten.« Nachdenklich verzog sie das Gesicht. »Sarge lebt auf der anderen Seite des Flusses, weiter unten. Er ist nicht verheiratet, falls Sie das fragen wollten.«

Sadie errötete. »Das wollte ich nicht.«

»Natürlich wollten Sie das nicht. Gehen Sie ihm aus dem Weg, meine Liebe. Er ist ein Einzelgänger, legt wenig Wert auf die Gesellschaft anderer Menschen. Besonders, seitdem seine Frau und seine Kinder tot sind.«

»Das ist ja schrecklich.«

»Eine fürchterliche Tragödie, das war es wohl.«

»Von denen gibt es viele. Kannten Sie sie gut?«

Irma nahm einen tiefen Zug von ihrer Zigarre. »Seine Frau Carrie war eine Freundin meiner Brenda. Obwohl Sarge nicht wollte, dass sie mit irgendjemand Kontakt hatte, selbst als er im Irak war. Ziemlich besitzergreifend der Mann. Und die Kinder … arme kleine Lämmer.«

»Was ist denn passiert?«

»Vor fünf Jahren brannte das Haus während eines starken Sturms ab. Nur Sarge kam mit dem Leben davon. Er verlor alles. Carrie. Seine Kinder. Hatte keine Versicherung. Hinterher war er so von Trauer überwältigt, dass er nicht mal das Haus abreißen ließ.«

»Was hat er damit gemacht?«

»Hat es einfach stehen lassen – was davon übrig ist. Ed sagt, er lässt keinen nahe rankommen oder überhaupt sein Grundstück betreten. Dieser Sarge … er ist nicht mehr er selbst. Kann mir nicht vorstellen, was das für ein Gefühl sein muss, wenn man die Menschen, die man liebt, nicht retten kann.«

Sadie verkrampfte sich. »Ich schon.«

»O nein. Es tut mir schrecklich leid. Ihr Mann?«

»Mein Sohn.« Sadie drehte sich um, um zum Wagen zurückzugehen. »Darüber kann ich nicht reden. Tut mir leid.«

»Die Leute sagen, dass ich gut zuhören kann, meine Liebe.«

»Danke, Irma. Aber ich bin hier, um zu vergessen.«

Sie hoffte, dass sie die Frau nicht beleidigt hatte, nahm die restlichen Taschen aus dem Wagen und schleppte sie den Pfad bis zu den Stufen hinunter, die sie vorsichtig überwand. Dann genoss sie den kurzen Weg entlang des Flusses. Es gelang ihr, die Hüttentür mitsamt ihren Tüten im Arm zu öffnen. Nachdem sie die Dosen im Schrank und Obst und Gemüse in der Kühlbox verstaut hatte, bereitete sie sich schnell einen Thunfischsalat zu, wickelte sich in eine Wolldecke ein und machte es sich auf einem der hölzernen Stühle auf der Veranda bequem.

Sie verfolgte den Weg der langsam untergehenden Sonne, während sie in Ruhe ihr Sandwich aß und auf den Fluss hinausblickte.

Sie dachte an Sam und wie sehr er die Natur liebte.

»Dir hätte es hier gefallen, Sam.«

Sie konnte nicht sagen, wie lange sie dort gesessen, den friedlichen kleinen Wellen des Wassers zugesehen und an Sam gedacht hatte. Ihre Gedanken schweiften nie lange von ihm ab. Manchmal fühlte sie sich beinahe von ihren krankhaften, krebsartigen Schuldgefühlen erdrückt.

Sie schüttelte die dunklen Schatten ab. »Ich vermisse dich, Sam.«

Einige Wasservögel spazierten am Flussufer entlang. Gelegentlich riefen sie einander etwas zu. Die kühle Luft streichelte ihr Gesicht. Wie sie so den frischen Duft der Kiefern und Tannen einatmete und dem Klang von Mutter Natur lauschte, fühlte sie sich lebendig und frei. Vollkommener Frieden umgab sie. *Himmlisch.*

Sie schloss ihre Augen … nur für einen Moment.

»Krächz!«

Sadies Augen flogen auf. Erschrocken keuchte sie auf.

Ein Rabe saß auf dem hölzernen Geländer der Veranda, seine Knopfaugen waren nicht weiter als einen Meter von ihr entfernt.

Er starrte sie an, unbeweglich.

»Verschwinde!«

Er legte den Kopf zur Seite und sah sie interessiert an.

»Dummer Vogel, hau ab!«

Sie wedelte mit der Hand, aber der Vogel hüpfte nur auf und ab. Ein merkwürdiges Verhalten für einen Raben, dachte sie.

Wieder stieß der Rabe einen heiseren Schrei aus.

»Nur damit du es weißt, ich hasse Vögel«, informierte sie ihn. »Es sei denn, sie sind paniert und gut durchgebraten.« Sie grinste albern.

»Krääächz!«

Sie stand auf und erwartete, dass die Bewegung den lästigen Störenfried vertreiben würde. Aber das tat sie nicht. Sie war versucht, näher an den Vogel heranzugehen, doch dann siegte ihr Verstand. Warum sollte sie das tun?

Vielleicht ist er krank. Vielleicht hat er die Vogelgrippe.

Den Raben ignorierend, streckte sie sich. Dann runzelte sie die Stirn. Das abnehmende Licht ließ sie erneut einen Blick über das Wasser werfen.

Es war spät. Sie hatte wohl eine Weile geschlafen.

»Muss wohl die Landluft sein.«

Sie ging zur Schiebetür und behielt dabei den Raben im Auge. Aufmerksam verfolgte er jede ihrer Bewegungen, was entnervend war. Sie stieß einen angehaltenen Atemzug aus und ging hinein. Dort zündete sie eine Öllampe an und sah auf die Uhr an der Wand. Zwanzig Uhr fünfundfünfzig.

Mit einem Seufzer sah sie sich im Raum um und begann, ein Feuer zu machen. Es gab keinen Fernseher und nicht viel anderes zu tun als zu schlafen. Im Moment war sie jedoch hellwach, und düstere Vorstellungen schlichen sich in ihre Gedanken.

Sie brauchte einen Drink.

Sie griff in den Schrank. Ihre Hand schwebte über den drei Flaschen Rotwein. »Nein. Euch hebe ich auf.«

Aus der Kühlbox nahm sie die Flasche Jamaika-Rum, die sie im Ort gekauft hatte.

Sie öffnete sie, goss einen guten Schuss in einen soliden silberfarbenen Reisebecher und füllte ihn mit einer Dose Cola auf. Dann machte sie es sich auf dem Sofa vor dem Kamin bequem.

Der Rum schluckte sich angenehm. Vielleicht zu angenehm. Sein weicher Unterton wärmte sie. Ihr Körper kribbelte. Sie genoss den betäubenden Effekt, der ihr eine willkommene Atempause von der ständigen Qual und Trauer bot, die ihr überallhin folgten.

Sie stand auf und schenkte sich noch einen Drink ein. »Dieses Mal behalte ich die Kontrolle.«

Sie hörte Philips verurteilende Stimme. »Mach dir nichts vor, Sadie. Du bist Alkoholikerin. Ein Drink ist nie genug.«

»Ich kann aufhören, wann immer ich will, Philip. Ich will nur nicht.« Sie lachte leise vor sich hin. »Ist mit sich selbst zu reden ein Zeichen von Wahnsinn?«

Nur, wenn du dir auch antwortest.

Das hatte ihre Mutter immer gesagt.

Sadie leerte ihren zweiten Becher Rum und schenkte sich den nächsten ein.

Der Schein der Lampen und des glimmenden Kamins fiel über die hölzernen Wände und überzog sie mit einem goldenen Glanz. Dennoch fehlte dem Zimmer etwas Reales, etwas Greifbares, etwas, das sie nicht genau identifizieren konnte.

»Was fehlt hier?«

Die Antwort kam aus dem Nichts, klar wie Gletscherwasser.

Unbeholfen schleppte sie sich ins Schlafzimmer. Einige Minuten später kehrte sie mit drei Fotografien ins Wohnzimmer zurück. Ein kleines Bild von Sam fand seinen Platz auf dem Wohnzimmertisch, eines von Leah schmückte den ovalen Tisch beim Ohrensessel.

Sadie lächelte ihrer Freundin traurig zu. »Tut mir leid, liebste Freundin.«

Leah würde sie hassen, wenn all dies vorbei war.

Sie hielt das Porträt von Sam fest in der Hand und schluckte schwer. »Du brauchst einen besonderen Platz, kleiner Mann.« Ihr Blick wurde von der leeren Wand über dem prasselnden Feuer angezogen.

»Perfekt.«

Sie rückte einen Stuhl zum Kamin hinüber und hängte das Porträt über den Kaminsims. Sams süßes, lächelndes Gesicht starrte auf sie herab. So voller Leben. Sie küsste zwei Fingerspitzen und presste sie gegen Sams Lippen.

»Ich liebe dich«, versicherte sie ihm leise.

Hinter ihr knarrte eine Holzdiele.

Schnell warf sie einen Blick über ihre Schulter und fiel dabei fast vom Stuhl. Sie lauschte aufmerksam. Nichts. Sie sah zur Schlafzimmertür. Sie war geschlossen. Hatte sie sie so zurückgelassen?

Sie schnaubte. »Jetzt fängst du schon an, Gespenster zu sehen, Sadie.«

Sie öffnete die Tür, trat ein und stellte die Lampe auf die Kommode. Dann ging sie auf dem Holzfußboden in die Knie, hob die Tagesdecke an und schaute unter das Bett.

Die Zedernkiste war noch da.

Beim Aufstehen wurde ihr schwindlig, und sie stieß mit der Hüfte gegen die Kommode. Dabei warf sie beinahe die Lampe um.

Sie kicherte. »Wohl leicht beschwipst, was?«

Ein entferntes Kinderlachen ließ sie aufhorchen.

Sadie sprang auf. »Hallo?«

Wieder ein leises Lachen.

Sie stürmte mit hoch erhobener Lampe aus dem Schlafzimmer. In der Mitte der Hütte drehte sie sich im Kreis. »Sam?«

Niemand da.

Sie machte ein halbes Dutzend unsicherer Schritte zum Küchenfenster. Das Einzige, was sie draußen sah, war Nebel, dick wie Erbsensuppe, der kräftige Baumstämme umarmte, und die Sichel des Mondes, die gelegentlich zwischen bedrohlichen Wolken hervortrat.

Bums!

Sie drehte sich um. Ein verschwommener Schatten bewegte sich auf der anderen Seite der Schiebetür, vor der der Vorhang zugezogen war. Mit schnellen Schritten durchquerte sie das Zimmer und riss die Gardinen rasch zurück. »Wer ist da?«

Draußen war es so dunkel, dass sie nur den Schatten des Tisches und der zwei Stühle erkennen konnte. Ansonsten war die Veranda leer.

Sie öffnete die Tür und trat nach draußen.

Direkt in einen frischen Haufen Erde.

Der Übeltäter war schnell gefunden. Die Zwergzeder war umgekippt. Klumpen loser Erde lagen neben dem Terrakottatopf.

Ein Schauer kroch ihren Rücken hoch.

Jemand oder etwas hatte ihn umgeworfen.

Beunruhigt blinzelte sie in die Schatten, aber nichts außer dem Fluss rührte sich. Die Luft war kühl, aber ruhig. Es wehte kein Wind. Nahe dem Wald schwebte ein feiner, durchsichtiger Nebelvorhang etwa dreißig Zentimeter über dem Boden.

Ein weißer Streifen huschte zwischen den Bäumen hindurch.

Sie blinzelte. »Was zum Teufel?«

Da draußen bewegte sich etwas.

Ihre Jacke hing an einem Haken neben der Tür. Sie schnappte sie und fuhr in ihre Stiefel. Dann griff sie suchend nach der Taschenlampe auf dem Regal über ihrem Kopf.

»Okay«, flüsterte sie. »Wo versteckst du dich?«

Da!

Vorsichtig ging sie über die Veranda. Das Licht der Taschenlampe streifte den Waldrand.

Was immer das weiße Ding auch war, es flackerte und erschien dann erneut hinter einem Baum einige Meter entfernt.

»Hallo?«, rief sie. »Wer ist da?«

Eine schmächtige Figur, eingehüllt in einen gespenstischenen weißen Umhang, trat aus dem wirbelnden Nebel. Ein Kind. Sadie konnte nicht erkennen, ob es ein Junge oder ein Mädchen war. Sie konnte nicht einmal einen Arm oder ein Bein ausmachen.

Ein erneutes Kichern hing in der Luft.

Sadie rannte die Stufen hinunter und über die Wiese auf die Gestalt in Weiß zu. Sie betete, dass sie menschlich wäre.

Und was, wenn nicht?

Ermutigt durch den Alkohol, ließ sie das Licht über die Bäume kreisen.

»Irma! Wenn Sie das sind, das ist nicht lustig.«

Die Gestalt war verschwunden.

»Vielleicht hast du dir alles nur eingebildet. Vielleicht bist du nur betrunken.« Sie stieß ein verächtliches Schnauben aus und trottete zurück. »Was hat du dir nur dabei gedacht, Sadie? Dass du einfach in den Wald spazieren könntest, nachdem ein Geis…?«

Vor der Schiebetür lag etwas.

Sadie brachte das Licht näher heran. »Ein Schokoladenriegel?«

Verwirrt hob sie den Schokoladenriegel auf und sah ihn sich genauer an. Ihre Lieblingsschokolade. Ein Hersheys-Riegel.

Aber wer würde ihr hier draußen Süßigkeiten schenken?

Zwanzig

Als sie am nächsten Morgen aufwachte, hatte sie nur zwei Dinge im Kopf: die Kopfschmerztabletten zu finden und den schrecklichen Geschmack, der ihre Zunge verklebte, loszuwerden.

»Widerlicher Mundgeruch!«, brummte sie vor sich hin und rollte aus dem Bett.

Sie zitterte vor Kälte und zog ihren Bademantel über dem abgenutzten T-Shirt, in dem sie geschlafen hatte, fest zu. Dann ging sie in das kleine Bad. Der Anblick ihres verhärmten Spiegelbilds ließ sie innehalten.

»Du … siehst … schrecklich aus.«

Behutsam fasste sie in ihr verfilztes Haar. Die kurzen Locken waren ihr fremd, und sie konnte nicht entscheiden, ob sie sie älter oder jünger aussehen ließen. Nichtsdestotrotz, sie sah grauenhaft aus.

»Gott sei Dank kann Philip dich jetzt nicht sehen.«

Sie lehnte sich vor, hob ihren Pony hoch und studierte die markante Narbe, die auf ihrer blassen Stirn deutlich hervortrat – mit den besten Wünschen des *Nebels*. Ihre Augen – die gleichen blauen Augen wie Sams – starrten ihr entgegen, leer und müde, mit Tränensäcken unter den Augen, die so aufgeschwemmt waren, dass sie Barbie-Kissen ähnelten.

»Sieht aus, als ob dir ein ausgesprochen schlechter Tag bevorsteht.«

Da sie ihre Koffer noch nicht ausgepackt hatte, benutzte

sie die Zahnpasta, die der letzte Mieter zurückgelassen hatte, und drückte etwas davon auf ihren Finger. Sie verrieb sie über Zähne und Zunge und spuckte den Rest aus. Als ihre Hand, die nach dem Handtuch tastete, ins Leere griff, fluchte sie leise vor sich hin. Sie hatte vergessen, frische Handtücher aufzuhängen.

Sie trocknete ihren Mund am Ärmel ab. »Zeit, diesen Ort in ein Zuhause zu verwandeln, wenn auch nur in ein vorläufiges. Du könntest einige Dinge gebrauchen.«

Ihr Spiegelbild machte ein düsteres Gesicht. »Zum Beispiel einen Schönheitschirurgen.«

Nach einer schnellen Katzenwäsche mit warmem Wasser aus dem Kessel zog sie die Jeans vom Vortag an, ein frisches T-Shirt und einen Pullover, den ihre Mutter ihr gestrickt hatte. Im Wohnzimmer legte sie ein paar Späne und Holz in die noch heiße Glut des Kamins nach. Dann machte sie eine Kanne Kaffee und begann mit der unangenehmen Aufgabe, ihre Koffer auszupacken. Und das alles, während sie angestrengt versuchte, den Hersheys-Schokoladenriegel auf der Küchenablage zu ignorieren.

Hatte Irma ihn vor die Tür gelegt?

Im Schlafzimmer hievte sie einen Koffer aufs Bett und füllte drei Schubladen der Kommode. Den anderen Koffer verfrachtete sie in die Küche. Sie öffnete ihn und packte die Malutensilien und das Manuskript von *Die verrückte Fledermaus* aus. Die Plastikschachteln mit den Zeitungsausschnitten fanden einen Platz auf dem Wohnzimmertisch.

Ihre rasenden Kopfschmerzen bekämpfend, sank sie in den Ohrensessel und nahm Leahs Foto in die Hand. Ihre beste Freundin – ihre Seelenverwandte – grinste sie mit braunen, funkelnden Augen an. Über ihrem Kopf hing ein buntes Geburtstagsspruchband.

Das Foto war drei Jahre alt. Es stammte von dem Abend,

an dem Sadie eine Überraschungsparty für sie veranstaltet hatte. Leah war vollkommen ahnungslos, als Sadie sie mit der Entschuldigung, dass sie keinen Babysitter für Sam finden konnte, zu sich zum Abendessen einlud. Einige von Leahs Freunden und ihre Familie hatten sich vor ihrer Ankunft in der Küche versteckt, aber sobald Leah auf der Couch saß, überraschten sie sie. Leah sah aus, als hätte ihr gerade jemand mitgeteilt, sie habe im Lotto gewonnen. Der einzige Misston des Abends war, dass Philip unerwartet nach Hause kam, weil ein Geschäftstermin abgesagt worden war. Glücklicherweise zog er sich in sein Büro zurück. In der Zwischenzeit hatte Leah so viel getrunken, dass sie sich oben ausruhen musste, während Sadie die Gäste unterhielt. Dann war sie früh gegangen, weil sie sich nicht wohlfühlte. Sadie musste Philip dazu überreden, sie nach Hause zu fahren.

Ein bittersüßer Seufzer entschlüpfte ihr. »Zuhause.«

Sie hatte kein Zuhause. Nicht mehr. Das Leben in Edmonton schien so weit weg, so lange her zu sein.

Sie stellte Leahs Bild wieder auf den Tisch und lehnte sich zurück. Mit geschlossenen Augen fragte sie sich: »Und was stellst du jetzt an?«

Ein Klopfen an der Hintertür brachte ihr die Antwort.

Irma stand auf der Terrasse, eine blaue Mütze tief über Kopf und Ohren gezogen. »Ich dachte, Sie hätten vielleicht Lust, mit einer alten Witwe einen Spaziergang zu machen.«

»Wenn Sie mit einer geschiedenen Schriftstellerin gehen wollen«, antwortete ihr Sadie trocken, während sie nach ihrer Jacke griff.

Irma steckte sich eine Zigarre an und entließ eine Rauchwolke in die klare Luft. »Was schreiben Sie, schlüpfrige Romanzen?«

»Nein, das ist das Spezialgebiet meiner Freundin. Ich schreibe vorwiegend Kriminalromane.«

»Aha«, nickte Irma zustimmend. »Nichts geht über ein gutes Rätsel.«

Vor Sadies geistigem Auge tauchte das Bild des Schokoladenriegels auf.

»Ich habe einen Hersheys-Riegel auf der Veranda gefunden«, sprudelte es aus ihr heraus.

Irma kicherte. »Muss von einem der Männer stammen. Anscheinend haben Sie einen Verehrer.«

Schweigend wanderten sie durch den Wald. Sadie fühlte einen unerwarteten inneren Frieden. Ihre Kopfschmerzen verschwanden rapide. Durch die frische Landluft angeregt, fand sie den Mut, Irma etwas zu fragen.

»Sie sagten, Sie haben Enkel. Sind die im Moment zu Besuch hier?«

Die Zigarre hing in Irmas Mundwinkel. »Die sind in Edmonton. Kommen nicht vor den Sommerferien zurück. Warum fragen Sie?«

Sadie blickte starr auf die eisigen Steine unter ihren Füßen.

Sollte sie Irma erzählen, was sie letzte Nacht gesehen hatte?

»Was ist mit den Ölarbeitern?«, fragte sie. »Hat einer von denen Kinderbesuch?«

Irma schnippte die Kippe ihrer Zigarre in den Fluss. »Nein. Das nächste Kind lebt im Ort.« Sie beäugte Sadie argwöhnisch. »Woher denn das plötzliche Interesse an Kindern?«

»Ich dachte, ich hätte jemanden gesehen. Im … Oh, schon gut.« Sadie stöhnte. »Ich glaube, ich habe gestern Abend zu viel getrunken.« Aber sie konnte den Hersheys-Riegel nicht vergessen, den sie in die Kühlbox geworfen hatte.

»Alkohol bringt Sie um«, verkündete Irma, während sie die nächste Zigarre ansteckte.

Sie spazierten am Flussufer entlang und unterhielten sich über das Wetter und andere Nebensächlichkeiten. Als sie sich der Biegung des Flusses näherten, fiel Sadie eine Reihe flacher Steinplatten auf, die im Abstand von etwa sechzig Zentimetern halb im Wasser lagen. Die Entfernung schien zu regelmäßig, um ein natürliches Phänomen zu sein.

»Trittsteine?«, fragte sie.

Irma sah sich die Steinbrücke an. »Ja. Sarge hat sie gelegt. Damit seine Kinder Brenda und mich besuchen konnten. Das geht schneller, als der Straße folgen zu müssen.«

Sadie stoppte am Ufer des Flusses und beschattete ihre Augen mit einer Hand, damit die stechende Sonne sie nicht blendete.

»Das Wasser scheint recht hoch zu stehen«, bemerkte sie.

»Das Tauwetter. Sehen Sie den Findling dort?« Irma zeigte über den Fluss. »Falls das Wasser je die orangefarbene Linie erreicht, ist es Zeit zu packen und Richtung Cadomin zu ziehen. Bevor die Brücke in die Stadt unterspült wird.«

Sadie sah auf den Fluss. »Wie oft tritt er übers Ufer?«

»So alle drei bis vier Jahre.«

Auf dem Rückweg hallten Irmas Worte in Sadie nach. Sie würde wachsam sein müssen. Eine Flut würde ihre Pläne ruinieren.

»Danke für den Spaziergang«, sagte sie, als sie wieder an der *Unendlichkeits-Hütte* angekommen waren.

Irma sah sie herausfordernd an. »Sie sind zu jung, um sich von der Welt zurückzuziehen, meine Liebe. Das Leben will gelebt werden. Vergessen Sie das nicht.« Mit einem Winken machte sie sich auf den Weg.

Den Rest des Nachmittags überarbeitete Sadie das Manuskript von *Die verrückte Fledermaus*. So lange, bis ihr Laptop aufgab. Stirnrunzelnd schob sie ihn zur Seite. Sie durfte nicht vergessen, am nächsten Tag in den Ort zu gehen, um den Akku aufzuladen.

Ihr Abendessen bestand aus einem großen Chefsalat mit geriebenem kanadischen Cheddar und gewürfeltem Speck. Sie dachte an Philip, als sie auf dem Sofa vor dem Kamin saß. Er wäre erschüttert gewesen, hätte sie ihm einen Salat zum Abendessen vorgesetzt. Er erwartete Hausmannskost. Essen zu bestellen war schon schlimm genug. Und der Himmel möge verhüten, dass sie nicht wie normale Leute am Esszimmertisch aßen.

Ein verschmitztes Lächeln flog über ihr Gesicht. »Zur Hölle mit normal.«

Nachdem sie das Geschirr gespült hatte, streckte sie sich auf dem Sofa aus und starrte in die Flammen. Es war schwer, dem Impuls zu wiederstehen, in sie hineinzuspringen. In einer Hand hielt sie ihr Handy, in der anderen ein Glas Rum mit Cola.

»Du schaffst das. Heute Abend gibt es nur einen Drink.«

Zuerst rief sie ihre Eltern an. Sie machten sich Gedanken um sie, verständlicherweise, aber sie versicherte ihnen, dass sie einen kurzen Urlaub mache und sich viel Ruhe gönne.

»Du hörst dich gut an«, gab ihr Vater zu.

Seltsamerweise fühlte sie sich wirklich gut. Tatsächlich war ihr Verstand nie schärfer gewesen.

»Ich hab dich lieb, Papa. Dich auch, Mama.«

Nachdem sie einige Worte mit ihrer Mutter gewechselt hatte, beendete sie das Gespräch und sah auf den Drink in ihrer Hand, den sie langsam im Glas herumschwenkte.

»Nur noch einen Anruf«, redete sie sich gut zu, während sie den letzten Schluck hinunterstürzte.

Aber diese Nummer konnte sie einfach nicht wählen.

Eine halbe Stunde später, nach ihrem dritten Glas, überwand sie sich. Nachdem sie dem Mann am anderen Ende erklärt hatte, dass der Anruf wichtig sei – eine Familienangelegenheit –, wurde sie in die Warteschleife gestellt, während ein Wärter Philip holte und zum Telefon begleitete.

»Sadie? Ich habe mich schon gefragt, wann du …«

»Ich wollte dir nur sagen, dass du mich eine Weile nicht erreichen wirst, Philip. Ich habe keinen Strom.«

»Was meinst du damit? Wo bist du?«

Sie nahm einen langen, bedächtigen Schluck.

Wo war sie? Nirgendwo.

»Sadie, ist alles okay?«

Sie starrte auf Sams Foto. »Ja, mir geht es gut.«

»Ich habe gehört, dass du meinen Wagen genommen hast.« Seine Stimme klang gepresst, kontrolliert.

»Wie zum Teufel …? Du hast mit Leah geredet. Wieso denn das?«

»Egal, warum. Hör zu, Sadie. Im Kofferraum befinden sich einige wichtige Dokumente. Würdest du sie bitte einpacken und mir sofort zuschicken?«

»Sicher«, versprach sie leicht verärgert. »Sobald ich das nächste Mal in den Ort fahre.«

»Verdammt, das hätte ich beinahe vergessen. Der Anlasser hat ein Problem.«

»Der Anlasser?«

»Am Wagen. Falls er den Geist aufgibt, wirst du ihn in die nächste Werkstatt bringen müssen.«

Eine lange Pause folgte.

»Sadie, brauchst du …?«

»Nein. Ich brauche nichts. Ich muss jetzt Schluss machen.«

»Warte! Sag mir, wo du …«

»Mein Handy hat keinen Saft mehr«, log sie. »Tschüss, Philip.«

Sie beendete das Gespräch und fragte sich, warum sie ihn überhaupt angerufen hatte. Vielleicht, damit er keine

Vermisstenmeldung aufgeben und jemanden hinter ihr her schicken würde. Sie war versucht, Leah anzurufen, um ihr ordentlich die Meinung zu sagen. Aber Mut war nicht ihre größte Stärke.

Letztendlich fand sie Trost im nächsten Glas Rum.

Pur.

Ein Vogel schrie vor ihrem Schlafzimmerfenster, ohne Rücksicht auf die Bewohnerin drinnen. Als sich das lärmende Kreischen einen Weg in ihre ruhelosen Träume bahnte, rollte Sadie auf den Bauch und zog sich die Decke über den Kopf.

»Kräächz!«

»Halt den Schnabel!«

Sie stöhnte und verzog das Gesicht. Ihr Kopf dröhnte, als ob er in einen Schraubstock gepresst worden wäre. Sie warf die Decke zurück und öffnete ihre schmerzenden Augen. Zu ihrer großen Erleichterung war es im Schlafzimmer dunkel. Nur die batteriebetriebene Uhr auf dem Nachttisch verströmte ein wenig Licht. Die doppelseitigen Vorhänge waren ein Segen. Aber selbst die konnten das ununterbrochene Gekreische des Vogels nicht dämpfen.

Sie stützte sich auf die Ellbogen und sah auf die Uhr.

»Zwei Uhr morgens? Das kann ja wohl nicht wahr sein.«

Der nächste Schrei brachte sie auf die Beine.

»Okay, Schluss mit dem Unsinn!«

Sie zündete die Lampe an und ging in der Absicht zum Fenster, diesen lästigen Quälgeist zu verscheuchen. Mit einer Hand zog sic dic Gardincn zurück. Dic Dunkclhcit, dic dort draußen herrschte, überraschte sie. Aber was sie wirklich in Panik versetzte, waren die zwei schwarzen Augen auf der anderen Seite des Fensters.

Der Rabe – derselbe wie gestern Abend – starrte sie an.

»Verschwinde!« Sie klopfte gegen das Fenster, aber der Vogel rührte sich nicht. »Himmel! Was ist denn dein Problem?«

Der Rabe schrie noch einmal. Dann schlug sein Schnabel gegen das Glas.

Klopf! Klopf!

Sie widerstand dem Drang, das verdammte Vieh zu erdrosseln. Aber nur knapp.

»Führ mich nicht in Versuchung, du schwarz gefiederte Plage.«

Sie wollte sich gerade vom Fenster zurückziehen, als sie bemerkte, wie sich etwas in den Büschen nahe den Stufen zur Hintertür bewegte.

»Da draußen ist jemand.«

Sofort war sie stocknüchtern. Entschlossen zog sie im Wohnzimmer Jacke und Stiefel an und schlich dann auf Zehenspitzen zur Schiebetür.

»Mir nachzuspionieren, ist das der Plan? Das glaube ich nicht.«

Ungehindert öffnete sie die Tür und trat mit einer Taschenlampe und einem eisernen Feuerhaken bewaffnet auf die Veranda hinaus. Sie wartete. Dann bewegte sie sich vorsichtig einen Schritt vorwärts. Der Lichtstrahl streifte etwas.

Neben ihrem Fuß lag eine Illustrierte.

Sie hob sie auf und blätterte sie durch. Eine Illustrierte, die auf glänzenden Fotos die besten Fischgründe Kanadas beschrieb.

Sie dachte an den Hersheys-Riegel in der Kühlbox.

»Was zum Teufel geht hier vor?«

Jemand kicherte ganz in der Nähe.

Sadie schaltete die Taschenlampe aus. Der Mond und seine Reflexion im Fluss spendeten ihr genug Licht, um die Stufen hinunter und die grasige Fläche vor ihr sehen zu können. Vorsichtig bewegte sie sich zur Hintertür, so nahe wie möglich an der Hüttenwand entlang. Ihre Stiefel gaben leise knirschende Geräusche von sich. Sie hielt den Atem an, in der Hoffnung, dass, wer immer auch dort draußen war, sie nicht hören konnte. Trotz der kühlen Nachtluft begannen ihre Handflächen feucht zu werden, was es ihr schwermachte, den Feuerhaken festzuhalten. Zweimal ließ sie ihn beinahe fallen.

Sie hielt inne, lauschte angestrengt.

Nicht weit von ihr entfernt hörte sie leise Laub rascheln. Dann schoss ein weißer Blitz, flink wie ein Wiesel, zwischen den Bäumen hindurch.

Das Geisterkind von gestern Nacht?

Entschlossen folgte sie der Erscheinung, einen Fuß vor den anderen setzend. Als sich das Gelände absenkte, taumelte sie nach vorne. Ihr Fuß hing eine Sekunde lang in der Luft. Sie verlor die Balance, warf einen Arm um einen Baumstamm und wirbelte im Halbkreis wie ein Squaredancer auf einem Scheunenball um ihn herum.

Nach Luft schnappend, spähte sie ins Dunkle.

Wo bist du, verdammt noch mal?

Dann sah sie das Kind – falls es tatsächlich ein Kind war – halb versteckt hinter einem Baum. Sadie machte sich ganz klein und wartete, bis der weiße Schatten sich bewegte und endlich in den Wald floh. Sie schaffte es ohne weitere Zwischenfälle zum Baum und lehnte sich dagegen.

»Das ist doch verrückt«, schalt sie sich selbst. »Was machst du denn?«

Schnell presste sie die Hand über ihren Mund, zum einen, um die Laute zu dämpfen, zum anderen, um den Hauch ihres heftigen Atems zu verbergen. Das Herz klopfte ihr so laut in der Brust, dass sie überzeugt war, jeder könnte es hören.

Der weiße Schatten war direkt vor ihr.

Mithilfe des Mondlichts folgte Sadie ihm tiefer in den Wald hinein.

Nur noch fünf Meter.

Mit einem Blick über die Schulter versicherte sie sich, dass sie das Licht der Hütte immer noch sehen konnte. Es schien weit entfernt zu sein. Dennoch schlich sie weiter vorwärts. Das Geräusch des Flusses, der über die Steine floss, übertönte ihre Schritte. Sie hob den Feuerhaken hoch über ihren Kopf und machte einen weiteren Schritt. Dann brach ein Ast unter ihren Stiefeln.

Vor ihr murmelte jemand etwas Unverständliches.

Sadie schaltete die Taschenlampe an.

Ein engelsgleiches Gesicht mit weit aufgerissenen Rehaugen starrte sie an.

»Was machst du denn hier draußen?«, fragte Sadie sie erstaunt.

Einundzwanzig

Vor ihr stand ein Mädchen – vielleicht acht oder neun Jahre alt –, von Kopf bis Fuß in ein weißes Badehandtuch gehüllt. Darunter trug sie ein weißes Baumwollnachthemd mit einem gelben Smiley auf der Brust.

Augen wie flüssige blaue Seen blinzelten einmal und dann ein zweites Mal unter dicken, dunklen Wimpern. »Es tut mir leid«, erklärte das Mädchen mit zitternder Stimme.

»Was tut dir leid …?«

Ein heftiger Schlag traf Sadies Rücken. Feuerhaken und Taschenlampe flogen durch die Luft. Während sie fiel, warf sie die Arme nach vorne, um den Sturz abzufangen. Sie schlug mit den Knien zuerst auf den gefrorenen Boden auf und fiel dann auf den Bauch. Ihre Handflächen rutschten weiter, brannten. Mit einem schmerzvollen Stöhnen schloss sie die Augen. Das Herz klopfte wie wild in der Brust.

Es wäre so einfach, hier liegen zu bleiben … hier zu sterben.

Schritte stolperten durch den Wald – weg von ihr. Sie hob den Kopf, sah aber nur fliehende Schatten. Ihre Fingerspitzen fanden kaltes Metall. Sie zog den Feuerhaken an sich, kämpfte sich mühsam auf die Beine und suchte nach der Taschenlampe.

Die sie nirgends finden konnte.

»Warte! Wer bist du?« Sie neigte den Kopf, lauschte, aber der Wald war still. »Ich will dir nichts tun. Ich will nur …«

Was wollte sie?

Sie wandte sich in die Richtung, die, wie sie hoffte, zur Hütte führen würde. In der alles umfassenden Dunkelheit konnte sie sich nicht sicher sein. Vorsichtig suchte sie ihren Weg zwischen Büschen und Bäumen hindurch. Gelegentlich blieb sie stehen und ortete den Fluss. Als sie endlich dem Wald entkam, fand sie sich am Ufer wieder, nur wenige Meter von der Hütte entfernt. Mit schnellen Schritten ging sie auf sie zu, nicht ohne ängstliche Blicke hinter sich zu werfen.

Jemand hatte sie angegriffen. Aber wer?

Sie hatte einen kräftigen Körper hinter sich gespürt, aber nichts gesehen oder gehört. Außer dem Mädchen.

»Hier gibt es keine Kinder«, brummte sie vor sich hin. »Ganz recht, Irma.«

Ganz offensichtlich hatte jemand, der in der Nähe lebte, eine Tochter.

Die *Unendlichkeits-Hütte*, wie sie in ihrer Abgelegenheit unbehelligt vor ihr stand, hieß sie willkommen. Sie verfluchte sich selbst dafür, die Taschenlampe verloren zu haben, tastete im Dunkeln nach der Öllampe und zündete sie an. Mit festen Schritten ging sie zur Hintertür und legte den Sicherheitsriegel vor. Bei näherer Betrachtung fühlte sie sich dennoch nicht sicher. Nicht im Geringsten. Also schob sie den Ohrensessel vor die Tür.

»Versucht nur, daran vorbeizukommen!«

Als letzte Sicherheitsmaßnahme blockierte sie den Rahmen der Schiebetür mit einem Besenstiel. Niemand würde in der Lage sein, die Tür zu öffnen, ohne ihn zuerst zu entfernen. Sie machte sich noch einen Rum mit Cola und holte die Bettdecke aus dem Schlafzimmer. Dann rollte sie sich auf dem Sofa zusammen, den Feuerhaken griffbereit.

Für den Fall der Fälle.

Der Morgen kroch in die Hütte. Ein ominöser Lärm

durchbrach die Stille und verebbte langsam zu einem leisen Brummen.

Benebelt setzte sich Sadie auf. Sie warf die Decke zurück und atmete tief ein. Ein stechender Schmerz fuhr ihr durch Knie und Hände. Ihre Handflächen waren von frischen Kratzern und getrocknetem Blut überzogen. Ihr Blick fiel von ihren Kleidern – denselben, die sie gestern getragen hatte – auf die Standuhr und dann auf das glimmende Feuer.

Sie runzelte die Stirn. »Okay … wieso bin ich hier draußen?«

Die Uhr schlug erneut. Mitten im Schlag verstummte sie, als ob jemand ihr Inneres im Würgegriff hätte.

Sadie sah auf ihre Uhr. »Es ist zehn Uhr, und du schaffst nur zwei Schläge?« Ihr Blick fiel auf den Sessel an der Tür. »Was habe ich denn letzte Nacht angestellt?«

Im Versuch, sich zu erinnern, rieb sie sich die Stirn.

Ein Mädchen! Sie hatte im Wald ein Mädchen gesehen.

»Oder vielleicht auch nicht?«

Zweifel plagten sie, insbesondere, als sie die offene Flasche Rum auf der Küchenablage sah. Sie stolperte ins Bad, sah sich lange ihre ungekämmte Erscheinung im Spiegel an und verzog das Gesicht. Sie nahm die Bürste in die Hand und wollte gerade beginnen, die verknoteten Strähnen aus ihren Haaren zu entfernen, als sie plötzlich die Stirn runzelte und die Bürste wieder fallen ließ.

Wozu der Aufwand? Niemand würde sie sehen.

Außer vielleicht dem Mädchen …

»Du bildest dir Dinge ein. Das ist es. Du hast schon so lange nichts mehr getrunken, dass du Halluzinationen bekommst.« Sie lachte höhnisch. »Und Selbstgespräche führst.«

Überzeugt davon, die Ereignisse der letzten Nacht zu ihrer Zufriedenheit geklärt zu haben, beschloss sie, ein luxuriöses Bad zu nehmen. Sie musste das Wasser auf dem Herd und im Kamin erhitzen – immer drei Töpfe zur gleichen Zeit. Fünfzehn Töpfe heißes und einige Töpfe kaltes Wasser später war die Badewanne gerade halb voll. Aber was machte das schon. Sie hatte ja nichts Besseres zu tun.

Sadie genoss das warme Wasser für eine Weile, erlaubte ihm, die Aufregungen der letzten Woche von ihr abzuwaschen. Sie schamponierte ihr Haar und spülte es im Badewasser aus. Mit geschlossenen Augen glitt sie tiefer ins Wasser, bis es sie vollständig bedeckte. Solange sie konnte, hielt sie den Atem an. Als sie nach Luft schnappend wieder auftauchte, war sie enttäuscht. Sich zu ertränken war definitiv keine Option.

Nachdem sie ihr Haar mit dem Handtuch trocken gerubbelt hatte, zog sie ihre Jacke an und griff nach der Schiebetür. Der Besenstiel im Türrahmen ließ sie innehalten. Verwundert zog sie ihn heraus. Was wollte sie denn damit fernhalten?

Ihre Gedanken unter einen nicht vorhandenen Teppich kehrend, griff nach ihrem Laptop und ihrer Handtasche und ging den Pfad hinunter. In Irmas Hütte konnte sie die ältere Frau singen hören. Kein harmonischer Klang.

Sadie zögerte. *Soll ich sie fragen, ob sie mit mir in die Stadt fahren möchte?*

Sobald ihr der Gedanke gekommen war, verwarf sie ihn. Es wäre Irma gegenüber nicht fair, jetzt eine große Freundschaft zu beginnen.

Der Mercedes stand noch genau dort, wo sie ihn geparkt hatte. Sie stieg ein, und der Motor brummte, sobald sie ihn startete. Dieser Ton war beruhigend. Sie lenkte den Wagen rückwärts von der Lichtung und fuhr langsam den Weg entlang. Im Rückspiegel sah sie, wie Irma, neben dem Gefrierschrank stehend, ihr nachsah.

»So schnell zurück, Sadie O'Connell?« Ed zwinkerte ihr

verschmitzt zu und stellte das Glas, das er abtrocknete, zur Seite. »Sie haben es einfach nicht ohne mich ausgehalten, was?«

Sie drehte sich um. Der Tisch in der Ecke war nicht besetzt. Heute gab es keine Zwischenrufe.

»Ja. Außerdem ist mein Laptop erschöpft, und ich muss mein Handy laden.«

»Ihr Handy?«

Sie hielt ihr Telefon hoch.

»Ach so«, nickte Ed. »Hab mir nie eins von denen zugelegt. Verursacht Gehirnkrebs, habe ich gehört. Seien Sie vorsichtig, junge Lady.« Er drehte den Kopf zum Ende des Tresens. »Stecken Sie alles dort am Pfosten ein.«

Sie bedankte sich, holte den Laptop aus der Tasche und stellte ihn auf die Theke. Nachdem sie den Laptop und das Telefon eingesteckt hatte, machte sie es sich auf einem Stuhl bequem und stützte ihre Ellbogen auf das polierte Holz der Theke.

Ed schob ihr eine dampfende Tasse zu. »Sie sehen aus, als ob sie den brauchen könnten. Nicht viel geschlafen letzte Nacht, was?« Seine Augen flogen über ihr feuchtes, unordentliches Haar und ihr hageres Gesicht.

»Das könnte man so sagen.« Sie trank einen Schluck Kaffee und stieß einen zufriedenen Seufzer aus. »Traumhaft, Ed. Danke. Ich habe immer noch nicht rausgefunden, wie ich in der Hütte Kaffee machen kann. Diese Art Kaffeekocher waren vor meiner Zeit.«

Ed warf sich ein Küchentuch über die Schulter. »Der Trick ist, einen halben Löffel weniger zu nehmen und eine Prise Zimt dazuzugeben. Und ihn nicht zu lange sprudeln zu lassen.«

»Wie wär's, wenn Sie mir jeden Morgen eine Kanne Kaffee liefern würden?«, schlug sie spaßeshalber vor.

Das Grinsen, das über das Gesicht des alten Mannes huschte, hätte den ganzen Ort erhellen können. »Das ist das beste Angebot, das ich seit… seit Jahrzehnten bekommen habe.« Sein Gesicht lief rot an, als wäre ihm gerade aufgefallen, dass er laut gesprochen hatte.

Über der Tasse hängend, erkundigte sie sich: »Wie geht's Ihrer Frau heute?«

»Sie mussten es einfach ruinieren«, brummte er. »Martha geht es gut. Sie arbeitet in der Bücherei.«

Er sprach es wie »Bücher-Ei« aus.

Das brachte Sadie auf eine Idee. Für die Stunde, die es in etwa dauern würde, ihre Geräte zu laden, brauchte sie eine Beschäftigung.

»Wie komme ich dorthin?«

»Fahren Sie bis zur Ampel, dann nach Süden. Sie finden sie zwei Straßen hinter der Tankstelle auf der rechten Seite.«

»Ist es okay, wenn ich die zum Aufladen hierlasse?«, fragte und deutete auf den Laptop und das Handy.

»Klar, ich bin bis Mitternacht hier. Keiner wird sie anrühren.«

Ein kühler Luftzug ließ sie erzittern. Hinter ihr hatte jemand den Pub betreten. Als sie sich umdrehte, sah sie einen kahlköpfigen Mann den Flur hinunter Richtung Toilette gehen.

Sie drehte sich wieder zu Ed. »Danke. In einer Stunde bin ich zurück.«

»Lassen Sie sich ruhig Zeit.«

Der Text von *Pretty Woman* folgte ihr aus der Jukebox auf die Straße hinaus. Eds raue Stimme begleitete sie. Er klang genau wie seine Schwester. Und sang genauso schlecht.

Sadie fuhr zur »Bücher-Ei«. Auf dem beinahe leeren Parkplatz stellte sie ihren Wagen in der Nähe des Eingangs neben einem verbeulten dunkelroten Cadillac ab. Das Wunschkennzeichen BIBLOTK konnte sowohl Bibliothek als auch Bibliothekarin bedeuten.

Sie rollte mit den Augen. »Zehn Mäuse, dass das Marthas Auto ist.«

Hintons öffentliche Bücherei bot eine bescheidene Auswahl an Büchern. Ihre Wände waren mit einer Fotomontage farbenprächtiger Bilder tapeziert, die zweifellos von den Kindern des Ortes stammten. In der hinteren Ecke befand sich eine gemütliche Spielecke mit dicken, pastellfarbenen Kissen und niedrigen Bücherregalen. Eine lebensechte Spielzeugfledermaus hing von der Decke herab. Ein Luftzug – vielleicht von einem offenen Fenster – setzte sie in dem Moment in Bewegung, in dem Sadie eintrat. Sie starrte sie an. Ihre Mundwinkel zuckten.

»Kann ich Ihnen behilflich sein?«

Sadie drehte sich um. Eine gut gekleidete Frau in den Sechzigern eilte mit einem Stapel Kinderbücher in den Armen auf sie zu. Sie hatte hübsche Rundungen. Ihr lockiges, grau-schwarzes Haar umspielte ein volles Gesicht, in dem braune Augen und ein aufmunterndes Lächeln blitzten. Ihre Brille hing ihr an einer silbernen Kette um den Hals und ruhte auf ihrer Brust. Auf dem Namensschild am Revers ihrer Jacke stand »Martha V«.

»Ich bin heute kurz in der Stadt«, sagte Sadie, »und da dachte ich, ich sehe mir mal Ihre Bücherei an, Martha.«

»Sagen Sie mir Bescheid, falls ich Ihnen helfen kann, Mrs … ähm …«

»Sadie O'Connell. Ich bin …«

Die Frau ließ beinahe all ihre Bücher fallen. »Nicht die Sadie O'Connell, die Schriftstellerin!«

Sadie zuckte zusammen. »Tatsächlich … ja, die Schriftstellerin.«

Martha fiel die Kinnlade herunter. »Du meine Güte! Ich

habe sie nicht mal erkannt. Sie sehen …« Die Frau hielt inne, schenkte ihr ein strahlendes Lächeln und steuerte auf einen Tisch in der Ecke zu. »Kann ich Ihnen einen Kaffee oder sonst etwas anbieten?«

»Danke, aber ich glaube, ich hatte schon mehr als genug Kaffee. Ich komme gerade aus dem Pub Ihres Mannes.«

Martha legte die Bücher ab und machte es sich auf einem Stuhl bequem. »Bitte setzen Sie sich doch, Miss O'Connell. Geht es Ihnen gut? Sie sehen etwas mitgenommen aus.«

»Etwas mitgenommen« war eine Untertreibung, und Sadie wusste nur zu genau, dass die Frau nur höflich war.

»Ich habe in letzter Zeit schlecht geschlafen.«

»Wie schrecklich.« Martha faltete ihre pummeligen Finger sittsam in ihrem Schoß. »Was führt Sie denn zu uns?«

Eine Verabredung mit dem Tod, wollte Sadie antworten.

»Ich bleibe eine Weile in Cadomin.«

Ein schnelles Lächeln flog über das Gesicht der Frau. »Wissen Sie, wir bekommen hier nur wenige Autoren Ihres Kalibers zu Gesicht. Kann ich Sie zu einer Lesung überreden?«

Eine Lesung war das Letzte, was Sadie wollte. Das würde Kontakt mit anderen Menschen bedeuten, viel Lächeln und keine Zeit, Sams Buch zu beenden.

»Tut mir leid, aber ich bin nur auf der Durchreise. Ich muss eine … Deadline einhalten.«

Marthas Lächeln verschwand. »Vielleicht zu einem späteren Zeitpunkt. Im Sommer womöglich. Aber warten Sie! Wie lange bleiben Sie noch hier?«

»Nicht lange. Ungefähr noch einen Monat.«

»Nun ja, falls Sie Ihre Meinung ändern sollten …«

Das werde ich sicher nicht. »Dann melde ich mich bei Ihnen.«

»Und was kann Hintons öffentliche Bücherei nun für Sie tun?«

Sadie zuckte mit den Schultern. »Ich versuche, ein wenig Zeit totzuschlagen, bis mein Laptop und mein Handy geladen sind. Sie sind drüben bei Ed.«

Martha erhob sich anmutig. »Wie wäre es dann mit einem kleinen Rundgang? Wir haben einige historische Erinnerungsstücke, die Sie vielleicht interessieren werden.« Als sie eine Wand mit Fotografien erreichten, setzte sie sich die Brille auf die Nase. »Diese Wand zeigt die Geschichte unserer Stadt. Hinton entwickelte sich zu einer echten Ansiedlung, als die Grande Trunk Pacific Railroad hier vor über einhundert Jahren durchkam. 1931 wurde dann Hintons Mine eröffnet. Zehn Jahre später war Hinton eine Geisterstadt. Bis 1955, als die erste Papiermühle aufmachte.« Atemlos machte sie eine Pause. »Langweile ich Sie auch nicht?«

»Ganz und gar nicht.«

Und das war die Wahrheit. Geschichte hatte Sadie schon immer fasziniert. Oft genug fand sie ihren Weg in Sadies Romane.

Martha legte einen Finger auf ihre Lippen. »Sie wohnen in Cadomin, richtig?«

»In den *Harmonie-Hütten*.«

»Wie wunderbar. Ed sorgt sich immer, weil seine Schwester da draußen ganz auf sich allein gestellt ist. Abgesehen von den Männern in den anderen Hütten. Schön für Irma, eine andere Frau um sich zu haben.«

Sadies Aufmerksamkeit konzentrierte sich auf das Foto einer Höhle. »Ist die in der Nähe?«

»Die Cadomin-Höhle, eine der Hauptattraktionen unserer Gegend. Sie ist nicht weit weg. Folgen Sie einfach den Wegweisern auf dem Weg zurück zu den Hütten. Sie ist gut ausgeschildert.«

Sadie seufzte. »Mein Sohn hätte sie geliebt.«

»Im Moment ist sie leider geschlossen. Sie darf vor Mai

nicht betreten werden. Sonst würden die Fledermäuse gestört und dadurch umkommen.«

»Sie würden umkommen?«

»Wenn sie zu früh im Jahr aufwachen, verhungern sie«, erklärte die Frau.

Sadie betrachtete nun die nächste Reihe Fotos. Die meisten waren restaurierte Schwarz-Weiß-Fotos mit sich hochrollenden Rändern, die den Werdegang und Fortschritt des Ortes dokumentierten. Auf einigen Bildern pflügten hart arbeitende Bauern Hopfen- und Heufelder.

»Die Landwirtschaft war für unsere Gegend immer sehr wichtig«, fuhr Martha fort. »Ist sie immer noch. Viele Hinton-Familien sind seit Generationen Farmer.«

Weiter unten zierten eine Reihe Frauenporträts die Wand.

Sadie nickte in ihre Richtung. »Wer sind die Frauen?«

»All unsere Bibliothekarinnen.«

»Wieso hängt Ihr Bild nicht dort?«

»Ich bin nur eine ehrenamtliche Mitarbeiterin«, erklärte Martha enttäuscht.

Sadie tätschelte ihren Arm. »Ich bin sicher, Sie sind mehr als das.«

Sie studierte die Porträts und bewunderte die Technik des Künstlers. Es war interessant, die Wandlung der Mode und der jeweiligen Gesichtsausdrücke zu verfolgen. Auf den frühen Bildern starrten die Frauen ausdruckslos und ohne zu lächeln vor sich hin. Etwa in der Mitte der Galerie änderte sich das.

Aber es war das Porträt am Ende, das sie verharren ließ.

Die Frau kam ihr irgendwie bekannt vor. Sie saß in einem grün karierten Ohrensessel. Ihr hellblondes Haar war zu einem losen Knoten geschlungen. Auf ihrem Gesicht lag ein angedeutetes Lächeln, das ihre leeren blauen Augen aber nicht erreichte.

Martha räusperte sich. »Kannten Sie Carissa?«

»Sie kommt mir … bekannt vor. Ich muss sie wohl kürzlich irgendwo gesehen haben.«

»Das ist unmöglich«, antwortete Martha schnell, beinahe atemlos.

»Nein, ich bin mir sicher, dass ich sie getroffen habe. Irgendwo.«

»Sie ist tot.«

»Tot?« Sadie bemerkte den traurigen Ausdruck in Marthas Augen. *Tot, du Idiotin. Wie Sam.*

»Ja. Seit vier Jahren.«

»Hey, Sie haben nicht zufällig eines meiner Bücher hier, oder?«, erkundigte sich Sadie und wechselte geschickt das Thema.

»Selbstverständlich haben wir die«, erwiderte Martha stolz. »Wir haben alle. Carissa war diejenige, die sie entdeckt hat, als sie in dem Jahr vor ihrem Tod in die Stadt kam.« Sie watschelte zu einem Bücherregal, aus dem sie eine Hardcover-Ausgabe hervorzog. »Hier bitte. *Deadly Diamonds.* Eines meiner Lieblingsbücher.«

Sadie durchwühlte ihre Handtasche nach einem Kugelschreiber. »Darf ich ein paar signieren?«

»Wirklich? Du meine Güte! Das wäre fantastisch.«

Auf die Titelseite von *Deadly Diamonds* schrieb Sadie eine Widmung für die Bücherei und unterzeichnete sie mit ihrem Namen. Dann signierte sie drei weitere Bücher und überreichte sie Martha.

»Die restlichen sind verliehen«, erklärte die Frau. »Auf die hier müssen wir jetzt natürlich besonders aufpassen und sichergehen, dass niemand sie sich für immer ausleiht.« Ihr mädchenhaftes Kichern ließ ihr Doppelkinn zittern. »Vielleicht können Sie bei Gelegenheit auch eines meiner Bücher signieren.«

»Ich bin in zwei Tagen zurück. Mein Laptop hält nicht viel länger durch. Ich werde versuchen vorbeizukommen.«

»Ich bin jeden Tag bis zwei Uhr nachmittags hier.«

Sadie warf einen Blick auf ihre Uhr. Ihr Laptop lud nun schon beinahe eine Stunde. Es war bereits nach ein Uhr, Mittagessenszeit. Sie wurde langsam hungrig. Zeit, nach Hause zu gehen und sich der Fleischwurst und dem Käse in der Kühlbox anzunehmen.

»Ich gehe jetzt wohl besser zurück zum Pub.« Auf dem Weg zur Tür erinnerte sie sich an etwas. »Martha, was für einen Wagen fahren Sie?«

»Einen roten Caddy«, antwortete die Frau. »Wieso?«

»Nur so.«

Sadie lächelte. Zehn Mäuse! Sie würde sich ein Mittagessen zum Mitnehmen leisten.

In Eds Pub sammelte sie ihren Laptop und ihr Handy ein und bestellte eine Portion Bratfisch mit Pommes frites. In der Eisenwarenhandlung kaufte sie eine kleine gelbe Taschenlampe – die einzige, die auf Lager war – sowie zusätzliche Batterien und fuhr dann zurück zur Hütte. Als sie an dem Hinweisschild für die Cadomin-Höhle vorbeikam, fühlte sie den impulsiven Drang, dieser Straße zu folgen. Aber dann erinnerte sie sich an Marthas Hinweis – die Höhle war bis Mai geschlossen.

Sie dachte an die blonde Bibliothekarin auf dem Foto.

Erst als sie sich ihr Mittagessen auf der Veranda schmecken ließ, fiel ihr endlich ein, wo sie die Frau schon einmal gesehen hatte. Sie hatte eine blaugrüne Jacke getragen.

Und Sams Hand gehalten.

Zweiundzwanzig

Benommen und verwirrt kämpfte sie mit der unmöglichen Vorstellung, dass sie eine tote Frau gesehen hatte.

Und Sam.

»Also – jetzt siehst du schon Gespenster? Ich sehe und höre Tote. Großartig. Was hätte Philip wohl dazu zu sagen?« Als sie den Namen ihres Mannes erwähnte, erinnerte sie sich an etwas. »Verdammt!« Sie hatte vergessen, ihm die Dokumente zuzuschicken.

Sie beschloss, alles in ein Paket zu packen und am folgenden Tag in den Ort zu bringen. Schnell eilte sie den Pfad hinunter und öffnete den Mercedes. Sie griff sich die Plastikkiste, setzte sie auf ihre Hüfte und warf den Kofferraumdeckel zu. Dann machte sie sich vorsichtig auf den Rückweg, da sie wegen der Kiste ihre Füße nicht sehen konnte.

Als sie die Hütte endlich erreicht hatte, war sie schweißgebadet, und jeder Muskel ihres Armes schmerzte. Mit der Hüfte öffnete sie die Hintertür. Zu spät bemerkte sie, dass sie sie etwas zu hart aufgestoßen hatte. Die Tür schlug gegen die Innenwand, schnellte zurück und brachte sie aus dem Gleichgewicht. Prompt fiel ihr die Kiste aus der Hand und landete kopfüber auf dem Boden. Papiere, Mappen und Ordner verteilten sich überall.

»Scheiße!«

Überrascht von ihrem ungewöhnlichen Ausbruch, hielt

sie die Hand vor den Mund und kicherte. Leah hatte recht. Fluchen ist befreiend.

»Scheiße, scheiße, scheiße!«

Grinsend sammelte sie das Durcheinander an Papieren und Akten ein und warf alles zurück in die Kiste. Dabei fiel ihr ein einfacher weißer Umschlag ins Auge. Er war in Blockbuchstaben an Philip adressiert. An sein Büro. Ohne Absenderangabe. Von diesem Umschlag ging etwas Merkwürdiges aus, etwas, das sie nicht genau beschreiben konnte.

Sie öffnete ihn.

Der Brief enthielt nur einen getippten Absatz, datiert vor über zwei Jahren.

»Philip«, begann er, »lass mich in Ruhe! Ich habe dir bereits gesagt, dass die Nacht ein Fehler war. Das darf nie wieder passieren. Niemals! Ich könnte mir nie verzeihen, falls Sadie davon erfahren würde.«

Unterschrieben war er mit »L«.

»Latoya«, sagte sie stirnrunzelnd. »Wusste ich es doch. Noch eine von Philips zahlreichen Eroberungen.«

Da sie keine Zeit für Eifersucht oder Bedauern hatte, steckte sie den Brief zurück in den Umschlag und schleuderte ihn in die Kiste. Die stellte sie auf einen Küchenstuhl und verdrängte den Brief schnell aus ihren Gedanken.

Den Nachmittag verbrachte sie auf der Veranda, malend und die Sonne genießend. Aus den Zeichnungen waren Aquarelle geworden, und sie war so in ihre Arbeit vertieft, dass die Zeit wie im Flug verging.

»Bald bist du fertig, Fledermäuschen.«

Sie fand mehr und mehr Gefallen an dem komischen kleinen Tier und ertappte sich dabei, sich mit ihm zu unterhalten. Gegen vier Uhr beendete sie die Schattierung einer unwirtlichen Höhle. Sie hätte weitergemalt, aber ein starker Windstoß ließ sie hochsehen. Der saphirblaue Himmel wurde nach und nach von ausgehungerten schwarzen Wolken verschluckt.

»Verdammt. Zeit, Feierabend zu machen.«

Sie brachte ihre Sachen nach drinnen. In dem Moment, in dem sie die Tür schloss, brauste der Wind auf und heulte protestierend, wie ein Kleinkind, das einen ausgewachsenen Tobsuchtsanfall hat. Unmittelbar darauf entfesselte der Himmel einen Platzregen, der auf das Dach hämmerte. Zwischen dem Regen, dem Wind, dem lodernden Feuer und dem gelegentlichen kränklichen Schlagen der Standuhr fühlte sich Sadie wie in der ersten Reihe eines Symphoniekonzerts, das jeden Moment in einem ohrenbetäubenden Crescendo gipfeln würde.

Da sie sonst nichts zu tun hatte, machte sie es sich mit einer Tasse heißem Kakao und einem Fotoalbum auf dem Sofa bequem. Es war der perfekte Moment, etwas zu tun, was sie schon seit Wochen vor sich her schob – eine melancholische, aber notwendige Reise in die Vergangenheit.

Sie holte tief Luft und öffnete das Album.

Ihre Mundwinkel hoben sich. »Du warst so winzig, Sam. So perfekt.«

Das Foto war im Krankenhaus aufgenommen worden, an dem Tag von Sams Geburt. Seine Augen waren offen, und seine Haut hatte eine gesunde Röte. Sie erinnerte sich daran, wie sehr sie neun Monate lang die Frage gequält hatte, ob er gesund zur Welt kommen oder sie eine weitere Fehlgeburt erleiden würde. Nachdem Sam geboren war, fragte sie die Schwestern wieder und wieder: »Sind Sie sicher, dass es ihm gut geht?« Sie versicherten ihr, dass dem so sei.

»Er wird Ihnen früh genug Freundinnen nach Hause bringen«, hatte ihr der Arzt mit einem Lachen erklärt.

Sadie hatte ihm geglaubt.

Die nächste Seite zeigte Sam auf seinen kleinen, pummeligen Knien. Er sabberte aus seinem lächelnden, zahnlosen Mund und krabbelte auf seine Mama zu. Ein anderes Foto zeigte einen schlafenden Philip neben Sam, der von Koliken geplagt wurde. In dieser Nacht hatte keiner von ihnen viel Schlaf bekommen.

Sadie blätterte die Seite um und musste lachen. Dieses Foto hatte sie einige Monate vor Sams drittem Geburtstag gemacht. Er saß auf dem Badezimmerfußboden, vor sich eine offene Packung Tampons, die überall verstreut herumlagen. Bevor sie ihn endlich erwischt hatte, hatte er bereits teuflischerweise jeden einzelnen Tampon ausgewickelt und war dabei, sie wie Pfeile gegen die Tür zu werfen.

Die nächste Seite zeigte eine ihrer Lieblingsaufnahmen. Sie hatten mit Sam den Galaxyland-Vergnügungspark im Einkaufszentrum von West Edmonton besucht. Auf diesem Foto waren sie alle glücklich, besonders Philip, der über das ganze Gesicht strahlte. Er sah so entspannt aus, so jugendlich, als er auf dem Karussell hinter dem schwarzen Hengst stand, auf dem Sam ritt. Sadie stand neben ihm. Sie hatte ein junges Mädchen gebeten, sie zu fotografieren. Das war einer der seltenen Momente gewesen, in dem sie eine echte Familie waren.

Sam hatte sie alle vereint. Vor langer, langer Zeit.

Sie seufzte. »Was ist nur mit uns geschehen?«

Die letzte Seite des Albums enthielt Fotos, die nur wenige Monate alt waren. Vom Valentinstagsumzug in der Innenstadt. Auf beiden Seiten der Straße warteten Menschen. Sams Klasse hatte dorthin einen Ausflug gemacht, und Sadie hatte angeboten, sie dort zu treffen und auszuhelfen. Sobald er sie in der Menge entdeckt hatte, hatte Sam ihr zugelächelt und ihr eine Kusshand zugeworfen. In dieser Sekunde hatte sie das Foto geknipst.

Sadie erwiderte seinen Kuss. »Du wirst immer in meinem Herzen sein, Sam.«

Ihr Lächeln gefror. Sie sah sich das Bild genauer an. In der Menge stand ein Mann, der schwer zu übersehen war. Er trug ein Clownskostüm. Zwar war er keine exakte Kopie von Clancy, aber er hatte etwas an sich, das sie in Alarm versetzte. Vielleicht weil er Sam zu beobachten schien, während alle anderen dem Umzug zusahen.

Da das Foto zu klein war, um Details erkennen zu können, eilte sie an ihren Laptop und öffnete den Ordner, in dem sie alle Familienfotos gespeichert hatte. Auf ihrer Unterlippe kauend, scrollte sie nach unten, bis sie das gesuchte Foto von Sam während des Umzugs gefunden hatte. Sie vergrößerte es so lange, bis es den ganzen Bildschirm einnahm.

Sie stieß einen unterdrückten Schrei aus.

Obwohl sein Gesicht halb im Schatten lag, starrte der Mann eindeutig in Sams Richtung. Ohne zu lächeln. Intensiv. Vertraut.

Er hielt sechs rote Ballons in der Hand.

»Erwischt, du Bastard.«

Sadie saß am Küchentisch und versuchte ihr Abendessen herunterzukriegen. Die Öllampe und der Kamin spendeten ihr Licht. Doch sie schmeckte so gut wie nichts von dem Chefsalat, den sie sich gemacht hatte. Sie stocherte in ihm herum, unfähig, den *Nebel* aus ihrem Kopf zu bekommen. Er hatte Sam seit Wochen beobachtet, vielleicht sogar seit Monaten, hatte seine Entführung geplant, und sie war vollkommen ahnungslos gewesen.

Sie musste das Foto an Jay weiterleiten. Und ohne den ganzen Weg nach Edmonton zurückzufahren, gab es da nur eine Möglichkeit.

Sie kramte in ihrer Handtasche, bis sie Jays Karte fand. Unter seiner Büronummer stand eine E-Mail-Adresse.

»Morgen«, versprach sie sich.

Ihr Blick streifte die Kiste auf dem Stuhl gegenüber. Latoyas Brief lag oben auf. Er verspottete sie. Sie streckte ihre Hand danach aus, zögerte dann und widerstand der Versuchung, ihn erneut zu lesen.

Ihre Tasche klingelte.

Ohne nachzudenken, fischte sie ihr Handy heraus und klappte es auf. »Ja?«

»Geht es dir gut, Sadie?« Leahs Stimme klang vorsichtig, auf Distanz bedacht.

»Mir geht es gut.«

»Ich habe mir … Sorgen um dich gemacht, meine Liebe. Du bist so schnell verschwunden.«

Sadie gab keine Antwort. Sie wollte ihr Verhalten nicht erklären. Nicht einmal Leah gegenüber. Oder, um genauer zu sein, niemandem gegenüber.

»Und …«, sagte Leah. »Wie kommst du mit dem Buch voran?«

»Ich bin beinahe damit fertig. Vielleicht noch eine Woche.«

»Soll ich kommen und dir Gesellschaft leisten, wo immer du auch bist?«

Sie machte Andeutungen, versuchte Informationen aus ihr herauszubekommen, aber das Letzte, was Sadie wollte, war Gesellschaft. Sie haderte sowieso schon mit sich selbst, weil sie sich zu sehr mit den Ortsbewohnern angefreundet hatte. Mit Irma, Ed, Martha … Alles nette Leute.

Zu nett, um ihrem Plan ausgesetzt zu werden.

»Sadie?«

»Ich bin noch nicht auf Besuch eingestellt. Ich muss mich noch um einige Dinge kümmern.«

»Warum schließt du mich aus?« Leahs Stimme zitterte. »Ich bin deine Freundin, zumindest dachte ich das immer. Aber seit Sam …«

»Hör zu. Darüber kann ich im Moment nicht reden. Es tut mir leid, dass die Dinge so sind, wie sie sind.« *Aber so sind sie eben.*

Leah versuchte es erneut. »Freunde sind dazu da, sich in schlechten Zeiten beizustehen. Du weißt, dass ich für dich da bin. Jederzeit, rund um die Uhr. Ruf mich an, wenn du mit jemand reden willst.« Ihrer Stimme war eine stille Verzweiflung anzuhören.

»Ich muss gehen, Leah. Mach dir keine Sorgen um mich. Mir geht es gut.«

Sadie beendete das Gespräch und schaltete ihr Telefon aus. Um den Akku zu schonen, sagte sie sich. Doch in Wirklichkeit wollte sie nicht wieder gestört werden.

Leahs Anruf hatte sie irritiert. Um sich abzulenken, wusch sie das Geschirr und putzte die Arbeitsplatte. Als sie fertig war, griff sie zur Rumflasche, um sich einen starken Drink zu mixen. Sie war so gut wie leer.

»Kein Grund, ihn verkommen zu lassen.«

Sie leerte den Rum und wischte sich mit dem Handrücken den Mund. Dann versteckte sie die leere Flasche im Küchenschrank.

Philips Cabernet Sauvignon lockte sie, rief förmlich nach ihr.

»Auf keinen Fall. Euch hebe ich mir bis zuletzt auf.«

Entschlossen, eine Nacht nicht im Alkohol Vergessen zu suchen, ließ sie sich auf die Couch fallen, starrte ins Feuer und versuchte, die positive Seite zu sehen.

»Solange du nüchtern bist, wirst du wenigstens keine Geistermädchen sehen.«

Eine Stunde später war ihr langweilig. Weil sie keine bessere Idee hatte, gab sie der Versuchung von Latoyas Brief nach. Sie las ihn erneut und wunderte sich, warum sich das so falsch anfühlte. Danach sortierte sie die Ordner und stapelte sie, während sie ihren Inhalt überflog, fein säuberlich auf. Nur juristische Dokumente, nichts Aufregendes.

Bis sie einen Brief fand, den Philip vor zwei Jahren geschrieben, aber nie abgeschickt hatte.

Liebe L,

ich kann nicht aufhören, an Dich zu denken. Ich weiß, Du wolltest es genauso sehr wie ich, also spar Dir die Drohung, dass Du es Sadie erzählen wirst. Ich werde ihr sagen, dass Du die Initiative ergriffen hast, dass Du mich verführt hast. Denn schließlich hast Du mich zuerst geküsst. Sadie wird Dich mit anderen Augen sehen. Erst recht, wenn ich ihr von Sam erzähle. Ich freue mich auf Deine nächste Geburtstagsfeier. Ich bin sicher, ich kann wieder arrangieren, Dich nach Hause zu fahren.

Philip

Sadie las die letzte Zeile noch einmal. »Was zum Teufel?«

Die Wahrheit traf sie wie ein Schlag, hart und schnell.

Sie schleuderte die Papierstapel zur Seite, bis sie den ersten Brief wiederfand, den, von dem sie angenommen hatte, dass er von Latoya stammte. Dann riss sie ihre Tasche an sich und durchwühlte sie nach einer Beileidskarte, die sie zu Sams Begräbnis erhalten hatte. Seite an Seite verglich sie die Karte und den Brief. Ihre Augen weiteten sich vor entsetztem Begreifen.

Sie stieß einen schmerzerfüllten Schrei aus. »Nein!«

Da hatte sie es Schwarz auf Weiß. Ein unumstößlicher Beweis. Philips Name, in Großbuchstaben. Genau wie auf der Karte. Das war es, was ihr Unterbewusstsein beschäftigt hatte, ein unterschwelliges Gefühl, das sie herausfordern wollte, Leahs Schrift zu erkennen.

Ein Aufschrei entrang sich ihrer Kehle. »Nein! Nicht die beiden!«

Schmutzige Gedanken rasten ihr durch den Kopf, verhöhnten sie, kämpften um ihre Aufmerksamkeit. Philip hatte Leah nach Hause gebracht, und sie hatten miteinander geschlafen. Ihr Mann und ihre beste Freundin. Der Verrat durchbohrte sie wie ein Messer, erst den Widerstand spürend und dann mitten ins Herz hinein.

Philip und Leah.

Sie sprang vom Stuhl auf und lief ruhelos in der Hütte auf und ab. Mit den Fäusten hämmerte sie auf die Arbeitsfläche.

»Zur Hölle mit dir, Philip, du verdammtes Arschloch!« Sie fletschte die Zähne. »Und zur Hölle mit dir, Leah. Du warst angeblich meine beste Freundin.«

Die Öllampe auf dem Tisch brannte weiter, während sie benommen ins Badezimmer wankte. Am Waschbecken erwartete sie die Flasche mit den Schlaftabletten. Sie schüttelte zwei heraus und schluckte sie trocken. Dann wankte sie ins Schlafzimmer. Im Dunkeln kletterte sie ins Bett und rollte sich zu einem Ball zusammen.

Kurze Zeit später erfüllte ihr verzweifeltes Schluchzen den Raum.

Dreiundzwanzig

Sadie wachte erst kurz vor Mittag auf. Nach einer Tasse löslichen Kaffees packte sie ihre Tasche und den Laptop und folgte dem Pfad. Beim Mercedes angekommen, stieg sie ein und drehte den Schlüssel im Anlasser. Der Wagen gab ein raues Stottern von sich. Dann verstummte er.

»Nicht jetzt, verdammt noch mal!«

Nach zwei weiteren Versuchen startete der Motor endlich.

Die Fahrt nach Hinton verlief ereignislos. Sadie vermied den Gedanken an Leah und Philip, indem sie an die Fotografie des Clowns und an Sam dachte.

»Nichts kann dich zurückbringen, Sam«, erklärte sie dem leeren Rücksitz. »Und sehr wahrscheinlich werden sie den *Nebel* nie finden. Aber ich kann das auch nicht einfach ignorieren. Ich muss es jemandem sagen. Danach liegt es nicht in meiner Hand.«

»Schon wieder Zeit zum Laden?«, erkundigte sich Ed, als sie den Pub betrat.

»Eigentlich muss ich Sie etwas fragen.«

Ed lächelte. »Nur zu, meine Liebe.«

»Gibt es in Hinton irgendwo WLAN?«

Er sah sie überrascht an. »Ja, im Cuppa Joe's, dem Coffeeshop neben dem Spirituosengeschäft. Vor dem Laden steht ein großes Schild. Nicht zu übersehen.«

»Danke.«

Sadie ignorierte den besorgten Blick, den er ihr zuwarf.

Sie verabschiedete sich und lief die Straße hinunter. Genau wie Ed beschrieben hatte, stand eine Werbetafel, die kostenlosen Internetzugang zusammen mit dem Kaffee des Tages anbot, vor dem Cuppa Joe, einem winzigen Café mit nur vier kleinen Tischen. Der Junge hinter der Theke starrte sie blicklos an, als sie sich nach dem Internetzugang erkundigte.

»Sie müssen aber einen Kaffee bestellen«, sagte er. »Ist Vanille okay?«

»Was immer Sie haben«, erwiderte sie und reichte ihm einen Fünf-Dollar-Schein.

Eine Minute später stand ihr Laptop offen auf dem Tisch, und die Fotografie von Sam und dem Clown war via Internet auf dem Weg zu Jays Computer. Als sie ging, ließ sie den Styroporbecher voll Kaffee unberührt auf dem Tisch zurück.

Bevor sie nach Hause fuhr, hielt sie beim Spirituosengeschäft und kaufte noch eine Flasche Rum – die größte, die sie finden konnte – und eine Kiste Cola. Die Kassiererin, die ein T-Shirt der Universität von Alberta trug, sah sie misstrauisch an und schien schockiert, als Sadie ihre Kreditkarte zückte.

»Dafür müssen Sie sich ausweisen«, schmatzte das Mädchen, den Mund voller rosa Kaugummi. »In letzter Zeit sehen wir viele gefälschte Kreditkarten.«

Sadie schob ihren Führerschein über die Theke.

Das Kaugummimädchen verzog das Gesicht. »Sieht Ihnen nicht ähnlich. Ihr Haar ist jetzt viel kürzer, und Sie …«

»Und ich habe einen Bad-Hair-Day. Weiß ich.«

Ironischerweise hatte Sadie an diesem Morgen sich nicht einmal die Mühe gemacht, ihr Haar zu bürsten oder die Zähne zu putzen. Sie hatte weder gebadet noch Make-up aufgelegt. Im letzten Monat hatte sie mindestens fünfzehn Pfund verloren, wenn nicht sogar zwanzig. Ihre Kleider hingen lose an ihrem dünnen Körper herunter.

Das Kaugummimädchen bewegte sich mit der lustlosen, zombiähnlichen Geschwindigkeit eines jungen Menschen, der keinerlei Pläne hat und vollauf damit beschäftigt zu sein scheint zu atmen. Aber sogar das schien eine enorme Anstrengung zu verlangen.

Endlich gab sie Sadie die Karten zurück.

»Soll ich die in eine Papiertüte packen?«, fragte das Mädchen und zeigte auf den Rum.

»Nein.«

Sadie griff sich den Rum und die Cola und ging zum Ausgang. Sie war beinahe aus der Tür, als hinter ihr das Geräusch eines Gewehrschusses ertönte. Erschrocken zuckte sie zusammen und hätte beinahe die Flasche fallen gelassen. Als sie sich umdrehte, sah sie, wie das Mädchen klebrigen rosa Kaugummi von ihrem Mund kratzte.

»Tut mir leid«, versicherte das Kaugummimädchen unter Kichern. »O Mann. Sie sehen aus, als ob jemand auf Sie geschossen hätte oder so.«

Sadie öffnete den Mund, um zu antworten, schloss ihn dann aber wieder.

Im Wagen klappte sie die Sonnenblende nach unten und betrachtete sich im Spiegel. »Okay, eins steht fest, Leute. Sadie O'Connell, *New-York-Times*-Bestsellerautorin, sieht schrecklich aus. Nein, sie sieht beschissen aus.«

Fluchen war wirklich total einfach.

Zurück in der Hütte, rief sie Jay an.

»Das Foto kam an«, bestätigte er ihr. Seine Stimme klang, als wäre sie weit entfernt.

»Er ist es, Jay. *Der Nebel.*«

»Wir überprüfen das, Sadie. In der Gegend gibt es einige Überwachungskameras. Wir hoffen, dass eine von ihnen vielleicht ein Nummernschild oder das Fahrzeugmodell aufgenommen hat. Irgendeinen Hinweis. Vielleicht erwischen wir ihn ja doch noch.«

»Großartig«, sagte sie mit hohler Stimme. »Besser spät als nie, nicht wahr?«

»Sadie, wir tun alles …«

»Das weiß ich.« Mit dumpfen Augen sah sie sich in der Hütte um. Ihr Blick blieb an Sams Foto an der Wand hängen. »Aber es ist zu spät. Egal, was Sie tun, Sam wird es nicht zurückbringen. Oder, Jay?«

Sie hörte ihn seufzen.

»Ich rufe Sie an, sobald ich etwas erfahren habe«, versprach er ihr.

Am nächsten Tag meldete sich Jay mit schlechten Neuigkeiten.

»Auf den Überwachungskameras haben wir nichts gefunden. Wir werden die Anwohner befragen, herausfinden, ob sich jemand an ihn erinnern kann. Das kann ein paar Tage dauern.«

»Tun Sie, was nötig ist, Jay.«

Sadie schob die Gedanken an den *Nebel* beiseite. Ihn zu finden bedeutete ihr nicht viel. Sie wollte nicht an einen langwierigen Gerichtsprozess denken, an den Medienrummel, den er verursachen würde. Und sie konnte sich einfach nicht vorstellen, dem Mann gegenüberzusitzen, der ihren Sohn ermordet hatte. Oder vor den Geschworenen zuzugeben, dass sie zugesehen hatte, wie er Sam mitnahm.

Und sie das zuließ.

Manchmal dachte sie an Matthew Bornyk. Dann schüttelte sie den Kopf. Wenn *Der Nebel* Sam so brutal abgeschlachtet und ermordet hatte, dann war Cortnie sicher auch tot. Matthew hatte Glück gehabt. Er hatte nicht mit ansehen müssen, wie sein Kind vor seinen Augen starb.

Die nächsten zwei Tage konzentrierte sie sich voll und

ganz darauf, die Illustrationen für *Die verrückte Fledermaus* fertigzustellen. Jedes Mal, wenn sie den Titel sah, lachte sie laut auf. In Wahrheit war es mehr ein heiseres Kichern.

»Ja, du bist auf dem besten Weg, verrückt zu werden«, attestierte sie sich selbst.

Nachts ignorierte sie das ununterbrochene Gekrächze des Raben und fiel in einen vom Rum herbeigeführten Rausch, bevor sie endlich ins Bett plumpste. Morgens öffnete sie die Schiebetür und fragte sich, welches wundersame Geschenk auf sie warten würde. Nach dem Hersheys-Schokoriegel und der Illustrierten fand sie ein Stück Lakritz. Den Tag darauf nichts. Heute Morgen war es ein Füllfederhalter, den sie in einen Behälter neben ihren Malutensilien fallen ließ.

Tagsüber kämpfte sie gegen die Bilder von Leah und Philip an.

Mit ruhiger Entschlossenheit las sie Leahs Brief erneut. In jedem Wort fühlte sie tiefes Bedauern. Aber das machte den Verrat an ihrer besten Freundin nicht ungeschehen.

Wusste sie nicht, dass Geheimnisse nur zerstören?

»Drei Jahre lang hast du vorgegeben, meine Freundin zu sein, während du dieses schreckliche Geheimnis mit dir herumgetragen hast. Du und Philip. Du hättest es mir sagen können, Leah. Vielleicht hätte ich es verstanden. Vielleicht hätte ich dir vergeben können. Aber es vor mir geheim halten? Das kann ich nicht verstehen.«

Sie erinnerte sich an den Tag, an dem Leah in Philips Büro aufgetaucht war. Der Tag, an dem sie nach dem verlorenen Buch gesucht hatte.

Ein weiteres Puzzleteil fand seinen Platz.

»Ich wette, du hast den gesucht.«

Sie faltete Leahs Brief und legte ihn auf den Wohnzimmertisch. Verzweifelt nahm sie Leahs Foto in die Hand.

»Wie konntest du nur mit meinem Mann schlafen? Wie konntest du nur?« Wutentbrannt und ohne zu zögern warf sie Leahs Foto in den Mülleimer.

Sie fühlte sich, als ob die Wände sie erdrücken wollten.

»Ich muss hier raus.«

Also flüchtete sie nach Hinton, um ihren Laptop und das Handy zu laden.

Sie saß in Ed's Pub, hielt sich an einem Rum mit Cola fest und kritzelte auf einer Serviette herum, während sie die letzten Zeichnungen für Sams Buch plante. Es war so gut wie fertig. Mit einem schweren Seufzer lehnte sie sich im Stuhl zurück und schloss die Augen. Die süße Stimme von Sara Westbrook schwebte durch den Raum. Unschuldig, rein … und voller Hoffnung.

Aber für mich gibt es keine Hoffnung.

»Möchten Sie noch einen?«, fragte Ed vorsichtig.

Sie öffnete die Augen und schüttelte den Kopf. »Sie haben wirklich eine ungewöhnliche Auswahl an Liedern in diesem Ding.« Sie nickte in Richtung Jukebox.

Ed lächelte. »Ich unterstütze gerne kanadische Talente.«

Als sie aufstand, um zu gehen, fing sie an, ihre Serviette zu zerknüllen. Aber etwas, was sie unbewusst gezeichnet hatte, ließ ihre Hand erzittern. Die Serviette war mit Unendlichkeitssymbolen übersät, und in der Mitte stand ein einziges Wort.

SAM.

»Mein kleiner Mann«, flüsterte sie.

»Alles in Ordnung, Sadie?«, fragte Ed besorgt.

»Nein, aber das wird es bald sein.«

Er sah sie traurig an. »Der Drink geht auf mich.«

Mit einem kurzen Nicken packte sie ihren Laptop und das Handyladegerät ein. Aus reiner Neugier – nicht weil sie beabsichtigte, jemanden zurückzurufen – sah sie sich ihre Anruferliste an. Zwei Nachrichten von ihren Eltern, eine von Leah und vier von Philip.

»Der wundert sich wohl, wo seine Dokumente bleiben.«

Das Telefon verschwand in ihrer Jackentasche.

Aufgebracht, weil sie nicht gesehen hatte, was sich direkt vor ihrer Nase abspielte, raste sie zurück zur Hütte. Als sie dort ankam, hatte sie sich selbst davon überzeugt, dass Leah und Philip sie schon seit Jahren hintergangen hatten, dass ihre gesamte Ehe und ihre Freundschaft mit Leah eine einzige Lüge waren.

Sie ließ den Laptop neben der Tür fallen und stürmte in die Küche. Aus dem Küchenschrank schnappte sie sich eine der Cabernet-Sauvignon-Flaschen und schenkte sich ein großes Glas ein. Zur Hölle mit Philip. Sie würde ihre Freiheit feiern, indem sie den kostbaren Wein des Bastards trank.

Sadie lächelte höhnisch. »Auf die Wahrheit und die Freiheit.«

Nach dem vierten Glas hörte sie mit dem Zählen auf. Wozu auch? Sie wusste, was sie war.

Schwach.

Das bekannte Rauschgefühl war ihr willkommen. Es erlaubte ihr beinahe, ihren untreuen Ehemann und ihre verräterische beste Freundin zu vergessen. Beinahe konnte sie die Bilder, die die beiden beim wilden Sex zeigten, unterdrücken. Beinahe gelang es ihr, Sam zu vergessen.

Beinahe.

In dieser Nacht wünschte sie sich, sie wäre schon tot.

Furchterregende Bilder stürmten auf sie ein. Der blutige Finger. Sams kleiner Zeh. Das grauenhafte Massaker in der Baumschule. Gesichter schwebten vor ihr, vermischten sich mit Fetzen zorniger Diskussionen, die trotz ihrer Benommenheit zu ihr vordrangen. Philip, der sie für Sams Tod verantwortlich machte. Leah, die ihre Entscheidung anzweifelte, Stillschweigen darüber zu bewahren, dass sie den *Nebel* gesehen hatte. Ihre Eltern, beschämt, weil sie trank. Sie alle zeigten mit dem Finger auf Sadie, klagten sie an.

»Es ist deine Schuld!«, schrien sie.

Dann sah sie ihn.

Den *Nebel.*

Er stand tief in eine dunkle Ecke ihres Schlafzimmers gedrückt. Seine Augen glitzerten im schwachen Licht der Öllampe neben ihrem Bett. Als er ins Licht trat, war sein Gesicht angemalt wie das von Clancy.

Sie winselte und drängte sich rückwärts gegen das Kopfende des Bettes.

»Schsch«, flüsterte er, als ob er einem Kind gut zureden wollte.

»Kommen Sie mir nicht zu nahe!«

Ohne ihr die geringste Aufmerksamkeit zu schenken, bewegte er sich geräuschlos auf das Bett zu. In der erhobenen Hand hielt er ein gleißendes Fleischermesser, mit der anderen Hand rollte er zwei kleine blaue und weiße Murmeln in seiner Handfläche.

Aber es waren gar keine Murmeln. Es waren Augen – Sams Augen.

Sadie starrte sie voller Entsetzen an. »Sam?«

»Ihr Sohn ist tot.« Der Mund des *Nebels* kam immer näher. Verfaulter Atem entströmte ihm wie ungeklärtes Abwasser. »Jetzt werde ich Sie in Stücke schneiden. In kleine, blutige Stücke.«

Als das Messer in hohem Bogen auf sie herabsauste, presste sie die Augen zusammen und schrie: »Nein!«

Ein Luftzug wehte über sie hinweg. Aber das war alles. Keine unerträglichen Schmerzen, kein elender Todeskampf. Nur Stille.

Als sie die Augen öffnete, war er weg. Verwirrung übermannte sie. Wo war er? Versteckte er sich irgendwo im Schatten?

Sie berührte die Öllampe.

Sie war kalt.

Der Nebel war nur ein grauenvoller Traum gewesen.

»Aber er wirkte so echt.«

Ein Schluchzen verfing sich in ihrer Kehle. Sie zitterte unkontrolliert. Dann verzog sie das Gesicht. *Warum ist es hier drinnen so kalt?*

Mit einem Stöhnen setzte sie sich auf, die Augen auf das eine gerichtet, das hier nicht stimmte.

Das offene Fenster.

Sie dachte an die Nacht, in der Sam entführt worden war. Die Nacht, die voller Hinweise gewesen war – wenn sie sie nur erkannt hätte. Sein Fenster war ebenfalls offen gewesen, genau wie jetzt das ihre.

Aber Der Nebel *ist nicht hier. Wer soll mir hier einen Streich spielen wollen?*

Sie fühlte sich wie die Teilnehmerin in einem wahnsinnigen Katz-und-Maus-Spiel, und ohne sich etwas vorzumachen, war ihr klar: Sie war die Maus. Und sie war es so leid zu spielen.

»Was wollt ihr von mir?«, stöhnte sie.

Ihr ganzer Körper versteifte sich. Ihre Hände verkrampften sich zu Fäusten. Sie wollte auf etwas einschlagen. Auf jemanden. Auf Philip. Auf Leah.

Auf ihn.

»Schluss jetzt!«, schrie sie. »Es reicht, verdammt noch mal!«

Sie holte tief Luft, sprang aus dem Bett und warf das Fenster zu. Draußen hing der Mond über den Bäumen. Seine Sichel spendete nur verschwommenes Licht. Über dem Boden schwebte glitzernder Nebel. Sie starrte ihn an und fragte sich, ob er wohl ihren Albtraum inspiriert haben könnte.

Sie lehnte ihre Stirn gegen das kühle Glas.

Draußen rührte sich nichts.

Aber jemand hat mein Fenster geöffnet.

»Na ja, jedenfalls wirst du heute Nacht nicht wieder einschlafen können.«

Suchend griff sie nach ihrem Bademantel. Im Dunkeln ging sie durch das düstere Wohnzimmer zum Kamin, in dem die noch glühende Asche schwach pulsierte. Aus dem Korb zu ihrer Linken nahm sie den Kienspan und warf einige Stücke in den Kamin. Funken leckten an der Unterseite des Holzes. Dann legte sie zwei Holzscheite obenauf, aber sie schwelten und knisterten nur. Sie lachten sie aus. Früher oder später würden sie Feuer fangen. Das wusste sie. Sie richtete ihre Aufmerksamkeit auf die beiden Fenster, auf die Schiebetür und die Hintertür.

»Wenn ich hier fertig bin, wird diese Hütte wie Fort Knox aussehen«, brummte sie vor sich hin. »Aber erst brauche ich eine Taschenlampe.«

Auf der Suche nach der Taschenlampe, die sie im Ort gekauft hatte, ließ sie ihre Finger über den Wohnzimmertisch gleiten. Ohne Erfolg.

»Ich bin sicher, dass sie hier lag.« Sie musste vom Tisch gefallen sein.

Ihre Hand fuhr über den Boden.

Nichts.

»Was zum Teufel hast du damit gemacht?«

Ein gleißendes Licht blendete sie.

Mit einem Aufschrei sprang sie zurück. Ihr Herz raste.

»Suchen Sie die?«

Vierundzwanzig

Ein etwa sechsjähriger Junge mit kurz geschnittenem Haar saß mit gekreuzten Beinen auf ihrem Sofa. Eingehüllt in ihre Decke, beobachtete er sie mit einem interessierten Ausdruck in seinen unergründlichen Augen.

Er hielt etwas in seiner Hand. »Wollen Schie die haben?«

Es war die blaue Taschenlampe. Die, die Irma ihr gegeben hatte. Die, die Sadie im Wald verloren hatte.

Verwirrt schüttelte sie den Kopf.

Sie waren zurück. Die Halluzinationen. Der Junge war das Produkt ihrer kranken Fantasie. Oder eine Wahnvorstellung, die sie Philips vermaledeitem Wein zu verdanken hatte. Aber so viel hatte sie doch gar nicht getrunken. Oder vielleicht doch?

»Wie heischen Sie?«, erkundigte sich der Junge fröhlich lispelnd, als ob es ganz normal für ihn wäre, mitten in der Nacht in ihrer Hütte zu sitzen.

Sie schluckte schwer. Wahnvorstellungen sollten eigentlich weder reden können noch gehört werden.

Der Junge schnaubte. »Reden Schie nicht?« Er schwenkte die Taschenlampe, und das Licht hüpfte über die Wände.

»Hier gibt es keine Kinder«, versicherte sie sich.

Der Junge grinste. »Die gibt'sch wohl. Mich.«

Sie schlich sich näher an ihn heran. Mit ausgestreckter Hand beugte sie sich zu dem Phantomjungen, davon überzeugt, er werde sich – puff – in Luft auflösen, sobald sie seine Wange berührte.

Aber er verschwand nicht. Ihre Hand traf auf seine weiche Haut.

Schnell zog sie sie zurück. »Wer bist du? Und was machst du hier?«

Der Junge antwortete nicht. Stattdessen befreite er sich aus der Decke und saß nun in seinem hell- und dunkelblau gestreiften Schlafanzug vor ihr.

Sie runzelte die Stirn. »Du solltest zu Hause im Bett liegen. Es ist spät.«

»Meine Schweschter hat gesagt, ich soll herkommen«, erklärte er.

Sie starrte den Jungen an. Ihre Gedanken rasten. Welche Schwester würde ihren kleinen Bruder nachts durch den Wald spazieren lassen?

»Ich scholl Ihnen etwasch geben«, fuhr er mit seinem leichten Lispeln fort. »Schie wollte schelbst kommen, aber weil schie vorgestern entwischt ist, hat Vater schie insch Verliesch geschickt.«

Er sprang auf die Füße, schob eine Hand tief in seine Hosentasche und zog etwas Weißes hervor.

»Deine Schwester hat dich mitten in der Nacht losgeschickt, um einer völlig Fremden einen Umschlag zu geben?« Sadie nahm ihn aus der Hand des Jungen entgegen und inspizierte ihn. Er war leer und unbeschriftet. Sie sah ihn entgeistert an. »Wissen deine Eltern, dass du hier bist?«

»Vater schläft. Wir dürfen nicht nach drauschen gehen, wenn er nicht bei unsch ischt.«

»Dann wird er sich Sorgen machen, wenn er merkt, dass du verschwunden bist. Bringen wir dich nach Hause.« Sie bewegte sich auf ihn zu.

»Aber ich will nicht gehen.«

Die Angst in seinen Augen verschlug ihr den Atem. Sie erinnerte sie daran, wie Sam auf Philip reagierte, wenn der böse auf ihn war.

Der Junge fing an zu schluchzen. »Schicken Schie mich nicht zurück. Bitte!«

Alarmiert nahm sie ihn in die Arme und hielt ihn fest. Sein warmer Körper fühlte sich gut an, als ob er in ihre Arme gehören würde.

Wie Sam.

In Gedanken ohrfeigte sie sich selbst.

Der Junge lebt und ist in Sicherheit. Und er ist nicht Sam.

Als sein Schluchzen nachließ, sank sie neben ihm auf das Sofa.

»In Ordnung. Wir können hierbleiben. Für eine Weile. Okay?«

Der Junge schniefte. »Okay.«

Sie streichelte seinen geschorenen Kopf. »Ich heiße Sadie.«

»A-adam.«

»Wo wohnst du, Adam?«

Der Blick des Jungen schweifte zur Schiebetür.

»Auf der anderen Seite des Flusses also«, riet sie.

Er nickte und schaute sie mit feuchten Augen an. Wie ein Vögelchen, das sein Futter erwartet, öffnete er den Mund, um etwas zu sagen. Doch pötzlich änderte er seine Meinung und klappte ihn fest zu.

»Wie wäre es mit einem heißen Kakao?«, schlug sie vor und rutschte von der Couch.

»Haben Schie auch Marschmallowsch?«

Sie lächelte. »Extra große.«

Sie zündete die Lampe an und bereitete den Kakao auf dem Campingkocher zu. Aus den Augenwinkeln beobachtete sie den Jungen, der im Schatten saß. Adam war klein und dünn – und totenblass.

Kein Wunder, dass sie ihn für einen Geist gehalten hatte.

»Ischt er bald fertig?«, erkundigte er sich und hüpfte vom Sofa.

»Fast.«

Einige Minuten später saßen sie einvernehmlich Seite an Seite, tranken ihre heiße Schokolade und starrten ins Feuer. Keiner von beiden verlor ein Wort.

Sadie wusste, dass sie ihn früher oder später nach Hause bringen musste.

Aber noch nicht gleich.

»Dasch schmeckt so gut«, sagte er zufrieden und steckte ein schmelzendes Marshmallow in den Mund. »Aschley wird eiferschüchtig sein. Hey, wollen Schie ein Gedicht hören, dasch schie mir beigebracht hat?«

»Gerne.«

Adam grinste. »Dunkel war'sch, der Mond schien helle, schneebedeckt die grüne Flur, als ein Wagen blitzesschnelle langsam um die Ecke fuhr. Drinnen schaßen schtehend Leute, schweigend ins Geschpräch vertieft, als ein totgeschoss'ner Hasche auf der Sandbank Schlittschuh lief.«

»Hmm, das war … interessant«, sagte sie. »Da hat Ashley dir aber etwas Lustiges beigebracht.«

Sogar in dem schwachen Licht konnte sie sehen, dass er ein hübscher Junge war. Irgendwo da draußen gab es eine glückliche Mutter.

»Wird sich deine Mama denn keine Sorgen um dich machen?«, entfuhr es ihr.

Ein Schatten verdunkelte Adams Augen. »Sie ist tot.«

»Das tut mir so leid, Schätzchen.«

Gefasst hielt er ihr seine Tasse entgegen. »Kann ich noch eine haben?«

Als sie mit einer vollen Tasse zurückkehrte, lag Adam schlafend auf der Couch. Neugierig musterte sie ihn. Er hatte einen Schokoladenbart über seinem zufrieden lächelnden Mund, und seine Brust hob und senkte sich sanft.

Zweifellos: Da war ein Junge aus Fleisch und Blut in ihrer Hütte.

»Fantastisch«, brummte sie vor sich hin. »Und was jetzt?«

Die Standuhr zeigte vier Uhr in der Früh an.

Sie warf einen Blick auf Adam. Vielleicht sollte sie ihn schlafen lassen und ihn erst in ein paar Stunden nach Hause bringen. Hoffentlich noch bevor sein Vater aufwachte. Aber sie hätte sich doch schon gerne kurz mit seiner Schwester unterhalten. Sie vermutete, sie war das Mädchen, das sie im Wald gesehen hatte.

Während sie neben Adam saß, kam ihr etwas in den Sinn, das er vorhin erwähnt hatte. Etwas, was sie zu der Zeit nicht registriert hatte, weil sie durch den Umschlag abgelenkt war.

»Vater hat sie ins Verlies geschickt.«

Damit meinte er sicher nicht den Keller.

Sie konnte es keinem Vater verübeln, seinen Kindern nicht zu erlauben, mit Fremden zu reden oder nachts das Haus zu verlassen. Aber warum hatten sie überhaupt versucht, mit ihr Kontakt aufzunehmen? Warum brachten sie ihr Geschenke? Und wer hatte sie im Wald angegriffen – ihr Vater?

Ihre Augen wanderten zu dem schlafenden Jungen.

Was wird passieren, wenn sein Vater entdeckt, dass er ausgerückt ist?

Sie zog die Decke über Adams Schultern. Als er sich im Schlaf bewegte und seinen Kopf in ihren Schoß legte, hielt sie den Atem an, überrascht von dieser plötzlichen Nähe. Eine tief in ihrem Herzen verborgene Sehnsucht ließ ihr die Tränen in die Augen treten. Sie schloss sie und fühlte, wie Adams kleine, warme Hand in ihre glitt. Dann schlief sie ebenfalls ein.

Als sie einige Stunden später aufwachte, war er verschwunden – zusammen mit der grauen Decke. Sie hätte das Ganze für einen Traum gehalten, wenn da nicht die blaue Taschenlampe auf dem Wohnzimmertisch und fünf aufgereihte Gegenstände auf der Küchenzeile gewesen wären. Der Hersheys-Riegel, die Illustrierte, das Lakritz, der Füllfederhalter und … der Umschlag.

»Du und deine Schwester seid mehr als merkwürdig, Adam.«

Ohne zu zögern, riss sie das Papier des Schokoriegels auf, zerknüllte es und warf es in den Müll.

»Kakao und Schokoriegel zum Frühstück. Du meine Güte, Sadie, du wirst fett werden.«

Innerhalb kürzester Zeit war die Schokolade verschwunden.

Nachdem sie sich angezogen hatte, machte sie sich auf den Weg.

»Zeit, mich ein wenig mit meiner Vermieterin zu unterhalten.«

Irmas Hütte war in einem wilden Mix aus rustikalem Chic und Wildem Westen dekoriert. Antiquierte Hufeisen waren an die rauen Holzwände genagelt. Fotografien von Rodeoteilnehmern zierten den Eingang, Überbleibsel der Karriere ihres Mannes als Bullenreiter.

Irma zeigte auf ein Foto. »Das ist der alte Diablo.«

Sadie sah sich den räudig aussehenden Bullen näher an. Das zornige Glitzern in den Augen des Tieres war furchterregend und wild. Warum würde jemand mit einem Tier wie diesem in den Ring steigen wollen – mit einem Killer?

»Clifford liebte die Herausforderung, sie zu besiegen«, murmelte Irma, als ob sie ihre Gedanken lesen könnte. »Er grub seine Fersen ein und klammerte sich für den Ritt fest. Bis auf das letzte Mal. Diablo warf ihn in die Luft wie Spucke.« Wehmütig starrte sie das Foto an.

»Ich wollte mit Ihnen über etwas reden«, lenkte Sadie ab.

»Worüber?«

»Über die Kinder auf der anderen Seite des Flusses.«

Irma ging zum Küchentisch, goss Tee ein und stellte eine Porzellantasse vor Sadie.

»Setzen Sie sich«, forderte sie sie auf. »Ich mache mir Sorgen um Sie.«

»Wieso denn?«

»Ich habe die Flaschen gesehen, die Sie gekauft haben. Und ich kenne die Anzeichen.«

»Anzeichen?«

Irmas Lippen zogen sich zusammen. »Die für einen Alkoholiker. Ich weiß, was Alkohol Ihnen antun kann, Ihrem Verstand. Er hat meinen Clifford zerstört. Nur deshalb konnte Diablo ihn abwerfen. Das Monster konnte Schnaps kilometerweit riechen. Und Cliffords Augen waren so schlecht, dass er ihm nicht entkommen konnte. Diablo hat ihn zu Tode getrampelt.«

»Hören Sie, das tut mir wirklich leid, aber ich bin nicht gekommen, um mich über Ihren Mann zu unterhalten. Oder über mein gelegentliches Trinken. Ich kam wegen des Jungen und des Mädchens auf der anderen Seite des Flusses.«

»Welcher Junge und welches Mädchen? Ich sagte Ihnen doch, hier gibt es keine Kinder.«

»Natürlich gibt es die«, beharrte Sadie.

Irma sah sie mitleidig an und schüttelte den Kopf. »Von dem Moment, als ich Sie das erste Mal sah, Sadie, wusste ich, dass Sie von etwas Schrecklichem verfolgt werden.«

»Ich habe sie gesehen.«

»Okay … dann sagen Sie mir ihre Namen.«

»Ashley und Adam.«

Die Tasse in Irmas Hand zitterte. »Soll das ein Witz sein?«

»Natürlich nicht. Ich habe sie gesehen, mich mit ihnen unterhalten. Ashley habe ich vorgestern im Wald getroffen, und Adam hat mich letzte Nacht besucht.«

Die Augen der Frau füllten sich mit Tränen. »Das ist nicht wahr, meine Liebe.«

»Warum fällt es Ihnen so schwer, mir zu glauben?«

Tee schwappte über den Rand, als Irma ihre Tasse hastig auf die Untertasse zurückstellte. »Sadie, Sie können Adam und Ashley unmöglich gesehen haben.«

Sadie stieß einen frustrierter Seufzer aus. »Wieso denn nicht?«

»Weil, meine Liebe … beide tot sind.«

Fünfundzwanzig

Irmas Enthüllung überflutete ihren Körper mit Wellen des Unglaubens.

»Aber ich habe sie gesehen, Irma. Mich mit ihnen unterhalten.«

»Unmöglich«, beteuerte die Frau. »Adam und Ashley sind zusammen mit Carrie im Feuer umgekommen.«

Sadie zog scharf den Atem ein. »Sarges Kinder?«

»Tot, seit fünf Jahren!«

Sadie fiel in sich zusammen und wiegte den Kopf in ihren Händen. Von den beiden Frauen in diesem Raum hatte eine komplett den Verstand verloren. Und Irma war es nicht, das war ihr klar.

»Ich sehe Tote«, stöhnte sie. »Was geht nur in mir vor?«

»Vielleicht hat es damit zu tun, wieso Sie hier draußen sind, Sadie. Ganz allein. Sam vielleicht?«

Sadie hob den Kopf. Ihre geschwollenen Augen hielten ungeweinte Tränen.

»Das ist mein Sohn. Er wurde entführt… ermordet. Aber ich sehe ihn noch immer. Ich träume ständig von ihm.« Schmerzvoll verzog sich ihr Gesicht. »Und jetzt sehe ich noch mehr tote Kinder.«

»Scheint, als ob Sie Ihren Sohn noch nicht gehen lassen konnten.«

Sadie schluckte hart. »Wie sollte ich das können? Er war mein Baby.«

»Ja, das war er. Und das wird er auch immer sein. Aber er ist nicht länger hier, Sadie.«

Eine erdrückende Stille hing im Raum.

»Ich bin so müde, Irma«, flüsterte Sadie.

Irma tätschelte ihre Hand. »Das weiß ich, meine Liebe. Aber das Leben geht weiter. Das muss es. Und Ihr Sohn will, dass Sie es leben – in vollen Zügen, mit allen Höhen und Tiefen, egal, was es ihnen vor die Füße wirft. Im Aufgeben werden Sie keinen Frieden finden.«

Sadie zuckte zusammen. Wusste Irma von der Waffe?

Schnell sprang sie auf die Beine und stotterte: »I-ich muss gehen. Es tut mir leid, Irma.«

»Was, meine Liebe?«

»Dass ich Sie mit meinen Problemen belästigt habe.«

»Kein Grund, sich deshalb Gedanken zu machen. Ich war in meinem Leben auch nicht immer auf Rosen gebettet. Wir Frauen müssen doch zusammenhalten.«

Sadie lächelte zittrig. »Ihre Tochter hat Glück gehabt.«

»Fangen Sie mir besser nicht mit Brenda an«, grollte Irma. »Brauchen Sie etwas, meine Liebe?«

»Nur einige Tage ununterbrochenen Schlaf.«

Irma folgte ihr nach draußen und zündete sich eine Zigarre an. »Wissen Sie«, gab sie ihr mit auf den Weg, »sogar nach dem schrecklichsten Sturm zeigt sich die Sonne erneut und scheint wieder.«

»Für mich ging sie für immer an dem Tag unter, als Sam starb«, erwiderte Sadie.

Irma brummte vor sich hin und ging ins Haus.

Der Weg zurück zur *Unendlichkeits-Hütte* kam Sadie länger als gewöhnlich vor, und sie dachte über die Worte der alten Frau nach.

Irma täuschte sich. Die Sonne würde nicht mehr scheinen. Nie mehr. Es gab nichts, was das Leben lebenswert machte. Sam war tot, Philip im Gefängnis, und Leah … nun, die bedeutete ihr nichts mehr.

Sie würde noch zwei bis drei Tage brauchen, um *Die verrückte Fledermaus* fertigzustellen. Sadie plante die ihr verbleibende Zeit und machte eine Liste der Dinge, um die sie sich noch kümmern musste. *Nichts unerledigt lassen.*

Ein Surren …

Ihre Tasche vibrierte.

Sie zog das Handy heraus und blickte finster auf die Anzeige.

Philip.

»Scheiße.« Sie klappte das Telefon auf. »Was willst du?«

»Geht es dir gut?« Er klang besorgt.

»Ja. Warum rufst du an, Philip?«

»Leah sorgt sich um dich. Ich dachte, du wolltest bei ihr unterkommen.« Stille. »Wo zum Teufel steckst du?«

»Das geht dich nichts an«, antwortete sie, kochend vor Wut bei der Erwähnung von Leahs Namen. »Du hast das Recht verloren, mir Fragen zu stellen, als du angefangen hast, dich durch die Betten zu schlafen.« *Mit meiner besten Freundin.* »Ist das der einzige Grund, warum du anrufst?«

»Nein … Ich, ähm, hoffte, du würdest mich besuchen kommen.«

»Warum sollte ich das wohl tun, Philip?«

Sie hörte ihn seufzen.

»Hör zu«, sagte er, »ich weiß, ich habe Mist gebaut. Und ich weiß, ich habe nicht verdient, dass du mir verzeihst. Aber ich muss mit dir reden.«

»Die Zeit des Redens ist vorbei. Wir haben einander nichts mehr zu sagen.«

»Sadie, ich weiß, dass du sie hast«, flüsterte er heiser. »Ich weiß, du hast die Pistole.«

Ihr stockte der Atem. »Wie kommst du darauf, dass ich sie habe?«

»Weil sie nicht mehr in meinem Büro war, nachdem du gepackt hast.«

»Woher willst du …?« Zornentbrannt unterbrach sie sich. »Leah.«

Ihre Freundin hatte es gar nicht auf die verteufelten Rotweinflaschen abgesehen. Oder auf die Briefe. Sie wollte die Waffe.

»Ich habe sie darum gebeten, sie zu holen«, sagte Philip. »Um sie loszuwerden.«

»Nicht zu fassen. Meine Freundin zu überreden, deine Schmutzarbeit für dich zu erledigen. Warum sollte sie wohl so etwas für dich tun?«

Er antwortete nicht.

»Vielleicht sollte ich sie fragen«, schlug sie unmutig vor.

»Wo ist die Waffe?«

»Die bin ich losgeworden«, brachte sie zwischen zusammengebissenen Zähnen hervor. »Zusammen mit deinem und ihrem Brief.«

Am anderen Ende folgte tödliche Stille.

»Was hast du dazu zu sagen, Philip?«

»Sadie … Ich … wir …«

»Spar dir die Mühe! Ich will nichts darüber hören, wie mein Mann meine beste Freundin hinter meinem Rücken gevögelt hat.«

»Nur ein einziges Mal«, versicherte er ihr, als ob es das besser machen würde. »Vor drei Jahren.«

»Ja. Am Abend ihrer Geburtstagsfeier.«

»Sie war total betrunken«, versuchte er sich zu verteidigen. »Und total scharf auf mich.«

»Ach so. Es war also allein Leahs Schuld?«

»Nein, es war meine Schuld. Ich wusste, dass sie betrunken war, und das habe ich ausgenutzt. Ich hätte sie in Ruhe lassen sollen.«

»Hast du aber nicht, Philip. Du hast mit meiner besten Freundin geschlafen. Und keiner von euch beiden hatte den Mut, es mir zu gestehen.«

Endlich fing alles an, Sinn zu ergeben. Leahs und Philips offene Feindseligkeit, ihr bösartiges gegenseitiges Geplänkel, ihre Unfähigkeit, gleichzeitig im selben Raum zu sein.

»Deshalb hast du so darauf gedrängt, dass ich sie fallen lassen sollte«, folgerte sie angewidert. »Du hast befürchtet, sie würde mir eure gemeinsame Sünde beichten.«

»Sie hätte es dir nie gesagt. Sie wollte nicht, dass du verletzt wirst. Ja, sie fühlt sich schuldig. Ich auch. Deshalb haben wir beschlossen, es einfach zu vergessen.«

»Was du offensichtlich nicht getan hast. Ihr Brief klingt, als ob du ihr seither ständig nachgestellt hast. Was hast du gemacht, Philip? Sie zum Sex erpresst, weil du ihn von mir nicht bekommen konntest?«

Erneutes Schweigen.

Was sollte er auch sagen? Sie hatte die Wahrheit über ihn – und Leah – erfahren, gerade so, als ob sie sie in flagranti erwischt hätte. Das traf sie mitten ins Herz. Dass Philip mit Bridget, Latoya oder einer anderen Kollegin schlief, war eine Sache. Aber mit Leah? Das war der schlimmste aller Seitensprünge.

Sie dachte an Leah, erinnerte sich an ihr letztes gezwungenes Gespräch. Schon damals hatte sie gespürt, dass etwas nicht stimmte. Jetzt wusste sie, was. Leah hatte befürchtet, dass in dem Chaos von Sams Entführung, seiner Ermordung und dem Verkauf des Hauses die Wahrheit ans Licht kommen würde … Ohne es zu merken, hatte Sadie die Hütte erreicht und ging hinein.

Philip räusperte sich. »Wir haben nur dieses eine Mal miteinander geschlafen. Das schwöre ich auf beim Grab unseres Sohnes.«

»Wag ja nicht, Sam ins Spiel zu bringen!«, schrie sie ihn an. »Wie …?«

»Er hat uns gesehen, Sadie.«

Beinahe hätte sie das Telefon fallen gelassen. »Wovon zum Teufel redest du?«

»Sam ist ins Zimmer hereingeplatzt.«

»Wie kann er ins Zimmer gekommen sein, wenn ihr in ihrem …?«

Plötzlich schien der Raum luftleer zu sein.

»Ich dachte, dass es passiert ist, als du sie nach Hause gebracht hast«, stammelte sie benommen. »Aber so war es nicht, nicht wahr, Philip?«

»Nein.«

Entsetzt hielt sie die Hand vor den Mund. Ihr war übel. »Während der Party wart ihr beide fast eine halbe Stunde lang verschwunden. Leah hat mir erzählt, sie hätte sich hingelegt.«

»Das hatte sie auch, aber …«

»Und du sagtest, du wärst in deinem Büro gewesen.«

»Ich bin nach oben gegangen, um meine Brille zu holen«, murmelte er.

»Und dann hattest du Sex mit meiner besten Freundin. In unserem Bett.«

Eine kurze Pause folgte. Dann sagte er: »Ein einziges Mal, Sadie.«

»Einmal ist mehr als genug«, erwiderte sie. »Wir sind fertig miteinander, Philip. Ruf mich nie wieder an.«

»Sadie, warte! Was ist mit den …«

Gelassen und vollkommen ruhig unterbrach sie das Gespräch und steckte das Telefon in ihre Laptoptasche. Dann atmete sie bedächtig tief ein und aus. »Nichts unerledigt zurücklassen.«

Entschlossen, Sams Buch zu beenden, stellte sie ihre bedrückte Stimmung hintan und begann, an den Illustrationen zu arbeiten. Nach nicht allzu langer Zeit hatte sie eine Zeichnung fertig, in der die verrückte Fledermaus rückwärts in einen Baum flog. Als Nächstes arbeitete sie an einer, in der sie fröhlich auf ihre Höhle zuflog. Die war am Abend fertig.

Sie sah zu Sams Foto hinüber. »Bald.«

Erschöpft griff sie nach der Weinflasche. Auf keinen Fall würde sie das Risiko eingehen, tote Kinder zu sehen. Nicht heute Nacht.

Nie wieder.

Später fiel sie ins Bett und schlief tief und fest … und traumlos.

So lange, bis ein schriller Schrei sie auf ihre unsicheren Füße brachte.

Sechsundzwanzig

In der Dunkelheit beschleunigte sich Sadies Puls.

»Was, zum Teufel, war das?«, murmelte sie, immer noch betrunken.

Nach einem langen Moment der Stille stieß sie ein verächtliches Kichern aus. Der tobende Sturm draußen hatte sie geweckt. Oder zumindest versuchte sie, sich das einzureden. Der Regen trommelte auf das Dach, und die Fenster erzitterten unter dem Wind, der gegen die Hütte fegte. Dann fiel ihr der Vorhang auf. Er flatterte, als ob jemand von hinten dagegenblasen würde.

»Sieh einfach draußen nach, du Feigling.«

Mit zwei kurzen – recht unsicheren – Schritten ging sie zum Fenster und riss den Vorhang zurück.

Kleine Augen sahen ihr entgegen.

»Himmel noch mal! Schläfst du denn nie?«

Als Antwort flog der Rabe in die Nacht hinaus.

Sie wollte sich gerade abwenden, als zwei Gestalten aus dem Sturm auftauchten und um die Hütte herumgingen, bis sie außer Sichtweite waren.

Sie zwickte sich selbst. Es tat weh.

»Okay, du träumst nicht. Aber auf alle Fälle bildest du dir Dinge ein. Niemand wäre bei diesem Wetter …«

Es klopfte!

»Wer ist da?« Betrunken kicherte sie. *Ich bin wahnsinnig.*

Mit der Lampe in der Hand öffnete sie die Hintertür einen Spalt.

Zwei zitternde Kinder starrten sie eng aneinandergedrückt unter einer durchnässten Wolldecke hervor an.

»Dürfen wir reinkommen?«, fragten sie gleichzeitig.

Offensichtlich mussten sich sogar die Toten vor dem Regen unterstellen.

Sadie öffnete die Tür weiter und erwartete, dass die Kinder verschwinden würden. Als sie das nicht taten, nickte sie mit dem Kopf, und sie traten ein. Als sie dem kleineren Kind half, die Decke von den Schultern zu nehmen, erkannte sie sofort den rasierten Kopf.

»Adam.«

Er lächelte ihr kurz zu.

Das Mädchen musste seine Schwester sein. Ashley. Das Mädchen aus dem Wald.

Dann erinnerte sie sich daran, was Irma ihr erzählt hatte. Adam und Ashley waren tot.

Wer waren sie also?

Sie sah zu, wie es sich die beiden auf der Couch bequem machten. Ein merkwürdiges Paar. Ashleys feuchte blonde Haare waren schrecklich kurz geschnitten – viel zu kurz für ein Mädchen –, und es war schon eine Weile nicht mehr gebürstet oder gewaschen worden. Dieses Mal trug sie ein rosa Nachthemd. Adams blau gestreifter Schlafanzug war durch einen grauen ersetzt worden, und er trug die gleichen Stiefel wie seine Schwester. Er sah dünner und blasser aus als vor zwei Nächten. Aber in einem Sturm durch den Wald zu marschieren dient auch nicht unbedingt der Gesundheit.

Dass sie hier waren, ergab keinen Sinn.

Es sei denn, ich leide unter Halluzinationen.

»Mir ist kalt«, jammerte Adam.

Sie eilte ins Bad und kam kurz darauf mit ein paar großen

Handtüchern zurück. Die ganze Zeit hatte sie sich selbst davon zu überzeugen versucht, dass die Kinder nicht existierten. Sobald sie ins Wohnzimmer zurückkehrte, würden sie verschwunden sein.

Aber sie waren noch da.

Sadie gab Adam ein Handtuch. »Trockne dich gut ab, sonst wirst du dich erkälten.« Das andere Handtuch reichte sie dem Mädchen. »Ashley, stimmt's? Adams Schwester?«

»Ja«, erwiderte Ashley mit gedämpfter Stimme.

»Ich bin Sadie.«

»Wissen wir doch«, grinste Adam. Sie sah, dass ihm ein Vorderzahn fehlte.

»Ich hoffe, die Zahnfee hat dich letzte Nacht besucht«, sagte sie.

Sein Lächeln verschwand. »Es gibt keine Zahnfee.«

»Natürlich gibt es …«

»Vater will nicht, dass wir uns über Fantasiedinge unterhalten«, warf Ashley ein. »Für den Unsinn sind wir zu alt.«

»Du klingst uralt«, antwortete Sadie mit einem Lächeln. »Lass dir ruhig Zeit mit dem Erwachsenwerden.«

»Ich bin schon fast neun«, sagte das Mädchen und richtete sich zu seiner vollen Größe auf.

»Ich bin sechs«, verkündete Adam.

Ashley gab ihr das nasse Handtuch zurück. »Danke.«

»Soll ich dir die Haare kämmen?«, bot Sadie an. »Sie sind total verfilzt.«

»Egal. Die sehen immer so aus.«

»Ich verspreche dir, ganz vorsichtig zu sein.«

Das Mädchen trottete hinter ihr ins Badezimmer. Als Sadie nach ihr griff, erwartete sie beinahe, dass ihre Hand durch substanzlose Wellen hindurchgleiten würde. Aber ihre Hand berührte nasses Haar.

Wie können diese Kinder echt sein?

Ich bin betrunken, deshalb.

Vorsichtig trennte sie die Strähnen von Ashleys vernachlässigtem Haar, während Adam auf dem Toilettensitz thronte und ihnen zusah.

»Kann ich heißen Kakao haben?«, fragte er.

»Sicher. Mit besonders vielen Marshmallows!«

Er zog ein Gesicht. »Igitt! Ich hasse Marshmallows.«

»Letztes Mal hast du sie doch gegessen«, sagte Sadie überrascht.

»Nein, hab ich nicht.«

»Adam weiß nicht, was er mag«, erklärte Ashley. Sie lächelte den Spiegel an. »Hey, meine Haare … sehen hübsch aus.«

Und das stimmte. Der sanfte Schein der Lampe zauberte einen goldenen Schimmer auf das Haar des natürlich blonden Mädchens. Da es so kurz war, war es auch schon beinahe trocken.

»Du solltest es etwas länger wachsen lassen«, schlug Sadie vor.

Ashleys Lächeln verschwand. »Das kann ich nicht. Vater …«

»… erlaubt es uns nicht«, beendete Adam den Satz.

Eine unbehagliche Stille folgte.

»Setzt euch ans Feuer«, sagte Sadie. »Ich mache die heiße Schokolade.«

Sie holte die Milch aus der Kühlbox auf der Veranda. Ein arktischer Wind verfing sich in ihren Haaren, aber das Vordach schützte sie vor dem Regen. In der vom Lampenlicht erhellten Küche löffelte sie auf unsicheren Beinen Kakaopulver in den Topf, füllte ihn mit Milch und setzte ihn auf den Campingkocher. Sie brauchte drei Anläufe, um das verdammte Ding in Gang zu bringen, aber schließlich gelang es ihr.

Ihr Blick schweifte zu den Kindern. Ashley hatte sich die Decke von Sadies Stuhl geholt. Die Geschwister saßen zugedeckt Seite an Seite und erwarteten sehnsüchtig ihre Rückkehr. Gelegentlich steckten sie die Köpfe zusammen und flüsterten sich mit ernstem Gesichtsausdruck etwas zu.

Sadie rieb sich die Augen.

Nachdem sie sie wieder geöffnet hatte, waren die Kinder immer noch da.

Als der heiße Kakao fertig war, reichte sie beiden eine Tasse und bot Ashley eine Schüssel mit Marshmallows an. Das Mädchen nahm sich zwei und ließ sie in die Tasse fallen. Das Lächeln, mit dem Sadie nach dem ersten Schluck belohnt wurde, drückte reines Entzücken aus.

»Das ist die beste heiße Schokolade, die ich jemals getrunken habe«, schwärmte Ashley. »Adam hatte recht.«

»Natürlich hatte Adam recht«, murmelte ihr Bruder zwischen zwei Schlucken.

Sadie runzelte die Stirn. Nicht viele Kinder sprachen von sich selbst in der dritten Person. Das war mehr als nur ein bisschen merkwürdig.

Ashley und Adam.

Warum sollten sie falsche Namen angeben?

Der Wein, den sie früh am Abend in sich hineingegossen hatte, benebelte ihr den Verstand. Sie holte tief Luft. »Hört zu, Schluss jetzt mit dem Unsinn. Ich weiß, dass ihr nicht wirklich Ashley und Adam heißt.«

Ashley sprang entsetzt auf.

»Das ist eine Lüge! Mein Name ist Ashley.«

»Ashley und Adam sind tot«, sagte Sadie sanft. »Wer seid ihr wirklich?«

Mit zitternder Unterlippe zupfte Adam an Ashleys Arm. »Wir müssen gehen.« Er zog sie zur Hintertür, machte sie auf und trat nach draußen.

In der Tür drehte sich Ashley um. »Er hat uns gesagt, Sie würden ihn suchen kommen. Uns suchen kommen. Wir dachten, Sie wären es. Wie konnten wir uns nur so täuschen.«

Sadie taumelte auf sie zu. »Wartet! Wer ...«

Aber sie war zu langsam.

Die Kinder flohen über die Wiese. Am Waldrand stoppte Adam abrupt und drehte sich um. »Saa-deeeee!« Seine Stimme klang verzweifelt und deutlich – er lispelte nicht.

Wenn sie darüber nachdachte, hatte er während des ganzen Besuchs nicht gelispelt. Kein einziges Mal.

»Was zum Teufel geht hier vor?«, murmelte sie.

Sie lief die Stufen hinunter und wollte sie gerade zurückrufen, als etwas Seltsames geschah. Vor ihren Augen vervielfachten sich Adam und Ashley in vier kleine Gestalten. Dann in sechs. Wie menschliche Zellen, die sich vervielfältigen und voneinander trennen.

Sadie blinzelte, aber sie standen weiter dort, in Schatten gehüllt, nicht voneinander zu unterscheiden. Sechs Geisterkinder.

»Lieber Gott ...«

Stimmen begannen zu singen. »Dunkel war's, der Mond schien helle, schneebedeckt die grüne Flur ...«

»Hört auf!«, schrie sie.

Sofort verstummte der Gesang.

Sie beobachteten sie aus der Ferne. Eine Gänsehaut lief ihr den Rücken hinunter.

»Lasst mich in Ruhe!«, rief sie ihnen zu.

Zuerst standen alle vollkommen reglos da. Und dann verschwanden die Kinder, eines nach dem anderen, in die farblose Leere der Nacht.

Sadie ging in die Hütte zurück, stieß die Tür zu und lehnte sich gegen die Wand. Ihr Atem kam nur stoßweise, und sie presste die Fingernägel in ihre Handflächen.

Was wollten diese Wahnvorstellungen, diese Kinder, von ihr?

Sie gab der Versuchung nach, griff sich die vorletzte Flasche des Cabernet Sauvignon und torkelte wieder zu Bett. Kurz bevor der Wein zur Neige ging, hatte sie sich endlich selbst davon überzeugt, dass Ashley und Adams Besuch nur eine durch den Alkohol hervorgerufene Wahnvorstellung gewesen war. Deshalb hatte sie sechs Kinder gesehen. Sie hatte sie sich eingebildet, als Reaktion auf ihren eigenen Verlust und ihre Schuldgefühle.

»Du hast sie gesehen, weil du sie sehen willst, weil du Alkoholikerin bist, Sadie. Eine nutzlose Säuferin. Es gibt keine andere Erklärung.«

Aber die gab es.

Siebenundzwanzig

Sieben säuberlich auf der Küchenzeile nebeneinander aufgereihte Gegenstände waren das Erste, was sie sah, als sie es am nächsten Morgen endlich am Bad vorbei schaffte. Knapp einen Meter von der Spüle entfernt verharrte sie regungslos und nahm den Anblick des zerknitterten Hersheys-Papiers, der Illustrierten, des Lakritz, des Füllfederhalters, des Umschlags und zwei neuer Dinge in sich auf – eine Nuss und eine Handvoll Smarties. Etwas an der sorgfältigen Anordnung beunruhigte sie.

Waren das nur Halluzinationen?

Zögernd griff sie nach den Smarties und nahm sie in ihre heiße Hand. Sie fingen an zu schmelzen.

»Na ja, wenigstens seid ihr echt.«

Sie aß sie auf, glücklich, mit ihnen den sauren Geschmack von Erbrochenem überdecken zu können.

Vor ihrem Besuch im Bad, bei dem sie sich so lange übergeben hatte, bis sie nur noch trocken würgen konnte, war sie mit dem Gedanken an die mysteriösen Kinder aufgewacht. Es gab nur eine einzige Erklärung, die Sinn ergab. Da Irma schwor, dass in der Umgebung keine Kinder lebten und dass Ashley und Adam tot waren, musste Sadie sich die ganze Sache in ihrem Dauerrausch eben ausgedacht haben.

Sie verzog das Gesicht.

Das bedeutete auch, dass sie für die Gegenstände in der Küche verantwortlich sein musste.

Kurz entschlossen fegte sie alle in den Mülleimer und begann, einen Topf Kaffee zu kochen. Eds Rat befolgend, versuchte sie es mit einem halben Löffel dunkel gerösteten Kaffee weniger. Um nicht mit dem launischen Kocher kämpfen zu müssen, legte sie den Kaminrost über das Feuer und stellte den Kaffeekocher darauf.

Dann legte sie ihre Malsachen zurecht.

Als die Sonne dem Mond Platz machte, leerte Sadie den Rum. Sie trank aus der Flasche und begrüßte das Schwindelgefühl, das der Alkohol ihr bereitete. Sie hatte den ganzen Tag in einem Rausch von Aktivität und Alkohol verbracht. In fieberhafter Arbeit hatte sie unter dem Licht von zwei Öllampen und einem lodernden Feuer die letzten Illustrationen für Sams Buch abgeschlossen. Und das panikartige Gefühl bekämpft, das sich in ihrer Magengrube breitmachte.

Jetzt versuchte sie, die verzweifelten Stimmen in ihrem Kopf zu ignorieren.

Aber es gelang ihr nicht.

»Wir haben dich gebraucht.«

»Der einzige Mensch, der mich je gebraucht hat, ist tot«, weinte sie.

Ihr Blick fiel auf den Kalender neben dem Spülbecken.

Es war bereits Mitte Mai.

Sie sah auf die Uhr. Einundzwanzig Uhr fünfzig.

»In ein paar Stunden ist Muttertag«, lallte sie. »Wenn es je ein Zeichen gab, dann das.« Sie umkringelte das Datum mit einem schwarzen Filzstift. »Muttertag. Selbst-*Mord*-Tag.«

Betrunken lachte sie auf und torkelte dann ins Schlafzimmer, wobei sie sorgfältig darauf achtete, Sams Foto nicht anzusehen. Sie legte eine Taschenlampe auf den Nachttisch und richtete den Strahl auf das Fußende des Bettes.

»Oh, wieder Zeit zum Sterben, ich werde dich verlassen«, sang sie unmelodisch, während sie auf ihre Knie fiel.

»Ich kann den weit entfernten… Blick in deinen Augen sehen.«

Sie tastete unter dem Bett nach der Kiste mit der Pistole, zog sie hervor und nahm sie unter den Arm. Dann stand sie auf. Zu schnell. Die plötzliche Bewegung brachte ihr Gleichgewicht durcheinander. Ihr wurde schwindlig, und sie fiel gegen den Nachttisch. Die Kiste fiel zu Boden, der Deckel öffnete sich, und die Waffe rutschte unter das Bett.

»Scheiße!«

Sie kniete sich wieder hin, hob das Ende der Tagesdecke an und spähte in die Schatten unter dem Bett. Die Pistole lag neben einem der Pfosten am Kopfende. Obwohl sie den Kopf seitwärte drehte und ihren Arm ausstreckte, konnte sie sie nicht erreichen. Sie rutschte näher, konnte in der Dunkelheit aber nichts mehr erkennen. Der Boden war kühl und rau. Sie fand eine Handvoll Staubwolken. Aber keine Pistole.

Auf der anderen Seite des Bettes erstrahlte ein unerwartetes Licht, als ob jemand den Raum betreten und die Taschenlampe bewegt hätte. Dann begann sich nach und nach die Tagesdecke zu lüften.

Was Sadie als Nächstes sah, ließ ihr fast das Herz still stehen.

Ein bekanntes Gesicht und zwei ernste saphirblaue Augen.

Sams Augen!

»Sam?«

Die Tagesdecke fiel wieder zurück.

Eilig kämpfte sie sich unter dem Bett vor, sprang auf die Beine und warf einen ängstlichen Blick auf die Taschenlampe. Sie lag noch genau dort, wo sie sie hingelegt hatte, zeigte genau auf die Stelle, die sie gezielt hatte.

»Was geht hier vor?«, flüsterte sie.

Sie stützte sich mit einer Hand an der Kommode ab. Ihre Augen wurden vom unteren Ende des Bettes angezogen.

»Sam, komm da raus.«

Nichts bewegte sich.

Sie zwang sich, um das Bett herumzugehen. Der Platz auf der anderen Seite war leer – kein Anzeichen dafür, dass sich dort jemand aufgehalten hatte, bis auf eine dünne Staubschicht, die aufgewirbelt worden war. Eine Spur sauberen Bodens verlor sich unter dem Bett.

Sie bückte sich und sah darunter.

Da lag nur etwas.

Die Waffe.

Im dämmrigen Licht glänzte sie bedrohlich und lockte sie mit ihrem tödlichen Versprechen.

Sie wartete darauf, dass Sams Augen sie von der anderen Seite aus ansehen würden. Als nichts geschah, griff sie entmutigt nach der Pistole und zog sie vor. Ihr kühles Metall fühlte sich beruhigend an. Sie wollte gerade aufstehen, als eine Luftbewegung ihr die Kehle zuschnürte. Mit angehaltenem Atem erhob sie sich langsam, die Waffe in der Hand.

Jemand oder etwas hatte die Taschenlampe bewegt. Sie zielte nun auf die offene Schlafzimmertür.

Sie runzelte die Stirn und ging zur Tür, konnte dort aber nichts Außergewöhnliches entdecken. Einer plötzlichen Eingebung folgend, schob sie die Tür ins Schloss.

»Oh, mein Gott!«

Jemand hatte ein Unendlichkeitssymbol in die Tür geritzt.

Sie fiel gegen die Kommode. »Genug!«

Ein Schluchzen brach aus ihr heraus, dann noch eines. Sie wollte ihren Kopf gegen die Wand hämmern.

Sie starrte Sams Foto an, und der Zorn brodelte aus den tiefsten Tiefen ihrer Seele hervor. »Warum quälst du mich?« Sie rieb sich übers Gesicht und verteilte heiße Tränen auf ihren Wangen. »Warum, Sam?«

Die Antwort blieb aus. Nicht, dass sie tatsächlich eine erwartet hätte.

Ins Wohnzimmer taumelnd, ließ sie den Strahl der Taschenlampe über jede Oberfläche gleiten. Als er die Arbeitsplatte absuchte, fing ihre Hand zu zittern an. Alles, was sie in den Müll geworfen hatte, lag erneut fein säuberlich aufgereiht dort.

Verständnislos trat sie näher.

Jemand hatte ein Unendlichkeitssymbol auf den Umschlag gemalt. Die Lakritze war in der gleichen Form arrangiert.

Und dann verlor sie völlig den Verstand.

Ihr schmerzerfülltes Heulen hallte in dem kleinen Raum wider, wild und qualvoll.

»Nicht länger! Mein Gott, ich ertrage das nicht mehr!« Sie schüttelte den Kopf, weinte und lachte gleichzeitig hysterisch. »Warte, was sage ich da nur? Es gibt keinen Gott. Denn falls es ihn geben sollte, hat er mir alle, die ich je geliebt habe, genommen.« Ihr Körper wurde von Weinkrämpfen geschüttelt, als sie ihrem ganzen Leid nachgab. »Nein … Ich habe einem Monster erlaubt, mir mein Baby wegzunehmen. Ich habe zugelassen, dass er Sam folterte – Sam tötete. Es ist meine Schuld. Ich gebe es zu. Aber damit habe ich abgeschlossen! Hörst du mich? Es ist vorbei!«

Sie hatte keine Ahnung, ob sie mit Sam, den Geisterkindern oder mit Gott sprach. Es war sowieso egal. Niemand hörte sie. Niemand kümmerte es. Sie war allein, innerlich tot.

»Tu es endlich!«, schrie sie mit zusammengebissenen Zähnen. »Bring mich jetzt um, oder lass mich sterben. Es … ist mir … gleichgültig!«

Eine Stunde später saß Sadie am Küchentisch.

Sie war bereit. Bereit zu sterben.

Sie hatte zwei Hände voll verschiedener Tabletten und den größten Teil des Rotweins geschluckt. Ziellose Gedanken wirbelten durch ihren Kopf, während die Pistole mit ihrer einzigen Kugel auf dem Tisch wartete.

Ein Umschlag auf dem Kaminsims, adressiert an Leah, machte sich über sie lustig. Ein Beweis für den Wahn, der sie wie eine Schlinge gepackt hatte, die die Luft aus ihren Lungen presste. Neben der Mappe mit Sams Buch lag ein Brief an Philip. Eine Art Testament, obwohl sie sich nicht sicher war, ob ein Richter nicht ihre geistige Zurechnungsfähigkeit in Zweifel ziehen würde. Sie hatte Philip *Die verrückte Fledermaus* hinterlassen. Sollte er damit tun, was immer er wollte – es veröffentlichen oder verbrennen. Das lag nicht länger in ihrer Hand.

»Ich habe dich geliebt, Philip«, verriet sie ihm benommen. »Aber du hast recht. Sam habe ich mehr geliebt. Er war ein Teil von mir, den du nie verstehen konntest. Das Beste von mir. Er hielt mich zusammen. Nüchtern. Bei Verstand.«

Die Standuhr ließ erneut ihren unmelodischen Gong hören.

Es war beinahe so weit.

Sie richtete ihre glasigen Augen auf die Zeitung auf dem Tisch. Das Foto des Mannes auf der ersten Seite ließ sie erschaudern. Sein Gesicht verfolgte sie in ihren Albträumen und raubte ihr den Verstand. Dieser Teufel hatte sich in ihr Haus geschlichen, ihren Sohn entführt, ihn dann grausam zerstückelt und lebendig verbrannt.

»Du Ungeheuer!«

Sie zerfetzte die Zeitung, riss das Gesicht des *Nebels* in kleinste Stückchen, zerstörte ihn so lange, bis ihre Hände schwarz waren. In rasender Wut fegte sie mit dem Arm über den Tisch. Papierfetzen flogen in alle Richtungen. Während der monströse Schneesturm toter, grauer Flocken auf den Boden rieselte, entlud sich ihr Zorn in Worten.

»Ich hoffe, du wirst in der Hölle schmoren!«

Tränen rollten ihre Wangen hinunter, als sie sich in der spärlich ausgestatteten Hütte umschaute. Was sie stattdessen sah, war Sams leeres Bett, das weit offen stehende Fenster und den Beamten, der die Galosche des Clowns in der Hand hielt. Sie schloss die Augen. Als sie sie wieder öffnete, sah sie Sam im Wagen, gefesselt und geknebelt.

Wie ein Horrorfilm, der falsch in den Projektor eingelegt war, rollte die ganze Explosion erneut vor ihr ab, flackernd und hüpfend, bis sie beim Bild der verkohlten Baseballkappe einfror.

Sadie nahm die Waffe auf. Es fühlte sich an, als ob eine Fremde sie in der Hand hielt.

»Es tut mir leid, dass ich dich nicht retten konnte, Sam«, weinte sie.

Durch das Küchenfenster konnte sie sie sehen. Sechs kleine Gestalten.

»Dunkel war's, der Mond schien helle …«

Draußen näherte sich eine blasse Hand dem Fenster.

»Euch gibt es nicht wirklich!«, rief sie, selbst als die Hand sich gegen das eisige Glas drückte. »Ihr existiert nicht.«

Sie sah auf die Waffe hinunter und liebkoste sie.

»Nein!«, heulten die Geisterkinder.

In dem kleinen Raum verhallte der letzte Schlag. Es war Mitternacht.

»Alles Liebe zum Muttertag.«

Sie atmete tief ein, um sich zu beruhigen, drückte die Pistole gegen ihren Kopf und entsicherte die Waffe. Das leise Geräusch ließ sie erzittern.

»Mami ist auf dem Weg, Sam.«

Gegen ihren Willen blieben ihre Augen bei den Geschenken auf der Arbeitsfläche hängen.

Warum waren sie immer in der gleichen Reihenfolge angeordnet?

In der Nanosekunde, bevor sie den Abzug drückte, wurde ihr die Antwort sonnenklar.

Achtundzwanzig

Sadies Tod verlief nicht nach Plan.

Sie erwartete einen ohrenbetäubenden Lärm zu hören, vielleicht einen Anflug von Hitze zu spüren und dann in einen schwarzen Abgrund zu versinken. Aber da war nur Stille. Keine laute Explosion, keine Schmerzen, kein Blut. Nur ein leises Klicken.

Erneut presste sie den Abzug, dieses Mal mit mehr Gewalt.

Nichts.

Sie zwinkerte eine einsame Träne weg. »Du kannst auch nichts richtig machen, Sadie. Du kannst dich nicht mal mit einer verdammten geladenen Pistole umbringen.«

Wäre es nicht so tragisch gewesen, hätte sie laut gelacht.

Mit zitternder Hand ließ sie die Waffe fallen, hoffte, sie würde sich entladen und den Job beenden, der ihr misslungen war. Sie starrte sie an, verwundert, warum sie sich plötzlich nüchtern fühlte. Zumindest hätte die Überdosis an Drogen und Alkohol sie bewusstlos machen sollen.

Vielleicht bin ich ohnmächtig. Oder im Koma.

Aber sie wusste, dass dem nicht so war.

»Vielleicht bin ich tot«, hoffte sie.

Der Klang ihrer Stimme versicherte ihr, dass auch das nicht der Fall war.

Weil sie das Gefühl hatte, beobachtet zu werden, drehte sie sich zum Fenster hin. Draußen hatten die Kinder ihren

Gesang beendet. Hinter den wallenden Nebelschleiern standen sie bewegungslos da und sahen Sadie an … warteten auf sie.

Sie warf einen Blick auf die Arbeitsfläche, auf die Nachricht – denn das war es, eine Nachricht. Auf einmal erkannte sie das ganz klar.

Hersheys, Illustrierte, Lakritz, Füllfederhalter, Umschlag, Nuss.

»H…I…L…F… U…N… Und die Smarties habe ich gegessen. Das S.«

HILF UNS.

Wie in Trance ging sie zur Hintertür. Als sie sie öffnete, traten drei beinahe identisch aussehende Jungen und drei beinahe identisch aussehende Mädchen lautlos ein. Obwohl keiner von ihnen sprach, bewegten sie sich im Einklang. Sie schienen zur Wärme des Feuers zu gleiten. Bei genauerer Betrachtung der Kinder fielen ihr der kurz rasierte dunkelhaarige Schädel der Jungen und das verunstaltete blonde Haar der Mädchen auf. Die Jungen trugen Schlafanzüge in Grau, Gelb und Dunkelblau, die Mädchen die gleichen Nachthemden in Violett, Türkis und Rosa.

»Wer seid ihr?«, krächzte sie.

Das violett gekleidete Mädchen trat vor. »Ich bin Ashley.«

»Nein, bist du nicht.« Sadie zeigte auf das Mädchen in Rosa. »Sie ist Ashley.«

Das Mädchen in Türkis lächelte. »Wir alle sind Ashley.«

»Und wir sind Adam«, sagte der Junge in Grau.

»Adam und Ashley sind tot«, widersprach Sadie dumpf.

»Das wissen wir, Sadie«, sagte der graue Adam.

Sie stöhnte verwirrt. »Warum sollten euch eure Eltern die Namen toter Kinder geben? Und warum würden sie euch alle denselben Namen geben?«

»Vater gab uns unsere Namen«, erklärte die rosa Ashley hölzern.

»Ich verstehe ni …«

»Kommen Schie mit unsch!«, bettelte der blaue Adam. »Aber wir müschen unsch beeilen.«

Der Junge, der Marschmallows mag!

Ohne zu zögern, griff sie sich die Taschenlampe und folgte ihnen in den Sturm. Der Wind raste, und aus den Wolken strömte ein sintflutartiger Regen, aber das Dach der Tannen bot ihnen etwas Schutz vor dem Unwetter. Der einsame Strahl ihrer Taschenlampe beleuchtete den Boden, als sie ihren Weg durch den Wald hinunter an das Ufer des Flusses fanden.

Sadie sah die Steinbrücke. Bevor sie begriff, was sie vorhatten, balancierten zwei der Mädchen bereits hintereinander mit ausgestreckten Armen über die schlüpfrige Oberfläche auf die andere Seite des Flusses. Zwei der Jungen folgten ihnen.

»Wartet!«, rief sie ihnen hinterher.

»Wasch ist denn?«, erkundigte sich der blaue Adam und griff nach ihrer Hand.

»Das ist zu gefährlich. Jemand könnte in den Fluss fallen.«

»Dasch werden wir nicht.«

»Wir sollten auf dieser Seite bleiben«, argumentierte sie. »Der Fluss wird über das Ufer treten.«

Ihre Taschenlampe suchte den Findling am anderen Ufer ab. Der Wasserspiegel hatte beinahe die orangefarbene Markierung erreicht.

»Vertrauen Schie mir«, sagte er und zog an ihrer Hand.

Sie zog scharf den Atem ein und folgte ihm auf den ersten Stein. Er war trocken und aufgeraut, damit man gut darauf stehen konnte. Der nächste war feucht und mit einer dünnen

Schicht Algen bedeckt. Sie arbeitete sich vorwärts, betend, dass sie weder ihre Taschenlampe fallen lassen noch in den reißenden Fluss stürzen würde. Minuten später war sie auf der anderen Seite, rannte außer Atem am Ufer entlang und versuchte, mit den Kindern Schritt zu halten. Zum ersten Mal seit Wochen war sie so gut wie nüchtern – beinahe auf der Höhe ihrer geistigen Kräfte.

Vielleicht zum ersten Mal seit Monaten.

»Hier entlang!«, rief ihr der graue Adam zu und winkte.

Sie stöhnte. »Könnt ihr nicht etwas langsamer machen?«

Die rosa Ashley zeigte Mitleid mit ihr und wartete. »Wir haben nicht viel Zeit. Schnell.«

Sadie lächelte sie kurz an. »Ich bin nicht mehr so jung wie du. Und ich bin etwas außer Übung.«

»Nein, sind Sie nicht«, meinte das Mädchen. »Das kommt nur vom Alkohol und den Tabletten.«

Sadie stolperte. Wie konnte sie das wissen?

»Ich weiß es einfach«, antwortete die rosa Ashley.

»Du kannst also auch Gedanken lesen, wirklich?«, erkundigte sich Sadie leicht amüsiert. »Was denke ich denn jetzt?«

Die rosa Ashley trat einige Schritte zurück und zögerte. »Sie denken, Sie hätten mehr Munition mitbringen sollen.«

Als das Mädchen im dichten Gebüsch verschwand, zwang Sadie sich, ihr zu folgen, und dachte über ihre Worte nach. Mit den Kugeln hatte Ashley richtig gelegen.

Das Rauschen des Flusses verstummte bald. Als sich die Bäume teilten, erstreckte sich ein eisiges Feld vor ihnen. Einige Meter links stand ein verrosteter Schuppen mit Metallwänden und einem gewellten Zinndach. Ein merkwürdig summendes Geräusch im Schuppen übertönte den trommelnden Regen.

Sadie wollte gerade darauf zugehen, als etwas anderes ihre Aufmerksamkeit erregte.

Am äußersten Ende des Feldes bildete die geschwärzte Ruine eines ehemals zweistöckigen Hauses einen scharfen Kontrast zum schimmernden Eis. Das Haus ähnelte einer Kulisse in einer Geisterstadt.

Seine leeren Fensterrahmen waren von einem Feuer versengt worden, das seinen Weg zum Dach gefunden hatte. Ein eingefallener Türrahmen gab den Blick auf eine verrottete Treppe frei, die in den nicht existierenden ersten Stock führte. Die hintere Wand hatte nachgegeben und war größtenteils eingestürzt.

Sadie erzitterte. »Sarges Haus.«

Die violette Ashley nickte. »Ja.«

»Sarge ist also euer Nachbar?«

»Nicht ganz«, erwiderte die rosa Ashley. »Kommen Sie.«

Sadie folgte ihr ins Gebüsch zurück, weg vom Feld. Die anderen blieben dicht hinter ihnen. Nachdem sie über einen entwurzelten Baum und einen steilen Abhang hinaufgeklettert waren, hielt Ashley in einem stark bewaldeten Gebiet an. Die Kinder drängten sich um sie und beobachteten erwartungsvoll, wie sie mit einem Baumstumpf kämpfte. Es wäre komisch gewesen, wäre es nicht mitten in der Nacht und sie alle vom Regen bis auf die Haut durchnässt.

Sadie starrte sie verblüfft an. »Was machst du …?«

Die rosa Ashley ächzte und zog am Baumstumpf. »Helfen Sie mir!«

Die Verzweiflung in der Stimme des Mädchens ließ Sadie schnell reagieren. Sie reichte die Taschenlampe dem Adam neben ihr und eilte zu Ashley.

»Ziehen Sie daran!«, befahl das Mädchen.

Mit aller Kraft zog Sadie am Baumstamm. Zu ihrer Überraschung bewegte er sich und nahm ein perfektes Viereck Gras mit sich – zusammen mit einer Falltür aus Metall.

Ihr entfuhr ein schockiertes Keuchen. »Ein unterirdischer Bunker.«

Sie nahm die Taschenlampe wieder in die Hand und bewegte sich vorwärts, den Lichtstrahl auf das Loch in der Erde gerichtet. Eine hölzerne Treppe führte in die feuchte Tiefe und endete auf dem unbefestigten Boden mehrere Meter weiter unten.

Der Himmel weiß, wo die hinführt.

»Das ist unser Hintereingang«, erklärte die türkisfarbene Ashley.

Sadie verschlug es die Sprache. »Das ist doch nicht euer Ernst. Ihr erwartet doch nicht, dass ich euch abnehme, dass ihr hier unten lebt. Das ist doch lächerlich.«

»Das tun wir aber«, beteuerte der gelbe Adam.

Bestürzt und fassungslos sah sie die Kinder an.

Nichts ergab irgendeinen Sinn. Nichts, bis auf die Tatsache, dass sie vollkommen durchgedreht war und mitten in der Nacht hier draußen stand, den Blick auf ein Loch gerichtet, das unter die Erde führte.

Ich kann da nicht runtergehen.

»Sie müssen uns folgen«, bat sie die rosa Ashley inständig. »Dann werden Sie alles verstehen.«

Sadie entfuhr ein nervöses Stöhnen. »Warum könnt ihr mir nicht einfach sagen, was hier los ist?«

»Dasch haben wir verschucht«, erklärte der blaue Adam. »Aber wir haben ein Verschprechen gegeben, und dasch können wir nicht brechen.«

»Was hilft es dann, wenn ich dort hinuntergehe?«, fragte sie ihn.

Er zog an ihrer Hand. »Wir können esch Ihnen zeigen.«

»Vertrauen Sie uns«, ermunterte sie die rosa Ashley, bevor sie in der Öffnung verschwand.

Sadie zögerte, weil plötzlich das Bild von Sams Sarg,

der langsam in die Erde gesenkt wurde, vor ihrem geistigen Auge auftauchte. Dann nahm sie ihren ganzen Mut zusammen und schwenkte die Taschenlampe in Richtung des Loches. Langsam, ihre volle Aufmerksamkeit auf den Boden unter ihren Füßen gerichtet, bewegte sie sich vorwärts. Ihre Stiefel stießen gegen einen feuchten Erdbrocken. Sie sah ihm nach, wie er ins Leere stürzte. Wie er landete, konnte sie nicht hören.

Vorsichtig tastete sie mit dem Fuß die oberste Stufe ab und stellte sich darauf. Sie befürchtete, dass sie unter ihrem Gewicht zusammenbrechen und sie in den sicheren Tod schicken würde. Als die Stufe hielt, schickte sie ein Stoßgebet zum Himmel und begann den Abstieg.

Der blaue Adam folgte ihr. »Schie haben doch keine Platzangst, oder?«

»Bis jetzt noch nicht.« Sie versuchte zu lachen, aber es klang eher wie ein Wimmern.

Reiß dich am Riemen, Prinzessin. Wenn sie das können, kann ich das auch.

Um die Balance zu halten, klammerte sie sich an dem Geländer fest, das jemand in der glatten hölzernen Wand verankert hatte. Als die Wände näher rückten, versuchte sie nicht daran zu denken, wie tief sie in den Untergrund vordrangen. Stattdessen konzentrierte sie sich auf den in der Luft hängenden durchdringenden Geruch von feuchter Erde und Sperrholz, der in der Stille und Dunkelheit gefangen war. Um den zehnten Schritt herum gab sie das Zählen auf und begann, sich zu entspannen – bis ein plötzlicher Schwindelanfall sie einen Stufe verpassen ließ.

Der blaue Adam griff nach ihrem Arm. »Vorschicht.«

Über ihre Schulter schaute sie an den Kindern vorbei nach oben. Ihr Blick erhaschte einen hauchdünnen Streifen Mondlicht. Eine Sekunde lang übermannte sie Panik.

Mein Gott, worauf habe ich mich da eingelassen?

»Ich schaffe das nicht.«

»Schon okay«, lispelte der blaue Adam. »Solange Vater Schie hier nicht findet, sind Sie sicher.«

»Großartig«, brummte sie. »Da fühle ich mich gleich viel besser.«

»Nur noch wenige Schritte«, versprach er ihr.

Als sie endlich auf festem Boden stand, konnte sie wieder frei atmen. Die Kinder versammelten sich um sie herum, während sie einen Abschiedsblick auf das Licht am Ende der Treppe warf.

»Das war doch gar nicht so schlimm«, verkündete sie. »Und jetzt?«

»Dasch.« Der blaue Adam deutete auf etwas.

Eine Metalltür versperrte ihnen den Weg.

»Gesichert«, schätzte sie, da sich über dem Türgriff ein Codeschloss mit einem Kartenleser befand.

»Nein, ist sie nicht«, erwiderte die rosa Ashley. »Dazu hatte Vater keinen Grund.«

»Dann lasst es uns doch mal versuchen.«

Sadie öffnete die Tür und wurde von einem hellen Licht geblendet.

Neunundzwanzig

»Oh … mein … Gott.«

Aber menschliche Hände – keine göttlichen – hatten diesen unterirdischen Bunker geschaffen. Jemand hatte viel Zeit, Energie und Geld aufgewandt, um ihn mit allem, was man zum Überleben braucht, auszustatten, inklusive Strom, fließendem Wasser und Frischluftzufuhr. Warum jemand hier unten leben wollte, weit weg von Sonnenschein und frischer Luft, lag außerhalb von Sadies Verständnis.

Bedrückt machte sie einen Schritt vorwärts, lehnte sich gegen einen Raumteiler und überflog das seltsame Bild, das sich ihr bot. Die Holzvertäfelung an den Wänden des Bunkers und ein weiches Licht gaben dem Raum ein warmes, gemütliches Aussehen, das in völligem Gegensatz zu den fehlenden Möbeln und den vorherrschenden Braun- und Grautönen stand. Auf der anderen Seite des Raumes glänzte eine zweite Metalltür. Daneben befand sich die offene Wohnküche, in der ein Spieltisch und drei gepolsterte Stühle standen. In der Mitte des Zimmers thronte ein kamelfarbener Ledersessel, auf dessen Armlehnen sich noch Reste von Klebeband befanden. Der Stuhl war direkt vor einem Fernseher und einer Mikrowelle platziert, die Seite an Seite auf einer Picknickbank standen.

Sie verzog das Gesicht. »Was wollen wir sehen? Fernsehen oder Mikrowelle?«

Sie schaute sich genauer um und entdeckte hinter der

Trennwand einen Schreibtisch, einen Stuhl, einen Computer und andere elektronische Geräte. Dahinter führte eine offene Tür in ein kleines Duschbad.

»Die Behaglichkeit des eigenen Heims«, sagte sie ungläubig.

Nur etwas fehlte.

Es gab kein einziges Spielzeug, kein Bilderbuch, nichts, was auf die Existenz von Kindern hingewiesen hätte.

Vorsichtig näherte sie sich der Tür am anderen Ende des Raumes. Sie blieb stehen, schnupperte und verzog die Nase, als sie den beißenden Gestank von Rauch roch.

»Das ist unsere Eingangstür«, sagte die rosa Ashley.

Sadie entdeckte eine weitere, schmale, Tür, die in der Wand der Küche so gut wie nicht auffiel. Neben ihr befand sich eine kleine alphabetische Tastatur.

Ein enormer Sicherheitsaufwand für ein Heim.

»Was ist da drinnen?«, fragte sie.

»Dasch Verliesch«, erwiderte der blaue Adam. »Wo wir schlafen. Schie …«

»Das ist Vaters Schlafzimmer«, unterbrach ihn die rosa Ashley und zeigte auf eine weitere Tür, die, halb versteckt zwischen zwei Regalen, kaum sichtbar war. Sadie drehte sich langsam im Kreis und studierte die Exzentrizität des Bunkers. Er war verschachtelter und weit größer, als sie zuerst angenommen hatte.

»Ich verstehe das nicht«, sagte sie. »Warum lebt ihr hier unten?«

Die violette Ashley trat vor. »Das ist unser Zuhause.«

»Aber hier könnt ihr doch nicht leben. Das ist ungesund. Ihr müsst hier raus.«

»Wir können nicht gehen«, antwortete der gelbe Adam. »Das erlaubt er uns nicht.«

»Wer, euer Papa?«

Der gelbe Adam zog sie zum Schreibtisch. Er deutete auf eine Zeichnung, die neben dem Computer an die Wand geheftet war. Als sich ihre Augen daran festsaugten, fiel ihre Welt aus den Angeln, und alles geriet außer Kontrolle.

Ihre Zeichnung.

Der Nebel.

Die Benommenheit ihrer Gedanken verschwand – wie der von der Sonne getrocknete Morgendunst – und ließ sie mit einer entsetzlichen Offenbarung zurück.

Sie hatte den *Nebel* gefunden. Und die Kinder, die er entführt hatte.

Sie legte die Taschenlampe auf den Schreibtisch und fixierte die Zeitungsausschnitte, die ihre Zeichnung umringten. Verblasste Fotos der Kinder starrten sie an, jedes mit einem roten Stift markiert. Ihre Namen standen alle da, in den Schlagzeilen, neben den gepeinigten Gesichtern ihrer Eltern.

»Lieber Gott«, stöhnte sie. »Wir müssen von hier verschwinden.«

Als sie sich abwandte, blieb ihr Blick auf einem anderen bekannten Gesicht hängen. Sams Gesicht. Sein Foto, das neben dem Artikel hing, der seinen Tod verkündete, war ebenfalls umkringelt.

»Mein wunderschöner Junge.«

Für Sam war es zu spät. Aber nicht für die anderen.

Sie drehte sich zur rosa Ashley um. »Dein Name ist Marina Fisher.«

Zu den beiden Ashleys in Türkis und Violett sagte sie: »Und ihr seid Brittany Atherton and Kimber Levine.«

Die Mädchen starrten sie verständnislos an.

»Holland Dawes, Jordan Jaremko und Scotty McIntyre«, fügte Sadie hinzu und zeigte auf die Jungen in Dunkelblau, Gelb und Grau. Überwältigt schüttelte sie den Kopf. »Warum habt ihr mir das denn nicht einfach gesagt?«

Die rosa Ashley – Marina – trat vor. »Das konnten wir nicht. Vater ließ es uns schwören. Er sagte, er würde uns umbringen, wenn wir je wieder unsere Namen laut aussprechen würden.«

»Oder wenn wir ihn verlaschen würden«, ergänzte Holland. »Er schagte, er würde uns jagen und wie den anderen Jungen in Schtücke schneiden.«

Stirnrunzelnd schlug Kimber die Arme vor der Brust übereinander. »Vater würde uns nie wehtun. Er liebt uns.«

Zuerst fand Sadie diesen Verteidigungsversuch seltsam, den ein Mädchen vorbrachte, das drei Jahre lang als Geisel gelebt hat. Bis sie sich daran erinnerte, dass es für eine Geisel nicht ungewöhnlich war, sich mit ihrem Kidnapper zu identifizieren. Dafür gab es sogar einen Begriff: das Stockholm-Syndrom. Wie bei Patty Hearst und Elizabeth Smart.

Weitere Puzzlestücke fanden ihren Platz. Sie schalt sich selbst, das Bild nicht eher zusammengesetzt zu haben. Der echte Adam und die echte Ashley waren im Feuer umgekommen, in dem Feuer, das ihrem Vater groteske Narben zugefügt hatte – nicht die Pocken.

»Dieser Mann«, sagte sie und pochte mit dem Finger auf die Zeichnung, »hat euch aus eurem Zuhause entführt. Er hat euch euren Eltern weggenommen.« Ihr Blick wurde erneut von den Zeitungsausschnitten angezogen.

Die achtjährige Kimber und der sechsjährige Jordan waren die ersten beiden Kinder, die *Der Nebel* entführt hatte, damals, im April 2004. Brittany und Scotty verschwanden im April des darauffolgenden Jahres. Letztes Jahr waren es Marina und Holland. Und dieses Jahr Sam und …

»Warte!«, rief sie und griff nach Marinas Arm. »Wo ist Cortnie?«

»Das wissen wir nicht«, antwortete das Mädchen. »Sie hat sich davongeschlichen.«

»Wann?«

»Vor zwei Nächten. Und sie hat Adam mitgenommen.«

Sadie schüttelte den Kopf. »Wie bitte?«

»Den anderen Adam«, erklärte Brittany. »Sie hat ihn mitgenommen und lief los.«

Sadie war verwirrt. »Welcher andere Adam?«

Holland legte den Finger auf ein Foto an der Wand. »Er.«

Sadie wurde ohnmächtig.

Die Schatten um sie herum bewegten sich, wurden deutlicher. Sie stöhnte. Als sich ihr Blick klärte, starrten sechs besorgte Gesichter auf sie herab.

»Was ist denn passiert?«, erkundigte sie sich mit schwacher Stimme.

»Sie sind ohnmächtig geworden«, sagte Kimber. »Als Sie das Bild gesehen haben.«

Sadie griff nach Hollands Hand. »Was hast du gesagt? Bevor ich ohnmächtig wurde.« Sie ging auf das Foto von Sam zu. »Du sagtest, er war …«

»Cortnie hat ihn mitgenommen«, unterbrach Marina.

»Den Jungen auf diesem Foto«, hakte Sadie vorsichtig nach.

»Ja, diesen Jungen. Der, der nicht redet.«

Sadies Herz setzte aus. »Und das war vor ein paar Tagen?«

»Genau.«

Sam ist tot, wollte ihr Verstand sie überzeugen. Sie hatte den Wagen explodieren sehen.

Aber du hast nie wirklich geglaubt, dass er nicht mehr da ist.

»Wo ist Sarge jetzt, Marina?«

»Er ist wieder auf der Suche nach den beiden.«

Sadie ließ Hollands Hand los. »Wir müssen zurück zu meiner Hütte und die Polizei rufen.«

Und ich muss Sam finden.

»Bevor er es tut«, flüsterte Jordan.

Ohne Vorwarnung hallten schwere Fußtritte auf unsichtbaren Stufen hinter der Tür am anderen Ende des Raumes wider. Mit jedem Schritt klangen sie bedrohlicher.

»Er kommt!«, flüsterte Holland.

»Dann kommt«, drängte sie. »Die Treppe hoch.«

»Wir sind direkt hinter Ihnen«, versprach Marina.

Sadie nahm zwei Stufen auf einmal und ignorierte die Regentropfen, die durch die Öffnung der Falltür eindrangen.

»Vorsicht!«, warnte sie. »Die Stufen sind schlüpfrig.«

Auf halbem Weg fiel ihr ein, dass sie ihre Taschenlampe vergessen hatte. Beinahe hätte sie kehrtgemacht, aber die Sicherheit der Kinder zwang sie vorwärts, dem schwachen Licht entgegen.

»Wir haben es fast geschafft.«

Sie kletterte auf das rutschige Gras, drehte sich um und streckte die Arme aus, um dem ersten Kind zu helfen. »Beeilt euch!«

Im Schacht war es still. Kein Laut war zu hören.

»Marina! Holland! Wo seid ihr?«

Keine Antwort.

Sie begann zu zittern.

Hatte *Der Nebel* – Sarge – sie beim Versuch zu fliehen erwischt? Hatte sie sie einem Mörder überlassen?

Ihr Magen verkrampfte sich und rumorte. »Denk nach, Sadie!«

Falls er die Kinder hatte, würde es ihr unmöglich sein, ihn zu zwingen, sie gehen zu lassen. Sie musste sie zurücklassen, ihre Hütte erreichen und die Polizei rufen.

»Wer ist da oben?«

Mit der dröhnenden Stimme des Mannes im Ohr lief Sadie um ihr Leben. Sie hastete durch den Wald und versuchte, sich an den Pfad zu erinnern, auf dem sie den Kindern gefolgt war. Aber in der Dunkelheit sah alles gleich aus.

»Du musst den Fluss erreichen«, feuerte sie sich keuchend an.

Sie flog um Bäume und Büsche herum und hielt nur kurz inne, um auf das Geräusch von fließendem Wasser zu achten. Aber außer ihrem stoßweisen Atem und ihrem klopfenden Herzen hörte sie nichts.

»Hilf mir«, flehte sie leise. »Ich muss sie retten.«

Ein Lichtschimmer brach zwischen den Bäumen hervor. Mit einem Seufzer der Erleichterung rannte sie aus dem Wald und rutschte auf den regennassen Steinen des Flussufers vorwärts. Nervös warf sie einen Blick über die Schulter, erwartete, Sarge jeden Moment zwischen den Bäumen hervorspringen zu sehen. Die Steinbrücke befand sich nur einige Meter zu ihrer Rechten. Aber da gab es ein Problem. Der Fluss Kimree schwoll schnell an. Viele der Tritte waren bereits überschwemmt, und das Wasser, das zwischen den Steinen dahinschoss, stieg schnell höher.

»O Gott«, stöhnte sie auf.

Im sicheren Bewusstsein, keine Wahl zu haben, kletterte sie auf die schlüpfrige Oberfläche des ersten Steins. Sie versuchte, mit einem Fuß den nächsten zu ertasten, und schrie auf, als sich ihre knöchelhohen Winterstiefel mit eiskaltem Wasser füllten. Sie fand den Stein und trat nach vorne. Nach der dritten Steinplatte suchend, schwankte sie gefährlich. »Ganz ruhig, Sadie.« Sie sprang auf den nächsten Stein, hielt die Arme zur Seite, um die Balance zu halten.

Noch vier … irgendwo.

Sie studierte die Wasseroberfläche. »Wo seid ihr?«

Ihr Stiefel trat gegen etwas Festes. Vorsichtig tastete sie sich vorwärts. Das Wasser stand ihr bereits bis zu den Waden.

»Noch zwei.«

Aber sie schaffte es nicht. Sie verschätzte sich, und ihr Fuß rutschte zwischen zwei Tritten aus. Sie stürzte in das eiskalte Wasser. Der Fluss riss sie mit. Wild um sich schlagend, versuchte sie, den Kopf über Wasser zu halten. Doch der Fluss zog aus allen Richtungen an ihr und warf sie wie ein Stück Treibholz durch die Gegend.

Dann verschwand ihr Kopf unter der Oberfläche.

In Panik schluckte sie einen Mund voller Sand. Sie kämpfte gegen das Wasser an, hustete und spuckte, bis sie endlich wieder auftauchte und nach Luft schnappen konnte. Das Haar klebte ihr im Gesicht, und sie schob es beiseite. Dann erlaubte sie dem Fluss, sie flussabwärts zu tragen, während sie sich Zentimeter für Zentimeter seitwärts in Richtung Ufer quälte.

Vor ihr glitzerte etwas im Mondschein.

Das Dach der *Unendlichkeits-Hütte*.

Dreißig

Der Fluss schleuderte Sadie um eine Kurve und brachte sie nahe ans Ufer. Sie griff nach Büscheln trockenen Gestrüpps, die über die Böschung hingen, verfehlte sie, fluchte und versuchte es erneut. Endlich bekam sie eine knorrige Wurzel zu fassen und hievte ihren schmerzenden Körper an Land.

Keuchend lag sie im Gras. Als sich ihr Aten etwas beruhigt hatte, zwang sie sich auf die Beine. Ein stechender Schmerz durchfuhr ihren linken Knöchel. Im trüben Licht untersuchte sie ihn. Er war blutunterlaufen und geschwollen, möglicherweise gebrochen, auf alle Fälle verstaucht. Mit zusammengebissenen Zähnen schleppte sie sich vom Ufer weg und blickte auf die brodelnden Wassermassen.

An einigen Stellen war der Fluss bereits über die Ufer getreten.

»Die Brücke!«

Sie erinnerte sich an Irmas Warnung und wusste, dass sie sich beeilen musste. Plötzlich hatte sie die schreckliche Vision, dass Sarge die Kinder in seinen Kleintransporter treiben und von hier wegbringen würde. Und was war mit Sam und Cortnie?

Sie atmete tief ein und rannte los. Den bei jedem Schritt wiederkehrenden Schmerz in ihrem Knöchel ignorierte sie.

Sie lief in die Hütte, schlug die Tür zu und zündete mit zitternden Fingern die Lampe an.

»Okay, ruf die Polizei.«

Ihre Handtasche lag auf dem Wohnzimmertisch. Sie sah nach, aber da war das Handy nicht. Sie öffnete und durchwühlte sämtliche Küchenschubladen. »Okay, wo hast du dein Handy gelassen?«

Angst stieg in ihr auf, aber die verdrängte sie. »Konzentrier dich!«

Wann hatte sie es zum letzten Mal benutzt? Vor einigen Tagen, vor einer Woche? Sie konnte sich nicht erinnern.

In ihrer Panik stolperte sie über ihre Laptoptasche.

»Aha! Da bist du.«

Sie warf sie auf den Küchentisch und öffnete den Reißverschluss. Erleichterung überflutete sie. Das Handy war genau da, wo sie es das letzte Mal verstaut hatte. In der Innentasche. Sie klappte es auf und stieß ein lautes Stöhnen aus. Kein Akku, kein Signal … nichts.

»Nun komm schon!« Sie drückte auf die Powertaste. Sie leuchtete kurz auf und erlosch wieder. »Du hast es angelassen, du Idiotin!«

Sie ließ das nutzlose Telefon auf den Tisch fallen. Nun würde sie in die Stadt fahren müssen, um die Polizei zu holen. In Windeseile wechselte sie ihre Jacke. Wenigstens war die schwere Winterjacke warm und trocken. Sie schlang den Riemen der Tasche über die Schulter, kramte in der Jackentasche und zog die Schlüssel heraus.

»Gott sei Dank klappt wenigstens etwas.«

Den Kopf gegen den heulenden Wind und Unmengen von Regen gesenkt, ging sie nach draußen, die kleine Taschenlampe in der einen, die Autoschlüssel in der anderen Hand. Hinkend schaffte sie es innerhalb weniger Minuten zu Irmas Hütte. Beinahe hätte sie dort gegen die Tür gehämmert. Doch dann fiel ihr ein, dass Ed seine Schwester nach Edmonton gefahren hatte.

Philips Mercedes stand einsam und verlassen am Straßenrand. Fette Regentropfen prasselten auf ihn ein und rollten von der Motorhaube. Sie öffnete die Tür, warf die Taschenlampe und ihre Handtasche auf den Beifahrersitz und stieg ein. Mit einem Stoßgebet steckte sie den Schlüssel ins Zündschloss und startete den Anlasser. Ein dünner, heiserer Ton antwortete ihr. Und dann gab der Wagen – genau wie zuvor das Handy – den Geist auf.

»Himmel noch mal!«, fluchte sie. »Was soll denn die Scheiße!«

Wutentbrannt versuchte sie es erneut.

Dieses Mal gab der Motor nicht einmal das geringste Geräusch von sich.

Einen Moment saß sie nur da. Dann brach sie über dem Lenkrad zusammen. Tränen strömten über ihr Gesicht, ungebeten und unkontrolliert. Ein Donnerschlag ließ ihren Körper zusammenzucken. Sie schoss kerzengerade in die Höhe, stumm vor Schreck, und umklammerte das Lenkrad so fest, dass ihre Knöchel weiß wurden. Die Fenster beschlugen. Mit einem Ärmel wischte sie das Seitenfenster frei. Als ein gleißender Blitz über den Himmel raste, erkannte sie links von sich einen schwarzen Klotz. Der nächste Blitz erhellte die nähere Umgebung und tauchte einen Personenwagen von ungewisser Farbe in gleißendes Licht. Er war neben der Hütte geparkt, die an der Straße stand.

Sie sammelte ihre Sachen ein, zwang die Tür auf und floh aus dem Wagen. Gegen den Sturm ankämpfend, rannte sie zur Hütte. Als ein rechteckiges Licht vor ihr auftauchte, verlor sie vor Schreck beinahe den Verstand.

Ein massiger Schatten stand in der offenen Tür. »Ist da jemand?«

»Hey!« Sie schwenkte die Taschenlampe durch die Luft. »Hier drüben!«

Als sie die Hütte endlich erreicht hatte, war sie vollkommen außer Atem und musste gegen ihre Tränen ankämpfen. »Helfen Sie mir … bitte … wir müssen ihnen helfen.«

Sie blickte auf das Zeichen über der Tür. *Hoffnung*.

Ein stämmiger Mann mit rotem Bart ließ Sadie herein. Er trug ein schmuddeliges, fleckiges T-Shirt und verwaschene Jeans, die von einem Ledergürtel hoch gehalten wurden, der halb von seinem überhängenden Bauch verdeckt war. Er war mindestens zehn Jahre älter als sie und hatte freundliche hellgrüne Augen.

»Was ist denn passiert, Mädchen?«, fragte er mit starkem schottischem Akzent. »Sie sehen aus, als ob Sie einen Geist gesehen hätten.«

»Ich muss Ihr Telefon benutzen«, keuchte sie.

Sie versuchte, nicht die Reh- und Elchköpfe anzuschauen, die an die Hüttenwand genagelt waren, oder die leeren Bierdosen, die den Fußboden bedeckten.

»Dann haben wir ein Problem. Ich hab keins.«

»Aber wir müssen die Polizei rufen!«

Der Mann runzelte die Stirn. »Und warum würden wir das tun?«

Sie atmete tief ein. »Sarge hat mehrere Kinder entführt. Er hält sie in einem unterirdischen Bunker gefangen.«

»Sarge hat einen Bunker? Einen unterirdischen, sagen Sie?«

Sadie stöhnte frustriert. »Er ist *Der Nebel*!«

»Ja, es ist schon etwas neblig da draußen«, erwiderte der Mann abgelenkt. »Warum ruhen Sie sich nicht ein wenig aus, junge Lady? Ihr Knöchel ist geschwollen. Sie sollten ihn hochlegen, am besten da drüben auf den Stuhl. Ich bin gleich zurück.«

Er verschwand nach draußen und kam eine Minute später mit einem Beutel Eis zurück. Er führte sie zu dem Stuhl. »Drücken Sie sich das Eis auf den Knöchel.«

Sie setzte sich und sah ihm nach, als er in die Küche ging.

»Wir müssen etwas …« Ihr stockte der Atem.

Hervorstehende Augen starrten sie an. Acht Fische lagen auf der Arbeitsfläche. Einige waren bereits ausgenommen, andere lebten noch, ihre Münder öffneten und schlossen sich, sie schnappten nach Luft. Letztendlich gaben alle den Versuch auf.

Der Mann hob sein Fischermesser. Die gebogene Klinge glitzerte gefährlich. Als er sah, dass sie ihn beobachtete, lächelte er. »Sobald ich hier fertig bin, mache ich uns einen warmen Apfelmost. Es sei denn, Sie hätten lieber ein Bier.«

Sadie war von dem Messer fasziniert. »Ich möchte nichts.«

»Der Most wird Sie aufwärmen. Und übrigens, ich heiße Fergus.«

»Sadie.«

»Aye, ich weiß alles über Sie.« Fergus schnitt einem kleinen Fisch den Bauch auf und kratzte seine Innereien auf ein geschwärztes Kuchenblech, das über dem Spülbecken ruhte. »Irma sagte, Sie hätten Ärger mit einem Mann und verstecken sich hier.«

»Ich verstecke mich nicht.«

»Wie würden Sie's denn sonst nennen?«

Sie öffnete den Mund, suchte nach Worten. Aber genauso wie die halbtoten Fische gab sie schnell auf.

Nach einer Minute sagte sie: »Wir müssen den Kindern helfen.«

»Die Kleinen von Sarge sind tot. Weiß gar nicht, wieso Sie was anderes denken.«

»Die meine ich nicht. Ich rede von meinem Sohn und den anderen, die er entführt hat. Sie haben bei mir Hilfe gesucht. Ich muss etwas tun.«

»Am besten warten Sie bis zum Morgen, Mädchen. Bis der Sturm vorübergezogen ist.«

»Ich kann nicht warten. Mein Sohn ist irgendwo da draußen. Wir brauchen die Polizei, sofort.«

Ein Windstoß rüttelte an der Tür. Sadie zuckte zusammen.

Fergus verzog das Gesicht. »Sie wollen bei diesem Wetter mit dem Mercedes in die Stadt fahren?«

»Die Batterie ist leer. Ich muss mir Ihren Wagen leihen.«

Der Mann spülte sein Messer und wischte die Hände an einem Geschirrtuch ab. »Könnte der Schnaps sein, der da aus Ihnen spricht.«

»Ich bin nicht betrunken. Ich bin vollkommen nüchtern.«

Er legte den Kopf zur Seite. »Aye, Sie sehen nicht betrunken aus.«

»Bitte! Helfen Sie mir, Fergus.«

»Ich sag Ihnen was … Ich fahr mit meinem Wagen in die Stadt und ruf die Cops für Sie an.«

Sie schenkte ihm ein dankbares Lächeln.

Fergus griff nach einer Jacke neben der Tür. »Ruhen Sie sich aus, und lassen Sie das Eis auf dem Knöchel.«

Im Handumdrehen war er aus der Tür.

Ein Motor startete, und Scheinwerferlicht strahlte kurz durch das Fenster auf der Rückseite des Hauses. Dann war alles still.

Sie sprang vom Stuhl auf. »Den Teufel werde ich tun, hier rumzusitzen und Däumchen zu drehen.«

Insbesondere, da sie eine Waffe hatte.

Die Pistole.

Auf dem Weg zur Tür blieb ihr Blick auf dem Fischermesser hängen. Sie ließ es in ihre Jackentasche gleiten.

»Lieber auf Nummer sicher gehen.«

Einunddreißig

Die *Unendlichkeits-Hütte* drohte überschwemmt zu werden. Zumindest die Veranda. Der Fluss stand bereits über einen Meter die Stützbalken hoch. Noch fünfzehn Zentimeter, und das Wasser würde die Veranda überfluten und das Gras um die Hütte herum in einen Sumpf verwandeln.

Sobald sie drinnen war, sperrte Sadie die Hintertür ab und warf Handtasche und Taschenlampe auf den Tisch. Den Strahl der Taschenlampe richtete sie in die Mitte des Zimmers. Die Hütte war eiskalt, und die Dunkelheit des Raumes wurde nur gelegentlich vom Aufleuchten der Blitze draußen erhellt. Das Feuer hatte sich schon lange in Asche verwandelt. Aber sie hatte keine Zeit, ein neues anzumachen, selbst wenn sie bis auf die Knochen durchnässt war.

Auf dem Weg ins Schlafzimmer veranlasste sie ein Geräusch, einen Blick hinter sich zu werfen. Ein großer Schatten glitt draußen dem Vorhang des Küchenfensters vorbei. Ein Schatten, der einen Cowboyhut trug.

Sarge.

Das Messer aus der Tasche ziehend, drückte sie sich gegen die Wand und hielt den Atem an.

Der Türknauf bewegte sich. Sie hörte jemanden fluchen und dann, wie etwas Schweres sich gegen die Tür warf.

Ihre Augen weiteten sich vor Schreck. *Bitte lass ihn nicht reinkommen.*

Dann enfernten sich die Schritte.

Sadie atmete erleichtert auf, bis sie Sarge an der Hütte entlanggehen hörte. Panisch sah sie zur Schiebetür. Die Tür, die sie nicht verschlossen hatte. Die Zeit war zu knapp, sie jetzt noch zu sichern, ohne dass er sie hören würde. Sie musste sich verstecken. Aber wo?

Verzweifelt fiel ihr Blick auf den Teppich in der Mitte des Zimmers.

Der Vorratskeller!

Sie knipste die Taschenlampe aus und hoffte, dass er das Licht nicht gesehen hatte. Dann bückte sie sich über den Teppich und warf eine Ecke zurück. Jemand hatte doppelseitiges Klebeband benutzt, um ihn zu fixieren. Mit zitternder Hand zog sie an dem Metallring und stieß ein dankbares Schluchzen aus, als sich die Falltür öffnete. Vorsichtig stieg sie einige Stufen hinunter, griff nach der Tür und zog sie über sich zu.

Um sie herum herrschte tiefste Dunkelheit.

O Gott …

Der Keller war noch schlimmer als der Bunker. Hier unten war es nicht nur rabenschwarz, sondern es roch auch muffig. Sie kam sich eingepfercht vor, obwohl sie die Größe des Kellers nicht ausmachen konnte. Es schien ihr, als wäre sie gerade lebendig begraben worden. Viel schlimmer, als in diesem eiskalten Keller zu stecken, konnte das auch nicht sein. Mit einem mörderischen Kidnapper über sich, der sie jagte.

Über ihrem Kopf knarrten Schritte.

Sie kamen näher …

Ihr Puls beschleunigte sich, und das Messer in ihrer Hand zitterte.

Etwas fiel über ihr zu Boden, gefolgt von einem zornigen Brummen. Dann ertönte ein dumpfer Schlag nahe der Falltür.

Starr vor Schreck presste sie eine Hand vor den Mund.

Stille.

Er lauschte.

Sadies Herzschlag hämmerte ihr in den Ohren. Konnte er ihn hören?

Langsam entfernten sich die Schritte, und eine Tür fiel ins Schloss.

Sie zitterte unkontrolliert. *Ist er noch da?*

Das Warten war qualvoll, die Stille endlos – bis sie vom Schlagen der Standuhr unterbrochen wurde. Um sicherzugehen, wartete sie noch einige Minuten. Nachdem sich ihr Atem beruhigt hatte, schlich sie auf Zehenspitzen die Kellertreppe hinauf und drückte ihr Ohr gegen die Falltür.

Sie hörte nichts. Nicht ein einziges Geräusch.

Ich muss Hilfe holen.

Behutsam schob sie die Falltür nach oben und sah sich vorsichtig um. Sie konnte niemanden sehen. Die Hütte war zu dunkel. Und ihre Taschenlampe lag auf dem Tisch.

In dem Augenblick kam ihr ein greller Blitz zu Hilfe, der über den Himmel zuckte und den Raum erhellte. Niemand versteckte sich im Schatten. Aber sie konnte nur drei Seiten der Hütte überblicken. Was, wenn er hinter der Falltür stand?

Er ist weg. Ich kann nicht ewig hier unten bleiben. Die Kinder brauchen mich.

Vorsichtig klappte sie die Falltür hoch und kroch, das Messer durch die Luft schwingend, nach draußen. Als niemand sie angriff, ging sie mit schnellen Schritten zur Schiebetür, verschloss sie und zog die schweren Vorhänge vor. Ihre Hände waren taub vor Kälte. Sie wusste, sie musste sich aufwärmen oder eine Unterkühlung riskieren. Und damit wäre niemandem geholfen.

»Zuerst trockene Kleider«, befahl sie sich, während sie das

Messer wieder in ihrer Jackentasche verstaute. »Und dann die Pistole.«

Nachdem sie eine Lampe angezündet und die Flamme heruntergedreht hatte, trug sie sie ins Schlafzimmer. Dort zog sie ihre Jacke aus und warf sie über den Stuhl. Ihre nassen Kleider ließ sie in einem Bündel auf dem Boden zurück. Mit dem Badetuch, das vom Nachmittag noch auf dem Bett lag, rubbelte sie sich trocken. Sie schlüpfte in warme Jeans und einen Pullover, setzte sich auf den Stuhl und zog zwei Paar Socken an. Der Anblick ihres verletzten und geschwollenen Knöchels ließ sie erschaudern.

»Sieht aus, als ob Sie einen kleinen Unfall gehabt hätten«, spottete eine Stimme.

Ihr Kopf fuhr hoch, als ein Schatten in ihr Blickfeld glitt. Er hielt einen Hut in der Hand und lehnte sich überlegen gegen den Türrahmen. Sein rasierter Kopf glänzte im Lampenlicht. Wachsame Augen überflogen aufmerksam den Raum. Dann blieb sein Blick auf ihr hängen, und sein entstelltes Gesicht verzog sich zu einem teuflischen Grinsen.

»So trifft man sich wieder, Sadie O'Connell.«

Mit offenem Mund starrte sie ihn an und schluckte schwer. *Der Nebel.*

Auf den ersten Blick ähnelte Sarge nur entfernt dem sadistischen Monster, das sie geschlagen, Sam entführt und brutal misshandelt hatte. Eigentlich sah er wie ein ganz normaler Mann aus, wie jemand, dem sie bei einem Rodeo oder in einer Bar begegnen könnte und an den sie keinen zweiten Gedanken verschwenden würde. Bis sie ihm in die Augen sah. In ihnen erkannte sie einen Wahnsinnigen.

»W-wie sind Sie reingekommen?«, fragte sie mit schwacher Stimme.

Er hielt einen Schlüssel hoch. »Irma versteckt immer

einen unter der Willkommensmatte. Nicht besonders originell, nicht wahr?«

Ihr Herz setzte aus, als er einen Schritt auf sie zu machte.

»Was wollen Sie?«

»Ich bringe nur etwas zurück, das Ihnen gehört.« Er warf eine Taschenlampe – die blaue, die sie im Bunker zurückgelassen hatte – auf die Kommode. »Es steht *Unendlichkeits-Hütte* drauf. Das verstand ich als Einladung. Su casa es mi casa. Erinnern Sie sich?« Er hob die Augenbrauen. »Aber ich bin doch überrascht, dass Sie es sind und nicht irgendein neugieriger alter Bock.«

Sie lehnte sich auf dem Stuhl zurück. »Die Polizei ist auf dem Weg.«

»Die haben Sie gerufen, was?«

Sie nickte.

»Bisschen schwierig, wo das Ding doch nicht funktioniert.« Damit warf er ihr ihr Handy vor die Füße.

»Als ich angerufen habe, hat es noch funktioniert«, log sie.

Sie veränderte ihre Position ein wenig und streifte die Jacke über der Stuhllehne. Aus dem Augenwinkel sah sie ein metallenes Glitzern. Das Messer. Sie saß auf einem Teil der Klinge.

»Wenn es stürmt, bricht hier draußen das Netz zusammen«, sagte Sarge.

»Gut möglich«, erwiderte sie und bewegte die Hand vorsichtig in Richtung Jackentasche. »Aber jemand ist zur Polizei gefahren, um sie herzubringen. Sie müssen jeden Augenblick hier sein.«

»Ach, Sie meinen den alten Fergus? Der steckt einige Kilometer weiter fest. Sieht aus, als blieben nur noch Sie und ich übrig.« Er kam auf sie zu.

»Kommen Sie nicht näher!«, schrie sie und sprang auf.

Sarge kicherte. »Wollen Sie mich mit dem Handtuch verprügeln?«

»Nein, aber ich habe das.« Mutig richtete sie das Fischermesser auf ihn.

»Sie sind besser bereit, das auch zu benutzen … Sie Miststück.«

Alles ging so schnell, dass sie keine Zeit hatte zu reagieren. In der einen Sekunde hatte sie die Klinge noch auf den Schweinehund gerichtet – in der nächsten hatte er ihr das Messer aus der Hand geschlagen.

Ein Arm legte sich um ihren Hals. »Noch einen Mucks«, zischte er ihr ins Ohr, »und ich brech dir das Genick.«

Licht blitzte von etwas Dünnem und Messerscharfem auf.

»Nur eine Kleinigkeit, um dich zu beruhigen«, murmelte er.

Eine Injektionsnadel stach in ihren Arm, durch ihren Pullover hindurch. Sie versuchte sich zu wehren, versuchte zu schreien, aber alles, was sie von sich geben konnte, war ein schwaches Schluchzen. Dann wurde ihr schwarz vor Augen, und der Raum verwandelte sich in undeutliche Schatten. Innerhalb von Sekunden gaben ihre Beine nach. Hätte Sarge sie nicht gestützt, wäre sie zu Boden gefallen.

Sein heißer Atem streifte ihr Ohr. »Wie, verdammt noch mal, hast du mich gefunden?«

Sie stöhnte. »Die Kinder …«

Mit einem wimmernden Winseln gab sie den Kampf auf.

Zweiunddreißig

Ein ohrenbetäubendes Krächzen weckte sie auf.

Sie stöhnte.

Der Schrei ertönte erneut, dieses Mal lauter.

Sie versuchte, sich die Ohren zuzuhalten, aber ihre Hände wollten sich nicht bewegen. Sie zwang sich, ihre Augen zu öffnen, und blinzelte. Warum war ihre Sicht so verschwommen? Hatte sie sich betrunken? Hatte sie das Bewusstsein verloren?

Und warum war ihr so kalt?

Die Decke über ihrem Bett materialisierte sich undeutlich. Es war Morgen. Dessen war sie sich sicher. Die Dämmerung drang durch die offenen Vorhänge herein. Die Luft im Raum war eiskalt, als ob sie in einen Gefrierschrank gelaufen wäre.

Ich muss Holz nachlegen.

Desorientiert wandte sie den Kopf zur Seite.

Sam erwiderte ihren Blick – vom Foto neben ihrem Bett aus.

Dann erinnerte sie sich.

Die Kinder. Ich muss ihnen helfen. Und Sam! Er lebt!

Sie versuchte, seinen Namen zu rufen, aber ihre Stimme klang gedämpft. Dann begriff sie, wieso.

In ihrem Mund steckte eine Socke.

Angst rann durch ihre Adern. Sie atmete tief durch die Nase ein und bemühte sich, ihr volles Bewusstsein wiederzuerlangen. Ihr angestrengter Versuch, sich aufzusetzen, führte aber nur zu starken Schmerzen in ihren Fuß- und Handgelenken. Ihre Augen flogen über ihren unbeweglichen Körper. Was sie sah, ließ sie entsetzt zusammenzucken. Sie lag auf den Decken und war mit allen vieren an die Bettpfosten gefesselt.

Und trug nichts außer BH und Slip.

Sie schrie, aber der Knebel erstickte den Laut. Sie schrie erneut. Wieder und wieder, bis ihre Kehle brannte und ihre Schreie sich in ein unkontrolliertes Wimmern verwandelt hatten.

Draußen vor dem Fenster flatterte etwas.

Der Rabe spähte durch das Glas, beobachtete sie.

Voller Grauen starrte Sadie ihn an. Raben waren die Vorboten des Todes. Der Vogel war aus einem einzigen Grund hier. Um ihre Seele für sich zu beanspruchen. Das war ihr jetzt klar.

Ich werde nicht sterben! Nicht hier. Nicht so.

Adrenalin schoss ihr durch die Adern. Hinter dem Knebel stieß sie ein wütendes Geheul aus und zerrte an den groben Stricken über ihrem Kopf. Ihre Hände. Sie krampfte ihre Hände zusammen, versuchte sie so klein wie möglich zu machen, damit sie aus den Stricken rutschen konnten. Sie wand sich hin und her und zerrte an ihnen. Aber die Stricke schnitten nur tiefer in ihr Fleisch ein, bis ihre Handgelenke brannten und ihre Arme vom Strecken in dieser unnatürlichen Position schmerzten.

Ein Blutstropfen lief ihren Arm hinunter. Sie sah ihm einen Moment zu, fasziniert vom hellen Rot auf ihrer blassen Haut. Dann hob sie den Kopf und fixierte mit wilden Augen die offene Tür. *Ist er weg? Wird er wiederkommen?*

Sie fühlte sich durch ihre fast völlige Nacktheit besudelt.

Hatte er sie …? Nein, daran darfst du nicht denken!

Die winterliche Luft ließ sie unkontrolliert erzittern.

Eine Tür fiel ins Schloss. Schritte näherten sich, und ein Schatten tauchte im Türrahmen auf.

»Gut, du bist wach. Und du siehst auch recht … munter aus.«

Sarge trat ins Zimmer und stellte einen Benzinkanister auf die Kommode.

Sadies Herz fing an zu rasen. *Nein, bitte …*

Schaudernd presste sie die Augen zusammen und wünschte sich verzweifelt, sie könnte dasselbe mit ihren Beinen tun. Sie fühlte, wie er sie beobachtete, jeden Zentimeter ihres Körpers mit seinen Blicken abtastete.

Etwas bewegte sich über den Fußboden.

Alarmiert flogen ihre Augenlider auf.

Sarge hatte einen Stuhl neben das Bett gezogen. Mit einer Hand drehte er ihn um. Dann setzte er sich rittlings darauf und kreuzte seine Arme über der Stuhllehne – als ob er alle Zeit der Welt hätte.

Als seine Hand sich ihr näherte, hob eine Welle des Ekels ihren Magen. Sie stieß einen unterdrückten Schrei aus und warf den Kopf zur Seite. Wovon ihr aber nur schwindlig wurde. Was immer er ihr gespritzt hatte, zirkulierte immer noch in ihrem Körper.

»Solch perfekte Haut«, flüsterte er. »Genau wie dein Sohn.«

Sie schüttelte sich, als seine schwieligen Hände über ihren Arm zu ihrem Hals fuhren, ihn liebkosten, ihn umkreisten. Einen Moment lang dachte sie, er würde sie erdrosseln. Dann glitt seine Hand wie Schmirgelpapier über ihre rechte Brust und drückte fest zu.

»Weißt du, es könnte alles anders sein«, sagte er. »Wenn du nett zu mir bist, könnte ich auch nett zu dir sein. Vielleicht verrate ich dir, wo dein Junge ist.«

Ihr Kopf flog herum, und sie grunzte hartnäckig.

Nimm mir den Knebel raus, du Bastard.

Sarges Augen verengten sich argwöhnisch. »Okay, ich nehme dir die Socke aus dem Mund, aber kein Geschrei. Erstens kann dich sowieso niemand hören, und zweitens stopfe ich sie dann einfach wieder rein. Verstanden?« Er nahm seine Hand von ihrer Brust und entfernte die Socke.

Sie schluckte wiederholt, um ihre trockene Kehle zu befeuchten. Baumwollfasern klebten auf ihrer Zunge, an der Innenseite ihrer Wangen, in ihrer Mundhöhle.

»Ich sah Sam sterben«, warf sie ihm mit heiserer Stimme vor. »Sie haben ihn umgebracht.«

»Du dachtest, du hättest ihn gesehen.«

Sadie rief sich den Jungen im Wagen in Erinnerung. Er war so gefesselt gewesen, dass sie nur wenig von seinem Gesicht erkennen konnte. Und da *Der Nebel* ihr gesagt hatte, dass es Sam war, hatte sie …

Es geglaubt.

»Den Jungen nahm ich mir letztes Jahr«, gab Sarge zu. »Aber seine Zeit war um. Also zog ich ihm die Sachen deines Sohnes an, band ihn im Auto fest und rief dich an.«

»Sie haben ihn direkt vor meinen Augen umgebracht.«

Er schnaubte. »Nein, er war schon tot. Ich habe ihn eine Woche, bevor ich deinen Jungen mitnahm, eingeschläfert.«

Sein Geständnis schockierte sie zutiefst. »Warum sollten Sie so etwas tun?«

»Er hatte seinen Dienst erfüllt.«

»Aber warum sollte ich glauben, er wäre Sam?«

»Besonders schlau bist du wohl nicht, was?«, fragte er kopfschüttelnd. »So schlug ich zwei Fliegen mit einer Klappe. Du hast den Bullen mein Bild gegeben. Ich musste dir zeigen, dass ich es ernst meine, um dich vom Reden abzuhalten. Ich wollte, dass die Polizei sich zurückhält. Außerdem ging ich davon aus, dass sie langsamer vorgehen würden, sobald sie wüssten, dass ich die Kinder sonst umbringe.«

Im Wohnzimmer ließ die Standuhr einen unheilvollen Schlag los. Die Zeit wurde knapp. Sadie wusste, sie musste Sarge am Reden halten. Sie hatte eine Chance zu überleben. Und die lastete auf den Schultern eines rotbärtigen Schotten.

Bitte, Gott … lass Fergus die Polizei holen!

»Und was war mit dem Blut? Die Polizei sagte, es wäre …«

»Das von deinem Kleinen«, bestätigte er schulterzuckend. »In der Armee war ich Sanitäter. Bis sie mich entließen. Ein wenig Blut zu sammeln und es an einigen Büschen zurückzulassen war nicht allzu schwierig.« Er rieb sich das Kinn. »Ihm den Zeh und den Finger abzutrennen, das erforderte schon etwas mehr Arbeit. Dein Junge ist ein Kämpfer.«

Sadies Blut verwandelte sich in Eis. »Was sind Sie nur für ein Monster?«

»Das ist der Preis des Krieges. Du hättest dich nie mit mir anlegen sollen. Ich hatte dich gewarnt.«

»Wo ist mein Sohn?«

»Nicht so schnell, verdammt noch mal!«, fuhr er sie an. »Zuerst will ich was von dir.«

»Was?«

Seine Zunge fuhr über seine gesprungenen Lippen. »Etwas, das ich seit fünf Jahren nicht mehr hatte.«

Als er lächelte, kochte Säure aus ihrem Magen empor.

Wechsle das Thema! Lenk seine Gedanken auf etwas anderes!

»Ich weiß über Carissa Bescheid«, brachte sie hervor. »Und über Ihre Kinder, Ashley und Adam.«

»Was zum Teufel weißt du über sie?«

»Ich weiß, dass sie in einem Feuer umkamen. Und dabei erlitten Sie Ihre Gesichtsverbrennungen. Sie haben versucht, sie zu retten.«

»Ja, nur, dass es so nicht passiert ist. Nicht direkt.«

Ein Geräusch brach aus ihm hervor, und sein ganzer Körper zuckte.

Es dauerte einen Moment, bevor Sadie aufging, dass er lachte.

»Dann erzählen Sie's mir. Wie ist es passiert?«

Sarge packte die Stuhllehne. »Carrie wollte sie mir wegnehmen. Sagte, ich hätte mich verändert, als ich aus dem Irak zurückkam.« Er hatte einen verwunderten Ausdruck in den Augen. »Wissen Sie, was sie mir gesagt hat? Dass meine Kinder Angst vor mir hätten. Ich hab versucht, ihr zu erklären, dass das nicht wahr sei, dass ich ein guter Vater sei. Sicher, ich hatte Albträume. Schreckliche. Wie die meisten der Jungs, nachdem wir nach Hause gekommen waren.«

»Vielleicht hatte sie recht«, murmelte sie.

»Schwachsinn! Sie wollte, dass ich zu 'nem Seelenklempner gehe, als ob ich übergeschnappt wäre oder so was. Das wollte sie gegen mich verwenden, um die Kinder zu behalten. Ich erwischte sie, als sie gerade gehen wollte. Ich musste sie doch aufhalten.«

»Und wie haben Sie das gemacht?«

»Ich hab der Kuh eine runtergehauen. Sie wurde ohnmächtig, also habe ich sie angesteckt.«

Sadies elender Blick fiel auf den Benzinkanister. »Sie mussten sie doch nicht töten. Sie hätten eine Lösung finden können.«

»Ich hätte nicht zugelassen, dass sie sie mir wegnimmt.«

»Vielleicht hätten Sie sich das Sorgerecht teil…«

Sarge sprang auf. »Es waren meine Kinder! Meine!«

Schweiß lief ihr über das Gesicht. »Aber Sie … b-brachten sie um.«

»Das war ein Unfall«, verteidigte er sich. »Sie sollten im Bunker bleiben, wo ich sie zurückgelassen hatte«, erklärte er, auf und ab gehend. »Carrie lag auf dem Wohnzimmerboden, als ich das Feuer legte. Ich wusste nicht, dass Adam und Ashley durch den Keller zurück ins Haus gekommen waren.« Er stand neben dem Bett, in eine Erinnerung vertieft, die sie nicht sehen konnte. »Sie standen am Fenster, starrten mich an und weinten. In der Sekunde, als ich die Haustür öffnete, ging das ganze gottverdammte Haus wie eine Zündholzschachtel in Flammen auf.«

»Dann haben Sie recht. Es war ein Unfall.«

Sarge starrte ins Leere. »Sie wollte sie mir wegnehmen. Immer wollen sie mich verlassen. Deshalb muss ich sie töten.«

»Nein, das müssen Sie nicht«, sagte sie, gegen die Stricke kämpfend.

Nach einer langen Pause stieß er einen Seufzer aus. »Vielleicht hast du recht. Vielleicht bleiben sie jetzt, nachdem ich eine Mama für sie gefunden habe.« Er bemerkte ihren schockierten Gesichtsausdruck. »Du hast gesagt, du würdest alles für deinen Jungen tun.«

»Sie erwarten von mir, dass ich hier lebe?«

»Wir werden eine große, glückliche Familie sein.«

»Die Kinder werden nicht glücklich sein. Warum lassen Sie sie nicht gehen?«

Der Blick, mit dem er sie ansah, war tödlich. »Weil sie mir gehören!«

Er stapfte zur Kommode und schnappte sich den Benzinkanister. »Und ich werde weder dir noch jemand anders erlauben, sie mir wegzunehmen, Carrie. Wenn ich sie nicht haben kann, wird sie keiner haben. Niemals!« Er schraubte den Deckel ab, und im Handumdrehen durchdrang der Geruch des Benzins die Luft.

Sadie wusste, dass ihre Zeit gerade abgelaufen war. Er würde sie bei lebendigem Leib verbrennen, falls sie sich nicht damit einverstanden erklären würde, die Mutter der Kinder zu sein, die er entführt hatte. Aber um das zu tun, müsste er sie gehen lassen, sagte sie sich selbst. Was ihr vielleicht die Flucht ermöglichen könnte. Mit den Kindern.

»Okay!«, rief sie laut aus. »Ich werde tun, was immer Sie wollen.«

»Und was wäre das genau?«

»Ich werde mich um sie kümmern. Ich werde ihre … M-mutter sein.«

Ein zufriedener Ausdruck erschien auf seinem Gesicht. »Du wirst mehr als das sein.«

Sarge drehte den Deckel des Kanisters wieder zu und stellte ihn auf die Kommode zurück. Wortlos zog er sich die schwere Winterjacke aus und entledigte sich seiner Stiefel. Dann ließ er all seine Kleider fallen und näherte sich dem Bett.

»Dann besiegeln wir doch jetzt unseren Pakt.«

Dreiunddreißig

Sarge stand vor ihr. Sein Körper war mit dichtem schwarzem Haar bedeckt, das nur von alten Kampfwunden und ausgebleichten Tätowierungen unterbrochen wurde. Zwischen seinen Beinen hing ein halb aufgerichteter blasser Wurm.

Panik stieg in ihr auf, als sie seine wachsende Erektion sah. Sie wollte wegsehen. Aber sie konnte es nicht.

»Nein! Ich sagte, ich bleibe, kümmere mich um sie …«

»Um sie und um mich.« Er fasste sie am Kinn. »Du wirst dich um uns alle kümmern.«

»Bitte«, flehte sie ihn an.

Eifrig streichelte er seine Erektion. Einen Moment schlossen sich seine schweren Augenlider. »Bestimmt werde ich's dir besorgen. Wenn ich mit dir fertig bin, wirst du um mehr betteln. Dann sag ich dir, wo er ist. Dein Junge.«

»Sagen Sie mir zuerst, wo Sam ist.«

»Nicht, bevor du mir gibst, was ich will.«

Das Grauen übermannte sie, als er mit seiner freien Hand ihre Brust unter dem BH betatschte. Sie zitterte unkontrolliert, wusste aber, dass sie keine Wahl hatte. Er würde sie vergewaltigen. Und sie musste es zulassen. Es war der einzige Weg, an ihre Waffe zu kommen.

Es ist nur Sex. Es hat absolut keine Bedeutung.

Er schob den BH zur Seite, und sein Mund schloss sich um ihre Brustwarze.

Sadie wollte sterben. Sie wollte sich übergeben, in Zornesgebrüll ausbrechen. Sie wollte ihn mit ihren eigenen Händen windelweich prügeln, ihm die Augen auskratzen, in die Eier treten – alles, nur um ihn von ihr fernzuhalten.

Stattdessen zwang sie sich stillzuhalten, keine Reaktion zu zeigen.

Klopf, klopf.

Ihre Augen fanden den Raben. Er war immer noch am Fenster.

»Was, zum Teufel, willst du von mir?«, kreischte sie.

»Ich will dich ficken«, erwiderte Sarge und biss sie in die Brust.

Schmerzerfüllt schrie sie auf.

Mit einem Grunzen streckte er sich auf ihr aus. Seine groben Brusthaare kratzten ihre empfindliche Haut, und sein Gewicht erdrückte sie beinahe.

Das kann nicht passieren, redete sie sich selbst ein. Das muss ein Albtraum sein. Du hast zu viel getrunken, bist bewusstlos geworden.

Sarges Gesicht näherte sich dem ihren. Sie konnte die Fäulnis seines ranzigen Atems riechen. Der Geruch von Krankheit umgab ihn – verwest… bösartig. Seine Hand fuhr zwischen ihre Beine, und sie winselte. Automatisch krampfte sie ihre Schenkel zusammen, versuchte verzweifelt, sich ihm verschlossen zu halten.

Gewinn sein Vertrauen, Sadie. Überzeug ihn, dich loszubinden. Dann schnapp dir die Waffe.

»Wenn Sie die Fesseln losmach…«

Seine Faust traf ihr Gesicht. »Halt dein verdammtes Maul! Ich weiß, wie ich es machen muss.«

Schockiert fiel sie zurück. Das war kein betrunkener Traum.

Erneut begrabschte er sie.

Gequält atmete sie tief durch. »Ich kann Ihnen helfen.«

Seine Augen verengten sich zu misstrauischen Schlitzen, aber er sagte nichts.

»Ich muss meine Beine hochlegen. Es wird Ihnen gefallen«, versprach sie, während sie sich auf die Lippen biss, bis sie Blut schmeckte.

»Und warum solltest du das tun?«

»Damit Sie Sam nichts tun. Oder den anderen.«

»Nur für sie?«

»Nein! Auch für Sie.« Sie versuchte zu lächeln. »Und für mich. Ich hatte seit Langem keinen … guten S-sex mehr.«

Er bedachte die Lüge. »Wenn du Dummheiten machst, wirst du es bereuen. Und dann bring ich ihn um.« Mit einem Finger warf er das Foto von Sam um, das auf den Nachttisch stand. »Kapiert?«

»Ja«, beteuerte sie. »Aber wir haben ein Problem.«

Argwöhnisch beäugte er sie. »Welches?«

»Das Bett ist zu weich. Ich mag es lieber … hart.«

Ein wollüstiger Glanz trat in seine Augen. »Dann auf dem Fußboden.«

Er ließ von ihr ab und löste die Stricke. Sobald sie frei war, streckte sie sich vorsichtig und bedeckte ihre Brüste, bis sie seinen wütenden Gesichtsausdruck sah.

»Hier drinnen ist es kalt«, murmelte sie.

»Ich werde dir schon einheizen.«

Sie verbiss sich eine Antwort, setzte sich langsam auf und bewegte ihre Arme und Beine. »Meine Hände und Füße sind taub. Geben Sie mir einen Moment, meinen Kreislauf wieder in Schwung zu bringen und mich aufzuwärmen.«

Er kicherte und schob seine Hüften nach vorne. »Du könntest das aufwärmen.«

Wenn sie einen Moment länger zögerte, würde Sarge sie dazu zwingen, etwas Widerliches zu tun. Nicht, dass die Alternative attraktiver war, aber zumindest hätte sie dann die Gelegenheit, an die Pistole zu kommen.

Es war ihre einzige Chance.

Du schaffst das, Sadie. Für Sam. Für die anderen.

»Ich werde die Bettdecke auf den Boden legen«, murmelte sie, sich seinen feurigen Augen auf jedem Teil ihres Körpers bewusst.

Er leckte seine Lippen und nickte. »Beeil dich.«

Sie zog an der Bettdecke und beobachtete, wie sie auf den Boden fiel.

»Ich will sie nur glatt streichen«, erklärte sie, hoffend und betend, dass sie die Waffe rechtzeitig erreichen konnte.

Sie kniete sich auf die Decke.

Das war ein Fehler.

Sarge ließ sich hinter ihr zu Boden fallen, presste sich gegen sie und schob sie vorwärts, bis ihr Gesicht auf der Decke landete. Sie blinzelte benommen und schnappte nach Luft.

Dann sah sie sie.

Die Kiste mit der Waffe.

Sie war unter dem Bett versteckt, nur Zentimeter von ihrer linken Hand entfernt.

»Was für ein Anblick«, schwärmte Sarge. »Du wirst eine gute Mama abgeben.«

Als er ihr in die Höhe gestrecktes Hinterteil streichelte, biss sie sich fest auf die Zunge, damit sie nicht schrie. Sie streckte sich – mit gekrümmten Fingern – und ließ ihre Hand unter das Bett gleiten.

»Beweg dich nicht, außer, ich sag's dir!«, schnauzte er sie an und versetzte ihr einen Schlag auf den Hinterkopf. »Und jetzt sei ein gutes kleines Hündchen.«

»Warten Sie!«, rief sie. »Ich möchte mich umdrehen.«

Ihre Hand fand die Waffenkiste. Ihre Finger betasteten sie und öffneten den Deckel. Ihr Herz jubilierte, als sie das kalte Metall berührte. Sie umklammerte die Waffe, zog sie vorsichtig hervor und verbarg sie unter ihrer Brust.

»Gib mir, was ich will!«, befahl Sarge.

Sie festigte ihren Griff um die Pistole. »Erst schulden Sie mir was.«

»Was?«

»Sagen Sie mir, wo Sam und Cortnie sind.«

»Keine Ahnung.«

»Doch, Sie wissen es. Und Sie werden es mir sagen.«

Er lächelte höhnisch. »Und warum sollte ich wohl so etwas Dummes tun?«

Blitzschnell rollte sich sich zur Seite und sprang auf.

Sarge setzte sich auf, seine Augen blitzten vor Wut. »Was soll denn dieser Scheiß?« Er hätte sich sicher auf sie gestürzt, wenn er nicht den Glanz des Metalls in ihrer Hand bemerkt hätte. »Ach nein«, amüsierte er sich schnaubend. »Mama hat 'ne Waffe.«

Sie richtete die Pistole auf seine Brust. »Und Mama ist mehr als bereit, sie zu gebrauchen, du verfluchter Bastard.«

Langsam stand er auf. Der Wurm zwischen seinen Beinen war nun winzig.

»Keine Bewegung!«, rief sie.

Das Netz aus Narben auf Sarges Gesicht zuckte. »Wenn du mich erschießt, wirst du nie erfahren, wo sie sind.«

Er hatte recht. Und das war ihnen beiden klar.

»Leg die Waffe hin, und ich bring dich zu ihnen«, sagte er.

»Wenn ich das tue, bringen Sie mich um … und sie.«

Er machte einen Schritt auf sie zu. »Ganz recht.«

Sie richtete die Pistole auf ihn. Die Pistole mit einer einzigen Kugel. Die Pistole, die nicht feuern wollte. »Wo sind sie, Sarge?«

»Du wirst es nicht tun«, verhöhnte er sie. »Das schaffst du nicht.«

Während er sich langsam auf sie zubewegte, betete sie zu Gott, zu Buddha, zum Universum, zu jeder höheren Macht, dass er sich täuschen möge.

Sie betete, dass sich die Waffe dieses Mal entladen würde, wenn sie den Abzug drückte.

Und das tat sie auch.

Vierunddreißig

Der Schuss hallte in der kleinen Hütte wider. Durch den Rückstoß stolperte Sadie nach hinten, gerade in dem Moment, als ein silbernes Objekt an ihrem Arm vorbeiflog. Hinter ihr polterte das Fischermesser zu Boden. Sie trat es zur Tür hinaus, dann drehte sie sich zu ihrem Peiniger um.

Sarge lehnte an der Wand und presste beide Hände gegen seinen Bauch. Zwischen seinen Fingern sprudelte ein roter Strom hervor.

»Rühren Sie sich nicht von der Stelle!«, befahl sie.

Überrascht, beinahe gekränkt, sah er sie an. »Du hast auf mich geschossen.«

Ohne eine Sekunde zu verlieren, griff sie sich den Bademantel aus ihrem Schrank und zog ihn über, um ihre Blöße zu bedecken. Ein Blutfleck besudelte den Ärmel. Sie drehte sich zu dem Mann an der Wand und hob die Pistole erneut. Obwohl sie keine Munition mehr enthielt. »Sagen Sie mir, wo Sam und Cortnie sind.«

Sarge fing an, sich zu schütteln. Sie fragte sich, ob er einen Schock erlitt. Aber dann hörte sie sein höhnisches Lachen.

»Sie sagten, Sie wüssten, wo sie sind!«, schrie sie ihn an.

»Ich habe gelogen.« Er rutschte die Wand hinunter, eine Blutspur hinter sich herziehend. »Sie sind abgehauen. Es ist Ashleys Schuld.«

»Cortnie!«, fuhr sie ihn an. »Sie haben Namen. Ihre eigenen.«

»Sie ist klüger, als ihr guttut. Wir werden sie bestrafen müssen.«

»Natürlich«, versicherte sie ihm mit einem falschen Lächeln. »Aber zuerst muss ich sie finden, sie zurückbringen. Wo sind sie, Sarge?«

Er lag auf dem Boden, blinzelte, ohne etwas zu sehen.

»Sagen Sie's mir«, drängte sie ihn.

»Ich weiß es nicht.«

»Ich werde sie finden«, versprach sie. »Und dann gehen wir alle heim. Zurück nach Edmonton.«

»Aber sie wollen bei mir bleiben«, jammerte er. »Bei uns. Wir könnten glücklich sein, Carrie. Wir könnten wieder eine Familie sein. Wie konntest du mir nur meine Kinder nehmen? Sie gehören mir.«

Sadie starrte ihn sprachlos an. Sarge hatte komplett den Verstand verloren.

Sie schüttelte den Kopf. »Sie werden Ihnen nie gehören.«

Von einer Sekunde zur anderen kam Sarge wieder zu sich. »Du gehörst auch mir«, sagte er und grinste schwach. »Du wirst mich nie vergessen. Jedes Mal, wenn du jemanden fickst, wirst du an mich denken.«

»Sie sind ein widerliches Schwein«, kochte sie vor Wut. »Ich werde nicht eine Sekunde meines Lebens darauf verschwenden, an Sie zu denken. Ich hoffe, Sie werden im Gefängnis verrotten. Sobald alle Kinder wieder bei ihren Eltern sind, werden die schon dafür sorgen. Keines von ihnen will bei Ihnen bleiben. Nicht Marina oder Holland. Niemand.«

»Wovon zum Teufel redest du?«

»Ich werde sie alle von hier wegbringen.«

Sarge lachte. Das Geräusch gurgelte aus seiner Brust, flüssig und rau zugleich. Eine Speichelblase sprang ihm aus dem Mundwinkel, gefolgt von hellrotem Blut. Es fiel ihm nicht auf.

»Du wirst sie niemals finden«, teilte er ihr heiser mit. »Nicht bevor sie als kleine Stücke in die Luft fliegen.« Er hob eine zitternde Hand und konzentrierte sich auf seine Armbanduhr. »In einer Stunde.«

Sadies Puls beschleunigte sich. »Eine Bombe?«

»Und du kennst den Code nicht«, amüsierte er sich. »So ein Pech.«

»Welchen Code?«

Er starrte sie an, stumm und herausfordernd.

»Sie werden sterben«, sagte sie. »Tun Sie einmal in Ihrem Leben das Richtige. Geben Sie mir den Code.«

»Fahr zur Hölle!«

»Da war ich schon und bin zurückgekommen. Jetzt sind Sie dran. Der Code!«

Er imitierte einen Reißverschluss, mit dem er seine Lippen verschloss.

»Helfen Sie mir, sie zu retten«, bettelte sie.

»Ich habe genug Leben gerettet. Beim Militär. Und sieh dir an, was es mir gebracht hat.« Er hustete mehr Blut. »Aus gesundheitlichen Gründen entlassen, mit einer mickrigen Pension, von der kein Hund leben könnte. Ich hab zugesehen, wie meine Kumpel in Stücke gebombt wurden. Sie wollten, dass ich sie wieder zusammenflicke. Als ich das nicht konnte, musste ich ihnen Beine und Arme amputieren. Aber ich habe sie gerettet. Und dafür hassten sie mich.«

Während Sadie ihn beobachtete, überkam sie plötzlich ein heftiger Schwindel. Sie unterdrückte ein Stöhnen und untersuchte heimlich ihren verletzten Arm. Das Messer war in ihren Arm gedrungen und hatte eine tiefe Wunde hinterlassen Sie musste etwas finden, um den Arm abzubinden und die Blutung zu stoppen.

Aber sie konnte Sarge nicht allein lassen. Nicht, bis er ihr den Code gegeben hatte.

»Sie wären ein Held«, versprach sie, sich an alles klammernd, was ihr in den Sinn kam.

»Ich bin schon ein Held. Ich habe in Übersee für mein Land gekämpft. Ich war im Golfkrieg. Im Irak. Und für was – für friedenserhaltende Maßnahmen? Was für ein beschissener Witz!« Noch ein hartes Husten. »Ich komme heim, und meine Frau ist dabei, mich zu verlassen und die Kinder mitzunehmen. Sie hätte mir nichts gelassen. Nur Rechnungen und dieses hässliche Gesicht.«

Er spuckte einen dunklen Blutpfropfen auf den Boden. »Eine wahre Heldenbelohnung.«

»Nun sagen Sie's mir doch. Wie lautet der Code, Sarge?«

Er kicherte. »Mi casa … es … su casa.«

Die bekannten Worte ließen ihr übel werden.

»Geben Sie mir den Code!«

»Du kommst in ›mi casa‹ nicht rein«, verspottete er sie.

Der Kopf fiel ihm auf die Brust, und er stieß ein langes Röcheln aus.

»Sarge?« Vorsichtig trat sie näher an ihn heran und berührte seinen Hals.

Er hatte einen Puls. Einen schwachen.

Sie schüttelte ihn. »Sarge!«

Als er seinen Blick hob, lag ein bösartiges Lächeln auf seinen dicken Lippen. Aber er blieb stumm. Er starrte sie nur an, sein Mund zu einem wahnsinnigen Grinsen verzogen.

»Gib mir den verdammten Code!«, schrie sie ihn an.

Sie ohrfeigte ihn, und sein Kopf rollte leblos zur Seite.

Sarge war tot.

Ein Geräusch hinter ihr ließ sie auffahren.

Der Rabe wartete auf der Fensterbank. Sein Schnabel war gegen das Glas gepresst. Der Vogel saß so bewegungslos, dass sie ihn, hätte sie es nicht besser gewusst, für eine Gartendekoration gehalten hätte.

»Verdammt, was willst du?«, schrie sie ihn mit geballten Fäusten an.

Sie ging durch den Raum, aber der Blick des Vogels blieb fixiert.

Auf Sarges Leiche.

Sie zögerte. Endlich wurde ihr die Mission des Vogels klar.

Der Rabe nickte mit dem Kopf. Dann flog er mit lautem Gekrächze davon. Er hatte das erreicht, weshalb er gekommen war.

Mit einer sauberen, trockenen Jeans, einem Pullover und frischen Socken marschierte Sadie ins Bad. Bevor sie sich anzog, entfernte sie fest schrubbend jegliche Spur von Sarge. Niemand musste die widerlichen Dinge erfahren, die Sarge ihr angetan hatte. Er hatte ihren Sohn gekidnappt, hatte sie verfolgt, betäubt und gefesselt. Das sollte wohl genug sein.

Sie nahm den Gürtel ihres Bademantels und zog ihn mit ihren Zähnen um zwei Waschlappen herum fest, die ihren Arm polsterten. Die Messerwunde hatte sie viel Blut gekostet. Aber sie konnte unmöglich aufgeben.

»Du musst die Kinder retten«, forderte sie ihr Spiegelbild auf.

Bevor der Bunker explodiert.

Als sie aus dem Bad kam, richtete sie ihre Augen auf den Wohnraum der Hütte. Sarges Leiche im Schlafzimmer war ihr gegenwärtig, aber sie wollte nicht darüber nachdenken. Nicht jetzt. Es würde sicher Jahre dauern, bevor sie akzeptieren konnte, dass sie einen Mann getötet hatte. Und noch länger, zuzugeben, dass sie es hatte tun wollen.

Als sie die Jacke überzog, zuckte sie vor Schmerz zusammen. Sie hätte eine Art behelfsmäßige Schlinge umlegen sollen, aber sie würde beide Hände brauchen, um den Baumstumpf zu bewegen. Mit ihrem unverletzten Arm öffnete sie die Hintertür. Das plötzliche helle Licht blendete ihre

Augen, und sie taumelte nach draußen. Direkt in einen festen, atmenden Körper hinein.

Jay Lucas' faltiges Gesicht materialisierte sich in ihrem Blickfeld. »Sadie?«

»Jay! Was …wie sind Sie denn so schnell hierhergekommen?«

Der Detective hob die Augen gen Himmel. »Mit dem Hubschrauber.«

»Aber Sie haben doch Angst vorm Fliegen!«

»Ich hatte keine Wahl. Der Mann bestand darauf.«

Dann erblickte Sadie Fergus, der hinter Jay stand. Sie öffnete den Mund, um ihm zu danken, aber ihre Knie gaben nach. »Oh, Mist.«

Jays Augen zogen sich besorgt zusammen. »Sind Sie verletzt?«

»Nur ein Kratzer.« Sie warf Fergus einen schiefen Blick zu. »Ihr Fischermesser hat mir heimgezahlt, dass ich es gestohlen habe.«

»Lassen Sie mich nachsehen«, forderte Jay und kam näher.

»Nein, dazu fehlt uns die Zeit. Wir müssen den Bunker finden. Sarge hat die Explosion auf eine Stunde programmiert, aber die Zeit läuft bereits.«

Jay zog ein Funkgerät aus seiner Tasche und flüsterte etwas hinein. Dann sah er sie an. »Können Sie uns den Eingang zeigen?«

»Ja. Ich denke, schon.«

»Wo ist Sarge?«, erkundigte sich Fergus und schaute nervös in den Wald.

Sie drehte den Kopf zur Hütte. »Da drinnen. Tot.«

»Tot?«, wiederholten beide Männer gleichzeitig.

»Er hat mich unter Drogen gesetzt und gefesselt«, murmelte sie und vermied es, sie anzusehen. »Als er mich losmachte, habe ich ihn erschossen.«

Jay verschwand nach drinnen. Einen Moment später erschien er wieder und schaute grimmig drein. »Woher stammt die Waffe?«

Sadie öffnete den Mund, um zu antworten, aber Fergus kam ihr zuvor.

»Die gehört sicher Sarge. Er hatte eine ganze Sammlung. Einige legal, andere nicht.« Er sah sie streng an, als ob er sagen wollte: »Keine Diskussion, Mädchen!«

»Jemand sollte hierbleiben«, sagte Jay, an Fergus gewandt. »Bei der Leiche. Trauen Sie sich das zu?«

Der Schotte nickte. »Aye, Sie können sich auf mich verlassen, Detective Lucas.«

»Und die Kinder verlassen sich auf mich«, fügte Sadie hinzu.

Jays Augen richteten sich auf die Bäume. »Ich kann nicht fassen, dass sie noch leben.«

Fergus seufzte. »Und ich kann nicht glauben, dass Sarge sie entführt hat. Keine Ahnung, was der Mann sich gedacht hat.«

»Er dachte nichts«, erwiderte Jay grob. Er wandte sich an Sadie. »Sie sind also alle im Bunker?«

»Außer Sam und Cortnie. Sarge hat Sams Tod nur vorgetäuscht. Einer der anderen Jungen war im Wagen. Sam und Cortnie sind am Leben, und es gelang ihnen wegzulaufen.« Ihr traten Tränen in die Augen. »Wir müssen sie finden. Es ist zu kalt, besonders nachts.«

»Haben Sie eine Idee, wohin sie gegangen sein könnten?«

»Nein, aber vielleicht wissen die anderen Kinder etwas.«

Fünfunddreißig

Zwei Polizeihubschrauber warteten mitten auf dem Feld. Ihre Propeller rotierten. Ein Dutzend uniformierter Beamter in schusssicheren Westen durchsuchten das Gebiet um die Ruine von Sarges Haus herum. Einige hatten Suchhunde dabei, die aber mehr daran interessiert zu sein schienen, die Asche des Hauses abzuschnüffeln, als einer Spur in den Wald zu folgen. Auf Jays Kommando näherten sich zwei Beamtinnen mit gezogener Waffe dem Haus.

Keiner wusste, was sie erwartete, aber wie Jay Sadie sagte, war es besser, auf alles vorbereitet zu sein.

Der gestrige Sturm hatte sich gelegt, der Fluss kehrte bereits in sein Bett zurück. Der rasende Wind war zu einem gelegentlichen Lüftchen abgeflaut, das alles frisch und neu zurück ließ.

»Was gefunden?«, bellte Jay in sein Funkgerät.

Sadie hörte ein gedämpftes »Nein«, und ihr wurde bang ums Herz.

Sie suchten bereits eine knappe halbe Stunde, und die Zeit rannte ihnen davon. Ein Team hatte schon den Schuppen durchkämmt. Ihre Suche bestätigte die Existenz eines Generators, eines Heißwasserbehälters, von Wasserfiltern und Luftreinigung, aber alle Rohre und Kabel waren unterirdisch gelegt. Es würde Stunden dauern, sie auszugraben und ihnen zum versteckten Bunker zu folgen.

Zeit, die sie nicht hatten.

Sie stand neben Jay, nur einige Meter vom Haus entfernt.

»Unmöglich«, stöhnte sie. »Wir haben den ganzen Wald durchforstet, aber nichts kommt mir bekannt vor. Wie finden wir einen Baumstamm in einem Wald voller Baumstämme?«

»Hey, es war dunkel, und es hat geregnet. Niemand gibt Ihnen die Schuld.«

»Ich tue es.«

Sie warf sich vor, nicht gut genug aufgepasst zu haben. Sie war den Kindern durch den Wald gefolgt und hatte Marina geholfen, den Stumpf zu entfernen. Und dennoch hatte jeder Stumpf, den Jay anfasste, nur Erde und Schlamm produziert.

Frustriert schlug sie sich mit der Faust auf den Oberschenkel. »Ich weiß, dass ich etwas vergessen habe. Etwas Wichtiges.«

Er nagte an ihr, der Gedanke, dass sie wusste, wie sie sie finden konnte. War es etwas, was die Kinder erwähnt hatten? Etwas, was Sarge gesagt hatte?

»Verdammt noch mal!«, murmelte sie vor sich hin. »Es hatte was mit den Türen zu tun.«

»Türen? Plural?«

»Das ist es!« Sie schlug sich an die Stirn, kam sich dumm vor. »Himmel! Es gab zwei Eingänge. Der Baumstamm und die andere Tür.«

»Wo führte sie hin?«

Ihr Herz schmerzte. »Das weiß ich nicht. Ich habe sie nicht geöffnet. Sarge nahm diesen Weg. Wir hörten ihn die Stufen herunterkommen.« Sie griff nach Jays Arm. »Warten Sie! Als ich neben der Tür stand, roch ich Rauch. Und Sarge sagte, dass Ashley und Adam in der Nacht des Feuers den Bunker verließen und zurück ins Haus kamen. Durch den Keller.«

»Sie sind im Keller!«, schrie Jay ins Funkgerät.

Aus dem Wald näherte sich ein Schwarm Männer. Wie Bienen, die ihren Stock anfliegen, rasten sie auf das Haus zu.

Ein Detective in einer gelben Weste winkte Jay zu. »Wir sind so weit«, rief er. »Aber wir müssen vorsichtig sein. Wir wissen nicht, wie er sie verkabelt hat.«

»Bleiben Sie hier, Sadie«, befahl Jay und drückte ihr das Funkgerät in die Hand. »Vergessen Sie nicht, den Finger vom Knopf zu nehmen, sobald Sie mit dem Reden fertig sind.« Damit verschwand er in der Ruine.

Sadie lehnte sich gegen den Baum und beobachtete das Haus.

Das Funkgerät knisterte. »Sadie? Können Sie mich hören?«

Sie drückte auf den Knopf. »Haben Sie etwas gefunden?«

»Ein Loch, das in den Keller führt. Wir gehen nach unten …«

Ein scharfes statisches Geräusch unterbrach ihn.

»Jay?«

Stille.

Dann spuckte das Funkgerät etwas aus. »Sa… beim … wissen Sie …«

»Was?«, schrie sie. »Ich konnte Sie nicht verstehen. Wiederholen Sie das bitte.«

»Wir sind im Bunker … keine Kinder im Hauptraum oder in Sarges Schlafzimmer. Es gibt nur noch eine Tür, die wir noch nicht öffnen konnten.«

»Das Verlies!«

»Sadie … für diese Tür brauchen wir einen Code.«

Der Code. Mist! Den hatte sie total vergessen.

»O Gott. Ich habe versucht, Sarge dazu zu bewegen, ihn mir zu geben.«

Mehr Rauschen.

Dann kam Jays Stimme durch, klar und sanft. »Sadie, wir

haben nur eine Chance. Verstehen Sie? Er hat die Tür so verkabelt, dass hier alles in die Luft fliegen wird, falls wir den falschen Code eingeben.«

Sie griff sich an die Kehle, konnte nicht atmen.

»Sadie!«

Sie weinte. »Ich kenne ihn nicht, Jay. Oh, mein Gott… Ich kenne den Code nicht. Wir werden sie nicht retten können.«

Wieder Rauschen.

»Geben Sie nicht auf. Die Tastatur ist alphabetisch. Der Code besteht aus sechs Buchstaben.«

Sie durchforstete ihr Gehirn nach einem Code.

Sarge würde etwas wählen, an das man sich leicht erinnern konnte, das aber gleichzeitig wichtig war, wie etwa ein Name. Adam … Ashley – nein, er würde kein Kind dem anderen vorziehen. Carissa …

»Carrie!« Sie war so aufgeregt, dass sie vergaß, das Funkgerät einzuschalten. Erneut drückte sie den Knopf. »Ich denke, es ist Carrie – der Name seiner Frau.«

»Carrie. Sind Sie sicher?«

»Nicht wirklich, aber es sind sechs Buchstaben.«

»Okay, gute Arbeit. In der Regel haben Codes für Täter eine besondere Bedeutung.«

»Es muss Carrie sein.«

Noch während sie die Worte aussprach, kamen ihr Zweifel, ob Sarge den Namen der Person gewählt hätte, die ihm alles hatte nehmen wollen, inklusive seiner Kinder. Zum Schluss hatte er sie gehasst. Genug, um sie in Brand zu stecken, sie zu töten.

»Warten Sie!«, rief sie ins Funkgerät. »Ich glaube, ich habe mich getäuscht.«

Keine Antwort.

»Jay! Carrie ist es nicht!«

Das Funkgerät rauschte, und Jays Stimme kam durch. »Wir müssen uns beeilen, Sadie. Wir haben weniger als zehn Minuten.«

»Nein!«, schluchzte sie. »Das ist nicht genug Zeit, um die Antwort zu finden.«

»Falls Sie keinen anderen Vorschlag haben, müssen wir es mit Carrie versuchen.«

Eine plötzliche Bewegung zog ihren Blick auf sich.

Männer strömten aus der Ruine und stationierten sich in sicherem Abstand. Alle hatten das Haus verlassen – außer dem Bombenexperten in der gelben Weste … und Jay.

»Vielleicht sollten Sie rauskommen«, drängte sie ihn.

»Sechs Buchstaben, Sadie. Vielleicht hat er sie Ihnen gesagt, ohne dass es Ihnen bewusst wurde.«

Sie erinnerte sich an Sarges letzte Worte. »In ›mi casa‹ kommen Sie nicht rein.«

»In mein Haus werden Sie nicht eindringen.«

Himmel! Da war es – die ganze Zeit, direkt vor ihrer Nase. Der Schweinehund!

»MI CASA!«, schrie sie. »M…I…C…A…S…A!«

»Sicher?«

»Absolut sicher, Jay. Der Bastard hat mich ausgelacht, als er es sagte. Er hielt es nicht für möglich, dass ich darauf kommen würde. Mi casa. Mein Haus.«

Die Verbindung war totenstill.

Ihr Puls beschleunigte sich. Hatte sie sich geirrt?

»Bitte, Gott … pass auf Jay und die Kinder auf. Beschütze sie.« Sie hob den Kopf gen Himmel. »Und hilf uns bitte, Sam und Cortnie zu finden.«

Sie wartete, hielt den Atem an. Die Zeit musste doch schon um sein.

»Jay?«, rief sie ins Funkgerät.

Rauschen.

Sie starrte das Haus an. Kein Rauch, keine Explosion.

Fünf Minuten vergingen. Immer noch nichts.

Das Funkgerät erwachte zum Leben.

»Es war der richtige Code, Sadie«, sagte Jay mit müder Stimme.

»Und Sie haben sie gefunden?«

Pause. »Ja. Wir haben sie gefunden.«

Sadie stieß einen Stoßseufzer der Erleichterung aus. Überschwenglich schaltete sie das Funkgerät aus, schob es in ihre Jackentasche und ging zum Haus. So viele Gefühle überwältigten sie. Sie wollte mitten auf dem Feld tanzen. In diesem Moment gab sie ein Versprechen ab. An Gott, an sich selbst … und an Sam. Sie würde nie wieder trinken. Ein Versprechen, das sie halten würde.

»Danke, Gott«, sagte sie. »Ich werde nüchtern bleiben.«

Sie eilte über die Wiese, voller Vorfreude, die Kinder wiederzusehen. Eines von ihnen musste eine Idee haben, wohin Sam und Cortnie geflohen waren. Vielleicht hatte Cortnie etwas fallen lassen, bevor sie gingen, ihnen einen Hinweis gegeben.

Zuerst erschien der Beamte in der gelben Weste. Er sah in ihre Richtung und steuerte dann auf eine Gruppe Männer in der Nähe des Schuppens zu. Er sagte etwas zu einem von ihnen, und sie setzten sich zurück in Richtung Haus in Bewegung.

Als Jay endlich auftauchte, kam er geradewegs auf sie zu. Sein Gesicht war mit Ruß bedeckt, und er sah vollkommen erschöpft aus.

Lächelnd rannte sie auf ihn zu. »Wir haben es geschafft, Jay!«

Er antwortete nicht.

Sie zog ihn am Arm. »Na, kommen Sie, wenigstens ein Lächeln wäre doch angebracht.«

»Sadie …«

Sie sah über seine Schultern. »Wo sind sie? Wieso sind sie noch nicht rausgekommen?«

Jay warf ihr einen hilflosen Blick zu. »Sadie, sie sind …«

Sie konnte nicht atmen. »Was ist denn? Warum sehen Sie mich so an?«

»Sie sind tot, Sadie.«

»Was?«

»Sie sind tot. Alle.«

»Aber das ist doch unmöglich. Es ging allen gut, als ich sie hier zurückgelassen habe. Sie müssen sich irren. Sehen Sie nach. Sie leben.«

Jays runzelige Augen verdunkelten sich. »Da unten liegen sieben Leichen. Alle in verschiedenen Stadien des Verfalls, was bedeutet, dass einige von ihnen schon eine Weile tot sind. Und wir wissen, dass er einen Jungen im Wagen hochgehen ließ. Das macht acht Kinder. So viele, wie *Der Nebel* entführt hat.«

»Acht«, wiederholte sie betäubt.

»Einschließlich Cortnie … und Sam. Es tut mir leid, Sadie.«

»Aber ich …« Sie schüttelte den Kopf. »Sie müssen sich einfach irren.«

Sie schloss die Augen, versuchte, sich alles logisch zu erklären. Sie hatte Marinas Haar gebürstet, hatte Holland heißen Kakao mit Marshmallows trinken sehen, und sie hatten Geschenke für sie an der Tür hinterlassen. Sie war ihnen sogar durch den Wald in den Bunker gefolgt. Wie sonst hätte sie wissen sollen, wo er sich befand?

Sie stellte sich sechs süße, vertrauensvolle Gesichter vor.

Marina, Holland, Brittany, Scotty, Kimber, Jordan …

»Marina sagte, dass Sam und Cortnie davongelaufen sind«, sagte sie eindringlich. »Und Sarge hat das Gleiche gesagt.«

»Er muss sie wohl gefunden haben«, antwortete Jay behutsam. »Bevor er Sie suchte. Er hat mit Ihrem Verstand gespielt, Sadie.«

Es gab nur einen Weg, festzustellen, ob Jay die Wahrheit sagte.

Sie rannte auf das Haus zu.

»Warten Sie!«, rief Jay hinter ihr her. »Kommen Sie zurück! Sie wollen da nicht rein. Glauben Sie mir.«

Aber sie traute niemandem mehr. Dies war etwas, was sie mit eigenen Augen sehen musste.

Über geschwärzte Holzstücke stolpernd, bahnte sie sich einen Weg durch die feuchte Asche. Sie wirbelte klebrigen Ruß auf, der sich unter Holzplatten und geschmolzenem Metall festgesetzt hatte. In einer Ecke stand ein breitschultriger Detective neben einem Loch in der Erde. Er blickte auf, als sie sich näherte.

»Ich muss da runter«, verlangte sie.

Der Beamte sah sich um.

»Schon in Ordnung«, bestätigte Jay, der ihr hinterherschnaufte. »Helfen Sie ihr nach unten.«

Die beiden Männer sicherten sie mit einem Seil um die Taille und ließen sie dann durch das Loch im Boden hinunter. Die Luft wurde dick, als Aschereste sie umflogen, losgelöst von den Bewegungen der Männer über ihr. Der durchdringende Geruch von Rauch war überall – in ihrem Mund, auf ihrer Haut und in ihren Haaren, aber wenigstens konnte sie etwas sehen. Der Keller war mit strategisch platzierten Hochleistungstaschenlampen erhellt. Sie war dankbar, dass sie nicht in die Dunkelheit hinabsteigen musste. In letzter Zeit hatte sie das zu oft getan.

Nachdem sie sicher auf dem Boden gelandet war, befreite sie ein junger Polizeibeamter vom Seil. »Hier entlang«, wies er sie an. Sein Gesicht war leichenblass.

Während er sie durch die Trümmer führte, stellte sie überrascht fest, dass das Feuer den Keller nicht erreicht hatte. Der größte Schaden stammte von Regen und Ruß, die sich durch den Fußboden und die weit offenen Löcher gefressen hatten. Alles war mit einer Schmutzschicht überzogen. Schwarzer Regen tröpfelte überall um sie herum zu Boden, was ebenso unheimlich aussah, wie es klang.

In einer Ecke entdeckte sie ein Babybett, in der anderen eine Spielzeugkiste voller Spiele, Disney-Filme, Puppen und *Krieg-der-Sterne*-Figuren. Neben der Spielzeugkiste befand sich ein Air-Hockey-Tisch, auf dem das schmutzige Wasser stand.

»Es ist dort hinten«, sagte der junge Beamte und lenkte sie von ihren Betrachtungen ab.

Er zog ein Metallregal zur Seite, das an einer verschimmelten Gipsplatte befestigt war. Dahinter führten Stufen einen weiteren Stock hinunter.

Innerhalb weniger Minuten stand Sadie wieder im Bunker.

»Zumindest habe ich mir das nicht eingebildet«, sagte sie, während ihre Augen den Raum überflogen.

»Wie bitte?«, fragte der Neuling.

»Nichts.«

Der junge Mann begleitete sie zur Tür mit der Tastatur.

»Mi casa«, wiederholte sie, als er den Code eingab.

Mit einem hörbaren Klicken sprang die Tür auf.

Der Beamte trat zur Seite und sah sie besorgt an. »Sind Sie sicher, dass Sie da reingehen wollen, Ma'am?«

Sadie öffnete die Tür.

Sechsunddreißig

Die Kinder lagen aufgereiht auf dem Betonfußboden, auf Kinderbettmatratzen, die mit Decken bedeckt waren – die Mädchen auf der einen Seite des Raumes, die Jungen auf der anderen. Über ihnen spendete ein blaues Licht nur wenig Helligkeit und tauchte die Körper in geisterhafte Blässe. Sie trugen ihre Schlafanzüge, die Hände lagen fromm in ihrem Schoß gefaltet.

Sadies Blick streifte über jeden der leblosen Körper. Es war zu dunkel, um sie deutlich erkennen zu können. Und der penetrante Geruch bestätigte, dass einige von ihnen sich im Verfall befanden, wie Jay es ausgedrückt hatte.

Tränen traten ihr in die Augen. »Sie sehen aus, als ob sie schlafen würden.«

Sie zählte sie und unterdrückte ein Schluchzen. »Sieben.«

Jay hatte recht. Alle Kinder waren hier. Sogar Sam.

Sie atmete kurz und stoßweise.

»Alles in Ordnung, Ma'am?«, erkundigte sich der junge Beamte hinter ihr.

»Nein.« Sie drehte sich um. »Ich muss hier raus.«

Sie wurde wieder hochgezogen, ins Licht und zu reiner Atemluft. Jay führte sie weit weg von der Öffnung und dem Haus.

»Ich konnte ihnen nicht ins Gesicht sehen«, stöhnte sie. »Ich wollte Sam nicht sehen. Nicht so.« Sie hob die Augen. »Macht mich das zu einer schlechten Mutter?«

»Nein«, erwiderte Jay mit brechender Stimme. »Es macht Sie menschlich. Sie können sich Sam ansehen, wenn Sie so weit sind.«

»Darauf werde ich nie vorbereitet sein«, klagte sie laut weinend. »Ich habe sie gesehen, Jay! Ich habe mit ihnen gesprochen, ihnen zu essen gegeben. Ich kann es einfach nicht verstehen. Marina sagte, Cortnie und Sam wären entkommen. Ich glaubte ihr. Zum ersten Mal seit Wochen hatte ich wieder Hoffnung.« Sie streckte ihm ihre Hände entgegen. »Und wozu?«

»Sadie, wir hätten sie nie gefunden. Nicht ohne Sie. Sie wären für immer dort unten gewesen. Vielleicht haben Sie sie deshalb gesehen, damit Sie und die anderen Eltern Gewissheit erhalten, damit die Kinder ein anständiges Begräbnis bekommen können.«

Jays Worte erzürnten sie.

»Ich habe meinen Sohn schon einmal beerdigt. Ein zweites Mal schaffe ich das nicht.« Ihr Schluchzen verwandelte sich in wütendes Keuchen. »Kommt nicht infrage!«

»Sie haben hier etwas Gutes getan, Sadie. Vergessen Sie das nicht.«

Aber sie wollte vergessen. Die Leichen, einfach alles.

Sie floh über das Feld. Als sie den Schuppen erreichte, ließ sie sich mit dem Rücken dagegenfallen und sank auf den feuchten Boden.

»Du hast dir alles nur eingebildet. Es gab keine Kinder … keinen Sam. Es war nur eine Lüge!« Sie hämmerte ihren Kopf gegen den Schuppen. »Idiotische, idiotische Säuferin!« Tränen strömten über ihr Gesicht, machten sie blind, und mit dem Kopf in den Händen weinte sie um die Kinder, um Sam und um sich selbst.

»Ssssadie …«

Als sie ihren Namen hörte, hob sie ihr tränenüberströmtes

Gesicht und sah, wie sich ihr ein grauer Nebel näherte. Sein Anblick lähmte sie.

Der Nebel wallte auf und teilte sich vor ihr. Sieben Geistergestalten traten aus ihm hervor.

Die Kinder. Die toten Kinder.

»Was wollt ihr von mir?«, rief Sadie.

Marina kam näher. »Wir möchten Ihnen danken.«

»Mir für was danken?«

»Sie sind zurückgekommen.«

»Aber es ist zu spät.«

»Es ist nie zu spät.« Marina streckte beide Hände nach Sadies Gesicht aus und hielt es fest. »Sie haben genau das getan, was wir von Ihnen erwartet haben.«

»Was meinst du damit? Ich habe nichts getan.«

»Erinnern Sie sich an die Dinge, die wir für Sie zurückgelassen haben?«

»Eure Nachricht ›Hilf uns‹?«

Marina nickte. »Und genau das haben Sie getan. Uns geholfen, meine ich.«

Sadie stöhnte. »Nein, das habe ich nicht.«

»Das haben Sie wohl«. Das Mädchen bestand darauf. »Sie haben uns davor gerettet, bei ihm bleiben zu müssen. Sie haben uns Frieden gegeben. Und unsere Freiheit.«

Sadie rappelte sich mühsam auf. »Freiheit? Ihr seid alle tot!«

»Und Sie haben uns alle nach Hause gebracht.« Marina umarmte sie. »Vielen Dank, Sadie O'Connell.«

Bevor Sadie ein Wort sagen konnte, riss sich das Mädchen los und rannte über das Feld davon. Als sie die Grenze erreicht hatte, wo das tote Gras auf den wabernden Nebel traf, gesellten sich die anderen Kinder zu ihr. Sie standen in einer Reihe nebeneinander, hielten sich an den Händen, blickten Sadie an … und lächelten. Dann – eines nach dem anderen – begannen die Kinder eins mit dem Nebel zu werden, bis nur noch Marina übrig war.

»Wartet!«, flehte Sadie sie an. »Geht nicht!«

»Wir müssen gehen. Aber wir lassen drei letzte Geschenke für Sie zurück.«

Marina drehte sich um, sah aber über ihre Schulter zurück. Ihre Lippen formten ein leuchtendes Lächeln. »Hinter dem Nebel gibt es ein Licht, Sadie. Das wunderschönste Licht. Es ist warm und friedlich, so voller Liebe, dass es einem den Atem raubt. Sagen Sie das bitte meinen Eltern. Sagen Sie Ihnen, dass ich sie liebe und dass ich immer ein Teil dieser Welt sein werde. Sie finden mich in jedem Sonnenaufgang und in jedem Sonnenuntergang. Wir alle sind dort. Es ist unser Schicksal.«

Ein Finger aus pulsierendem, überirdischem Licht streckte sich vor, liebkoste Marina und lockte sie in seinen Kern zurück. Dann erklang ein Lachen, leise und süß, vermischte sich mit einem Windhauch, und der Nebel verschwand, als ob er nie existiert hätte.

»Auf Wiedersehen«, weinte Sadie.

Ein alarmierendes Krächzen zerriss die Stille. Ihre trüben Augen schossen gen Himmel. Hinter den Bäumen umkreiste ein Rabe den höchsten Punkt eines felsigen Hügels. Sogar aus der Entfernung konnte sie nahe dem Gipfel eine dunkle, ausgebuchtete Stelle erkennen. Eine Höhle.

»Wir lassen drei Geschenke für Sie zurück«›, hatte Marina gesagt.

Sadies Herz setzte aus. »Warte! Ich habe sieben Kinder gesehen, aber keinen Sam.«

Sie starrte den Raben an.

Und dann wusste sie es.

Sam lebte, und es gab nur einen Ort, an dem er sich absolut sicher fühlen würde.

In der Cadomin-Höhle!

Eine Hand auf ihren verwundeten Arm pressend, rannte sie durch den Wald, bis sie den Fuß des kleinen Berges erreicht hatte. Sie begann mit dem Aufstieg. Der Pfad – falls man ihn so nennen wollte – war etwa dreißig Zentimeter breit und an einigen Stellen kaum zu erkennen. Wahrscheinlich hatte ihn ein sich dahinwindender Bach geformt, der den Hang hinuntergeplätschert war.

Eine halbe Stunde später rauschte das Funkgerät in ihrer Tasche.

»Sadie?«

»Ja«, keuchte sie.

»Wo zum Teufel stecken Sie? Ich dachte, Sie wären zu Ihrer Hütte gegangen.«

»Ich bin auf dem Weg zur Cadomin-Höhle.«

»Wie bitte? Was zum Teufel wollen Sie …?«

»Sam ist in der Höhle.«

Pause.

»Hören Sie, Sadie. Sie sind verletzt und haben eine Menge Blut verloren. Sie denken nicht – ach, verdammt. Egal. Ich bin auf dem Weg. Warten Sie auf mich.«

Aber das stand natürlich vollkommen außer Frage.

Je höher sie kletterte, desto mehr veränderte sich die Landschaft. Der dichte Wald am Fuß des steilen Anstiegs lichtete sich. Nadelbäume und niedrige Büsche, die frühe Frühlingsknospen zeigten, blieben hinter kalkigem, grauem Gestein und Kämmen mit zackigen Kanten zurück.

Irgendwo auf der anderen Seite war der Hauptweg, auf dem Touristen zur Cadomin-Höhle gingen. Und irgendwo hinter ihr, so schätzte sie, versuchte Jay, ihr auf demselben Pfad, den sie nahm, zu folgen. Aber so schnell würde er sie nicht einholen können.

Mit einer schmutzigen Hand wischte sie sich über die

Stirn und sah zum Gipfel hoch. Martha hatte gesagt, der Aufstieg würde etwa anderthalb Stunden dauern. Sadie brauchte zwei mörderische Stunden. Als sie endlich den Höhleneingang erblickte, stieß sie einen Seufzer der Erleichterung aus.

Über ihr stieß der Rabe einen heiseren Schrei aus.

»Für dich gibt es hier nichts!«, rief sie ihm zu.

Vom Raben abgelenkt, bemerkte sie das Erdloch erst, als ihr Fuß – derselbe Fuß, den sie sich schon das letzte Mal verstaucht hatte – darin versank und ihr Bein bis zum Knie verschwand. Sie stürzte und fiel hin, ihr verletzter Arm schlug auf dem Boden auf. Vor Schmerz schrie sie auf. Sie wusste nicht, was sie zuerst halten sollte, ihren Arm oder ihren Fuß. Auf dem Boden liegend, betete sie, dass sie sich nichts gebrochen hatte.

Nach einigen Minuten holte sie tief Luft und zog ihr Bein aus dem Loch. Mit verächtlichem Kichern verkündete sie: »Wenn du so weitermachst, wirst du noch in einem Gipskorsett enden.«

Sie machte eine kurze Bestandsaufnahme. Ihre Jeans war zerrissen, und ihr Bein zeigte einige tiefe Schrammen und Blutergüsse, aber es war nichts gebrochen.

Ihr Blick richtete sich auf die Höhle. Zweifel stiegen in ihr hoch. Vielleicht hatte sie sich getäuscht. Vielleicht war sie diesen gottverlassenen Berg, Leib und Leben riskierend, umsonst hinaufgestiegen.

Die Höhle lockte sie.

Sie hinkte auf sie zu und ignorierte dabei die Taubheit ihres Armes und die stechenden Schmerzen, die ihr Bein durchfuhren.

Auf einem Metallständer am Eingang war ein Schild angebracht.

»Willkommen in der Cadomin-Höhle«, las sie.

Der Begrüßung folgten eine Reihe von Sicherheitsanweisungen, inklusive der, Licht mit sich zu führen.

Sadie fluchte verhalten.

Auf eine weitere dunkle Reise eingestellt, bewegte sie sich auf den Eingang der Höhle zu. Der Felsvorsprung über ihr war niedrig, und sie zog den Kopf ein.

»Sam?«

Das Echo ihrer Stimme hallte von den Wänden wider und verhöhnte sie mitleidlos.

»Sam, bist du da drin?«

Dann wurde sie vom Mund der Höhle geschluckt.

Siebenunddreißig

Die Höhle war eiskalt. Sogar in ihrer Winterjacke fühlte Sadie den extremen Temperaturabfall. Sie tastete sich an der Wand entlang, fühlte ihren Weg, als das Licht immer schwächer wurde. Der Boden war schlammig und rutschig. Sie setzte jeden Schritt wohlüberlegt und vorsichtig. Kurz hinter dem Eingang schlug ihr ein fauliger Geruch ins Gesicht.

»Himmel!«

Sie ging weiter.

Endlich öffnete sich der schmale Korridor in eine Grotte, die etwa zehn Meter breit und fünf Meter hoch war. Sie bewegte sich mechanisch, einen Schritt vor den anderen setzend, bis das Licht hinter ihr so gut wie verschwunden war und sie kaum noch den Weg vor sich oder die Gesteinsformationen erkennen konnte.

Eine kaum merkbare Veränderung in der Luft ließ sie stehen bleiben.

»Sam?«

»Sam … Sam … Sam …«, verspottete sie die Höhle.

Zwischen den Schatten bewegte sich etwas.

»Sam? Mama ist hier!«

Der Boden begann zu vibrieren, und eine kalte Luftwelle ließ sie erzittern. Bevor sie wusste, was geschah, schwärmte eine schwarze Masse auf sie zu. Sie schrie auf und rannte Richtung Tageslicht.

Fledermäuse – Hunderte von ihnen – schwirrten an ihr vorbei und zerkratzten ihr in dem verzweifelten Versuch, aus der Höhle zu entkommen, das Gesicht. Eine verfing sich in ihren Haaren. Sie schlug nach ihr, schrie und weinte gleichzeitig. Ihren Kopf schützend, sank sie in den Schlamm und drückte ihren Körper eng gegen die Wand. Nachdem die Fledermäuse endlich verschwunden waren, stand sie unsicher auf und wollte gerade gehen, als sie ein leises Murmeln hörte.

Stimmen. Und sie kamen näher.

Zwei Gestalten tauchten aus den Tiefen der Höhle auf.

»Hallo?«, fragte sie leise.

Mit einem Wimmern warf sich ein kleiner Körper auf sie.

Sie berührte einen kühlen, rasierten Kopf. *Konnte es möglich sein?* »Sam?«

Ein Zittern, gefolgt von leisem Schluchzen. Ein vertrautes Schluchzen.

Es war Sam.

»Oh, mein Gott!«, rief sie und streichelte seinen Kopf. »Du lebst.«

Weinend vor Erleichterung, wiegte sie ihn in ihren Armen. »Ich habe dich gefunden, Sam. Mama hat dich gefunden.«

Sie lehnte sich zurück und begutachtete ihn. Seine Haut war feuchtkalt und mit Schlamm überzogen. Sie streichelte sein schmutziges Gesicht. Er sah sie an, und das Grauen, das sie in seinen Augen sah, ließ ihr das Herz still stehen.

»Du bist in Sicherheit, Schätzchen. Mami ist hier.«

»Bringen Sie uns nach Hause?«, erkundigte sich ein Mädchen aus dem Schatten heraus.

Erschüttert streckte Sadie ihr die Hand entgegen. »Cortnie?«

»Ashley«, verbesserte sie das Mädchen und schlurfte

näher. »Vater sagte, dass es niemandem erlaubt ist, mich bei meinem alten Namen zu rufen.«

Sadies Augen schwammen in Tränen. »Er hat unrecht. Dein Name ist Cortnie Bornyk. Und dein richtiger Vater wartet auf dich.«

Cortnie entfuhr ein Schluchzen. »Ich will meinen richtigen Papa, nicht den anderen Mann.«

Sadie griff nach dem Mädchen und zog sie an sich. »Alles ist gut, Cortnie. Dieser Mann kann dir nichts mehr tun.«

»Vater wollte, dass wir schlafen gehen, zusammen mit den anderen.«

Bei den Worten des Mädchens zuckte Sadie zusammen und stand schnell auf. Etwas zu schnell. *Ich muss sie hier rausbringen. Bevor ich ohnmächtig werde.*

»Kommt«, sagte sie.

Cortnie nahm Sams Hand, aber keiner der beiden rührte sich.

»Sam, Cortnie«, lockte Sadie leise. »Lasst uns nach Hause gehen.«

Sie war erleichtert, als sie sich auf sie zu bewegten und ihr zum Eingang der Höhle folgten. Nur noch wenige Schritte vom Tageslicht entfernt, begann ihr Herz zu hämmern. Sie lehnte sich gegen die Wand.

Nur für einen Moment, bis ich mich beruhigt habe.

Im gedämpften Licht fielen ihr Sams schlammverklebter Schlafanzug und seine blutige bandagierte Hand ins Auge. Er hielt sie an der Brust, und sie wollte nicht daran denken, was sich unter den Stofffetzen befand.

Dann sah sie ein gelbes Smiley auf Cortnies Nachthemd.

»Du bist das Mädchen, das ich im Wald gesehen habe.«

Cortnie sah zu Boden. »Ich habe versucht davonzulaufen. Es tut mir leid, dass Vater Ihnen wehgetan hat.«

»Das weiß ich.«

Sadies Sicht verschwamm, und sie schloss die Augen.

»Mama, können wir jetzt gehen?«

»Ja, Schätzchen«, stimmte sie zu, während sie gegen einen erneuten Schwindelanfall ankämpfte.

Kurz vor dem Ausgang stoppte sie plötzlich abrupt, drehte sich um und sah Sam mit offenem Mund an. »H-hast du etwas gesagt?«

Seine saphirblauen Augen blinzelten. Dann zeichnete er »Ich liebe dich, Mama« in die Luft.

Sie versuchte zu lächeln, aber ihr Gesicht schmerzte. Schon wieder bildete sie sich Dinge ein. Sie wusste, dass sie in keiner guten Verfassung war. Der hohe Blutverlust, angeschlagen und mit blauen Flecken übersät, keine gute Kombination.

Sie schüttelte den Kopf. *Daran darfst du jetzt nicht denken.*

Ihr wurde die Zeit knapp … und die Energie. Sie könnte sich selbst ohrfeigen, so dickköpfig gewesen zu sein. Allein in die Höhle zu kommen.

»Mir nach«, sagte sie, als sie hinaus in das Licht traten.

Die Sonnenstrahlen, die ein grauer Stein auf sie reflektierte, machten sie blind. Dann sah sie etwas Wundervolles. Jay stand an einer Seite des Eingangs, mit einer Taschenlampe in der Hand.

Sie entfernte sich weiter von der Öffnung der Höhle. »Jay!«

»Ich war gerade im Begriff, Ihnen zu folgen«, sagte er sichtbar erleichtert.

»Wie …?« Ihre Augen schauten nach oben. »Ah, der Hubschrauber.«

»Zum zweiten Mal«, plusterte er sich auf. »An einem Tag.«

»Vielleicht besteht doch noch Hoffnung für Sie.« Sie schwankte, und ein Stöhnen entfuhr ihr.

»Sadie, sind Sie …« Erst jetzt bemerkte Jay die Kinder, die am Höhleneingang warteten. »Du lieber Himmel, Sadie! Sie haben recht behalten.«

»Eine Mutter fühlt das«, war alles, was sie sagen konnte.

Danach passierte alles so schnell, dass sie sich zur Unterstützung an Jay festhalten musste. Das lärmende schwarze Ding am Himmel über ihnen ließ einen Haltegurt hinunter. Sie sah zu, wie die Kinder in Sicherheit gehoben wurden. Dann wurde sie nach oben gezogen.

An Bord des Hubschraubers entfernte ein Sanitäter ihren Haltegurt, und sie brach auf dem Sitz neben Sam zusammen, emotional und körperlich total erschöpft. Sie schloss die Augen und seufzte auf, als kleine Hände liebevoll ihr Gesicht streichelten. Sie verlor beinahe das Bewusstsein, bis sie das Klicken ihres Sicherheitsgurtes hörte.

»Danke, Schätzchen«, sagte sie und kämpfte hart, um ihre Augen zu öffnen.

Sam lächelte – mit erhobenem Daumen – und sagte: »Gemütlich.«

Schockiert fuhr Sadie in die Höhe. »Du kannst sprechen.«

Sie erinnerte sich an Marinas Worte – drei Geschenke – und musterte Sam und Cortnie eindringlich. »Eins, zwei … und jetzt das.«

Sie ergriff die Hand ihres Sohnes. »Ich liebe dich, Sam.«

»Ich liebe dich auch, Mami«, erwiderte er.

Dann trug sie ein geflügelter schwarzer Vogel davon.

Sadie fühlte sich bereits besser, als Jay sie in das Universitätskrankenhaus von Alberta einlieferte. Die erste Person, die sie sah, war Matthew. Er wanderte im Wartezimmer auf und ab. In dem Moment, als er sie sah, leuchteten seine Augen auf.

»Sadie! Geht es Ihnen gut?«

»Mir geht es hervorragend.«

»Sie, nun ja, Sie sehen nicht sehr gut aus.«

Sie verzog das Gesicht. »Na prima, besten Dank.«

»Die Polizei hat mir gesagt, dass ich ins Krankenhaus kommen soll, aber ich wusste nicht, wieso. Ich dachte, vielleicht … nun … Sie wissen schon.«

Sie lächelte unter Tränen. »Wir haben Ihnen ein Geschenk mitgebracht.«

Matthews überraschter Blick richtete sich auf Jay. Sadie konnte den genauen Moment nennen, in dem er seine Tochter bemerkte, die hinter dem Detective stand.

»Cortnie«, brachte er hervor, die Stimme voll rauer Emotionen.

Das Mädchen starrte ihn mit zitternder Unterlippe an. »Papa?«

Sadie sah zu, wie Matthew Cortnie in die Arme schloss und sie so festhielt, als ob er sie nie wieder loslassen wollte. Sie hielt die Tränen zurück und lächelte, als Sam seine warme Hand in die ihre legte.

Auch sie würde nie wieder loslassen.

Epilog

Sadie lief nervös auf der Veranda des Reihenhauses auf und ab. Zehn Tage waren vergangen, seit sie den *Nebel* erschossen und Sam und Cortnie nach Hause gebracht hatte. Langsam normalisierte sich ihr Leben wieder, obwohl sie wusste, dass es nie wieder wie vorher sein würde.

Leah war sofort ins Krankenhaus geeilt, als sie davon erfahren hatte. Zunächst war die Situation schwierig und unbehaglich, aber dann wurde Sadie klar, dass die Vergangenheit auch in der Vergangenheit ruhen sollte. Im Moment brauchte sie nichts mehr als eine Freundin, und Leah war ihre beste Freundin, ihre Seelenverwandte, ein Teil ihres Herzens.

Leah konnte sich kaum an die Nacht erinnern, in der sie mit Philip geschlafen hatte. Sie war zu betrunken gewesen. Sie konnte sich aber daran erinnern, dass Sam sie überrascht hatte. Philip hatte Sam am Arm gepackt und ihm gedroht, dass Sadie sie verlassen würde, sollte er je ein Wort darüber verlieren. Deshalb hatte Sam aufgehört zu sprechen. Sein eigener Vater hatte ihn praktisch zu einer Geisel gemacht – eine subtilere Version des Stockholm-Syndroms. Sadie arbeitete noch daran, Philip zu vergeben, aber das würde dauern.

Eine Hupe dröhnte, und sie schreckte auf.

Philips Mercedes fuhr in die Einfahrt, und der Anblick der alten Frau am Steuer ließ sie auflachen.

Ed saß neben Irma und schaute grimmig drein. Auf dem

Rücksitz sahen Martha und Fergus ernst und blass aus. Die Autotüren flogen zu, als alle aus dem Wagen sprangen.

Sadie winkte. »Sie haben es geschafft.«

»Mit Müh und Not«, brummte Ed.

»Natürlich haben wir's geschafft«, meinte Irma. »Denkt ihr, ich würde es verpassen, mit dem da zu fahren?« Sie nickte mit dem Kopf in Richtung Wagen.

Ed machte ein finsteres Gesicht. »Meine Schwester saß schneller auf dem Fahrersitz als ich und weigerte sich, ihn aufzugeben. Wir fürchteten den ganzen Weg um unser Leben.»

Irma schlug ihm spielerisch auf den Arm. »So schnell bin ich doch gar nicht gefahren.«

»Solange Sie es nur sicher geschafft haben«, grinste Sadie.

Sie öffnete die Haustür und führte sie in den Garten, wo die anderen bereits auf den Beginn von Sams verspäteter Geburtstagsfeier warteten. Gefangen vom Anblick und den Lauten reiner Freude, sah sie ihren Freunden und der Familie von der Tür aus zu.

Sie blickte flüchtig auf Sams Foto an der Wand hinter sich.

Es war schwer, sich nicht schuldig zu fühlen. Ihr Sohn hatte überlebt, die anderen nicht. Sie schlief unruhig, von Albträumen geplagt und von dem ständigen Drang, nach Sam zu sehen. Letzte Nacht war sie mindestens acht Mal aufgestanden. Jedes Mal zögerte sie an seiner Tür, kämpfte mit der Angst, dass er, sobald sie die Tür öffnen würde, verschwunden wäre.

Er war nicht verschwunden ... aber er hatte sich verändert.

Sam stellte sich auf seinen fehlenden Finger und Zeh ein. Er betrauerte den Verlust von Joey, seinem imaginären Freund. Aber er hatte jetzt andere Freunde, zumindest erzählte er ihr das. Er sprach oft von ihnen. Marina, Holland und die anderen. Ihm schien nicht bewusst zu sein, dass sie tot waren – schon die ganze Zeit tot gewesen waren. Er verriet ihr, dass Cortnie sie nicht sehen konnte. Sie glaubte, Sam hätte sie erfunden, damit sie sich besser fühlte, aber sie hatte die Leichen gesehen. Sarge hatte sie gezwungen, im selben Raum zu schlafen.

Es war Sam gewesen, der beobachtet hatte, wie Sarge den numerischen Code auf der Tastatur eingab, die zu der Treppe führte, in die Freiheit. Er hatte sich die vier Zahlen eingeprägt. In der Nacht, in der er und Cortnie entkommen waren, war Sarge nach dem Abendessen in seinem Stuhl eingeschlafen. Sie krochen an ihm vorbei und liefen in den Wald, ohne ein bestimmtes Ziel vor Augen zu haben, bis Sam sich an das Schild der Cadomin-Höhle erinnerte, das ihm aufgefallen war.

Der Rest der Geschichte war bekannt. Oder, wie Sadie glaubte, war vom Schicksal gelenkt.

Das Trauma, das Sam erlitten hatte, stürzte ihn in eine schwere Depression. In den ersten Tagen kam er ihr beinahe wie ein Fremder vor. Er duckte sich, wenn sie ihn berührte oder ihn umarmte, jedes laute Geräusch ließ ihn auffahren, und er fürchtete jeden Mann, der ihm nahe kam. Die Opferhilfe hatte ihr bestätigt, dass dieses Verhalten für überlebende Entführungsopfer eine normale Reaktion sei. Sie sagten ihr, dass es Zeit brauchen würde und sie Geduld haben sollte.

Dann waren da die Albträume, die ihn, wild um sich schlagend, schreiend und schweißgebadet, aufwachen ließen, sodass sie ihn zu sich ins Bett nehmen musste. Noch schlimmer waren bestimmte Auslöser. Vorgestern war sie mit ihm bei McDonald's gewesen, wo ein als Ronald McDonald verkleideter Teenager die Kinder besucht hatte. In dem Moment, in dem Sam den Clown sah, stieß er einen erbarmungswürdigen Schrei aus und fing an, mit den Fäusten auf

Sadie einzuschlagen, bis sie ihn endlich mit nach draußen nahm.

Ihre Gedanken wurden vom Klingeln an der Tür unterbrochen.

»Schönes Haus«, murmelte Jay, als sie ihn hereinbat.

»Gemietet. Im Moment.« Sie umarmte ihn, worauf er nicht vorbereitet war. »Danke, Jay.«

»Schon gut … gern geschehen.«

Sie holte tief Luft. »Was geschieht jetzt mit mir?«

»Nur keine Sorge.«

»Aber ich tötete …«

»Das war Notwehr, Sadie. Keine Geschworeren, die nur halbwegs bei Verstand sind, würden Sie je verurteilen.»

Eine unbehagliche Stille folgte.

»Ich wollte ihn umbringen«, flüsterte sie.

»Das weiß ich.«

Sie seufzte. »Wer sind die beiden anderen … Körper?«

Jay sah aus, als ob er etwas Schleimiges geschluckt hätte. »Seine eigenen Kinder. Ashley und Adam.« Als er ihr entsetztes Gesicht sah, fügte er hinzu: »Das Schwein hat sie ausgegraben. Er konnte sie nicht in Frieden ruhen lassen.«

Sadie schloss die Augen. »Und der Junge im Wagen, den ich für Sam gehalten habe?«

»Holland Dawes. Der Junge, den Sarge letztes Jahr entführt hat.«

Der blaue Adam. Der Junge der lispelte, der Marshmallows liebte.

Ihre Augen standen voller Tränen. »Armer Holland.«

»Er war bereits lange vor der Explosion tot, Sadie.«

Sie nickte. »Ich weiß. Er stand unter Drogen, nicht wahr?«

»Eine Überdosis Beruhigungsmittel. Genau wie bei den anderen. Sie schliefen ein und wachten nicht mehr auf.«

Sadies Herz trauerte um die Kinder. Um ihre Eltern.

»Wissen Sie«, sagte Jay unsicher. »Ich wollte Sie schon die ganze Zeit fragen, woher Sie es wussten.«

»Woher ich was wusste?«

»Dass der Mann, der ihren Sohn entführt hat, in Cadomin war.«

Sie sah ihm in die Augen. »Die Wahrheit? Ich hatte keine Ahnung. Aber ich habe schon immer an das Schicksal geglaubt. Ich bat Sam, mir zu sagen, wo ich anhalten soll, mir ein Zeichen zu geben.«

»Und was hat er Ihnen gezeigt?«

»Einen Raben, ein Schild über Fledermaushöhlen … Ich weiß, es klingt verrückt, aber sobald ich sie sah, wusste ich, dass mein Weg mich dorthin führen sollte. Es war Schicksal.«

»Schicksal.« Jay testete das Wort auf seiner Zunge.

Sie warf einen Blick auf Sams Foto. »Ich muss an etwas glauben, ansonsten hat nichts davon Sinn. Ich weiß, was ich gesehen, gehört und gefühlt habe. Sie waren da. Die Kinder. Ich denke, die Kraft ihres Geistes war gemeinsam stark genug, mich dorthin zu bringen, mir die Zeichen zu geben, mir zu helfen, sie zu finden. Und Sam.«

»Sie schenkten ihnen Frieden.«

»Und … was machen wir jetzt?«, fragte sie.

Jay lächelte. »Das ist einfach. Sie gehen jetzt nach draußen und verbringen Zeit mit Ihren Freunden und Ihrer Familie. Und mit Ihrem Sohn.«

Sie deutete mit dem Kopf zur Tür. »Warum gehen Sie nicht schon nach draußen? Ich komme gleich nach.«

»Ich, ähm, ich wollte eigentlich nicht bleiben, Sadie. Das ist eine Feier der Familie.«

»Und genau das sind Sie«, sagte sie und nahm seinen Arm.

Lächelnd führte sie den alten Detective in die Sonne hinaus.

Nachdem alle Gäste außer Matthew und Cortnie gegangen waren, stand Sadie auf der Terrasse und blickte ums Haus herum auf die Straße. Eine Sekunde lang hätte sie schwören können, dass sie einen ganz in Schwarz gekleideten Mann sah, der sie beobachtete.

Sie schüttelte den Kopf, und er löste sich in Luft auf.

Eines Tage's wirst du mich nicht mehr verfolgen.

Es war ein enormes Unterfangen, die täglichen Anfälle von Traurigkeit, Scham, Angst und extremer Wut zu bekämpfen, die sie in den ungeeignetsten Momenten überkamen. Sie träumte immer noch von dem narbigen Monster, davon, dass seine Hände sie berührten. Davon hatte sie keiner Menschenseele erzählt – nicht einmal Leah.

Es brauchte nicht viel, sie an alles zu erinnern, was geschehen war, und die kleinste Kleinigkeit, etwa Sams Buch zu sehen, beeinflusste ihre Stimmung negativ. Sie beschloss, *Die verrückte Fledermaus* zur Seite zu legen, zumindest vorläufig. Vielleicht würde sie es eines Tages veröffentlichen.

Sam winkte ihr zu. »Mami! Sieh mir zu!«

Er fuhr auf seinem neuen Fahrrad, auf dem, das sie ihm vor einer Ewigkeit zu seinem Geburtstag gekauft hatte. Cortnie hatte zwei kleine Holzstücke so arrangiert, dass sie eine Schanze bildeten. Er fuhr auf der einen Seite hoch, hob sich einige Zentimeter in die Luft und landete dann wieder weich.

Ihr Blick wurde von einem langsam dahinziehenden Dunst gefangen, der über den künstlichen See hinter dem Gartenzaun strich. Ihr Lächeln verkrampfte sich, als sie an den bizarren Nebel dachte, der den Wald nahe der *Unendlichkeits-Hütte* heimgesucht hatte.

Der Nebel … und die Kinder.

Es gab keine logische Erklärung. Nicht die geringste. Die letzten Tage ließen sie alles, was geschehen war, als einen

Akt Gottes akzeptieren. Oder einen Akt des Schicksals. Sie hegte keinerlei Zweifel, dass Sam ein Medium für die Seelen der toten Kinder gewesen war, dass er ihnen geholfen hatte, sie zu erreichen. Und er selbst hatte sie ebenfalls gerufen. Deshalb hatte sie ihn überall gesehen. Er hatte ihr den Raben geschickt, wohl wissend, dass sie an Fledermäuse und an die Höhle denken würde … früher oder später.

Jay hatte recht. Die Kinder waren an diese Welt gebunden gewesen, weil sie noch etwas zu erledigen hatten, weil ihre Körper beerdigt werden mussten und ihre Familienangehörigen Gewissheit brauchten. Und vielleicht auch durch das Verlangen nach Rache und um Sarge seiner gerechten Strafe zugeführt zu sehen. Sie konnten ihr nicht sagen, wer sie waren, da er sie zur Verschwiegenheit verpflichtet hatte. Und sogar nach ihrem Tod wurden sie von ihrem Versprechen an einen Verrückten gefangen gehalten.

Sam zupfte sie am Ärmel. »Mami, hörst du mir zu?«

Sadie strich ihm durchs Haar. Es wuchs so schnell. »Ich werde dich immer hören, kleiner Mann.«

»Ach, Mami!« Er runzelte die Stirn. »Ich will nicht, dass du mich so nennst.«

Sie umarmte ihn fest. Als er sich zurückzog, zeichnete er die erste Hälfte eines Unendlichkeitssymbols über ihr Herz. »S steht für Sam.«

Sie vervollständigte die fehlende Hälfte. »S steht für …«

»Sadie«, unterbrach er sie. »Sadie und Sam – in alle Ewigkeit.«

Mit einem lauten Freudenschrei schwang er sich auf sein Fahrrad und raste davon.

Als sie ihm nachsah, wischte sie sich eine einsame Träne vom Gesicht.

»Alles in Ordnung?«, erkundigte sich Matthew und gesellte sich auf der Terrasse zu ihr.

Sie lächelte. »Jetzt schon.«

Ganz unerwartet glitt seine warme Hand in die ihre. »Vielen Dank«, flüsterte er.

Von ihren Gefühlen überwältigt, beobachteten sie Sam und Cortnie eine lange Zeit. Sie dankten dem Universum, dass das Schicksal eingegriffen und ihnen ihre Kinder lebendig zurückgebracht hatte. Sie waren die Glückspilze.

Das Schicksal der anderen Kinder lastete schwer auf ihren Herzen. Sie hatten nicht so viel Glück gehabt, genauso wenig wie ihre Eltern. Aber sie hatten jetzt Gewissheit. Das sollte für etwas gut sein.

»Mami!«, rief ihr Sam zu.

Sie verscheuchte die düsteren Wolken. »Was ist denn, Schätzchen?«

»Hör zu, was mir Marina beigebracht hat. Dunkel war's, der Mond schien helle …«

»… schneebedeckt die grüne Flur …«, fiel Cortnie grinsend ein.

Gemeinsam sangen sie: »… als ein Auto blitzeschnelle langsam um die Ecke fuhr. Drinnen saßen stehend Leute, schweigend ins Gespräch vertieft, als ein totgeschoss'ner Hase auf der Sandbank Schlittschuh lief. Und der Wagen fuhr im Trabe rückwärts einen Berg hinauf …«

Sadie lächelte. »Droben zog ein alter Rabe grade eine Turmuhr auf.«

Ihr süßes, unschuldiges Lachen hing in der Luft, und in diesem einzigartigen Moment des Schicksals war die Welt unendlich perfekt.

Danksagung

Mein großer Dank geht an meine ersten Lektoren und Leser: Francine, Marc, Kelly, David und Eileen, die mir immer mit weisem Rat und klugen Anregungen zur Seite standen.

Besonderen Dank an Lynn Hoffman, Weinexpertin und Autorin des *Bang-Bang*, die den perfekten Wein für diese Geschichte empfahl. Zum Wohl!

Ebenfalls bedanken möchte ich mich bei all meinen Fans – Leser, Buchklubs, Schulen, Büchereien, Buchgeschäfte, Kritiker –, dass Sie mir vertrauen, Ihnen eine unterhaltsame und hoffentlich gefühlvolle Geschichte zu bieten.

Und mein ewiger Dank gilt meinem Mann Marc und meiner Tochter Jessica für ihren immerwährenden Glauben an mich und an meine Arbeit.

Sollte Ihnen dieses Buch gefallen haben, möchten Sie vielleicht eine kurze Buchrezension schreiben und sie auf Amazon, Goodreads oder Barnes and Noble einstellen. Buchkritiken sind für andere Leser sehr hilfreich und werden von Autoren, auch von mir, begrüßt. Falls Sie eine Kritik veröffentlichen, informieren Sie mich doch per E-Mail. Vielleicht findet ein Auszug den Weg in meinen Blog oder auf meine Website. Vielen Dank.

Cheryl

cherylktardif@shaw.ca

22078713R00216

Printed in Poland
by Amazon Fulfillment
Poland Sp. z o.o., Wrocław